Paul Heyse

Gedichte

Paul Heyse

Gedichte

ISBN/EAN: 9783743323063

Hergestellt in Europa, USA, Kanada, Australien, Japan

Cover: Foto ©Andreas Hilbeck / pixelio.de

Manufactured and distributed by brebook publishing software
(www.brebook.com)

Paul Heyse

Gedichte

Berlin.

Verlag von Wilhelm Hertz.

(Besser'sche Buchhandlung.)

1889.

Inhalt.

I. Jugendlieder. Seite

Ueber ein Stündlein 1
Treueste Liebe 2
Rosenzeit 2
Morgenwind 3
Verwandlung 3
In der Mondnacht 4
Lied des fahrenden Schülers 4
Hütet euch! 5
Gnadenwahl 5
Abschied 6
An*** 6
Vorüber 7
Waldesnacht 7
Mädchenlieder 8
  1. Auf die Nacht in den Spinnstuben . . . 8
  2. Der Tag wird kühl 9
  3. Mir träumte von einem Myrtenbaum . . 9
  4. Der Himmel hat keine Sterne so klar . . 10
  5. Trutzliebchen 10
  6. Und wie sie kam zur Hexe 10
  7. Sang ein Bettlerpärlein 11
  8. Drunten auf der Gassen 12
  9. Soll ich ihn lieben 12
  10. Ach, wie so gerne 13

Seite

In alten Tagen 14
Im Lenz 14
Stimme der Nacht 15
Schlaf nur ein 15
Nachweh 16
Geisterstunde 16
Mondlied 16
Geheimniß 17
Vorfrühling 18

II. Reiseblätter.

Rückkehr zur Natur 19
Kurzes Gedächtniß 20
Die Winzerin 21
St. Rochus 22
Am Genfersee 23
Vogelscheuche 23
Rosensünden 24
Laurella 24
Feuerversicherung 25
Nahe Gefahr 26
Von Lacerten.
    1. Eine fand ich 26
    2. In Gedanken an die Ferne 27
    3. Euch beneid' ich 28
Im Süden 29
Bekenntniß 29
Durch die Ferne, durch die Nacht 29
Lied von Sorrent 30
Allgegenwart 31
Idylle 32
Mirakel 33
Nach der Natur 34
Lalla, ein Ritornellenkranz 35

III. Margarete.

Umsonst 40

	Seite
Tiefer Brunnen	40
Mein und Dein	41
Lenz und Liebe	42
Die Kinderfrau	42
Liebesdienst	43
Verlöbniß	44
Wettstreit	44
Sie schreibt	45
Seit du nun schweigst	46
Ergebung	46
Brautlied	47
Zuflucht	48
Im Walde	48
Amor in der Mauser	49
Bei Nacht	49
Unterwegs	50
Verklärung	50
In so und so viel Wochen	51
Nachtgesicht	52

IV. Neues Leben.

Es kommen Blätter	54
Was suchst du Glück	54
Still und hell	55
Ueber Tod und Schicksal	55
Ich sah mein Glück vorübergehn	56
Hat dich die Liebe berührt	56
Von den Halden herab	57
Heimlich aus der Höhe kam's	57
In dem weißen Seidenhut	58
Nein, nicht immer lachen bloß	59
Gar zu gerne wollt' ich wissen	60
Leicht weint mein Liebchen	61
Bräutigam's Ammenuhr	62
Den Wald durchläuft verworrner Stimmen Klang	63
Ja, du bist noch jung und grün	64

	Seite
Warum schweigst du	65
Gerne schlief' ich schon früher ein	66
Schier verdorben ist meine Hand	66
Siesta	67
O Saitenspiel	67
Trennt euch zuweilen	68
Vor Tage weckte mich	69
Das sommermüde Jahr	70
Horch, wie durch die Wipfel schwirrt	71
Ich war schon so alt	71
Schönster Tag	72
Sanft unterm Fittich der Nacht	72
Mit Sausen und Brausen	73

V. Meinen Todten.

Marianne I — XIV	74
Ernst I — IX	90
Wilfried.	
Vom Rosenstrauch die letzte Blüte fällt	103
So reisen wir ins Land hinein	104
Verzogen, verflogen	105
Die Tage schleichen an uns vorüber	106
O Herzenseigensinn!	106
Horch! in der dunklen Frühe	107
Kein Wort, kein Blick	107
Es singt und klingt mir im Gemüth	108
Die silberne Luft erglänzt so blaß	109
Warum zwitschert ihr	109
Fragment	111
Wie so wund nun bist du	113
Wie schon jahrlang abgeschieden	113
Die Sonne gleitet still hinab	114
Bezwingst du nicht den dunklen Gram	115
Der Tag verging mir	115
Kennst du die Thränen	116
Hab' ich denn schon Schmerz gelitten	117

		Seite
Der Mond stand überm Palatin		117
Ich weiß, ein Wahn ist's		122
Rispetti 1—12		123
Weihnachten in Rom 1—3		128
Tristien 1—6		129
In Florenz		132
In Venedig		134
Auf der Heimfahrt		136
Wieder zu Hause		137
Bald schon jähren sich die Wunden		138
Lied		139

VI. Vermischte Gedichte.

An die Natur		141
Frage		142
Resignation		143
Welträthsel		143
Melusine		144
Ein Brief		145
Lied des Alten		146
Das Schwerste		147
Meleager 1—4		147
Julia's Abschied		151
Carlotta		151
Aus der Tiefe		152
Balder 1—4		152
Künstlers Weihnachtslied		157

VII. An Personen.

Dem Andenken König Maximilian's II. von Bayern	161
An Ferdinand Ranke	163
An Baron Malsburg	166
An Wilhelm Hemsen	167
An Oyer Delafontaine	167
An Franz Kugler	168
An Julie Schlesinger	169
An Anna	170

Seite

In memoriam 170
An Wilhelm und Fanny Herz 172
An Otto Schubart 175
Weihnachten in Rom 176
An Hermann Allmers 176
An den Festausschuß des mährisch-schlesischen Gau-
turnfestes 177
An Hermann Lingg 178
An Theodor Storm 184
Zwölf Dichterprofile.
    Friedrich Hölderlin 186
    Joseph v. Eichendorff 187
    Friedrich Rückert 187
    Nicolaus Lenau 188
    Adalbert v. Chamisso 188
    Eduard Mörike 189
    Emanuel Geibel 190
    Annette v. Droste-Hülshoff 190
    Gottfried Keller 191
    Theodor Storm 191
    Hermann Kurz 192
    Hermann Lingg 192
An Beethoven 193
An Grillparzer 194
An Emanuel Geibel 196
An Karl Stieler's Grab 203
Prolog zur hundertjährigen Geburtsfeier Schiller's 205
Trinkspruch bei dem Münchener Schillerfest . . . 210
Das Goethe-Haus in Weimar 212

VIII. Der Friede. Ein Festspiel 224
    Bismarck-Lied 244

IX. Landschaften mit Staffage.
    Prolog 246
    Morgen am Ufer 247
    Aus der Höhe 248

		Seite
Abendstimmung		248
Poetenasyl		249
In der Bucht		250
Neuer Wein		250
Am Fluß		251
Am Genfersee		252
Aus dem Mansardenfenster		253
Abend auf der Heide		254
Morgen nach dem Gewitter		255
Alpenfeuer		256
Bittgang		257
Die Tabaksmühle		258
Hochsommer		258
Abendandacht		259
Nebelbild		260
Abschied		260
Epilog		261

X. Italienisches Skizzenbuch.

Bilder aus Neapel I—XXII		262
Römische Sonette:		
Im Coliseo		274
Am Tiberstrande		275
Cives Romani		275
Begegnung		276
Nach der Beichte		276
Occhiaten		277
Antiquitäten		277
Andre Zeiten		278
Politisches		278
Abendandacht		279
Suum cuique		279
Im Vatican		280
Advent		280
Sylvester		281
Abschied von Rom		281
Nach Hause		282

Seite

Städtebilder:

Brescia 282
Mailand 283
Turin 283
Genua 284
Pisa 285
Siena 285
Parma 286
Ancona 286
Mantua 287
Venedig 288
Verona 288
Riva 289

XI. Kunst und Künstler.

Favete linguis 290
Rath der Götter 291
Perseus und Andromeda 291
Apollo unter den Grazien 291
Narciß 292
Der Farnesische Hercules 292
Silen's Nachtbesuch bei den Liebenden 293
Kunst und Publikum 293
Eintritt in Rom 294
Bernini's Brunnen 294
Dilettantismus 294
Verwundete Amazone 294
Venus aus den Gärten Mäcen's 295
Apoxyomenos 295
Der sterbende Fechter 295
Juno Ludovisi 295
Die sterbende Meduse 296
Auf eine griechische Büste des Traumgottes . . 297
Naturtrieb 297
Rafael's Jonas. 298
Geisterbeschwörung 300

Seite

XII. Reisebriefe.

 I—IV. An Anna 301

  V. An Bernardino Zendrini 309

  VI. An Joseph Victor v. Scheffel 312

  VII. An Ludwig Laistner 320

  VIII. An Arnold Böcklin 326

  IX. An Otto Ribbeck 331

  X. An Wilhelm Hertz 337

  XI. An Wilhelm Hemsen 344

  XII. An N. N., Gymnasialprofessor in X. . . . 348

XIII. Bilder und Geschichten.

Frühlingsbegräbniß 354

Waldchronik 355

Novelle 358

Das Spinett 359

Das Meerweib 363

Mirjam 365

Das Thal des Espingo 366

Bayard 368

Wanda 369

Graf Lützelnburg 370

Schamyl und seine Mutter 373

„Jan! ach armer Jan!" 378

Isländische Sage 380

Der Schenk von Erbach 382

Der Pirat 386

Die Schlange 390

Der Cicisbeo 396

Die Judith des Cristofano Allori 404

Die Mänade 409

Odysseus 411

Das Festmahl des Alten 412

XIV. Frauenemancipation. Eine Fastenpredigt . . . 417

XV. Sprüche.

Lebensweisheit 435

Seite

Frauen 454

Persönliches 458

Literatur und Kunst 466

Theater 491

Kritik 497

Wissenschaft 505

Politik 509

Philosophie 514

Gott und Welt 520

XVI. Zwiegespräche.

Falter und Kerze 528

Glühwurm und Ameise 532

Mond und Erosstatue 536

Der Dichter und der große Pan 540

Berichtigung:

Seite 81 Zeile 8 von oben lies Thränen statt Thräne.

Jugendlieder.

❦

Ueber ein Stündlein.

Dulde, gebulde dich fein!
Ueber ein Stünblein
Ist beine Kammer voll Sonne.

Ueber den First, wo die Glocken hangen,
Ist schon lange der Schein gegangen,
Ging in Thürmers Fenster ein.
Wer am nächsten bem Sturm der Glocken,
Einsam wohnt er, oft erschrocken,
Doch am frühsten tröstet ihn Sonnenschein.

Wer in tiefen Gassen gebaut,
Hütt' an Hüttlein lehnt sich traut,
Glocken haben ihn nie erschüttert,
Wetterstrahl ihn nie umzittert,
Aber spät sein Morgen graut.

Höh' und Tiefe hat Lust und Leib.
Sag ihm ab, dem thörigen Neib:
Andrer Gram birgt andre Wonne.

Dulbe, gebulde dich fein!
Ueber ein Stünblein
Ist beine Kammer voll Sonne.

❦

Treueſte Liebe.

Ein Bruder und eine Schweſter,
Nichts Treueres kennt die Welt,
Kein Goldkettlein hält feſter,
Als Eins am Andern hält.

Zwei Liebſten ſo oft ſich ſcheiden,
Denn Untreu' geht im Schwang;
Geſchwiſter in Luſt und Leiden
Sich halten ihr Lebelang.

So treulich als wie beiſammen
Der Mond und die Erde gehn,
Der ewigen Sterne Flammen
Alle Nacht bei einander ſtehn.

Die Engel im himmliſchen Reigen
Frohlocken dem holden Bund,
Wenn Bruder und Schweſter ſich neigen
Und küſſen ſich auf den Mund.

Roſenzeit.

Nun ſtehn die Roſen in Blüte,
Da ſpinnt die Lieb' ihr Netz ſo fein.
Mein flatterhaft Gemülthe,
Dich fängt ſie nimmer ein.

Und blieb' ich träumend hangen
In dieſer jungen Roſenzeit
An ſchönſten Roſenwangen,
Meine Jugend thäte mir leid.

Ich mag nur lachen und ſingen,
Durch blühende Wälder ſchweift mein Lauf;
Mein Herz will ſich erſchwingen
Bis in die Wipfel hinauf!

Morgenwind.

Wenn noch kaum die Hähne krähen,
    Macht sich auf der Morgenwind,
Feget aus mit starkem Wehen
Stadt und Flur und Wald geschwind.

Allen Bäumen in der Runde
Schüttelt er die Locken aus,
Weckt die Blümlein in dem Grunde,
Lockt die Lerch' ins Thal hinaus.

Nebel, die an Bergen hangen,
Jagt er ohne Gnade fort;
Kommt Frau Sonne dann gegangen,
Find't sie sauber jeden Ort.

Will sie bei dem treuen Winde
Sich bedanken in Person,
Ist er, daß ihn Keiner finde,
Ueber alle Berge schon.

Verwandlung.

Mühlen träg die Flügel drehn,
    Ueber die Stoppeln schleicht der Wind.
Dunkle Hütten im Grunde stehn,
Kleine Fenster, trüb und blind.

Sieh, da kommt ein Sonnenschein,
Stiehlt sich durchs Gewölk heran:
Mühlen, Feld und Fensterlein
Fangen flugs zu lachen an.

Liebes Herz, so bist du ganz,
Blöd und blind viel Tag und Nacht,
Bis ein leiser Liebesglanz
Dir die Welt zum Himmel macht.

In der Mondnacht.

In der Mondnacht, in der Frühlingsmondnacht
  Gehen Engel um auf leisen Sohlen;
Blonde Engel, innig und verstohlen
Küssen sie die schönsten Menschenblumen.

Tausendschönchen, allerliebste Blume,
Weiß es wohl, woher der Schimmer stammet,
Der dir heut das Antlitz überflammet:
Bist noch in den Traum der Nacht verloren.

Denkst der Engel, die durchs kleine Fenster
Sich auf Mondesstrahlen zu dir schwangen,
Leise dir zu küssen Mund und Wangen
In der Mondnacht, in der Frühlingsmondnacht.

Lied des fahrenden Schülers.

Spazier' ich so die Gass' entlang,
  Wenn kaum der Tag verrauschet,
Da heb' ich an einen hellen Sang,
Der Mond geht auf und lauschet.
    Wo Zwei und Zwei beisammen sind,
    Da stiehlt das Lied sich ein geschwind,
    Wo einsam weint ein Mutterkind,
Dem scheucht's die Nachtgespenster.

So weit der Sonn- und Mondenschein
Mag auf die Erde blicken,
Will sich zusammen Nichts so fein
Wie Lieb' und Lieder schicken.
    Das wußt' auch König David wohl
    Und sang zur Harf' in Dur und Moll
    Gar meisterlich und wundervoll
Die schönsten Serenaden.

Und das geschah vor Alters schon,
Ist heut noch Brauch geblieben.
Ich mein', ich säß' auf David's Thron,
Sing' ich ein Lied vom Lieben.
Der Thronen Glanz in Staub verweht,
Das Reich der Liebe nie vergeht,
Und wer das Singen recht versteht,
Ist aller Herzen König.

Hütet euch!

Ein Stündlein sind sie beisammen gewes't,
Ein Stündlein läuft so geschwind,
Und saßen schon Herz sich im Herzen fest,
Denn die Liebe die kommt wie der Wind.

Du junger Gesell, nun hüte dich fein,
Nun hüte dich, schönes Kind,
Und verriegele gut deines Herzens Schrein —
Denn die Liebe die geht wie der Wind.

Gnadenwahl.

Wie könnt' ich dich verdienen,
Und dient' ich sieben Jahr',
Und wär' ich dir erschienen
An Treu' unwandelbar!
Und würd' ich hoch erhoben,
Und würd' ich viel geehrt,
Die Liebe stammt von oben,
Die achtet keinen Werth.

Du Baum, das Haupt gesenket,
Und blühst du noch so schön,
Weiß Gott, ob dich auch tränket
Ein Regen aus den Höh'n.

Du Herz, in Feuerproben
Durch Lust und Leid bewährt,
Die Liebe stammt von oben,
Die achtet keinen Werth.

Abschied.

Als wir Beiden mußten scheiben,
  Eine Nelke gab sie mir;
Die geliebten stillbetrübten
Augen ruhten lang auf ihr.

Da vom zarten Strauch im Garten
Sie die dunkle Blume brach,
Lang mit Neigen in den Zweigen
Bebt' er seinem Liebling nach.

Doch den Wunden läßt gesunden
Heimath, die ihn treu umgiebt,
Wenn die welke dunkle Nelke
Blatt auf Blatt im Wind zerstiebt.

An ***.

Du ziehst mich an so tief und still,
  Und bir zu Füßen stürzt' ich gern,
Doch immer wenn ich's wagen will,
Hält mich ein böser Zauber fern.

Denn zwischen uns in Gram und Graus
Steht Eine, die ich erst geliebt:
Den blassen Finger reckt sie aus
Und winkt — und weint — und ist zerstiebt.

Vorüber.

Es sauset und es brauset,
Es geht ein kühler Wind.
Da drunten auf der Heide,
Da steht ein schönes Kind.

Mit ihren weißen Armen
Sie winkt mir Gottwillkomm,
Mit ihren schwarzen Augen
Sie lacht mich an so fromm.

Dein Winken und dein Grüßen,
Ach Schätzlein, hilft dir nicht:
Ich muß zur Welt 'nein fahren,
Ein vogelfreier Wicht.

Und willst einen Liebsten haben,
Such dir einen Andern aus.
Ich hab' ja nur zwei Flügel,
Ich hab' nicht Hof noch Haus.

Waldesnacht.

Waldesnacht, du wunderkühle,
Die ich tausend Male grüß',
Nach dem lauten Weltgewühle
O wie ist dein Rauschen süß!
Träumerisch die müden Glieder
Berg' ich weich ins Moos,
Und mir ist, als würd' ich wieder
All der irren Qualen los.

Fernes Flötenlied, vertöne,
Das ein weites Sehnen rührt,
Die Gedanken in die schöne,
Ach, mißgönnte Ferne führt!

Laß die Waldesnacht mich wiegen,
Stillen jede Pein,
Und ein seliges Genügen
Saug' ich mit den Düften ein.

In den heimlich engen Kreisen
Wird dir wohl, du wildes Herz,
Und ein Friede schwebt mit leisen
Flügelschlägen niederwärts.
Singet, holde Vögellieder,
Mich in Schlummer sacht!
Irre Qualen, lös't euch wieder;
Wildes Herz, nun gute Nacht!

Mädchenlieder.

1.

Auf die Nacht in den Spinnstuben
Da singen die Mädchen,
Da lachen die Dorfbuben,
Wie flink gehn die Rädchen!

Spinnt Jedes am Brautschatz,
Daß der Liebste sich freut.
Nicht lange, so giebt es
Ein Hochzeitsgeläut.

Kein Mensch, der mir gut ist,
Will nach mir fragen.
Wie bang mir zu Muth ist,
Wem soll ich's klagen?

Die Thränen rinnen
Mir übers Gesicht —
Wofür ich soll spinnen,
Ich weiß es nicht!

2.

Der Tag wird kühl, der Tag wird blaß,
  Die Vögel streifen übers Gras;
Schau, wie die Halme schwanken
Von ihrer Flügel Wanken
Und leise wehn ohn' Unterlaß.

Und Abends spät die Liebe weht
Ob meines Herzens Rosenbeet.
Die Zweige flüstern und beben,
Und holde Gedanken weben
Sich in mein heimlich Nachtgebet.

Du fernes Herz, komm zu mir bald,
Sonst werden wir Beide grau und alt,
Sonst wächs't in meinem Herzen
Viel Unkraut, Dorn und Schmerzen —
Die Nacht wird lang, die Nacht wird kalt!

3.

Mir träumte von einem Myrtenbaum,
  So blühenden hab' ich nie gesehn.
Die Nacht die ist vergangen,
Der Traum will nicht vergehn.

Was soll mir nun mein Sträußlein bunt,
Was soll mir nun der Veilchenkranz?
Ich wollt', es wären Myrten,
Da führt' er mich zum Tanz.

Zur Kirchen und hernach zum Tanz,
Der Himmel wär' mir aufgethan!
Ach, Liebster, holder Liebster,
Wie lange steht's noch an?

4.

Der Himmel hat keine Sterne so klar,
  Das Meer so keine Korallen,
Wie mir ein Menschenaugenpaar
Und Menschenlippen gefallen.

Er wandert unter den Sternen dahin,
Er wandert über die Meere,
Er geht mir immer durch den Sinn,
Dem ich zu eigen gehöre!

5.

Trußliedchen.

Und bild dir nur im Traum nichts ein,
  Du bist mir viel zu jung.
Ums Kinn noch kaum dir sproßt der Flaum,
Das ist mir nicht genung.

Und wenn ich Einen heirathen thu',
Muß sein ein Reiter zu Roß,
Noch eins so lang und breit wie du,
Sein Bart zweier Ellen groß.

Sein Rappe sauf't im Windeslauf,
Sein Bart der deckt mich zu,
Ich sitz' vor ihm am Sattelknauf,
Und hinterm Ofen du!

6.

Und wie sie kam zur Hexe,
  Dornröschen hold, Dornröschen gut,
Die stach sie in ihr Fingerlein,
Da floß das rothe Blut.

Sie schloß die lichten Augen,
Vom Spindelstich das Mägdlein schlief,
Bis um das graue Königsschloß
Eine Rosenhecke lief.

Und nach dreihundert Jahren
Da kam ein schöner Rittersmann,
Mit blankem Schwert er hieb sich durch,
Bis er die Maid gewann. —

Ich wollt', ich läge schlafen
Dreihundert Jahr im Rosenhag,
Bis daß der Eine gegangen käm',
Der mich gewinnen mag!

7.

Sang ein Bettlerpärlein
Am Schenkenthor,
Zwei geliebte Lippen
An meinem Ohr:

Schenkin, süße Schenkin,
Kredenz dem Paar,
Ihrem Dürsten biete
Die Labung dar! —

Und ich bot sie willig,
Doch der böse Mann
Biß mir wund die Lippen
Und lachte dann:

Ritzt der Gast dem Becher
Ein Zeichen ein,
Heißt's: er ist zu eigen
Nur ihm allein.

8.

Drunten auf der Gassen
Stand ich, sein zu passen;
Schlugen Nachtigallen
An den Fenstern allen,
Und ich blieb alleine
Bei der Blitze Scheine,
Bis die Nacht gewichen,
Und da bin ich frierend heimgeschlichen.

Ueber meine Wangen
Ist der Thau gegangen,
Und nun lös' ich stille
Meiner Locken Fülle.
Daß ein Sturm erginge,
Sich darin verfinge,
Mich zum Himmel trüge —
Weit hinweg aus dieser Welt der Lüge!

9.

Soll ich ihn lieben,
Soll ich ihn lassen,
Dem sich mein Herz schon heimlich ergab?
Soll ich mich üben,
Recht ihn zu hassen?
Rathe mir gut, doch rathe nicht ab!

Wild ist er freilich,
Heftig von Sitten,
Keiner begreift es, wie lieb ich ihn hab'.
Aber so heilig
Kann er auch bitten —
Rathe mir gut, doch rathe nicht ab!

Reichere könnt' ich,
Weisere haben;
Gut ist im Leben ein sicherer Stab.

Keiner doch gönnt' ich
Den wilden Knaben —
Rathe mir gut, doch rathe nicht ab!

Laß' ich von schlimmer
Wahl mich bethören,
Besser, ich legte mich gleich ins Grab.
Klug ist es immer,
Auf Rath zu hören —
Rathe mir gut, doch rathe nicht ab!

10.

Ach, wie so gerne
Bleib' ich euch ferne,
Schimmernde Säle, von Kerzen erhellt!
Daß mir im Dunkeln
Zwei Augen funkeln,
Ist meine Wonne, ist meine Welt!

Sucht' ich doch Allen
Einst zu gefallen,
Habe verstohlen die Netze gestellt.
Einem mich schmücken,
Einen beglücken,
Ward meine Wonne, ward meine Welt!

Einsam im Stillen
Um seinetwillen
Pocht mir das Herz, von Sehnsucht geschwellt:
Ihn zu umfangen,
An ihm zu hangen,
Bis mir in Wonnen schwindet die Welt!

In alten Tagen.

Ich glaube, in alten Tagen
  Da liebt' ich ein Mägdelein.
Mein Herz ist krank und trübe,
Es mag wohl ein Märchen sein.

Ich glaube, in alten Tagen
Da sonnte sich Einer im Glück.
War ich's, oder war es ein Andrer?
Vergebens sinn' ich zurück.

Ich glaube, in alten Tagen
Da sang ich — ich weiß nicht was.
Hab' ich denn Alles vergessen,
Seitdem sie mich vergaß?

Im Lenz.

Im Lenz, im Lenz,
  Wenn Veilchen blühn zuhauf,
Gieb Acht, gieb Acht,
Da wachen die Thränen auf.

Im Herbst, im Herbst
Fiel alles Laub vom Baum.
Ach, Lieb' und Glück
Vergangen wie ein Traum!

Gieb Acht, gieb Acht,
So ist der Dinge Lauf:
Blumen und Wunden
Brechen im Frühling auf.

Stimme der Nacht.

Nur eine Wachtel schlug im Feld,
    Da ich vorüberging,
Nur eine leise Glocke rief,
Die hoch im Thurme hing.

Verhallt die wirre Menschenlust,
Der wunde Menschenschrei.
So still der Wald! Es rauscht der Fluß
Mit Murmelklang vorbei.

Ein lautlos feuchter Uferwind
Entfacht dein Blut mit Macht,
Und die verlorne Liebe ruft
Beweglich durch die Nacht.

Schlaf nur ein.

Ach, was bin ich aufgewacht?
    Ob am Haus die Liebste klopft?
Leise tönt es durch die Nacht. —
    „Schlaf nur ein,
    Schlaf nur ein!
    Regen an die Scheiben tropft."

Warum klingt mir doch das Ohr?
Spricht von mir das falsche Kind,
Das mich aus dem Sinn verlor? —
    „Schlaf nur ein,
    Schlaf nur ein!
    Heerdenglocken rührt der Wind."

Und sie sah im Traum mich an,
Und sie sprach: Du glaubst es kaum,
Was ich leide, süßer Mann! —
    „Schlaf nur ein,
    Schlaf nur ein!
    Schlaf ihn aus, den falschen Traum!"

Nachweh.

Sei nicht traurig, wenn mein Blick sich trübt,
    Holdes Leben! Du hast's nicht verschuldet,
Daß ich alte Qualen neu erduldet.
Muß denn auch vergessen, wer vergiebt?

Warum rief von fern das alte Lied?
Ach, ich fühlte mit geheimem Zittern
Langverbrauf'te Stürme nachgewittern,
Denn die Eine sang's, die mich verrieth.

Laß mich weinen, du mein einzig Gut,
Reu' und Leid verweinen alter Zeiten,
Weinen dieser Stunde Seligkeiten,
Wo ein treues Herz an meinem ruht!

＊

Geisterstunde.

Laß mich dir genüber sitzen,
    Da die Mitternacht begann.
Wie mit leisen Fingerspitzen
Rühren sich die Geister an.

Laß uns schauen, laß uns schweigen,
Liebe Seele! Weißt du nicht,
Daß nur scheu sich Geister zeigen
Und verschwinden, wenn man spricht?

＊

Mondlied.

Ich wandle still den Waldespfad,
    Es dunkelt die Nacht herein.
Im Grunde rauscht ein Mühlenrad,
Der Grillen Lied fällt ein.

Wie liegt so tief, wie liegt so weit
Die Welt im Mondesduft!
Die Stimme der Waldeinsamkeit
Im Windessäuseln ruft:

Wirf ab dein bang erträumtes Weh,
Wirf ab die falsche Lust!
Sie schmelzen hin wie Märzenschnee,
Und öde bleibt die Brust.

Blick' auf, wo Stern an Stern entbrennt,
Und sprich dein Herz zur Ruh;
Denn ew'ger als das Firmament,
Du kleines Licht, bist du!

Geheimniß.

Laß uns leise bekennen,
Daß wir uns kennen,
In so heimlich halben Lauten,
Wie kluge Vögel,
Die ihr Nest in die Wipfel bauten.

Ferne Zeiten
Haben verschleiert milde Götter,
Wie vor Strom und Thal sich breiten
Zweige, Blüten, dichte Blätter,
Daß sie gern dem kurzen Sommer trauten,
Die klugen Vögel,
Die ihr Nest in die Wipfel bauten.

Singen Vöglein heller,
Locken sie die Knaben,
Nesteplündrer, Vogelsteller.
Wenn die Zweige sich entlaubet haben,
Vor dem ersten Schnee hinaus ins Weite
Schwingt sich freudig Lieb an Liebchens Seite.

Wohl den Vögeln,
Die den freien Lüften sich vertrauten,
Den klugen Vögeln,
Die ihr Nest in die Wipfel bauten!

Vorfrühling.

Stürme brauf'ten über Nacht,
Und die kahlen Wipfel troffen.
Frühe war mein Herz erwacht,
Schüchtern zwischen Furcht und Hoffen.

Horch, ein trautgeschwätz'ger Ton
Dringt zu mir vom Wald hernieder.
Niften in den Zweigen schon
Die geliebten Amseln wieder?

Dort am Weg der weiße Streif —
Zweifelnd frag' ich mein Gemüthe:
Ist's ein später Winterreif,
Oder erste Schlehenblüte?

II.

Reiseblätter.

Rückkehr zur Natur.

Als hätt' uns lang ein Zwist geschieden,
Der nun geschlichtet wunderbar,
So trat ich ein in deinen Frieden
Und ward im Tiefsten still und klar.
Ich sah das Meer sich leuchtend dehnen,
In Frühlingswonnen stand die Flur,
Da warf ich wieder mich in Thränen
An deine Mutterbrust, Natur.

Ich kannte dich, und doch im Stillen
Trotzt' ich der Liebe, die mich zwang,
Die um den spröden Eigenwillen
So zarte Fesseln freundlich schlang.
Am Geiste sucht' ich mein Genügen,
Und zahme Schwäche schien mir's nur,
Mich unter deine Zucht zu fügen
Und still zu wandeln deine Spur.

Du schwiegst, und fort und fort in Treuen
Geselltest du dich nah zu mir,
Den nicht'gen Unmuth zu zerstreuen,
Und riefst so sanft: Ich bin bei dir!

2*

Du sahst mich an aus Himmelsreine,
Aus Wald und Blumen mütterlich —
Umsonst! nicht war ich mehr der Deine,
Und so verscherzt' ich dich und mich.

Empfinden sollt' ich's. Wie die Schwüle
Des engen Tagwerks mich umfing,
Wie mir im hastigen Gewühle
Der gleiche Muth verloren ging —
Der Leib verfiel dem langen Kranken,
Die Seele zittert' in der Pein,
Da zogen sehnliche Gedanken
An deine Heilkraft in mich ein.

Und nun! — O, magst du schon dem Knaben
Die noch verhüllte Seele weihn,
Den Mann aus hundert Quellen laben,
Dem Greisen eine Freistatt sein:
Nur wer genes't, fühlt ganz tiefinnen
Die Fülle deiner Liebeskraft,
Und rein und reizbar noch an Sinnen,
Umfängt er dich mit Leidenschaft.

So nimm mich wieder, hehres Leben,
In deinem Schooße birg den Sohn!
Du lächelst mir, du hast vergeben
Und segnest den Verirrten schon.
Du übertönst mit Vogelstimmen
Die Beichte, die dein Ohr vernahm,
Und in des Morgens Glühn und Glimmen
Begräbst du dieses Roth der Scham.

* * *

Kurzes Gedächtniß.

Lustig vom Gebirg herab
Thät' die Schenke winken.
Eine trutz'ge Schöne gab
Mann und Roß zu trinken.

Schönes Kind, wie heißest du?
Fing ich an zu plaudern. —
Non me ne ricordo più,
Sprach sie ohne Zaudern. —

Daß du schön bist, Hexe du,
Daran denkst du immer. —
Non me ne ricordo più;
Spiegel ging in Trümmer. —

Aber wie das Küssen thu',
Hast du nicht vergessen? —
Non me ne ricordo più;
Ist's ein Ding zum Essen? —

Ob sie es gelernt im Nu,
Geht, sie selbst zu fragen.
Non me ne ricordo più!
Wird sie freilich sagen.

Die Winzerin.

An dem Gitter blieb sie stehn,
Und da hab' ich scheiden müssen,
Und sie sprach: Auf Wiedersehn!
Aber ich: Auf Wiederküssen!

Frommer Wunsch! Wohl nicht so bald
Treff' ich in den Vignen wieder
Diese knospende Gestalt,
Diese scheuen Augenlider.

Hoch ob ihrem Haupte schwankt'
Eine Last geschnittner Reben;
Der allein hab' ich's gedankt,
Daß sie mir den Raub vergeben.

Mit den braunen Händen just
Stützte sie des Bündels Schwere,
Hätte sonst gar wohl gewußt,
Wie man dreisten Näschern wehre.

Süße Frucht! Ich stahl sie mir
Aus der Ranken Irrgewinde,
Noch ein vogelfrei Revier,
Und so war's wohl keine Sünde.

Bald, du wandelnd Rebstöcklein,
Wirst du deinen Winzer finden,
Der dich hegt mit Dornen ein
Und sich eilt, dich anzubinden.

Und mir selber, kann ich noch
Uebers Jahr den Weg erkunden,
Hängt die Traube viel zu hoch,
Denn ich selbst bin festgebunden.

St. Rochus.

Bei Bingen an Sanct Rochus' Tag
Da ging die Sonne lieblich auf,
Der Niederwald, das Thal stromauf
In feierlichen Flammen lag.

Die Fähnlein wehn, die Frommen gehn
Hoch zur Kapell' mit Glock' und Sang.
Gewimmel rings und bunter Drang
Thät' mich nach allen Seiten drehn.

Und wer da pilgert' nah und fern,
Ein' Bratwurst hielt in Händen sein;
Drin biß er fromm und tapfer ein
Und sagt' ein Gratias dem Herrn.

Die Bratwürst' und der saure Wein,
Die sind des Festes Kron' und Ziel.
Sie essen viel, sie trinken viel
Und rosenkränzeln zwischendrein.

Es hat der heil'ge Rochus traun
Ein' mächtig große Wunderkraft,
Daß er den Gläubigen Magen schafft,
Die all das Teufelszeug verdau'n.

Am Genfer See.

Reingeschwungne Bergeslinien
Sind in Regenduft verschwommen,
Und es nebelt in den Vignen,
Und mir ist das Herz beklommen.

Wie sich rings die Wolken dehnen,
Denk' ich jener dunkeln Stunden,
Wo mir so vor deinen Thränen
Welt und Zukunft war verschwunden.

Aber dort — schon glänzt's hernieder,
Und die Schleier sind zerronnen —
Ach, wann wird mein Leben wieder
Sich an deinem Lächeln sonnen?

Vogelscheuche.

Es steht ein Mönch im Felde,
Ist nur ein Mönchshabit.
Die Stange schwankt im Winde,
Die Kutte dreht sich mit.

Wart! denkt der fromme Bauer,
So schützen wir die Saat;
Die Spatzen respectiren
Den geistlichen Ornat.

Die Spatzen denken: Mönchlein,
Dein Beispiel fehlte noch;
Ei, sä'st denn du und erntest,
Und Gott ernährt dich doch?

❦

Rosensünden.

Diese flatterhaften Rosen,
Die mir Tags Laurella gab,
Fliegen, die gewissenlosen,
Nachts zu Grazia hinab.

Steckt euch denn, ihr Bösewichter,
So die Kuppelei im Blut,
Daß ihr doppelt eurem Dichter
Eure Liebesdienste thut?

Oder ließ sich billig finden
Euer Beichtiger, der Lenz?
Gab er euch für Rosensünden
Im Voraus die Indulgenz?

❦

Laurella.

Du bist noch wild, du bist noch scheu,
Nur von der Mutter gezähmt,
Du weißt noch nicht, wie süß es sei,
Was Menschen entzückt und grämt.

Du lässest dein Haar in die Stirne wehn
Und tief deine Wimper sich senken.
Kein Mann, kein Mädchen soll erspähn,
Was deine Augen sich denken.

Was beißest du in die Orangenfrucht
Mit weißen Zähnen so heftig?
Was wirfst du den Arm in des Tanzes Flucht
Um des Schwesterchens Leib so kräftig?

Was wirst du nur so zornig roth,
Lachen die Bursche, die frechen?
Warum erschrickst du bis in den Tod,
Hörst du von Liebe sprechen?

⁂

Feuerversicherung.

Und nun sprich, wie soll ich's machen,
Hier des Lebens froh zu sein,
Denn so recht von Herzen lachen
Kann ein Mensch doch nur zu Zwei'n.

Zwar es trennt die flachen Dächer
Ein verwünschtes Mäuerchen,
Doch darüber sprang in frecher
Schadenlust das Feuerchen.

Als du mir dein warmes Händchen
Reichtest über jene Wand,
Anfangs zuckt' in mir ein Brändchen,
Doch es wuchs und ward ein Brand.

Und nun sage, willst du's hindern,
Klettr' ich dir zum Dach hinein?
Ach, ein solches Feuer lindern
Kann ein Mensch doch nur zu Zwei'n!

⁂

Nahe Gefahr.

Bei der Abendröthe Schwinden
  Hatt' ich meinen Berg erstiegen,
Sah das Meer im tiefen Bette
Wollustschauernd stille liegen,
Wie des Tizian Venusbilder
Sich in ihre Kissen schmiegen.

Durch die Luft erging ein Schwirren
Wie von Amorinenschwingen,
Und mir däuchte schon, ich hörte
Feldgeschrei der Götter klingen;
Von verborgnen Hinterhalten
Fühlt' ich meinen Fuß umringen.

Hütet euch, ihr losen Diebe!
Rief ich aus mit ritterlicher
Trotzgeberde, dieser Busen
Ist vor euren Tücken sicher! —
Doch zur Antwort aus den Lüften
Kam ein schadenfroh Gekicher.

Und nun will ich nicht verschweigen,
Daß mich dies bedenklich machte,
Daß ich gleich an Teresina,
Meiner Wirthin Tochter, dachte;
Denn genau wie jenes Kichern
Klang es, wenn die Kleine lachte.

Von Lacerten.

1.

Eine fand ich, eine fette,
  Die vor ihrem Schlupfloch saß,
Ehrbar, sauber und behaglich
Und die Augen hell wie Glas.

An dem warmbesonnten Steine
Putzte sie das Näschen blank,
Fing sich dann und wann ein Mückchen,
Das sich ihr zu nahe schwang.

Rechts und links durch alle Ritzen
Raschelte die junge Brut.
Sie allein blieb stattlich sitzen,
Wie gereifte Weisheit thut.

Nur zuweilen mit dem Schwänzchen
Zuckte sie bedeutungsvoll,
Trieben es die jungen Leute
In den Kammern gar zu toll.

So in innres Schau'n versunken
Und Genuß des Sonnenlichts,
Nicht erschrak sie, da ich nahte,
Denn der Weise fürchtet nichts.

Wie der Philosoph der Tonne
Sah sie mich gelassen an:
Geh mir etwas aus der Sonne,
Unbekannter, junger Mann!

2.

In Gedanken an die Ferne
Und der Nähe wenig froh,
Senkt man wohl die Augen gerne,
Und auch heut geschah mir so.

Da in weichen Lüften schwanken
Sah ich einen Schmetterling,
Daß sein Schatten auf dem blanken
Gartenweg spazieren ging.

Hell in Sonne lag das Gärtchen,
Die durch zarte Zweige brach,
Und ein thörichtes Lacertchen
Lief dem Falterschatten nach.

Dacht' ihn jetzt der Wicht zu haschen,
War er wieder weit voraus,
Und fast ging ihm bei der raschen
Jagd Geduld und Athem aus.

Zwischen Lachen und Erbauung
Sah ich zu dem holden Trug
Idealer Weltanschauung,
Doch — wer wird durch Schaden klug!

*

3.

Euch beneid' ich, ihr Lacerten,
Die ihr an der Mauer tänzelt,
Durch die lichten Rebengärten
Sorglos in der Sonne schwänzelt.

Euer lustiges Gelichter
Achtet nicht der Lorbeerhecken
Dort im Garten, die den Dichter
Aus der süßen Ruhe schrecken.

Nicht der dunkelgrünen Predigt
Jener stattlichen Cypressen,
Die die Seele, kurzbeseligt,
Mit den bangen Schauern pressen.

Ach, und nicht der Myrtenbäume,
Deren Zweige mir verkünden,
Wie viel Wonnen ich versäume,
Bis sie Ihr das Haar umwinden.

*

Im Süden.

Ist die Luft so reingestimmt,
  Jeden Mißklang zu versöhnen?
Will doch Alles lieblich tönen,
Was mein lauschend Ohr vernimmt.

Ich, um den die Fessel schlang
Leidenschaft, — an dieser Stätte
Klirr' ich nur mit meiner Kette,
Und schon klingt es wie Gesang.

Bekenntniß.

Spare deine Erstlingsküsse
  Für den Liebsten, schlankes Kind,
Denn du weißt nicht, aber wisse,
Daß versagt die meinen sind.

Schmiege nicht, du wilde Taube,
Dich an dieses Herz so fest,
Denn du glaubst nicht, aber glaube:
Längst bewohnt ist dieses Nest.

Lächle nicht! Und wär's mit Schmerze —
Hohe Zeit ist, daß du lernst:
Lächeln darf ich nur im Scherze,
Und du lächelst, ach! im Ernst.

Durch die Ferne, durch die Nacht.

Hab Erbarmen, hab Erbarmen!
  Um mich selbst bin ich gebracht,
Wenn du winkest mit den Armen
Durch die Ferne, durch die Nacht.

Lösch, o lösch die kleine Kerze,
Die mir dieses Nackens Pracht
Nur enthüllt zu meinem Schmerze
Durch die Ferne, durch die Nacht!

Deine Stimme laß ertönen,
Denn sie bringt heran mit Macht,
Als umarmte mich dein Sehnen
Durch die Ferne, durch die Nacht!

Lied von Sorrent.

Zur Melodie: Sto crescenno no bello cardillo.

Wie die Tage so golden verfliegen,
    Wie die Nacht sich so selig verträumt,
Wo am Felsen mit Wogen und Wiegen
Die gelaubete Welle verschäumt,
Wo sich Blumen und Früchte gesellen,
Daß das Herz dir in Staunen entbrennt —
O du schimmernde Blüte der Wellen,
Sei gegrüßt, du mein schönes Sorrent!

Und die Nacht, wenn so süß Luisella
Ihre lachenden Lieder uns singt
Und der Wirbel der Lust, Tarantella,
Wie ein Flämmchen im Sturme sie schwingt.
An der Bucht sich die Gärten erhellen
Unterm leuchtenden Nachtfirmament —
O du schimmernde Blüte der Wellen,
Sei gegrüßt, du mein schönes Sorrent!

Hier entrinnst du der Sorgen Getriebe,
Und es trägt dich auf Händen die Lust,
Und sogar das Gedächtniß der Liebe,
Hier beschleicht es gelinder die Brust.

Und du tauchst in die heilenden Quellen,
In des heiligen Meers Element.
O du schimmernde Blüte der Wellen,
Sei gegrüßt, du mein schönes Sorrent!

Auch der tobenden Stürme Getümmel,
Hier belebt es nur Blüten zu Hauf,
Und es lösen die Wetter am Himmel
In ein fruchtbar Geriesel sich auf.
Wenn die Früchte, die herbstlichen, schwellen,
Ach, wie weit, ach, wie bin ich getrennt!
Dann ade, o du Blüte der Wellen,
Dann ade, du mein schönes Sorrent!

❧

Allgegenwart.

Nach vieltausendfachen Freuden,
  Die ich diesem Tag gedankt,
Laß an deinem Bild mich weiden,
Das mich für und für umschwankt.

Wie empfind' ich deines Herzens
Heimliche Allgegenwart,
Ob mir auch der Sturm des Schmerzens
Sonnig hier besänftigt ward!

Nun beherrscht mich Nacht und Stille,
Und im Stillen herrschest du,
Und der Sehnsucht ew'ge Fülle
Weht mir aus der Runde zu;

Wo in dieser Mondenhelle
Einsam schweift Orangenduft
Und der Klang der Ritornelle
Klagend wandert durch die Luft.

❧

Idylle.

Junges Weib, wie manche Stunde
Seh' ich deinem Glücke zu,
Wie du auf dem Söller droben
Schaltest ohne Rast und Ruh'.

Während du mit kräft'gem Arme
Ueberm Haupt den Rocken schwingst,
Schnurrt herab die flinke Spindel,
Und du lächelst und du singst.

Singst ein Wiegenlied dem Kleinsten,
Das du schaukelst stät und leis,
Und es tanzt dazu dein Knabe
Mit dem Schwesterchen im Kreis.

Tarantella tanzt die Kleine,
Noch in ihren ersten Schuh'n,
Klatscht den Takt mit beiden Händchen,
Alles, wie's die Großen thun.

Già la luna 'mmiezzo mare —
Und sie werden es nicht müd,
Bis dem kleinen Paar die Wange
Dunkel wie Granate glüht.

Jetzt Orangen aus dem Körbchen
Und ein Bröbchen aus dem Schrank
Theilst du aus zum Abendimbiß,
Und sie küssen dich zum Dank.

Und das Kind verlangt zu trinken,
Und das Hündchen springt und bellt,
Und die kleinen Vögel wissen,
Wo man offne Tafel hält.

*   *   *

Nun kommt die Nacht, so duftig, mild und klar.
Die Kinder schläfert's. In dem Bettchen dort
Bringst du zur Ruh' das kleine Tänzerpaar;
Das Jüngste schläft im Wiegenkorbe fort.

Du aber trittst hinaus, und vom Balkon,
Ein Liedchen summend, sacht das Haupt gewiegt,
Blickst du umher. Es klingt kein falscher Ton
Durch dieses Herz, das tief in Frieden liegt.

Seitdem du athmest, kennst du Alles hier,
Stadt, Meer und Menschen. Doch was kümmert's dich?
Die Heimath selbst — zur Fremde ward sie dir,
Seit Ein Gefühl den Busen dir beschlich.

Mann — Kinder — Haus, und drüber nur ein Grab.
Du nickst wie träumend, grüßt dich Die und Der.
Der Nachtwind säuselt gassenauf und -ab,
Der Mond geht auf; du überblickst das Meer.

Ein Nachen von Neapel! Vogelschnell
Durchschneidet er die Flut. Du spähst und spähst —
Ist Er's? — Dein Aug' antwortet freudenhell,
Ein Lämpchen zündest du, mit dem du wehst.

Noch kurze Frist, dann klingt ein rascher Fuß,
Der Knabe lacht im Schlaf, das Hündchen bellt,
Die Thüre geht — Willkommen, Gruß und Kuß,
Und in zwei Armen hältst du deine Welt!

❧

Mirakel.

Heut nach Sant' Agostino verirrt' ich mich, wo sie dem wunder-
Thät'gen Madonnenbild küssen den marmornen Fuß.
Und da ließ mich das Glück der Wunder eines erleben,
Wie sie an Fleisch und Blut wirkt der vergötterte Stein.

Wenige Frau'n und Mädchen — es läutete grade zur Vesper —
    Knieeten dort im Gebet, züchtig die Augen gesenkt,
Tücher ums Haupt, darunter die silberne Nadel hervorsah,
    Oder der blinkende Reif an dem gebogenen Kamm.
Nur ein finsterer Bursch stand fern am Pfeiler. Er schien nicht
    Betens halber und nicht gläubigen Herzens genaht.
Fest hinstarrten die Augen auf eins der knieenden Mägdlein,
    Und es glüht' ihm das Herz bis zu den Wangen hinauf.
Doch sie achtet' es nicht, sie ließ nicht unter dem Schleier
    Nach dem Pfeiler zu ihm wandern verstohlenen Blick.
Freilich, der Bursch war dürftig und unansehnlich; sie selber
    Trug in dem Schönheitskampf sicher die Palme davon.
Nun vom Knieen erhob sich Eins ums Andere. Sittsam
    Trat zu der Jungfrau Bild jedes der Mädchen heran,
Heftete Lippen und Stirn und wieder die Lippen in Andacht
    Gegen den Marmorfuß, kreuzte sich, knixt' und verschwand.
Immer noch starrte der Bursch. Da kam die Schönste gegangen,
    Knixt' und küßte den Stein. Jetzt in gewaltiger Hast,
Gleich als lief' er Gefahr, sein ewiges Heil zu versäumen,
    Wild wie ein reißender Wolf zwischen die Schafe sich stürzt,
Drängt' er die Weiber zurück und küßte die nämliche Stelle,
    Und des Kicherns umher achtet' der Feurige nicht.
Denn er sah nur die Eine, die purpurglühend ihn anstaunt',
    Und, o Wunder! er schien plötzlich verwandelt, der Wuchs
Höher und stolzer der Blick. Du aber schautest mit Lächeln
    Auf dein liebliches Werk, Mutter der Gnaden, herab!

Nach der Natur.

Pinsel, Griffel und Meißel und was irgend
    Macht hat, schwankende Formen festzubannen,
Euch beneidet der Kiel des armen Dichters.
Denn er müht sich vergebens, nachzukritzeln,
Was so eben geschaut die sel'gen Augen.
Weiß denn Einer, wie reizend keck das Dirnchen
Auf dem Eselchen thronte, wenn ich melde,

Daß sie zwischen den Körben saß, das eine
Beinchen über des Thiers geduld'gen Rücken,
Frei das andere baumelnd, daß ihr rothes
Röcklein über die Wade sich hinaufzog?
Und so saß sie mit vorgeneigten Schultern,
In die Rechte geschmiegt das Kinn, am kleinen
Finger saugend, verträumt und aus der Wimpern
Schwarzer Seidengardine Blitze sprühend;
Und so ritt sie dahin die wind'ge Gasse,
Daß am Busen das Tuch sich löf't' und flatternd
Halb den kräftig gewölbten Nacken freigab,
Jenen Nacken der Mädchen von Albano,
Drüber üppig geringelt hängt die Flechte,
Wie ein Drache, den stolzen Schatz zu hüten —
Kommt und seht und verzweifelt, arme Dichter!

Lalla.

Ein Ritornellenkranz.

Ihr Blumen-Ritornelle,
    Ihr windverwehten zarten Liebeshauche,
Laßt ihr euch auch gebrauchen zur Novelle?

    Schneeglöckchen läuten:
Versuch's mit uns! Viel sagt man durch die Blume;
Wie viel kann erst ein voller Strauß bedeuten!

    Blühende Winden.
Ja, wer es selbst erlebt, dem mag's gefallen;
Die Andern werden's kaum ergötzlich finden.

    Primula veris.
Im jungen Lenz ist Rom ein Paradies;
Auf Weg' und Stegen triffst du holde Peri's.

Jelängerjelieber.
Den Pincio meide, wenn die Sonne sank;
Liebschaften lauern dort und Wechselfieber.

Moosrosen, zwei an einem Stiele.
Die vollerschloßne haucht schon Sommerduft;
Die scheue Knospe wär's, die mir gefiele.

Blüte der Mandeln.
Im Kern ist Gift verborgen. Hüte dich,
Mit jungen Römerinnen anzubandeln!

Blüh'nde Akazie.
Wie reizend sie den Fächer fallen ließ
Und sprach, da ich ihn aufhob: Tante grazie!

Ein namenloses Blümchen.
Darf man erfahren, Fräulein, wie Ihr heißt? —
„Lalla; und hier die Rosa ist mein Mühmchen."

Ihr bunten Anemonen,
Die sie zerpflückt, o sagt, pflegt dieses Kind
Auch Herzen, die sie stiehlt, nicht zu verschonen?

Blüh'nde Reseden.
Dein Lächeln grüßte mich heut im Gesù;
Die Messe klang, da durften wir nicht reden.

Blaue Cyane.
Heut, mit der Mutter wandelnd, thatst du fremd.
Nun weiß ich, wo du wohnst: Quattro fontane.

Gelbe Ranunkel.
Du machtest mir ein Zeichen mit der Hand;
Was du gemeint, du Schelmin, blieb mir dunkel.

Granatbusch, voll im Flore.
Nun endlich, tiefverschleiert, traf ich dich
Heut auf dem Platze vor Marie Maggiore.

Kennst du die Osterie dort in den Thermen
Diocletian's? Kein laues Wasserbad,
Ein Feuerwein soll dir das Blut erwärmen.

Falbe Verbene.
Ein jeder Mund, und wär' er längst verblüht,
Verjüngt sich, wenn er spricht: Ti voglio bene.

Blüte der Linde.
Doch haucht ein Knospenmund: Ich liebe dich!
Alsbald entfaltet sich das Weib im Kinde.

Schwertlilien seh' ich gerne
Mit dem vertieften Blau. Doch tiefer blauen
So feuchtverklärt saphirne Augensterne.

Wie Pfirsiche, die am Spalier noch hangen,
So zartgeröthet unter leichtem Flaum
Glühn dieser herben Jugend braune Wangen.

Ihr Hyazinthenglöckchen,
Ich weiß, was holder tausendmal als ihr:
Am schlanken Halse diese schwarzen Löckchen.

Gelbblumiger Ginster.
Sei ohne Furcht, der Wirth verräth uns nicht,
Und in dem Eckchen hier ist's traulich finster.

Blüh'nde Syringen.
Besorgt' ich nicht, die Mutter möcht' es hören,
Würd' ich dir heute Nacht ein Ständchen bringen.

Duftlose Dahlien.
Du gleichst der Psyche, Kind, so im Profile. —
„Wer ist die Dame? Lebt sie in Italien?"

Blüh'nde Narzissen.
Wenn du das nächste Mal zur Beichte gehst,
Sagst du dem Pater auch von unsern Küssen?

Reben, ihr traubenschweren.
„Ihr seid ein Ketzer, Herr; ma non fa niente.
Der Pfarrer sagt, die lassen sich bekehren."

Verschwiegnes Veilchen.
Kannst du nicht morgen zum Tritone kommen,
Vergiß es nicht und schreibe mir ein Zeilchen.

Blühender Majoran.
Ein Tag vergangen ohne Liebesgruß!
Schreiben ist leicht gesagt, doch schwer gethan.

O Epheuranke!
Da kommt sie schon, ins Tüchlein eingemummt,
Und lacht von fern mich an, die Süße, Schlanke.

Blüh'nde Granaten.

„Nein, nicht geküßt! Ihr wißt, das schickt sich nicht.
Doch laßt uns einmal ernsthaft uns berathen."

Blume vom Flachse.

„Ich werde sechzehn bald, und Mama meint,
Heirathen könn' ich, weil ich nicht mehr wachse."

Blühende Schlehe!

Cospetto! Noch nicht volle sechzehn alt,
Und spricht bereits so ernstlich von der Ehe!

Fliegende Blütenflocken.

„Mein Vetter Checco möchte gern mich frei'n.
Er ist ganz hübsch mit den gebrannten Locken."

Sie lieben's freilich, beim Friseur zu sitzen!
Der ist der Einz'ge noch, der daran glaubt,
Daß diese Stutzer einen Kopf besitzen!

Gelbe Tazette.

„Kommt und besucht uns doch einmal am Abend.
Erst wird geschwatzt, dann spielen wir tresette."

Blume der Passion.

„Auch der Herr Pfarrer giebt uns oft die Ehre.
Ein heil'ger Mann! Drei Juden tauft' er schon."

Blühende Winde.

Ich soll zur Mutter gehn, um dich zu werben?
Ich fürchte, daß ich keine Gnade finde.

Goldregenblüten.

Ja, wär' ich Zeus, holdsel'ge Danaë,
Die Mutter würde dich so streng nicht hüten.

Verblühter Oleander.

Ich sprach nur wenig, du verstandst nicht Alles,
Du schwiegst, ich schwieg — so kommt man auseinander.

Spanischer Flieder.

Nichts schuldig ward ich dir, als drei Occhiaten
Und siebzehn Küsse. Hier hast du sie wieder.

Weiße Cyclamen.

Du zogst ein Mäulchen. „Ich will heim. Abbio."
Schon jetzt? — „'s ist spät." — Nun denn in Gottes Namen!

Goldblumige Levkoye.
Vielleicht, du junge Klugheit, hast du Recht,
Und besser frühes Leid als späte Reue.

Knospende Myrten.
Wir glaubten wohl, einander gut zu sein,
Nun merken wir beizeit, daß wir uns irrten.

Gepriesene Camelien.
Schönheit entflammt und Munterkeit bestrickt,
Doch eine Seele nur kann uns beseligen.

Blüte der Limone.
Gott schenk' dir einen Mann und hübsche Kinder,
Und werde nicht zu stattlich als Matrone.

Blühende Kalla.
Ich traf dich heut. Doch nicht ein Blick verrieth,
Wie süß du küssen konntest, meine Lalla.

Haselnußstrauch.
Backfisch und praktisch will nur schlecht sich reimen,
Doch hier zu Lande scheint's nun so der Brauch.

Reifende Stachelbeeren.
So weislich hat Natur sie ausgestattet,
Daß sie der fremden Näscher sich erwehren.

Maßliebchen, o ihr blassen,
Euch send' ich ihr als meinen Scheidegruß.
Was sich mit Maßen liebt, muß sich verlassen.

Schlanke Cypressen.
Die Frühlingsblume, die du nicht gepflückt,
Durchduftet das Gemüth dir unvergessen.

Schneeweiße Weihnachtsrosen.
Im Norden sitz' ich hinterm warmen Ofen;
Ein Hauch des Südens kommt, mir liebzukosen.

III.

Margarete.

✦

Umsonst.

An dich verschwendet hat mein Herz
Sein bestes Gut und Blut,
Sein Träumen, Lachen und Weinen,
Sein Zagen und seinen Muth.

Und du — du gehst und blickst vorbei,
Du stolze Königin.
Du weißt, und willst nicht wissen,
Wie ganz verarmt ich bin;

Wie bettelarm, wie bettelstolz
Ich meiner Straße zieh'!
Zum Bettler bin ich geworden,
Doch betteln werd' ich nie.

✦

Tiefer Brunnen.

Verschließ dich nur, du schöner Mund,
Verbirg dich, tiefes Herz, mit Fleiß:
Der Rechte kommt zur rechten Stund',
Der Mund und Herz zu lösen weiß.

Gedenk' ich dein, kommt mir zu Sinn
Die Sage von der alten Stadt.
Ein tiefer Brunnen lag darin,
Draus keiner noch getrunken hatt'.

Er war so tief, so wundertief,
Ließ man ein Becherlein hinab,
Der Faden viele Stunden lief
Und reichte doch den Grund nicht ab.

Da kam des Wegs ein Musikant,
Der sah den Brunn und trat herzu
Und nahm sein Geigenspiel zur Hand
Und spielt' ein Stück und sang dazu.

Und horch, da rauscht' es tief und voll
Und wogt' herauf und sprudelt' klar,
Und lieblich kühl Gewässer schwoll
Empor zum Rande wunderbar.

Der Spielmann trank nach Herzgelüst,
Da war gelös't der dunkle Bann.
Wer dich so zu ersingen müßt',
Ach, wäre wohl ein sel'ger Mann!

Mein und Dein.

Zieh ein zu allen Thoren,
Geliebtes Glück, zieh ein!
Du mir zum Trost erkoren,
Nimm Alles hin, was mein!

Du mir zum Trost erkoren,
Ich leb' in dir allein.
Für dich zur Welt geboren —
Ach, was an mir ist mein?

Für dich zur Welt geboren,
Kenn' ich kein andres Sein;
Nicht frag' ich wie die Thoren:
Ach, was an dir ist mein?

Nicht frag' ich, wie die Thoren;
Und riefe die Hölle Nein:
Wer sich ins All verloren,
Was gilt ihm Mein und Dein?

Lenz und Liebe.

Es muß so manches Kräutlein blühn,
    Bis man am Strauch die Rose schaut,
Manch Vögelein muß zwitschern,
Bis Nachtigall ihr Nest gebaut.

Und dich betrübt, daß ich geliebt,
Ob auch so selig nie, wie jetzt?
Wie Kinder sind Lenz und Liebe:
Ihr Liebstes sparen sie bis zuletzt.

Die Kinderfrau.

Sie hat in Treuen dich gepflegt,
    Bewahrt vor jedem Lüftchen rauh,
Dich wie ihr Augenlicht gehegt,
Die gute alte Kinderfrau.

Doch wer dich ihr vom Arme nahm
Und herzt' und sang dich in den Traum,
Dem ward vor Neid sie heimlich gram
Und gönnte dich der Mutter kaum.

Nun lieblich blühtest du heran
Und bist entwachsen ihrer Zucht;
Nun herzt dich gar ein fremder Mann —
Wo blieb der Alten Eifersucht?

Sie ist ihm gar nicht feindgesinnt,
Sie gönnt dich ihm und lächelt schlau.
Wiegte sie gern ein neues Kind,
Die kluge alte Kinderfrau?

***

Liebesdienst.

Wenn das Haus im Wüsten liegt,
    Wem gefielen Gäste?
Staub, der aus den Winkeln fliegt,
Kehrt man vor dem Feste.

Als ich just im Herzen tief
Ordnung schaffen wollte,
Hört' ich, wie ein Stimmchen rief,
Daß ich öffnen sollte.

Ach, die schöne Liebe stand
Bittend an der Schwelle;
Daß sie es im Argen fand,
Klagt' ich ihr zur Stelle.

Doch sie lacht' mir ins Gesicht,
Sprang ins Haus behende,
Und wie längst gewohnt der Pflicht,
Rührte sie die Hände.

Staunend sag' ich, wenn ihr fragt:
Welch ein Glanz tiefinnen?
„Die das Haus gefegt als Magd,
Wohnt als Fürstin drinnen."

***

Verlöbniß.

Ich gab dir keinen Schwur, dir zu gehören,
Weil um das Wort Dämonen uns beneiden.
Die Seelen, die wir so in Leiber kleiden,
Die stumme Brut der Nacht will sie zerstören.

Den Machtspruch alles Seins — wer kann ihn hören?
Schwur sich die Nacht den Sternen zu mit Eiden?
Wird je die Nachtigall vom Frühling scheiden?
Nur was man brechen kann, mag man beschwören.

Natur verlobt' uns, die mit ew'gem Triebe,
Was seelenvoll erschaffen ist auf Erden,
In Sehnsucht zwingt sein andres Ich zu suchen.

Und will Natur je scheiden diese Liebe,
Muß sie meineidig an sich selber werden
Und, was sie eingesegnet, selbst verfluchen.

Wettstreit.

So kürzt die Liebe sich die kurze Zeit
Mit Fragen, die doch nichts nach Antwort fragen,
Und halbgestammelt will sie Antwort sagen
Auf Fragen, die verstummt vor Seligkeit.

Denn Blick und Kuß und Rede sind im Streit,
Und keines will des Vorrechts sich entschlagen,
Die Liebesbotschaft hin und her zu tragen,
Und kein Vergleich besänftigt ihren Neid.

Kaum daß sich glühend Mund an Mund gerissen,
Zwingt sie der Augen Eifersucht zum Scheiden;
Wie könnten Worte da zu Worte kommen!

Die Herzen haben auch den Zwist vernommen
Und lächeln, da sie längst die Botschaft wissen,
Um die so eifrig jene sich beneiden.

Sie schreibt.

Ach, warum von Land und Leuten
Schreibst du mir aus deiner Ferne,
Wie Gebirg und See dich freuten
Und wie golden dort die Sterne!

Liebesbriefe will ich lesen,
Immer nur das selig Eine,
Daß du mein gedenk gewesen,
Daß du mein und daß ich deine.

Ach, und tauchst an hellen Tagen
Du aus deinen Kümmernissen,
Sollst du mir es immer sagen,
Denn ich will dich heiter wissen.

Aber nicht dem fremden Neuen
Dank es, nicht der fernen Sonne,
Daß sie dein Gemüth zerstreuen
Und dir spenden frische Wonne.

Laß mich glauben, daß der Grüße
Zauber, die ich zu dir sende,
So das Leben dir versüße,
Wie dereinst ein Druck der Hände.

Daß mir, auch von dir geschieden,
Jene stille Macht verbliebe
Und du alle deinen Frieden
Nur gewinnst durch meine Liebe!

Seit du nun schweigst.

Seit du nun schweigst, sind mir die Dinge stumm.
Mit seelenlosen Augen sehn mich an
Die liebsten Menschen. Jedes Heiligthum
Find' ich verschlossen, poch' ich je daran.

Gab deine Stimme doch die Melodie
Zu meines Lebens Lied. Du warst das Maß,
Das Werth und Unwerth meiner Welt verlieh;
In dir genoß ich erst, was ich besaß.

Nun du mir fehlst, bin ich mir selbst entrückt,
Mißklang mein Denken, mein Empfinden Streit.
Das Schöne spielt mit mir, das Wahre drückt
Dies Herz zusammen, das es sonst befreit.

Des Lebens Krone fiel aus meinem Haar,
Jedwede Herrschgewalt ist mir entrungen,
Und selbst das Lied, das noch mein eigen war,
Hat mir der Schmerz tyrannisch abgezwungen.

Ergebung.

Frag es nur, was überschwänglich
Wie ein Schicksal dich umgiebt!
Ach, wie Vieles war vergänglich,
Was die Seele sonst getrübt.

Das dich jetzt aus fremder Weite
Unbezwinglich bannt an sie,
Auch so eng an ihrer Seite
Ließ dich dieses Sehnen nie.

War ihr Blick doch unergründlich,
Unermeßlich, ach, ihr Herz.
Da empfandst du zitternd stündlich
Deine Schranke, deinen Schmerz;

Fühltest wie von Sonnenflimmer
Still die Augen übergehn,
Und doch unersättlich immer
Strebtest du, dich satt zu sehn.

Ach, so dränge nun vom Herzen
Diese Sehnsucht nicht zurück,
Und die Dauer deiner Schmerzen
Bürge dir ein dauernd Glück!

✻

Brautlied.

Welch ein Scheiden ist seliger,
    Als zu scheiden von Mädchentagen?
Welch ein Klagen ist fröhlicher,
Als in Myrten um Veilchen klagen?

Als dein Schifflein im Hafen lag,
Meerwärts oft sich die Wimpel regten,
Ob auch heimischer Wellenschlag,
Land und Himmel es treulich hegten.

Nun die Anker gelichtet sind,
O wie köstlich die Fahrt ins Weite!
Düfte schwimmen im Frühlingswind,
Und du lächelst an Seiner Seite.

Manch ein segnender Seufzer schwingt
Sich ins Segel, es lind zu schwellen.
Laß dies Lied, das die Liebe singt,
Sich als günstigen Hauch gesellen!

✻

Zuflucht.

Und so hebst du meiner Seele
    Schleier mit der weichen Hand,
Daß sie nichts mehr dir verhehle,
Die erröthend vor dir stand.

Ach, was ihr im Uebermuthe
Lieblich an ihr selber däucht',
Seit darauf dein Auge ruhte,
Ist der eitle Wahn verscheucht.

Nun entkleidet ihrer Flittern,
Nun so scheu in sich geschmiegt
Ueberrieselt sie ein Zittern,
Zwischen Glück und Scham gewiegt.

Bis sie sich mit heft'gem Triebe
Dicht an deine Seele schließt
Und die Fülle deiner Liebe
Wie ein Schleier sie umfließt.

❦

Im Walde.

Heut beschlichen mich die Träume,
    Da es heller Mittag war.
Durch des Waldes junge Bäume
Flog's wie Duft von deinem Haar.

Leise klang ein holdes Lachen,
Wie nur deine Lippe lacht,
Wenn des Morgenroths Erwachen
Deine Seele fröhlich macht.

Ja, mir war's, als ob mich träfe
Deines Auges stiller Geist
Und ein Kuß an meiner Schläfe,
Wie nur du zu küssen weißt.

❦

Amor in der Mauſer.

Einſam, traurig und gefangen
  Sitzt der kleine Gott zu Haus,
Und mit naßgeweinten Wangen
Rupft er ſich die Federn aus;

Spitzt ſie fein an ſeinen Pfeilen,
Taucht ſie in ein Tröpfchen Blut,
Schreibt damit entflammte Zeilen,
Brief' und Lieder voller Glut.

Ach, und kann's ihm denn genügen,
Daß er lahm die Feder führt,
Da er einſt in ſel'gen Flügen
Zweier Schwingen Kraft geſpürt?

Heil'ge Venus, laß geſchwinde
Hingehn dieſe Mauſerzeit,
Die dem armen Götterkinde
Sichtbar kümmerlich gedeiht.

Neu beſchwing ihm das Gefieder,
Das nun kriechend kritzeln muß:
Blick und Wort ſtatt Brief' und Lieder,
Statt der Siegel Kuß um Kuß!

Bei Nacht.

Rauſche, Brunnen, rauſche du,
  Singe mir das Herz in Ruh'!
Könnteſt du die Flammen kühlen
In der Nacht, der ſommerſchwülen,
Mir im Nu
Aus dem Blut das Fieber ſpülen!

Rausche, Brunnen, rausche du!
Was ich sinne, was ich thu',
Wie die Stunden leer sich dehnen,
Zuckt und zehrt in mir das Sehnen
Immerzu —
Oel ins Feuer sind die Thränen.

Jetzt wohl aus dem kleinen Schuh
Schlüpft ihr Fuß und geht zur Ruh',
Und nun liegt sie wach im Bette:
„Ach, daß ich ihn wiederhätte!" —
Herz, und du
Zerrst dich wund an deiner Kette!

Unterwegs.

Nun brause mich, Wind, nach Hause geschwind,
Dort sitzt mein Liebchen und sehnt und sinnt,
Ihre einz'ge Gesellin die flackernde Kerz',
Und sie horcht auf den Sturm und horcht auf ihr Herz.

O trage mich, Wind, durch den sausenden Hag,
Beflügle den Fuß mir dein Flügelschlag,
Beflügle die Zeit, und mit klirrendem Ton
Poch an ihr Fenster: wir kommen schon!

Wir kommen! Und brechen wir ein in das Haus,
Dann stürme dein Athem das Flämmchen aus,
Dann saus' und brause hinaus in die Nacht,
Um die Hütte der Glücklichen halte die Wacht!

Verklärung.

Nicht weinen sollst du, sollst frohlocken
Und still dich segnen früh und spät,
Wenn deine Seele tieferschrocken
Am Abgrund unsrer Liebe steht.

Der Lärm des Lebens ist versunken,
Kaum bringt der Freunde Ruf herauf.
Wir schauen stumm und wonnetrunken
Zu seligen Gestirnen auf.

Und wie des Friedens sanfte Welle
Begräbt den schwanken Grund der Zeit,
Wird's vor den Sinnen morgenhelle
Und tagt wie Glanz der Ewigkeit.

In so und so viel Wochen.

Als ich von Reisen heimgekehrt,
Wie froh begrüßt' ich Haus und Herd!
Die Zeit ist hingeschlendert,
Hat nirgend nichts verändert.

Zum Willkomm trug mein Weib herein
Dieselbe Flasche Cyperwein,
Die wir mit Herzenspochen
Beim Abschied angestochen.

Die Bettchen hab' ich still beschaut,
Drin lagen unsre Kinder traut
Mit rothgeschlafnen Wangen,
Wie da ich fortgegangen.

Rings Alles an der alten Statt,
Im Buch noch eingemerkt das Blatt,
Bei dem ich abgebrochen
Vor so und so viel Wochen.

Doch Morgens, horch! was trippelt da?
Was ruft mir: Guten Tag, Papa!
Der Tausend! Ernst, mein Junge,
Wer lös'te dir die Zunge?

Wer half dir auf die Beine flink?
Du rutschtest kaum noch, als ich ging,
Und hast kein Wort gesprochen
Vor so und so viel Wochen.

Ach freilich, beine Welt, mein Kind,
Verwandelt noch sich blitzgeschwind.
Erst wenn wir älter werden,
Geht's fein im Schritt auf Erden.

Dann klärt der Siebenmeilenlauf
Der Jugend wunderlich uns auf,
Daß wir auch vorwärts krochen
Um so und so viel Wochen.

*

Nachtgesicht.

Ich lag und schlief im Windsgebraus,
  Da hab' ich ein Gesicht geschaut.
Viel Gäste kamen zu mir ins Haus,
Mein kleines Hündchen winselte laut.

Ich kannte sie alle ganz genau,
Es ward geschmaus't, getanzt, gescherzt.
Ich saß bei meiner lieben Frau
Und sah, wie sie ihr Jüngstes herzt'.

Sie war ein wenig blaß und still,
Doch schön wie je und sanft und gut.
Sie sprach: Was nur das Hündchen will?
Ich sprach: Es bellt aus Uebermuth.

Mein Vater schenkte vom besten Wein
Und rief: Das Leben, es lebe hoch! —
Meine Mutter lud zum Essen ein:
Kommt, Kinder, wir haben Vorrath noch!

Meine Jugendfreunde traten heran,
Das Glas in der Hand, und tranken mir zu.
Ich leerte das meine und rief: Wohlan,
Auf Brudertreue in Kampf und Ruh'!

Dann faßt' ich meiner Liebsten Hand,
Sie küßte mich sanft und sprach: Gute Nacht!
Ich muß nun fort in ein andres Land;
Nimm unsre kleinen Kinder in Acht! —

Da schrie ich auf und sah mich verwais't,
Da krähte der Hahn und der Morgen graut'.
Mit den Todten hatt' ich zu Nacht gespeis't —
Mein kleines Hündchen winselte laut.

Neues Leben.

*

„Es kommen Blätter, es kommen Blüten,
  Doch keinen Frühling erlebt mein Herz.
Ich sitze trauernd ein Grab zu hüten,
Und um Cypressen schweift mein Schmerz."

— Die sanften Lüfte, fühl, wie sie kosen!
Die hohen Sterne, sieh, wie sie glühn!
Der neue Sommer bringt neue Rosen,
Und nur für Einen soll keine blühn? —

„Für mich wird nimmer ein Kranz gewunden,
An meinem Herzen sind all verdorrt.
Wohl wächs't ein Kräutlein, das heilt die Wunden,
Das Kraut „Vergessen", — wer kennt den Ort?"

— Wer darf vergessen, der je besessen,
Was tief im Herzen so theuer war?
Doch giebt's ein Gärtchen, da stehn Cypressen,
Die tragen Rosen im dunklen Haar.

*

Was suchst du Glück von Mund zu Mund,
  Und deiner, ach, ist bleich und kühl?
Du siehst dich um, dein Herz bleibt stumm,
Und Lieben ist kein Kinderspiel.

Die schönen Flammen sind verglüht,
Noch eh' der Thau des Abends fiel.
Die Nacht bricht ein, du bist allein,
Und sterben ist kein Kinderspiel.

*

Still und hell ist mein Gemüth,
    Wie im Herbst ein Sonnentag,
Und doch fühl' ich, daß im Innern
Wie durch Lenzes Zauberschlag
Eine junge Schöpfung blüht.

Hast du noch nicht ausgeglüht,
Meiner Jugend Sonnenschein,
Und wenn jetzt der Winter käme,
Würd' er mir in Blüten schnei'n,
Wie im ewigjungen Süd?

Ach, und meiner Flügel Schwung
War so traurig schon gelähmt!
Denn ich habe sterben sehen;
Und nun fühl' ich fast beschämt
Mir zum Leben Muth genung.

Wäre nicht Erinnerung,
Schiene Traum, was Leben war!
Aber wen die Götter lieben,
Stirbt er auch in grauem Haar,
Dennoch stirbt er ewigjung.

*

Ueber Tod und Schicksal
    Tröstet die Schönheit allein,
Lichtet die nächtlichen Klüfte,
Sonnegemiedene Grüfte
Still umgoldend wie Mondenschein.

Wenn dir Tod und Schicksal
Glück und Jugend geraubt,
Nur an der Schönheit Busen,
Nur vom Hauche der Musen
Heilt das Herz dir und hofft und glaubt.

❦

Ich sah mein Glück vorübergehn,
  Ich konnt' es am Stirnhaar fassen
Und blieb wie ein thörichter Träumer stehn
Und hab' es vorbeigelassen.

Ich sah mein Glück auf der Wiese ruhn,
Ich konnt's auf die Lippen küssen
Und starrt' es nur an vom Hut zu den Schuh'n
Und habe mich losgerissen.

Ich harrte, ob es mit holdem Blick
Nicht selbst sich meiner erbarme.
Ich dachte: ist es ein rechtes Glück,
So läuft dir's frei in die Arme.

Und sieh, wie am Abend ich saß zu Haus
Und an nichts Fröhliches dachte,
Da pocht's, da stand's an der Schwelle drauß
Und flog mir ans Herz und lachte.

❦

Hat dich die Liebe berührt,
  Still unterm lärmenden Volke
Gehst du in goldener Wolke,
Sicher vom Gotte geführt.

Nur wie verloren umher
Lässest die Blicke du wandern,
Gönnst ihre Freuden den Andern,
Trägst nur nach Einem Begehr.

Scheu in dich selber verzückt,
Möchtest du hehlen vergebens,
Daß nun die Krone des Lebens
Strahlend die Stirne dir schmückt.

✠

Von den Halden herab
    Rinnen Ströme von Licht,
Durch die Wellen am Weiher
Der Goldschein bricht.

Es brennen die Rosen,
Es funkelt der Bach,
Es blitzt wie Silber
Das Kirchendach.

Die Augen der Menschen
Leuchten so grell —
Wohin dich flüchten,
Kranker Gesell?

Laß deine Liebste
Lösen ihr Haar,
Birg ihr am Busen
Dein Augenpaar.

Ward es von Wachen
Und Weinen wund,
Im Lockenschatten
Schläft sich's gesund.

✠

Heimlich aus der Höhe kam's,
    Geisterhaft gelinde,
Von den trüben Augen nahm's
Sacht die Nebelbinde.

Und ich sah die Welt umher
Frühlingsheiter prangen,
Der ich blind und kummerschwer
Lang vorbeigegangen.

Mutter, war's dein sel'ger Geist,
Der es sah mit Leide,
Daß dein Kind so glückverwais't
Sich vom Leben scheide?

Oder war's mein Genius,
Den es still erbarmte,
Daß ich ohne Gruß und Kuß
Winterlich verarmte?

Wie ist nun in tiefstes Blau
Nebeldunst verschwunden!
Nur ein leiser Morgenthau
Kühlt die Lebenswunden.

❧

In dem weißen Seidenhut
    Könnt' ich heut noch dich betrachten,
Wie wir damals frischverlobt
Unsre Brautvisiten machten!

Reizend war der Hut und fest
Unterm Kinne zugebunden,
Nicht dem grauen Hütchen gleich,
Jenem übermüth'gen runden.

Und so ehrbar winkten mir
Deine sechzehnjähr'gen Augen,
Ganz wie fragend: Sollten wir
Nicht zur Hausfrau'nwürde taugen?

Und wie dann dein Kindermund
Ernsthaft mich zur Rede setzte,
Weil ich bei den Tanten oft
Gar zu tolle Sachen schwätzte!

Doch ich überführte dich,
Als nach Hause fuhr der Wagen,
Daß wir Beide musterhaft
Angemessen uns betragen.

Während deine Reden, Kind,
Höchst gesetzt und weise waren,
Schien ich selbst ein Sausewind,
Kaum von hochzeitlichen Jahren.

Muß nicht unsern Herzensbund
Auch der ärgste Zweifler segnen,
Wenn wir so der Jahre Kluft
Ueberbrückend uns begegnen?

*

Nein, nicht immer lachen bloß,
    Immer toll sein, immer küssen:
Auch sich bilden will das Kind,
Viele schwere Dinge wissen.

„Sag, was ist Philosophie?" —
Wissenschaft des Absoluten. —
„Schön. Doch was bedeutet das?" —
Dunkel läßt sich's nur vermuthen. —

„Nein, du traust mir gar Nichts zu,
Hältst mit Scherzen mich zum Besten.
Rede nun von deiner Kunst:
Sage, was sind Anapästen?

„In der Metrik kam es vor,
Doch ich hab's nicht recht verstanden." —
Kind, in meinen Liedern auch
Ist solch Gräuel nicht vorhanden. —

„Sage, was bedeutet Stil?
Giebt's nicht hohen, niedern, reinen?" —
Stil, mein Schatz, hat dein Profil,
Deine Briefe, Gottlob! keinen. —

„Aber Goethe, Liebster, sag:
War er nicht ein arger Heide?" —
Sprich mit Ehrfurcht stets von Dem!
Frommer war er als wir Beide. —

„Ließ er Friederike nicht
Sitzen? Du in solchem Falle,
Sag, was thätest du?" — Mein Herz,
Eines schickt sich nicht für Alle. —

„Glaubst du, daß im Jenseits auch
Uns ein Rückerinnern bliebe?" —
Nicht an ew'ges Leben, Kind,
Glaub' ich, nur an ew'ge Liebe. —

„Ach, wie vieles bleibt geheim!
Ach, wie wenig kann man wissen!" —
Drum ist aller Weisheit Kern:
Lachen, toll sein und sich küssen.

☙

Gar zu gerne wollt' ich wissen,
    Was aus diesen Zügen spricht,
Wie so schnell mich hingerissen
Dieses reizende Gesicht.

Manche sah ich, Blond' und Braune,
Mir in Jugendblüte nahn;
Warum wandelte die Laune,
Sie zu lieben, nie mich an?

Konnt' ich nicht in Fülle schauen
Alles, was das Herz begehrt:
Sanfte Lippen, stolze Brauen,
Weißen Hals, umhalsenswerth?

Dennoch wie am Zauberfädchen
Lockte mich in raschem Gang
Stets sich nach dies schlanke Mädchen,
Eh' noch ihre Stimme klang;

Eh' ein Hauch aus ihrer Seele
Schüchtern sich zu meiner stahl,
Und ich mußte: Die erwähle!
Ach, dir bleibt ja keine Wahl.

Jetzt, da ich bei Nacht und Tage
Ihr Gesicht studiren mag,
Bleibt die große Räthselfrage
Dunkel wie am ersten Tag.

Doch entsag' ich gern dem Wissen;
Schauen ist die höh're Pflicht.
Fort das Grübeln! Laß dich küssen,
Unerforschlich süß Gesicht!

Leicht weint mein Liebchen
Schimmernde Thränen,
Vor Angst und Sehnen,
Vor Lieb' und Haß.

Ein schlanker Becher
Voll süßer Labe;
Ein Flügelknabe
Versprüht das Naß.

Ein Rosenbäumchen,
Noch schwer vom Thaue;
Der Wind der rauhe
Besprengt das Gras.

Ich bin die Rebe,
Die lenzdurchglühte,
Der in der Blüte
Die Thräne quillt,

Wenn reich von Säften
Im Ueberschwange
So selig bange
Die Seele schwillt.

Weine, mein Liebchen,
Schimmernde Zähren;
Doch all die schweren
Sind nun gestillt.

*

Bräutigams Ammenuhr.

Wie'n krankes Kindlein
Wieg' ich mein Herz —

Den letzten Kuß,
Dann scheiden muß.
Die Uhr schlägt zehn —
Die Mutter will nun schlafen gehn.

So früh getrennt!
Sein Lämpchen brennt;
Die Uhr schlägt Elf —
Er träumt und reimt von Nix' und Elf'.

Noch ein Sonett
Und dann zu Bett.
Die Uhr schlägt Zwölf —
Daß Gott uns zu einander helf'!

Still ist die Nacht,
Er liegt und wacht;
Die Uhr schlägt Eins —
Kein Kissen ist so hart wie seins.

Nun fällt in Ruh'
Das Aug' ihm zu;
Die Uhr schlägt Zwei —
Sacht schleicht der Kuppler Traum herbei.

Führt zu ihm ein
Sein Schätzelein;
Die Uhr schlägt Drei —
Die Frau Mama ist nicht dabei.

Er kos't und küßt
Nach Herzgelüst;
Die Uhr schlägt Vier —
Mit Schallen thut sich auf die Thür.

Frau Fama naht;
Verrath! Verrath!
Die Uhr schlägt Fünf —
Ha, saubres Paar! ha, Schand' und Schimpf!

Er fürch't sich nicht,
Er lacht und spricht:
Die Uhr schlägt Sechs —
Hinaus, du neidische Wetterher'!

Sie schlurft hinaus,
Macht Lärm im Haus;
Die Uhr schlägt Sieben —
Wo ist die lange Nacht geblieben?

O Sonnenschein,
Und noch allein!
Die Uhr schlägt Acht —
Ach, wär' der Tag herumgebracht!

Den Wald durchläuft verworr'ner Stimmen Klang,
Der Winde seufzender Gesang,
Des Taubers Gurren tief im Neste;

Am Tag der Mücken schwirrend Geigenspiel,
Und nun das Mondlicht durch die Büsche fiel,
Des Hirsches Ruf, der dumpfgepreßte.

Horch! endlos sich verschlingend irrt und schweift
Das süße Flüstern. Welcher Sinn begreift,
Was die Natur hinstammelt sommertrunken!
Wir lauschten, unter Farr'n und Dorngerank,
Vom Wald umsäuselt auf der dunklen Bank,
Und zählten hoch am Firmament die Funken.

Ich hielt den Mund dicht an dein Ohr gepreßt.
Weich wie das Vögelchen im Nest
An deinem Busen lag mein Herz gebettet.
Wir sprachen — was? wir wußten's selber nicht;
Ein Stammeln war's, wie wenn die Seele spricht
Vom Bann der Weisheit losgekettet.

Wie Blume, Baum und Strauch war uns geschehn.
In unvernünftig sel'gem Einverstehn
Fing unser Innres wortlos an zu hallen.
Was Wunder! Sind nicht unsere Herzen auch
Ein Stück Natur, wie Blume, Baum und Strauch,
Des Einklangs froh mit den Geschwistern allen? — —

Ja, du bist noch jung und grün,
    Kühl dein Blick, dein Lächeln herbe,
Und sie schelten's eitle Müh'n,
Daß ich heut schon dich umwerbe.

Doch dein Auge täuscht mich nicht,
Das so schüchtern-stolz gesenkte,
Nicht dein Mund, der ernst und schlicht
Süße Glut noch Keinem schenkte.

Siehe, Kind, es giebt ein Land,
Wo die Früchte zeitig reifen.
Dorten lernte meine Hand
Nach den süßesten zu greifen.

Feigen wachsen dort zuhauf,
Schlicht und grün zu allen Zeiten,
Doch ihr Innres, bricht es auf,
Trieft von rothen Süßigkeiten.

Warum schweigst du, liebe Seele?
    Ach, verhehle
Nichts dem Liebsten, nichts dem Freund!
Wenn sich deine Wimpern senken,
Muß ich denken,
Daß dein Aug' um mich geweint. —

„Nicht gepreßt von schwerem Kummer,
Nur in stummer
Bangigkeit erbebt mein Herz.
Wie vor nahenden Gewittern
Muß ich zittern:
Ach, die Freude lockt den Schmerz!

„Fühlst du nicht, wie ich sie fühle,
Diese Schwüle?
Fast wie Schuld beklemmt Besitz.
Da noch Herz an Herz wir pressen,
Ach, indessen
Lauert droben schon der Blitz." —

Laß es lauern, laß es blitzen!
Wir besitzen,
Was kein Schicksal fürder raubt.
Auch sein Aergstes droht vergebens:
Wir erleben's
Herz an Herzen, Haupt an Haupt.

Gerne schlief' ich schon früher ein,
   Doch mein Herz, vor lauter Frohlocken,
Daß die holde Geliebte mein,
Läutete Sturm mit allen Glocken.

Gerne hätt' ich noch länger geruht,
Aber im Kopfe begann zu lärmen
Eine tolle Gedankenbrut,
Früh wie Bienen hinauszuschwärmen.

Nichts als Verse und sehnendes Leid
Schafft dies einsam nächtliche Wachen.
O, es ist Zeit, es ist hohe Zeit,
Endlich ein End' und Hochzeit zu machen!

✣

Schier verdorben ist meine Hand
   Zu jedem ernsten Geschäfte.
In strengem Frauendienste verwandt
Erschöpfte sie ihre Kräfte.

Sie band so schwere Flechten los,
Sie lös'te so feste Spangen;
Sie scheuchte die Thräne, die heimlich floß
Von scheu erglühenden Wangen.

Dann mußte sie Nachts, statt auszuruhn,
Ein klopfendes Herz beschwichten.
Nun kann sie heute nur leichtes Thun
Im Dienst der Musen verrichten.

Ein lieblich ernstes Frauenprofil
Hinkritzeln mit raschen Zügen,
Oder mit träumerisch gleitendem Kiel
Lieder zu Liedern fügen.

✣

Siesta.

Lieb, o lieb war die Nacht
Mitten am hellen Tag,
Als wir die Läden geschlossen,
Als durch die schützenden Sprossen
Goldige Dämmerung brach.

Kühl, o kühl war der Saal,
Drinnen die Welt uns verging,
Da wir in seligem Schmachten
Wandelten, flüsterten, lachten,
Bis uns der Schlummer umfing.

Süß, o süß war der Traum,
Herz am Herzen geträumt!
Ueber uns schwebend im Kreise
Flattert' ein Schmetterling leise,
Dunkel die Schwingen umsäumt.

O Saitenspiel
In schweigender Nacht,
Wenn Tagesgewühl
Zur Ruhe gebracht!

Worte verschwimmen
Im Meer des Seins,
Flammen verglimmen,
Hüpfenden Scheins.

Nicht Ton und Gestalt,
Nicht Farb' und Sinn;
Mit dunkler Gewalt
Nimmt Liebe dich hin.

Eins nur fühlst du:
Du bist zu Zwei'n.
Auch das verdämmert,
Traum spinnt dich ein.

Dich stärkt die Welle
Der Ewigkeit
Für Himmel und Hölle
Der nichtigen Zeit.

*

Trennt euch zuweilen,
    Ihr glücklich Liebenden!
Ach, nur die Ferne
Glüht Seel' und Seele
Magisch zusammen;
Ach, nur die Sehnsucht
Vermählt euch ganz!

Süß ist das Haben,
Arm in Armen,
Süß sind die Gaben,
Die lebenswarmen,
Des geselligen
Augenblicks.

Wie reife Trauben,
Des Gartens Zierde
In sonnigen Lauben,
Die voll Begierde
Wir pflücken und naschen,
Durstig des raschen,
Trunkenen Glücks.

Doch gleich dem Weine,
Der aus der Kelter
Trübe geflossen,
Lange von dunkeln
Reifen umschlossen,
Bis er mit Funkeln
Im Becher glüht:

So kann nur Liebe
Das Mark durchglühen,
Die ausgereift ist
In Sehnsuchtsmühen,
Fern und alleine,
Bis ihr die Blume,
Die duftig reine,
Dauernd erblüht.

Trennt euch zuweilen,
Ihr glücklich Liebenden!
Besser, es trennen
Euch weite Meilen,
Als der Nähe
Treiben und Jagen,
Wo Herz dem Herzen
Muß ferne schlagen
Und Blicke scherzen
In fremdem Glanz.

Ach, nur die Ferne
Glüht Seel' und Seele
Magisch zusammen;
Ach, nur die Sehnsucht
Vermählt euch ganz!

Vor Tage weckte mich
Mein klopfend Herz.
Herz, und was klopfst du?
Glück oder Schmerz?

Rings säuseln die Bäume
Im kalten Thau,
Das letzte Sternlein
Erlischt im Blau.

Horch! unterm Schindeldach
Der Marder schleicht;
Ein schlafend Schwälblein
Hascht er vielleicht.

Ueber die Wehre stürzt
Der Wildbach nieder;
Schlaftrunken rührt sich
Das Mühlrad wieder.

Und dort — ein Hahnenschrei
Und bald wird's licht.
Tag, o wie grau ist
Dein Angesicht!

Tag, der so lieblos
Zwei Liebste trennt!
Ach, bis zum Wiedersehn,
Wer schlafen könnt'!

*

Das sommermüde Jahr verklingt.
Im kahlen Wald kein Vogel singt,
Der Wind saus't über die Heide.
Ein Feuerlein ist im Kamin entfacht,
Da singen wir sacht,
Mein Herz und die Flamme, wir beide.

Keine Lilie mehr, keine Ros' im Beet,
Ein Korb voll Trauben am Fenster steht,
Süßfeurig im purpurnen Kleide.
Ich sprühe den Saft in die durstige Glut,
Nun flackern wir gut,
Mein Herz und die Flamme, wir beide.

Meine Liebste kommt, zu theilen den Schmaus,
Der Mond glimmt über die Wipfel hinaus,
Sieht unsere Lust mit Neide.

Das Feuer verlischt, wir schauen ihm zu,
Dann finden wir Ruh',
Mein Herz und die Flamme, wir beide.

✽

Horch, wie durch die Wipfel schwirrt
    Tausendstimmiger Vogelsang!
Was da nur geplaudert wird,
Nimmer dünkt die Zeit dir lang!
Wie wenn Nachts die Liebste spricht,
Träumend noch in Schlummers Hut.
Was sie meint, du räthst es nicht,
Alles klingt so lieb und gut.

Siehe, wie durchs Laubgeäst
Milde glänzt das Sonnenlicht!
Schließe nur die Augen fest,
Kosend spielt's um dein Gesicht:
Wie die Liebste naht bei Nacht,
Wenn du schlummerst traumentrückt,
Und auf deine Augen sacht
Ihre weichen Lippen drückt.

✽

Ich war schon so alt,
    Nun bin ich so jung,
Als lebt' ich von Neuem mein Leben.
Schön ist die Welt!
Kühn wie ein Held
Möcht' ich mein Banner erheben.

Ich war schon so stumm,
Nun sing' ich so hell —
Tandaradei! im Grünen.
Schön ist die Welt!
Honiggeschwellt
Summen und taumeln die Bienen.

Ich war schon so frech,
Nun bin ich so fromm
Und blicke voll Andacht zur Sonne.
Schön ist die Welt!
Meine Liebste hält
Am Busen ihr Kind voll Wonne.

⁂

Schönster Tag, nun gute Nacht!
  Wie viel Freuen und Frohlocken,
Lieb' und Lust und Blütenflocken,
Herrlicher, hast du gebracht!

Siehe, wie die Schatten sacht
Unsern Waldespfad umgrauen!
In den lichten Himmelsauen
Ist der erste Stern erwacht.

Sei willkommen, Sternenpracht!
Stille nun die Luft allmählich!
Heimwärts ziehn wir, stumm und selig —
Schönster Tag, nun gute Nacht!

⁂

Sanft unterm Fittich der Nacht
  Schläft nun der hastige Wind.
Komm! laß uns schweigen und lauschen!
Wälder und Ströme, sie rauschen
Nur wie im Traum noch gelind.

Stürme, im Busen entfacht,
Zitternd verathmet ihr Chor.
Ruhiger, ohne Gefährde
Brennen auf ewigem Herde
Flammen der Seele empor.

Folgend der himmlischen Macht
Lodern sie herrlich in Eins.
Mild wie durch Opfergedüfte
Blicken die Sterne der Lüfte
Niederwärts segnenden Scheins.

Mit Sausen und Brausen
    Der Bach kommt geschossen,
In Sprüngen und Possen
Vollbringt er den Lauf.
Die Welle wie helle!
Er träumt nur vom Meere,
Und Schleusen und Wehre —
Nichts hält ihn nun auf.

Doch drunten im Grunde
Er stutzt an der Mühle!
Nun enden die Spiele,
Er strudelt und kocht.
Trotz Schämen und Grämen
In saurem Geschäfte
Verbrausen die Kräfte,
Vom Rad unterjocht.

Vorüber das Fieber!
Die Frohne geendigt!
Nun dehnt er gebändigt
Zum Weiher sich aus.
Die Welle wie helle!
Nicht lockt ihn die Ferne;
Er spiegelt die Sterne
Und Garten und Haus.

V.

Meinen Todten.

Marianne.

(1869.)

I.

Wie haft du nur hinweg dich stehlen können
   Aus dieser Lichtwelt, ohne — böses Kind! —
Mir einen Scheibeliebesblick zu gönnen!

   Haft, da ich arglos ferne war, geschwind
Dich fortgeschlichen, ohn' abe zu sagen,
Und ich, in Thränen suche nun mich blind!

   Sonft, wenn du frühe schon an Sommertagen
Spazieren gingst und ließest dich hinab
Die Treppe nur bis in den Garten tragen,

   Da klopftest du, bis ich dir Einlaß gab,
Und botst das Mäulchen mir, bewegtest winkend
Schalkhaft das kleine Händchen auf und ab.

   Und ich, von deinen Lippen Freude trinkend,
Zog dich ans Herz und gab dich zögernd frei,
Mich aller Väter glücklichsten bedünkend.

   Nun brachst du scheibend mir das Herz entzwei.
Ich durfte nicht dir von den Lippen küssen
Den letzten Seufzer, ach, den letzten Schrei.

   Warst du so klug, mein Liebling, um zu wissen,
Daß dieser Abschied, dieser jammervolle,
Mein Leben hätte mit hinweggerissen?

Das Graun, daß ich dahin dich geben solle
Dem Reich der Nacht, mich hätte selbst verleitet,
Dir nachzuschleichen unter deine Scholle?

O Kind, du hast das Schlimmre mir bereitet,
Daß des versäumten Abschieds mahnend Bild
Auf Schritt und Tritt gespenstisch mich begleitet;

Daß mir nun ist, als könn’ ich ins Gefild
Des Lebens keinen festen Schritt mehr thun,
Eh’ ich den letzten bangen Wunsch gestillt.

Und wenn ein wenig kaum die Schmerzen ruhn
Und Lebenshoffnung sich hervor will wagen,
Bebt plötzlich mir das Herz, als sollte nun

Mein Kind erst kommen, gute Nacht! zu sagen.

❦

II.

Denkst du des Abends noch im Carneval?
Die Kinder hatten auch ihr Mummenschänzchen
Und drehten sich vergnügt in Flur und Saal.

Und unser Nestling, noch ein zartes Pflänzchen,
Doch mit der Lust den Beinchen weit voraus,
Verlangte wie die andern auch sein Tänzchen.

Wie sah das süße Dirnchen reizend aus
In Schwabenhäubchen, goldgesticktem Mieder,
Vielfalt’gem Rock mit Bändern braun und kraus.

Wie sah es sich im Spiegel immer wieder
Und lachte selbst sich an, das Evaskind,
Und regte nach dem Tact die kleinen Glieder.

Und da ich’s auf den Arm nahm und geschwind
Im Kreise schwang, die kleine Tänz’rin wiegend,
Die Härchen flogen ihr im Wirbelwind.

Sie aber saß, sich furchtlos an mich schmiegend
Und sah auf das Getümmel stolz herab;
Mehr! bat sie, mehr! mit Schmeicheln mich besiegend.

So unermüdlich flog sie auf und ab.
Die wird viel Schuhe brauchen! sagt' ich lachend,
Als ich sie endlich ihrer Wärtrin gab.

Und wir dann scherzten, stolze Pläne machend,
Wie über sechzehn Jahr wir Nächtelang
Dasitzen würden, unsern Schatz bewachend;

Wenn mit dem Veilchenkranz bei Geigenklang
Das schlanke Kind sich wiegen würd' im Tanze
In heller Jugendwonnen Ueberschwang,

Und wie mit ihrer Augen dunklem Glanze
Sie Herzen würde, jung und alt, gewinnen
Und uns anlächeln unter ihrem Kranze.

Und nun — nun führt' ein Tänzer sie von hinnen,
Dem sie mit Sträuben folgte, dessen Reigen
Das Blut ihr in den Adern ließ gerinnen.

Wir hören keinen Ton von muntern Geigen,
Weiß ist der Kranz, die Wangen und das Kleid,
Und wir — wir hüten unser Kind in Schweigen,
Denn Spiel und Tanz ist aus, lang vor der Zeit.

III.

Schläfst du? Es ist schon Tag. — Ist's wirklich Tag?
Mich dünkt, die Nacht ist eben angebrochen.
Mein Ohr ist taub dem frühen Stundenschlag.

Es lauscht, wie es gethan seit so viel Wochen,
Ob noch das Stimmchen uns nicht rufen will,
Das Fingerchen an unsre Thüre pochen.

Rief es nicht da? Nein; Alles todtenstill,
Und nur der Gram, der über Nacht geruht,
Schreit plötzlich auf mit Stöhnen, bang und schrill.

Ist's möglich? Nie mehr wird es uns so gut,
Durch unsres Kindes Weckruf zu erwachen?
O wie das wehe, wie das wehe thut!

Nie mehr zu hören, wie mit leisem Lachen
Im Zwielicht Etwas tappt an unser Bette
Bis uns gefällt, die Augen aufzumachen,

Und dann, nie rastend an derselben Stätte,
Sich in die Decke wickelt und versteckt,
Als ob die Schnecke nun ihr Häuschen hätte;

Bald neben uns sich wie zum Schlafen streckt,
Und wenn es eben mäuschenstille lag,
Mit neuer Schelmerei uns jauchzend neckt.

Das soll nie wiederkommen, und den Tag,
Den sonnenlosen, soll man überleben,
Wo man erwacht ist ohne Lerchenschlag?

Wohl! ins Nothwend'ge gilt's sich zu ergeben;
Wir werden's, du und ich. Doch keine Hand
Wird je von unserm Tag den Schleier heben,

Bis aus des Lebens Grund emporgesandt
Ein neues Glück uns anlacht, als ein Bote
Der Hoffnung, die so frühe schon entschwand,
Ein kurzer Traum im Lebensmorgenrothe.

IV.

Wie soll ich denken nun, wie soll ich dichten?
Ich war verwöhnt, hinweg von meinem Blatte
Oft auf ein kleines Haupt den Blick zu richten;

Und wenn das Sinnen mich ermüdet hatte,
An seinem Schlaf den wachen Geist zu stärken,
Die Stirne küssend ihm, die lilienglatte;

Auf seines Athems Ebb' und Flut zu merken,
Als ob ein Hauch von unbewußtem Sein
Sich mische so den wohlbedachten Werken.

Und wacht' es auf, so lief's zu mir herein
Und wollte mich durchaus zum Spielgesellen
Und ruhte nicht, bis wir den Ball zu Zwei'n

Hin über meinen Teppich ließen schnellen,
Auch wohl, wenn ich beharrlich weiter schrieb,
Kramt' es die Bücher mir von den Gestellen,

Holdselig lachend, der verschmitzte Dieb,
Droht' ich, den Raub ihm wieder abzujagen,
Bis sorglich ihn die Wärterin vertrieb:

„Du störst Papa; laß zur Mama dich tragen!" —
Nun — bittrer Hohn! — nun stört mich Niemand mehr;
Das Leid darf ungestört am Herzen nagen.

Nun hab' ich Ruhe, doch die Ruh' ist leer.
Der Faden, den die süßen Kinderhände
Mir oft zerrissen, flattert um mich her.

Fortspinnen könnt' ich ihn getrost ohn' Ende,
Doch läuft er grau in grau, gleich Spinneweben,
Ein Thun, daran kein Mensch Gefallen fände.

Versiegt ist nun der Born von jungem Leben,
Drin ich die Fäden eingetaucht, der Quell
Ew'ger Natur, der ihnen Halt gegeben.

Kein Spiel ergötzt mich, seit mein Spielgesell
Mir untreu ward, und die den Ernst mir weihte,
Die Freude fehlt, dies Lachen silberhell,

Das mir in der Gedanken Widerstreite
Aufblitzte, wie ein Licht in Finsternissen,
Das den verworrnen Geist zum Ziele leite.

Werthlos ward mir das Bilden, schal das Wissen.
Die Bücher stehn wie todt in ihren Reih'n,
Und was ich sonst bedurft, nun kann ich's missen —
In all mein Leben grinst' der Tod hinein.

*

V.

Tragt mir die Schale fort mit Walderdbeeren!
So schmerzlich süße Bilder wecken sie,
Daß ich der Thränen kaum mich kann erwehren.

Saß nicht beim Nachtisch stets auf meinem Knie
Das liebe Kind, mit ungeduld'ger Bitte,
Bis ich der Schmeichlerin den Teller lieh?

Und dann mit spitzen Fingern aus der Mitte
Die schönsten Beeren lesend, immer zwei
Für sich erwählte sie, für mich die dritte.

Oft zweifelt' ich bei mir, was röther sei,
Die Waldfrucht oder meines Kindes Lippen;
Was süßer, wußt' ich wohl. Das ist vorbei.

Nie wirst du mehr aus meinem Glase nippen,
Nie mehr von Einem Teller mit mir naschen,
Nie mehr, Bachstelzchen, auf dem Schooß mir wippen.

Von meiner Zunge nicht hinwegzuwaschen
Ist dieser bittre Schmack. Die Süßigkeit
Der Welt wird mir im Mund zu Salz und Aschen.

Denn wenn ein Mahl begann in Fröhlichkeit,
Zum Nachtisch schleicht ein kleiner Gast ins Zimmer
Und stellt sich leise bittend mir zur Seit',
Und Nacht umdunkelt jeden Freudenschimmer.

VI.

Wohl fühl' ich, daß der Schmerz gelinder wird,
    Wenn durch den Dreiklang dieser rauhen Saiten
In dumpfer Melodie mein Finger irrt.

Eintönig wie das Lied der Amme gleiten
Die Klänge mir ums Herz und stillen drin
Die Klagestimmen, die sich schwer bestreiten.

Und wenn ich so in Schlaf gesungen bin,
Tritt das geliebte Bild mit hellen Zügen,
Ein Traumgesicht, leibhaftig vor mich hin.

Wie gern, wie dankbar laß' ich mich betrügen
Und schwelg' im Wahne, wieder Hand in Hand
Und Mund an Mund und Herz an Herz zu schmiegen.

Ich seh' mein Kind, so wie es vor mir stand,
Horchend, wenn ich ein Liedchen sang und pfiff,
Die großen Augen fest auf mich gewandt;

Wie's mit den Händchen in den Bart mir griff
Und jauchzt' im Uebermuth und, mich zu herzen,
Mit ros'gen Fingern mir die Wange kniff.

Doch mitten unter Spiel und Lust und Scherzen
Zerrinnt der Traum; die Saiten gellen scharf,
Und jäh erwachend leid' ich größre Schmerzen;

Daß ich auf Musentrost nicht hoffen darf
Und nur zu wohl verstehe, wie es kam,
Daß Saul den Speer nach jenem Knaben warf,
Der singend ihn betrog um seinen Gram.

VII.

Mit Blumen haben sie dein Grab gefüllt,
Mit Kränzen, dieses Sommers Blütenspenden,
Daß ganz der keine Sarg war eingehüllt.

Ich stand und sah ihm nach mit leeren Händen.
Ich hatte nichts als meiner Thränen Thau
Zum Todtenopfer, Kind, dir nachzusenden.

Die armen Blumen, zugeschüttet rauh
Mit Erdgeröll, gleich dir, du ärmste Blume,
Hinweggepflückt von goldner Sonnenau';

Sie welken ihrem Schwesterchen zum Ruhme.
Ich aber, — nicht mit flücht'ger Blumenzier,
Mein Liebling, nah' ich deinem Heiligthume.

Nicht Lieder streu' ich auf den Hügel dir,
Die blumenhaft im Sommerwinde schwanken
Und dann verwehn wie diese Thränen hier.

Kein Tändeln frommt, wenn wir am Leben kranken.
Cypressen will ich um die bange Gruft
Dir pflanzen: hochaufstrebende Gedanken.

Sie schmeicheln nicht dem Sinn durch Farb' und Duft,
Sie machen heller nicht den dunklen Ort;
Doch wenn die Flur erstarrt in Winterluft,

Umschirmt ihr ernster Wipfel fort und fort
Auch unterm Schnee den Schlummer meinem Kinde,
Und wenn mein Lebenssommer mich umdorrt,

Weiß ich, wo Schatten ich und Kühlung finde.

VIII.

Mich dieser Thräne schämen? Ew'ge Mächte,
Was gabt ihr Thränen uns, wenn solches Leid
Ein Menschenauge nicht zum Thauen brächte!

Wenn Einer hingeht aus der Zeitlichkeit,
Der sich am Glück gesonnt, deß reifes Leben
In reichen Garben prangte weit und breit,

Um Solchen dürft ihr Klage nicht erheben.
An ihm ward milde das Gesetz vollstreckt,
Dem alles Erdendasein untergeben.

Und wenn ein müdes Haupt der Hügel deckt,
Das keinen Lohn der Lebensmüh' gesehen
Und fragte: ward ich nur zur Qual geweckt?

An dessen Grabe mögt ihr klaglos stehen.
Daß er gelebt, war eurer Thränen werth;
Nun darf er ausruhn. Ihm ist wohl geschehen.

Doch hier! — ein Kind, mit keiner Schuld beschwert,
Die Blumenseele jedem Lufthauch offen,
Vom Schimmer reinen Morgenthau's verklärt;

Sein ganzes Sein ein schönverkündet Hoffen,
Ein Feiertagsgedanke der Natur,
Die es gebildet aus den zartsten Stoffen,

Und doch von ihr vernichtet, spielend nur,
Als ob sie nur am Schaffen sich erfreute,
Nicht am Erhalten ihrer Creatur; —

Und nun den süßen Leib dem Schmerz zur Beute,
Die Seele sehn in Todesängsten ringen,
Die einer Mücke wehzuthun sich scheute,

Und während blasse Ärmchen uns umschlingen,
Verathmen sehn sein liebstes Lebensglück
In jammervoll hülflosem Händeringen — —

Wer da den Strom der Zähren hält zurück,
Ward nicht gesäugt von einem Erdenweibe,
Wenn nicht zuvor schon der Medusenblick

Des Irrsinns ihm versteint das Herz im Leibe.

IX.

Fassung? — Ich bin gefaßt. — Geduld? — Ich dulde.
Aufbäumen wider das gewalt'ge Muß
Ist eine Thorheit, die ich nicht verschulde.

Ich weiß, in strenger Kette, Schluß an Schluß,
Reiht sich der Wandel aller irb'schen Dinge,
Und unaufhaltsam rinnt des Werdens Fluß.

Nur daß zum Danken ich die Lippen zwinge,
Wenn ich beraubt ward, daß ich, wenn der Geier
An meiner Leber zehrt, Tedeum singe,

Daß hinter jenem niegehobnen Schleier
Ich eine Macht mir träume liebevoll
Und Huldigung ihr stamml' in frommer Feier:

Das fordre Niemand. Weder Haß noch Groll,
Noch minder Liebe trag' ich jenem Einen,
Der Alles ist und wirket, was er soll.

Ich bin ein Theil von ihm, sammt allem Meinen.
Wie winzig ihm, der auf das Ganze denkt,
Muß des Atoms, des Stäubchens Weh erscheinen!

Aeonenlang hat er das Sein gelenkt
An seiner Brauen Wink. Soll er's nun achten,
Wenn eine Mücke sich am Licht versengt?

Urew'ger Ziele Bahn muß er betrachten,
Vielleicht unselig selbst, unfroh gewiß;
Denn wo sind Freuden, die ihn jauchzen machten?

Und darum hüllt er sich in Finsterniß,
Als scheu' er sich, sein Angesicht zu zeigen
Elenden, die er in das Sein verstieß,

Unwissend, nur gewissem Tod zu eigen.
Und ihm, dem Unerforschlichen, der nie
Mir brechen will sein unnahbares Schweigen,

Ihm sollt' ich kindlich liebewarm das Knie
Umfassen, gut' und böse Gabe danken,
Im Wahn, daß er sie väterlich verlieh?

Niemals! Uns trennen himmelhohe Schranken.
Muß er mich leiden lassen, sei's darum!
Dem Weltall dient vielleicht des Wurmes Kranken.

Doch eh mir seine Weisheit das Warum
Nicht offenbart, schweigt mir von Vatergüte!
Wo blieb' ein Vater seinem Kinde stumm,

Wenn schon aus einem Wort ihm Trost erblühte?

❦

X.

Betracht' ich unser schwankes Menschenloos,
Geringe Lust, von Unlust überwogen,
Die Angst vorm Wechsel in des Glückes Schooß,

Der Jugend Hoffnungen, so schwer betrogen,
Des Alters bittre Weisheit: „Alles nichtig!" —
Der Liebe Götterrausch, so bald verflogen:

Dann preis' ich dich, mein Kind, daß nur so flüchtig
Dein kleiner Fuß des Lebens Bahn berührt,
Und gern auf dich zu deinem Heil verzicht' ich.

Wie treu ich dich an meiner Hand geführt,
Nicht hätt' ich Eine dir erspart der Plagen,
Die je ein Herz beklemmend eingeschnürt.

Dein Mäppchen hättst zur Schule du getragen,
Zitternd in Furcht und Scham, wenn dir einmal
Die Antwort stockte auf des Lehrers Fragen.

Dann Ehrgeiz, Reue, stumme Liebesqual,
Freundschaft an Stolz und Wankelmuth verschwendet,
Und was die Jugend lockt und irrt zumal.

Und hätte sich das Herz dir zugewendet
Des Einen, dem im Leben wie im Tod
Du deine Pflicht und Treue gern verpfändet,

O dann nach kurzem Glück die lange Noth
Der Mutterschaft, erst Kinder ihm gebären
Und dann sie aufziehn, tausendfach bedroht;

Die Fiebernächte, wo mit bangen Zähren
Am kleinen Bett du hättest wach gesessen,
Den Feind des Lebens kämpfend abzuwehren.

O armes Frauenleben! Denk' ich dessen,
So ist mir fast, es sei ein Hochgewinn,
Daß wir dich nur so kurze Frist · besessen.

Dein Auge sah so ernsthaft vor sich hin,
Als hättest du, das Schwere leicht zu nehmen,
Schwermuth zu viel, zu wenig leichten Sinn;

Zu starken Willen, weich dich zu bequemen,
Zu treuen Sinn, um lachend zu verzichten,
Zu reines Herz, der Schuld dich nicht zu schämen.

Und Solche wissen schwer sich einzurichten
In dieser argen Welt, wo man sich drehn
Und winden muß im Zwiespalt enger Pflichten. —

Und doch, mein Kind: warst du auch außersehn,
Zu bluten aus den tiefsten Lebenswunden,
Doch hätt' ich dir's gegönnt, im Kampf zu stehn.

Der Kräfte frohes Spiel hättst du empfunden,
Des Ringens Stolz, des Sieges hohe Lust,
Die herbe Tage aufwiegt durch Secunden.

Du hättst an deine kleine Menschenbrust
Die Welt gedrückt und staunend zu den Sternen
Emporgesehn, des Ew'gen dir bewußt;

Hättst um die Stachelschalen nicht den Kernen
Der Wahrheit abgesagt, es nicht verschmäht,
Im Schweiß des Angesichts die Pflicht zu lernen.

Wohl weiß ich es: in weisen Büchern steht,
Daß Nichtsein köstlicher als Sein, das Leben
Ein Irrthum nur, den Gott erkannt zu spät.

Doch ward nicht Liebe zum Ersatz gegeben?
Ist nicht der Schmerz, den wir um dich erlitten,
Ein theurer Schatz, wohl werth, ihn aufzuheben?

So lebst du fort in unsres Lebens Mitten;
Und wie verewigt werden Stein und Erz,
In die ein edles Bild ward eingeschnitten,

Sind wir geadelt auch durch unsern Schmerz.

XI.

Kommst du nun auch zu mir herangeschlichen,
    Mein alter Hund, mit einer Beileidsmiene
Und ruhst nicht, bis ich dir das Fell gestrichen?

Du senkst den Kopf so traurig, daß es schiene,
Als fühltest du, wie dieses Gramgeschick
Mitleid der stummen Creatur verdiene.

Ja wohl! Nun trifft dich nimmermehr der Blick,
Der Lockruf deines kleinen Spielgenossen;
Kein ros'ges Händchen zauf't dir das Genick.

Nicht giebst du dich, halb freundlich, halb verdrossen,
Zum Reiten her auf deine alten Tage
Und duldest willig tausend Kinderpossen.

Halbblind und lahm, von mancher Greisenplage
Schon heimgesucht, des Jagens überdrüssig
Und nächstens reif, daß dich der Knecht erschlage,

Ein athmend Beingerüst, das nur noch müssig
Sich sonnt und schnarcht und Fliegen fängt im Traum,
Der Welt und sich und mir höchst überflüssig —

Und athmet fort, und füllt noch seinen Raum
Mit träger Masse, saugt noch Lebensluft — —
Und unser Kind — o ich ertrag' es kaum!

Mir aus den Augen, heuchlerischer Schuft!
Dein Winseln trügt mich nicht. Ich weiß, Geselle,
Dich rührt kein Schauer an aus ihrer Gruft.

Als kaum erblichen ihres Auges Helle,
Da lagst du, Wicht, als wäre Nichts geschehn,
Und schliefst auf ihres Sterbezimmers Schwelle.

Und als man sie hinaustrug und in Weh'n
Das Mutterherz und meines schier gebrochen,
Sah ich dich lungernd vor der Thüre stehn.

Du nagtest gierig einen leckern Knochen
Und knurrtest scheel die fremden Männer an,
Die im geschäft'gen Fraß dich unterbrochen.

Und jetzt scheinheilig schleichst du dich heran?
Hinaus mit dir! Du bist ein Thier. Wir Beide
Sind andern Seelenmächten unterthan.

Herzlos, wie die Natur, bei Menschenleide,
Stimmst du in unsern Jubel munter ein;
Du weißt, am Festtag giebt es fette Weide.

Des Menschen Weh versteht der Mensch allein,
Kein Gott, kein Thier. Der Kummer ist erlaucht,
Und du, so treu du winselst, bist gemein.

Gram kennt ein Gestern. Du bist eingetaucht
In dumpfes Heute. Hast du dich verkrochen
Aus Furcht vor meinem Zorn? Der ist verraucht.

Troll dich hinaus und nage deinen Knochen!

XII.

Ins Reich der Schatten führte mich der Traum.
Da sah ich unser liebes Kind sich nahn,
So still und blaß und ernst — ich kannt' es kaum.

Die Arme streckt' ich aus, es zu umfahn,
Doch schüttelt' es die Locken schwer wie Blei,
Als hätt' ihm noch das Hälschen wehgethan.

Dann deutet' es, als ob es durstig sei,
Auf seine Lippen, und mit müdem Winken
Der beiden Aermchen zog es mich herbei.

Kind, rief ich zu ihm eilend, willst du trinken?
Sieh hier den Quell, der meiner Brust entquillt,
Aus breiter Wunde strömend an der Linken. —

Da trank's; und als es seinen Durst gestillt,
Das blasse Mündlein mit dem Blute färbend,
Gewann es Sprache, seufzt' und sagte mild:

O lieber Vater, dem zuerst ich sterbend
So großes Leid gebracht und mehr noch bringe,
Die Lust am Licht der Sonne dir verderbend,

Sei doch getrost und wieder guter Dinge.
Ich schweb' hier unten freud'- und kummerlos,
Der Nacht gewohnt, wie nächt'ge Schmetterlinge.

Das Eine quält uns leichte Schatten bloß,
Daß ihr mit Thränen unser Grab betrauert,
Die zu uns bringen durch der Erde Schooß;

Daß Regenguß uns winterlich umschauert
Und unser Schattenleib von Frösteln bebt
Und fieberhaft am Lethestrome kauert.

Uns wird nur wohl, wenn ihr zu hemmen strebt
Den blut'gen Quell untröstlich bittrer Thränen
Und euer Auge rein zum Himmel hebt.

Denn wenn ihr mäß'ger, mit gefaßtem Sehnen
Der Todten denkt, so ist's, als fühlten wir
In warmem Schimmer unsern Leib sich dehnen.

Sieh nur, so manche Schatten wandeln hier
Von sanftem Zwielicht wundersam umflossen,
Verklärten Blicks im traurigen Revier.

Das sind die Seelen, deren Lichtgenossen
Mit stäter Treue noch ihr Bild bewahren,
Doch ihre Thränen still ins Herz verschlossen.

So, Vater, wenn du nun hinaufgefahren,
Thu auch, und sage meinem Mütterlein — —
Da schwieg's, als dürf' es mehr nicht offenbaren.

O, rief ich, Kind, du mahnst uns, froh zu sein?
Bist du denn froh, seitdem du uns verlassen? —
Da winkt' es mit der Hand, als spräch' es: Nein.

Und wie ich's wollt' in meine Arme fassen,
Schwand es gleich einem Rauch an mir vorbei;
Ich sah es nur noch lächeln und erblassen.
Da weckte mich der erste Hahnenschrei.

XIII.

Und doch, das ist der Dinge Lauf; auch du
Erlebst es noch: ein jedes Leid am Ende,
So furchtbar es gewüthet, kommt zur Ruh'.

Dem Schmerz, so lang er jung ist, sind die Wände
Des Leibes viel zu eng, ihn einzuschließen.
Er tobt umher, daß er den Ausweg fände.

In Strömen muß er aus den Augen fließen,
Dir von den Lippen ächzen, auf die Stirn
In kalten Tropfen perlend sich ergießen.

Am liebsten möcht' er seiner Haft entschwirr'n,
Zusammt der Seele, und dem Geier gleich
Mit freiem Flügelschlag das All durchirr'n.

Ermattet herrscht er dann in seinem Reich
Gelassner, bricht nur selten aus den Augen
Und hüllt sich in Erinnern dumpf und weich.

Nun mag ihm nur die tiefste Stille taugen;
Er haus't im dunkelsten Verließ der Brust,
Begnügt, dein Herzblut tropfenweis zu saugen.

Die Mond' und Jahre fliehn ihm unbewußt;
Er ist gealtert, fühllos wie ein Greis,
Den kein Gewinn mehr kümmert, noch Verlust.

Doch wenn die Seele kaum noch von ihm weiß,
Kaum des verschollnen Gastes Näh' empfindet,
Tritt plötzlich er aus dem verborgnen Kreis,

Erschrickt, daß er die Welt verwandelt findet,
Und schilt die Seele, daß sie ihn verachtet,
Und schilt sich selbst, daß er verwelkt und schwindet.

Dann in die Kammer, drin er lang geschmachtet,
Schleicht er zurück und sargt sich selber ein
Und stirbt, von tiefster Einsamkeit umnachtet.

Du aber, kannst du auch noch fröhlich sein
Und wieder ausgefüllt von neuem Glücke:
In jene Kammer bringt kein Sonnenschein,

Und Moderduft bleibt stets darin zurücke.

XIV.

Ob wohl im Athem dieser Sommerluft,
    In dieses Morgens sanftbewegter Kühle
Ein Hauch schon mich umschwebt aus deiner Gruft?

So rein wie kindlich heitre Vorgefühle
Weht von der Halde mich der Frühwind an,
Indeß ich hier in meinen Schmerzen wühle,

Daß ich des Wahns mich nicht erwehren kann,
Ein Theil von dir, ein Stäubchen von dem Staube,
Der dich, geliebtes Kind, zurückgewann,

Umwittre mich im Schatten dieser Laube,
Umschmeichle mein Gemüth, daß es hinfort
Nicht mehr so bittrer Schwermuth sei zum Raube.

Im Tropfen Thau an jener Ranke dort
Seh' ich den Schimmer deines Auges wieder,
Im Rieseln jenes Bachs hör' ich dein Wort.

Dein Lachen klingt mir aus den Wipfeln nieder,
Wo Tauben nisten; jeder Blumensproß
Mahnt mich des Wuchses deiner schlanken Glieder.

Nichts ist in aller Runde klein und groß,
Das mir nicht dienen muß, dich zu verkünden,
Als wäre die Natur ein Spiegel bloß,

Dein frühverlornes Bild darin zu finden,
Als bärge jeder Laut geheimen Sinn,
Den nur wir Beide, du und ich, verstünden.

O sprich mir weiter, süße Schläferin!
Aus deinem Traum sprich Liebliches zu mir,
Der ich noch taub für Menschenstimme bin!

Bestärke mir den Glauben: was ich hier
An Holdem seh' und höre, sei dein Grüßen,
Und jedes Labsal stamme nur von dir.

So früh hab' ich zurück dich geben müssen
Ans All, aus dem du flüchtig aufgetaucht;
Nun kann der Trost nur meinen Gram versüßen,

Daß aus dem All zurück dein Wesen haucht.

Ernst.

(1871.)

I.

Mit Kränzen, wie kein Bräutigam, geschmückt,
Mit Feierkleidern angethan aufs Beste,
Doch deine großen Augen zugedrückt,

So fuhrst du weg zu deinem letzten Feste,
Langsam, im Schritt. Warum dich übereilen?
Gern wartet jener Wirth auf seine Gäste.

Dort hinter langen, stillen Hügelzeilen —
Siehst du das Haus? Es brennen viele Lichter,
Doch Denen nicht zur Lust, die dort verweilen.

Seltsam! Die hagern, bräunlichen Gesichter,
Wie sie bekümmert in die Kerzen starren.
Manch Einer grinf't, doch nicht das Schweigen bricht er.

Es scheint, es finden's all die armen Narren
Gar unbequem, hier aufgeputzt der Stunde,
Da man zur Ruh' sie bringen wird, zu harren.

Die alte Dame dort, mit gutem Grunde
Verstimmt es sie, daß man sie hergebracht
So ungeschminkt, mit zahnlos offnem Munde.

Und dort das Fräulein, das so gern gelacht,
Getänzelt und das süße Kind gespielt,
Was hat auf einmal sie so ernst gemacht?

Der alte Dandy zwar, der nach ihr schielt
Und ihren Kranz und Schleier scheint zu loben,
Ist ein Galan, der sich nur schlecht empfiehlt.

Die blonde Haartour hat sich ihm verschoben;
Sein Kammerdiener hielt der Müh' vielleicht,
Obwohl er ihn beerbt, sich überhoben.

Und dort, zum Alabasterbild gebleicht,
Die junge Mutter, hier zum Fest geladen,
Eh sie dem Säugling noch die Brust gereicht.

Ihr Nachbar auch scheint trüb und grambeladen,
Nicht dreißig alt, ein schmucker Offizier,
Und schon getrennt von allen Kameraden!

Fürwahr, es ist nicht eben lustig hier;
Ein jeder Gast hat nur mit sich zu thun,
Die Kerzen knistern wie geängstet schier.

O kommst auch du, mein lieber Knabe, nun
Und suchst dir bei den stillen fremden Leuten
Bescheiden einen Platz, um auszuruhn?

Hier spielt man nicht die Spiele, die dich freuten.
Soll Jugend, die den Ernst des Lebens kaum
Von fern geahnt, den ernsten Tod sich deuten?

Es geht ein heimlich Regen durch den Raum,
Als wollten sie den Ankömmling beschauen
Durch eingesunkner Wimpern schmalen Saum.

Er aber achtet nicht der Herrn und Frauen.
Er ruht wie über Lieb' und Grau'n erhaben
Mit leidsam ernst gespannten Augenbrauen.

Ja wohl, ihr Späher dort, in diesem Knaben
Ward eurem Fest beschert ein holder Gast,
An dem ihr könntet eure Freude haben.

Doch Jeden drückt zu schwer die eigne Last,
Als daß er lange dächt' an andre Dinge.
Still ist's im Saal. Man hört das Flattern fast

Des weißen Falters, der mit hast'ger Schwinge
In bangen Kreisen durch die Lüfte zieht,
Als sei's ihm nicht geheu'r im Todtenringe.

Und wie er jetzt den stillen Knaben sieht,
Läßt er sich rasch auf seine Stirne nieder,
Wie auf ein heilig blühendes Gebiet;

Als hab' auf diese sanften Augenlider
Der Tod kein Recht, als kehre, statt zur Gruft,
Die blasse Lilie zu den Blumen wieder

Hinaus in Sonne, Lenz und Lebensluft! —

❧

II.

Ich fühlt' in meinen hellsten Lebenstagen
Den Muth, auf diese Sonne zu verzichten
Und der Vernichtung Schauer zu ertragen.

Im Jetzt und Hier lernt' ich mich einzurichten,
Und selbst die Neugier nach dem letzten Wort
Des bunten Räthsels lockte mich mit nichten.

Wohl riß die Brandung Manchen vor mir fort,
Der, während ich noch trieb auf hoher See,
Still Anker warf im ew'gen Ruheport.

Nach Sturm und Noth und namenlosem Weh,
Oft an ein letztes morsches Brett gebunden
Und fühlend, daß auch das in Trümmer geh',

Wie sahn sie gern der Irrfahrt sich entbunden,
Die wenig Freude bot und viele Last;
Wie gönnt' ich's ihnen, daß sie „Land" gefunden!

Sie hofften nichts mehr, als zu ruhn, und fast
Mit Ingrimm hörten sie die Tröster sagen,
Man wecke sie bereinst nach kurzer Rast.

Doch du, mein Knabe, dem noch offen lagen
Die Meer' und Länder, Muth die Segel schwellt',
Ein Inselland der Sel'gen zu erjagen,

Wie ward dein leichter Nachen früh zerschellt,
Und was die Sonne dir an Blüten gab,
Verschlungen von der dunklen Wasserwelt!

Und sollte nicht an deinem jungen Grab
Das alte Märchen sehnlich mich beschleichen:
Einst bring' ein Weckruf in die Nacht hinab,

Ein Hahnenschrei aus ew'gen Lebensreichen,
Den Tag verkündend, dem die Macht verliehn,
Des Erdentages Unbill auszugleichen?

Dann dürft' ich wieder an mein Herz dich ziehn,
Den frischen Mund dir, den geliebten, küssen
(Nun dünkt mich's, ach, zu selten küßt' ich ihn!);

Die hier entblättert sank zu meinen Füßen,
Die Knospe säh' ich dort sich rein entfalten,
Mit Duft mein neues Leben zu versüßen!

Hinweg den Schleier, den ich fern gehalten
Vom hellen Aug'! Er soll das trübe mir
Auch jetzt nicht trocknen mit den weichen Falten.

Kein Einst und Drüben, nur ein Jetzt und Hier.
Erbetteln will ich nicht vom Selbstbetrug
Den feigen Trost. Das Eine wissen wir:

Auch wir vergehn; und das ist Trost genug.

III.

Ich will mir meinen Freund nicht schelten lassen,
Den einz'gen, der mich schmeichelnd nie betrog,
Und den ich liebe, mag die Welt ihn hassen.

O Schmerz, du Weiser, treuster Pädagog,
Noch nicht entwuchs ich deiner Zucht und Lehre,
Die mich mit rauher Hand zum Mann erzog.

Mich, der ich gern im Traum geblieben wäre,
Hast du erweckt, unsanft nach deiner Art:
Steh auf, und diesen Morgenbecher leere!

. Ich trank. Da schüttelte mich Frost. Doch ward
Mein Auge wacker, diese Welt zu schauen,
So wie sie ist. Auf Wegen steil und hart

Der Kraft, die du mir gabst, lernt' ich vertrauen
Und wünschte mir kein Märchenflügelpaar,
Zu schwanken wahngewiegt im Aetherblauen.

Durch schwarze Gläser lehrtest du mich klar
Den Quell des Lichtes prüfen und erkennen,
Daß er so herzlos wie die andre Schaar,

Die wir mit liebevollen Namen nennen,
Daß die erhabnen Sterne sonder Lust
Und Mitleid über unsern Qualen brennen.

Das aber trägt nur eine tapfre Brust,
Und darum haßt die Menge dein Ermahnen,
Den strengen Weckruf: Wolle, denn du mußt!

Du lässest sie den dunklen Urgrund ahnen,
Aus dem des All und Eins Grundwasser quellen,
Geheimniß allen tändelnden Profanen.

Und dennoch: wenn das Licht uns soll erhellen,
So müssen wir des Brennens Angst und Pein
Erdulden, ohn' uns weibisch anzustellen.

Nichts, was wir nicht erkämpft, wird unser sein;
Mit Lebensschätzen aus dem eignen Mark
Bezahlen wir des Wissens Dämmerschein.

Doch so sich läuternd wird die Seele stark,
Den Glanz der höchsten Wonnen auch zu tragen,
Daran fürwahr kein Heldenleben karg.

Ahnt ihr den Tiefsinn nicht der alten Sagen,
Wie jener Heros erntet' Himmelsruh',
Der durch Lernäa's Sümpfe sich geschlagen?

O mein Befreier, Freund und Meister du,
Der mir vom Auge nahm des Wahnes Binden,
Ich jauchze dir in düstern Nächten zu.

Du, wenn mir alle Taggenossen schwinden,
Hältst bei mir aus, in Schlummer singst du mich,
Und selbst im Traum muß ich dich wiederfinden.

Und wenn die letzte Sonne mir erblich,
Die letzte Nacht die Flügel um mich breitet,
Dann neben meinem Lager find' ich dich,

Der mich an treuer Hand zum Frieden leitet.

IV.

Und deine finstre Schwester, deren Bild
Ein Graun den Thoren, die sich sicher wähnen,
Auch sie hat mir das Herz mit Trost gestillt.

Ihr großes Aug' ist dürr und leer von Thränen.
Ein seltsam Lächeln irrt um ihren Mund;
Die fahle Lippe bebt an bleichen Zähnen.

Sie rauft ihr Haar nicht, schlägt die Brust nicht wund.
Sie gleicht dem Bruder; aber kalt und fremd
Bohrt sich ihr Blick bis in der Seele Grund.

Die Linke steinern in das Kinn gestemmt,
Die Rechte starr am Dolch, sitzt sie und brütet
Und harrt der Zeit, da Nichts den Willen hemmt.

Sie stiert so scheu, wie wer Vergrabnes hütet.
Sie weiß, man würde sie an Ketten legen,
Erriethe man, was heimlich in ihr wüthet.

Doch was sie immer sinnt, es ist zum Segen.
Mag sie die Thorenwelt „Verzweiflung" taufen
Und fürchten, wie wir Nachtunholde pflegen:

Sie trachtet nur, Gefangne loszukaufen
Aus Lebenshaft und Seelen zu befrei'n,
Die voll von Jammer sind zum Ueberlaufen.

Drum sollte „letzter Trost" ihr Name sein,
Denn wo mit Schmach und heillos bittrer Noth
Geschlagen wird ein zitterndes Gebein,

Und weder Gott noch Teufel Hülfe bot,
Da tritt sie zu dem hoffnungslos Gequälten
Und raunt ihm zu: Erwähle selbst den Tod.

Ich hauche nur dich an, und dich Gestählten
Durchschauert Kraft, die schwere Kerkerthür
Zu sprengen, eh die Henker dich entseelten.

Willst du dich beugen jeder Ungebühr,
Auch noch die rechte Wange leih'n dem Streiche,
Ein Büßender und weißt doch nicht wofür? —

So stillt den Ächzenden die stille Bleiche,
Und wenn ihm fremd ward jeder Rath der Welt,
O sie beräth ihn gut, die Listenreiche.

Auch mir, du Mitleidvolle, bleib gesellt,
Ich flehe dich, wenn mir ein Loos beschieden,
Das jeden Lebensbecher mir vergällt.

Die Bande, die uns an das Dasein schmieden,
Hilf mir sie sprengen, Freundin, führe du
Die stolze Seele, die das Glück gemieden,

Den sanften Sternen ew'ger Nächte zu!

*

V.

Zu bitter wär' ich? Doch wer hat's verschuldet,
Wenn meine Zunge trieft von Bitterkeiten?
Ein feiger Knecht, wer ohne Murren duldet!

Ward nicht, was Süßes ich genoß vor Zeiten,
Mir über Nacht vergiftet und vergällt,
Entwerthet meine liebsten Kostbarkeiten,

Da, die ich über jeden Schatz gestellt,
Die goldne Freiheit, nun als schlimmste Bürde
Mir unerträglich auf die Seele fällt?

Es wog mir kein Gewinn, noch Ehr' und Würde
Den Adel auf: mir selber zu gehören,
Nicht eingeschränkt in eines Dienstes Hürde;

Nicht mit banausischem Geschäft zu stören
Die stille Bildkraft, all die Schmerzenlust,
In ernstem Ringen Geister zu beschwören.

Wie war ich mir so streng und froh bewußt,
Daß meines Wirkens Maß und meiner Pflichten
Mir einzig ruht' im Grund der eignen Brust!

Und nun — wie möcht' ich gern auf mich verzichten
Und, fremdem Willen dienstbar unterthan,
Ein dumpfes Werk gedankenlos verrichten!

Den Bauer neid' ich, der in grader Bahn
Die Furche zieht, den Kärrner, der im Staube
Des Heerwegs seinen Rossen geht voran.

Und Jener dort in niedrer Reisiglaube,
Der Steine klopft, gebückt am heißen Wege,
Nicht ödem Müßiggang ist er zum Raube.

Sein Tagwerk fördert jeder seiner Schläge,
Und, wacker bis zum Feierabend, letzt
Ihn seine Flasche, wird der Arm ihm träge.

Und ich — dem selbst der Quell der Musen jetzt,
Der Himmelstrank, wie schaler Spülicht mundet,
Wo ist ein Werk, ein Ziel, das mich ergetzt?

Denn die Gestalt, die sich dem Dichter rundet,
Soll er beleben mit dem eignen Blut.
Wie? wenn er selbst nun ward zu Tod verwundet,

Daß Lebens-Ueberfluß und -Uebermuth
Versiegen und die Liebe geht verloren,
Die auch an seinem Werk das Beste thut?

So hab' ich selbst mich wider mich verschworen.
Mir selbst gehör' ich? Keinen schlimmern Herrn
Und keinen ärmern hätt' ich je erkoren.

Sein schnödes Joch abschütteln möcht' ich gern,
Der mich mißhandelt, der mich darben läßt,
Und kann nur knirschend an der Kette zerr'n.

So wird der Freiheit jammervoller Rest
Mir noch zum Fluch. Wenn unser Wille schwankt,
Gleich einem Vogel, dem zerstört das Nest,

Dann strebt das Ich, das an sich selber krankt,
Sich loszuwerden, von des Sehnens Noth
Zu ruhn in einem Ziel, das nimmer wankt, —
Und was ist hier gewiß, als nur der Tod?

VI.

Noch eh' der Hügel grünt auf deinem Grab,
    Eh' jener Kränze bleicher Schmuck vermodert,
Die man dir mitgab in die Nacht hinab,

    Wie? all' die Glut der Schmerzen schon verlodert?
Die Augen trocken, kühl der Herzen Schlag,
Als wäre Nichts geschehn, was Thränen fodert?

    O ihr, da er noch auf der Bahre lag,
An Jammer unersättlich, wie so eilig
Verleidet' euch das Leid der lust'ge Tag!

    Im Wechsel euch betäuben müßt ihr freilich,
Denn an die eigne Flachheit mahnt euch bald
Ein jedes Wehgefühl, das tief und heilig.

    Drum habt ihr eure Sprüchlein mannichfalt,
Daraus ihr lernt: ein Thor, wer nicht genieße
Des Augenblicks buntgaukelnde Gestalt,

    Vom Strom nicht trinke, der so rasch verfließe,
Versäumend eines Sonnenblickes Gunst,
Fruchtlosen Gram fest an den Busen schließe.

    Carpe diem! — das sei die Lebenskunst;
Memento vivere! und nicht zum Heile
Dem lebenden Geschlecht sei Gräberdunst.

    So geht denn hin und kehrt in schnöder Eile
Zu nicht'gem Tagwerk, das euch wichtig scheint,
Indeß ich still bei meinem Todten weile.

Ich habe meinen Gram nicht ausgeweint,
Wie ihr, nicht aus den Augen ihn verschüttet;
Zu tief mit meinem Blut ist er vereint.

Nichts hab' ich mehr, das noch zur Noth verkittet
Die Stücke des zerbrochnen Seins, als ihn,
Der ganz die Seele füllt, obschon zerrüttet.

Nicht will ich feige mir und ihm entfliehn,
Will heil'gen meines Schmerzes Feiertage,
Da mir der Andacht hohe Kraft verliehn.

Denn Frevel dünkt mich, daß man sich entschlage
Der Pflicht des Danks, mit Schmerzen Die zu missen,
Die man geliebt mit innigem Herzensschlage.

Die frommen Alten lehrt' es ihr Gewissen,
Dem Gram sein Recht zu geben, wie der Freude,
Und das Volk Gottes hat sein Kleid zerrissen.

Nur ihr, die ihr der Selbstsucht Wahngebäude
Aufthürmt, ihr nennt zu kostbar die Secunde,
Die man an hoffnungsloses Weh vergeude.

O nun versteh' ich, was mit stummem Munde
Du mir gesagt, mein Liebling, als mit Stöhnen
Und Schluchzen dich umgab die dichte Runde.

Dein Schweigen schien ihr Klaggeheul zu höhnen,
Als wüßtest du, der kärglichste Gewinn
Wird morgen sie mit dem Verlust versöhnen.

Die Augen, dunkel starrend vor sich hin,
Bekannten: Wohl mir, daß ich dieser Erde,
Die keine Treue kennt, entnommen bin!

So streng weltabgewandt war die Geberde,
So kühl und stolz, es bangte mir fürwahr,
Als ob ich selbst von dir verachtet werde.

Nein, Liebling, mich nur aus der dumpfen Schaar
Sollst du getreu und deiner werth erfinden;
Denn was dein Lächeln meinem Leben war,

Wird mit dem letzten Hauch nur mir entschwinden!

VII.

Die Thräne quillt nicht mehr. Im dürren Staube
Gleichgült'gen Tagwerks ist ihr Quell versiegt.
Die Wunde will schon heilen, wie ich glaube.

Ich sage mir, wie still er draußen liegt,
Wo unter Blumen wir ihn hingebettet,
Dicht an sein tobtes Schwesterchen geschmiegt.

Und Weisheit raunt mir zu: er ist gerettet
Vor vielem Weh, von keiner Last beschwert,
Frei von dem Schmerz, der an die Schuld sich kettet.

Dies Menschendasein, ist's der Mühe werth?
Hin ging er, wie der holde Frühling scheidet,
Von schüchtern zartem Jugendglanz verklärt.

Ist das ein Ende nicht, das Jeder neidet?
Ist's nicht ein frevelnd eigensücht'ger Gram
Um Den, der ewig keinen Kummer leidet? —

Doch wenn die Nacht mit ihren Schatten kam,
Nichts mehr sich regt, als meines Herzens Pochen,
Und schon der Schlummer mich gefangen nahm,

Auf einmal wird des Schlafes Bann gebrochen:
Zwei Augen sehn mich an, so wohlbekannt,
Die Stimme klingt, die hold zu mir gesprochen.

Jäh fahr' ich auf, und an des Bettes Rand
Seh' ich den Knaben aus den Dämmernissen
Der Nacht mir winken mit der kleinen Hand,

Und lautaufweinend sink' ich in die Kissen.

＊

VIII.

Am 5. April.

Mit jedem neuen Kind wirst du zum Kinde.
Der Werdeschrei des jungen Lebens sprengt
Des grauen Herzens narbenvolle Rinde,

Daß es wie Frühlingsschauer dich umfängt
Und dir erblüht ein selig Mitempfinden
Der Lebenslust, die hier zum Lichte drängt.

In Thränen will das Auge dir erblinden;
Die Schatten, die den Erdentag umgrau'n,
Im Strahl der Hoffnung müssen sie verschwinden.

O holder Muth, o lächelndes Vertrau'n!
Es lebt! — und alle Sorgen sind vorbei.
Wer möchte noch zurück nach Gräbern schau'n?

Nur mir hat dieser benedeite Schrei
Das Auge nicht getränkt mit Freudengüssen;
Erstarrt in dumpfem Grau'n stand ich dabei.

O Kind, wie harmvoll mußt' ich dich begrüßen
Und habe meines Schluchzens Kampf und Beben
Erstickt an deines Mündleins ersten Küssen.

Die Stunde war zum Eintritt in das Leben
Nicht klug gewählt, zu kurze Frist vergangen,
Seitdem dein Bruder uns Valet gegeben.

Die Hand, die eben seine blassen Wangen
Geliebkos't, kühl von Todesschweiß beronnen,
Wie sollte sie dein Händlein nun umfangen?

Wie thöricht schienst du mir, wie unbesonnen,
In diesem Würfelspiel dein Glück zu wagen,
Drin Jener seinen Einsatz kaum gewonnen!

Da hört' ich deine Mutter nach dir fragen:
Wo ist das Kind? O gebt es mir, o gebt,
Und laßt mich fühlen seines Herzens Schlagen!

Und wie dein kleiner Mund an ihrem bebt'
Und sie mit mattem Lächeln, von Entzücken
Wie trunken, hauchte: Unser Kind! Es lebt! —

Da sprang der Reif um meine Brust in Stücken,
Und ich erkannte, daß du wohlgethan,
Da du's gewagt mit dieses Lebens Tücken.

Es leuchtet doch ein Stern auf deiner Bahn,
Der wohl des Weges Mühe kann vergüten
Und dir zu Häupten stand, dich zu empfahn:

Ein Mutterauge wird dein Leben hüten,
Ein Mutterherz dir deine Schmerzen lindern,
Ein Muttersegen reifen deine Blüten —
   So wag' es denn, mit andern Mutterkindern!

IX.

Kommt an mein Herz, kommt nah heran, ihr Lieben!
  Im Jammer, welch ein Raub an mir geschehn,
Vergaß ich, welch ein Reichthum mir geblieben.

   Laßt nur des Sturmes erste Wuth verwehn,
Dann blickt des Himmels ausgeweinte Bläue
Gelassen durch, drin tausend Sterne stehn;

   Und man gedenkt der Lebenspflicht aufs Neue,
In Grüfte nicht die Seele zu vergraben,
In frevlem Unmaß sehnsuchtsvoller Treue.

   Sollt' ich der Pflicht zu lang vergessen haben,
Vergebt mir's! Dieser Schlag war allzu herbe.
Zu herzlich hing mein Herz an diesem Knaben.

   Nun sei die Menschheit meines Lieblings Erbe,
Auf daß der Schatz, den ich für ihn gespart,
An Liebeskraft, nicht herrenlos verderbe.

   Sie meinen, wer sich keiner Himmelfahrt,
Nicht froher Urständ' will getrösten lassen,
Dem müsse trostlos sein die Gegenwart.

   Dies bange Erdenzwielicht müff' er hassen,
Das nicht ein Strahl der Hoffnung je verkläre,
Und in Verzweiflung werd' er einst erblassen.

   Kommt! Machen wir dem eignen Credo Ehre!
Aufrechten Haupts, nicht trotzig, nicht verzagt,
Liebt, was da lieblich ist, ertragt das Schwere.

   O schämt euch nicht, daß ihr in Schmerzen klagt!
Es ächzt der Baum, wenn Ungewitter toben,
Und krümmt den Wipfel, der so hoch geragt.

   Dann wieder still von Sonnenglanz umwoben
Trinkt er den Aether, reift der Ernte zu,
Bis ihn die Axt zerspellt zu Scheit und Kloben.

So, Kind der Erde, füge dich auch du
Und neide nicht hoffährt'gen Himmelspächtern
Und Säulenheil'gen ihre dumpfe Ruh'.

Wag es, gleich all den athmenden Geschlechtern,
Dein Herz zu hängen an dies kurze Sein,
Die Welt zu lieben troß den Weltverächtern.

Der Augenblick und dein Gemüth sind dein,
Du Sterblicher; du sollst sie zum Gefäße
Des edelsten, des ew'gen Inhalts weihn.

Was Jedem, der zu eigen es besäße,
Das Leben tröstlich macht, das schaff in dir
Und theil es mit, wo Jemand sein vergäße.

So hast du Ewigkeit und Himmel h i e r,
So wirkst du in dir aus die echte Milde,
Die rein von Kälte bleibt, wie von Begier.

Es müssen sich erfreun an deinem Bilde,
Die dürft'ger sind, als du, und alle Schwachen
Beschirmst du treu mit deinem goldnen Schilde.

Laß dann die Stolzen deiner Armuth lachen,
Die ihren Schaß im Jenseits angelegt;
Du bist doch reich, um Viele reich zu machen.

Du hast ein Herz, das frei und innig schlägt,
Hast deine Sinne, voll dich zu erquicken,
Ein Flügelpaar, das dich zum Lichte trägt,

Und Muth, dem Tod ins Angesicht zu blicken.

Wilfried.

(Ein Tagebuch. October 1877 — Mai 1878.)

Vom Rosenstrauch die letzte Blüte fällt,
Ein böser Herbstwind schauert durch die Welt.

Wir pflegten Winters dies und das zu thun,
Das ward so müßig, so entbehrlich nun!

Zu hoffen, harren, sorgen, uns zu freu'n —
Das soll nun alles nimmer sich erneu'n.

Nicht sehn wir mehr der kleinen Füßchen Spur
Leicht eingedrückt der überschneiten Flur.

Nicht bei der frühen Lampe goldnem Licht
Glüht horchend auf ein kleines Angesicht.

Uns bringt der Winter nur mit Sturm und Graus
Melancholie ins ausgestorbne Haus.

Das Klügste wär', sich einzuspinnen sacht,
Wie es zum Winterschlaf die Raupe macht.

Doch da ein Mensch soll wacker sein und wach,
Komm! fliehn wir sommerwärts den Schwalben nach!

Vielleicht daß zweier Wandrer tiefverarmt
Die Bettlerfreundin Sonne sich erbarmt.

So reisen wir ins Land hinein
Bei Sonn' und Mond und Blitzesschein,
Und immer reis't auf Schritt und Tritt
Ein kleiner blasser Schatten mit.

Und wo die Erde schöner blüht,
Sein Mündchen weher zuckt und glüht,
Und wo die Sonne goldner lacht,
Sucht er uns trüber heim zu Nacht.

Was suchst du, blasser Schatten, hier,
Du kleiner blinder Passagier?
Ach, dir versagt ist alle Lust,
Und uns erstarrt dein Hauch die Brust.

Wie war dein Auge warm und hell,
Ein Lebenswonnenzauberquell!
Und jetzt — o hab Erbarmen, Kind!
Du siehst ja, wie wir elend sind.

Wir drängen dich ja nicht zurück,
Doch komm mit sanftem Geisterblick,
Nicht alles Holden ganz beraubt! —
Umsonst! Er schüttelt still das Haupt.

Sein armes bleiches Mündchen bebt:
Wie habt ihr nur mich überlebt!
Nun komm' ich, wie ich kommen muß,
Nun haltet Treue bis zum Schluß. —

So reisen wir ins Land hinein
Bei Sonn' und Mond und Blitzesschein,
Und mit uns wandert unser Kind,
Bis auch wir Andern Schatten sind.
    Unterwegs.

Verzogen,
  Verflogen,
Alle Vögel aus dem Nest!
Nur die Mauern,
Sie dauern,
Ueberdauern die Gäst'.

Junge Zeiten,
Sie schreiten
Wie Geister vorbei.
Wo ist nun geblieben
Das Lachen, das Lieben?
Blieb Keines dir treu?

Von weiten
Da läuten
Die Glocken wie einst.
Alter Träumer, entrinne,
Daß am Fenster die Spinne
Nicht sieht, wie du weinst!
    Sorrent.

Die Tage schleichen an uns vorüber,
  Wie eine dunkle Geschwisterschaar,
Die einen sanfter, die andern trüber,
Doch keiner lachend und freudenklar.

Sie tragen Gaben in bleichen Händen,
Der edeln Güter gar mancherlei,
Doch florumwunden sind ihre Spenden,
Und unbewillkommt ziehn sie vorbei.

Voran geht Einer mit harten Mienen
Und scheuem Trutzblick, gesenkt das Haupt;
Er ist von gleichem Geschlecht mit ihnen,
Doch statt zu schenken, hat er geraubt.

Seitdem mißtrau'n wir den andern allen,
Die sonst wir arglos ans Herz gedrückt.
Auch mit den Schwestern sind wir zerfallen,
Den schönen Nächten, so reichgeschmückt.

Ein Tag wird kommen, der wird uns retten,
Ein Weltversöhner, aus allem Harm;
Mitleidig führt er zu ew'gen Stätten
Der stillsten Schwester uns in den Arm.
    Sorrent.

⁜

„O Herzenseigensinn!
  Wie Viel ist dir geblieben,
Wie Viel noch kannst du lieben,
Und wirfst doch Alles hin?

„Seit Ein Geliebtes fehlt,
Zwei Augen sich geschlossen,
Bleibt Alles ungenossen?
Ist dir die Welt entseelt?" —

Und hat denn Liebe je
Gelernt vorlieb zu nehmen?
Muß Treue nicht sich schämen,
Wenn sanfter wird das Weh?

Euch ist die Welt so viel,
Mir gilt sie nur geringe,
Gleich einem goldnen Ringe,
Aus dem die Perle fiel.
    Sorrent.

Horch! in der dunklen Frühe
    Herübersummt das Glockenerz.
Zu neuer Qual und Mühe
Wach auf, verschlafnes Herz! —

— Es ist noch viel zu frühe,
Laß schlafen mich ein Weilchen noch.
Wer weiß, ob nicht erblühe
Ein Trost im Traume doch! —

Die falschen Träume fliehe!
Sie bringen nur erträumtes Glück.
Am wachen Leben glühe
Von Neuem auf dein Blick. —

— Umsonst! Dem Frohen sprühe
Das Leben seine Wonnen aus;
Mir in der dunklen Frühe
Nur einen Tropfen Thau's!
    Sorrent.

Kein Wort, kein Blick;
    Das lieblichste Glück
Verschwunden, verloren, dahin!

Nie mehr — nie mehr — —
Von den Glücklichen wer,
Wer faßt den vernichtenden Sinn?

Kein flüsternder Gruß,
Kein lächelnder Kuß,
Die scherzende Lippe verstummt;
Die süße Gestalt
Nun starr und kalt
In das traurige Laken vermummt.

Was kann und vermag,
Was will — o sag —
Die Welt, die zu trösten uns meint?
Ihre Zaubergestalt
Erbleicht alsbald,
Wenn das blasse Gesichtchen erscheint.

Ihr lockender Chor
Nicht zieht er empor
Ein Herz, zur Tiefe gebeugt.
Wir wandeln dahin
Mit verschlossenem Sinn
Und horchen, wie er nun schweigt!

    Sorrent.

Es singt und klingt mir im Gemüth
   Vom Morgen bis zum Abendroth:
Das Leben ist ein süßes Lied,
Sein bittrer Kehrreim ist der Tod.

Ich sang das Lied wohl vor mich hin,
Der Kehrreim schuf mir keine Noth.
Das Leben hatte klaren Sinn,
Ein dunkles Räthsel schien der Tod.

Gedämpft ist nun der lust'ge Schall,
Der mir die Brust zu sprengen droht.
Das Leben dunkelt überall,
Und hell und heller winkt der Tod.

Die falschen Töne sind verstummt,
Des Lebens irre Glut verloht —
Ich harre, daß in Schlaf mich summt
Mit sanftem Wiegenlied der Tod.
      Sorrent.

*

Die silberne Luft erglänzt so blaß
      Ueber dem schwarzen Meer;
Die Möwe kreis't, die schwanke,
Ruhlosen Flugs umher.

Ich denk' an eine Stirne so blaß,
Zwei Augen schwarz und stumm.
Ein einz'ger irrer Gedanke
Geht ruhelos drin um.
      Zwischen Sorrent und Capri.

*

Warum zwitschert ihr mich
      Um meinen Morgenschlaf
Mit scharfem Weckruf,
Grausame Vögel!

Ach, ihr scheuchet
Mir von der Seite
Den einz'gen Freund und Erbarmer,
Der bei mir aushielt,
Da vom Haupte
Des Göttervervehmten
Entsetzt hinwegflohn
Alle guten Geister.

Wie qualvoll lang
Im purpurnen Abgrund der Nacht,
Zu dem hinunter
Kein Strahl des Friedens tauchte,
Lag ich mit fieberbangen Sinnen,
Aus furchtbarn Träumen
Zurückgeschreckt
Ins schreckenvollere
Wache Bewußtsein
Meines Unglücks,
Bis endlich nachgab
Der leidermattete Leib
Und ein Tropfe Vergessen
Auf die lechzende Seele thaute.

Den mißgönnet ihr mir,
Schadenfrohe Vögel!

Ach, vorzeiten
Meintet ihr's gut,
Wenn ihr den schlummerberauschten
Knaben und Mann
Hinaus in die lobernde
Pracht des Morgens riefet.
Da war Welt und Leben
Des Wachens werth.

Jetzt ist der dichteste Schleier,
Den Träume weben,
Nur wie ein Spinnweb,
Gelegt auf frische Wunde:
Nur leicht das Blut
Zu hemmen vermag's;
Doch voll durchtränkt
Mit dem quellenden Naß,
Wird das Gespinnst
Wieder hinweggespült,
Und heißer rieselt die Welle
Am grauen Morgen.

Daß ein Morgen käme,
Der sie stocken machte,
Müßte mit ihr auch
Mein Leben stocken —
Denn, all ihr Götter,
Uebermenschlich
Ist diese Pein!
    Sorrent.

(Fragment.)

Des ungewordenen
   Allvaters Kronos
Weltalte Zwillingstöchter,
Natur und Schicksal —
Feindlichere Schwestern
Sah nie das Licht.

Wenn die Jüngere,
Die Lebengebärerin,
Kräftesprühend
Ihre Geschöpfe
Mit mannichfaltigen
Gaben segnet,
Oder gedankenlos
Ihr Geschenk
Durch Widerstreitendes
Wieder zerstört:
Nicht Tück' und Neid,
Nur der Unbedacht
Spielender Kraft
Macht sie furchtbar
Ihren Geschöpfen.

Den Lieblingen, wie
Den Stiefgeborenen
Theilt sie launisch aus
Heilsames und Verderbliches

Und läßt ihrer Kinder
Oft die verwöhntesten
Am eignen Herrlichsten
Zu Grunde gehen.

Aber die Aeltere,
Die nie ein Götter=
Und Menschenauge
Lächeln sah,
Die finstere Heimarmene, —
Was sie thut,
Ist immer unhold,
Ob es auch gut wäre;
Denn alles Seelenvolle,
Gütige, Zarte
Ist ihr fremd.

Doch sieht sie Wen,
Dem ihre Schwester
Liebgesinnt war,
Den sie mit ihrer Gaben begehrtesten,
Liebeswerthesten ausgestattet,
Ergrimmt die Arge,
Da, wer geliebt wird,
Ihrer spotten mag.
Solche zu verberben
Sinnt sie tückisch,
Und gleich dem Fischer,
Der Nachts um Uferklippen
Lautlos lenkt mit der Fackel
Den dunklen Nachen
Und über Bord geneigt
Späht in die Tiefe,
Der Fische glückliche Brut
Heraufzulocken,
Daß die Harpune dann
Ihr Spielen ende:
So lauert nächtlich

Das Schicksal der Betrogenen,
Denen wohl ist in kühler Wonne.
Denn kindisch sind
Die Lieblinge der Natur.
Glänzendes lockt sie,
Und arglos bieten sie
Den Hals der Schärfe des Eisens. . . .
Sorrent.

*

Wie so wund nun bist du, arme Seele,
    Blutest, ach, verblutest dich nach innen!
Gleich der Taube, der das Rohr des Jägers
Ihren Nestling in die Brust getroffen,
Ihn durchs Herz und sie mit gleichem Schusse
Nicht zum Tode, nur zu Lebensunmacht.
Nun mit welkem, eingeknicktem Flügel
Nicht mehr kann sie durch die Wipfel streifen,
Nicht die sonnewarmen Dächer suchen.
Ueberm feuchten Grund, dem moderkühlen,
Der das Blut gesogen ihres Lieblings,
Wankt sie flatternd hin und her; verloren
Ist der Lenz für sie, vergällt die Liebe,
Leben Todesqual. O hilf und heile,
Wenn du Macht hast, mütterliche Sonne!
Hab Erbarmen mit der Mutterseele,
Der unheilbar zärtlichsten von allen!
Sorrent.

*

Wie schon jahrlang abgeschieden,
    Wandelnd allvergeßne Pfade,
Athm' ich reinen Jenseitsfrieden
Am geliebtesten Gestade.

Nächtens seh' ich Barken fahren
Weit ins Meer bei Fackelscheine,
Daß ich stiller Geisterschaaren
Hadesfahrt zu schauen meine.

Tags, wie haben Luft und Welle
Alle Zauber ausgegossen!
Von des Empyreums Helle
Fühl' ich selig mich umflossen.

Kaum ein Gruß wird mir geboten,
Höchstens winkt ein Kinderhändchen,
Und so leb' ich meinen Todten
Und verschalle den Lebend'gen.
    Sorrent.

*

Die Sonne gleitet still hinab
  Ins Wellengrab.
Ein feiner falber Schleier fällt
Rings auf die Welt.

Am blauen Bergeshorizont
Glüht auf der Mond.
Es hellt sein düsterwildes Licht
Die Trübe nicht.

Wir wandeln traurig Hand in Hand
Durchs Todtenland.
Was Jedes denkt so weit von Haus,
Spricht Keines aus.

Ein Nachglanz von verlornem Glück
Blieb uns zurück. —
Es hellt sein rothverweintes Licht
Die Trübe nicht!
    Pompeji.

*

„Bezwingst du nicht den dunklen Gram?
  Am Firmament
Wie lockt das Licht so wonnesam!" —
Die Wunde brennt.

„Wer ward nicht schon vom liebsten Glück
Unsanft getrennt!
Wer leben will, schau' nicht zurück!" —
Die Wunde brennt.

„Und du, dem so viel reiche Gunst
Ein Gott gegönnt,
Die Seele voll Natur und Kunst —!" —
Die Wunde brennt.

    Drapel.

Der Tag verging mir,
  Der Abend kam
Aug' in Auge
Mit meinem Gram.

Freuden pochten
Ans öde Haus;
Er hielt die Wache
Und schloß sie aus.

Träume nahten
Bei Sternenschein;
Die trostbegabten
Ließ er nicht ein.

Er wich und wankte
Vom Bett mir nicht;
Ich sah durch Thränen
Sein starr Gesicht.

Die Nacht verging mir,
Der Morgen kam
Aug' in Auge
Mit meinem Gram.

Neapel.

*

Kennst du die Thränen,
Die nie versiegen,
Das wunde Sehnen,
Wie Fieberglut?

Mit unterirdisch
Geheimer Welle
Rinnt dieses Kummers
Wühlende Quelle,
Und jäh zu Tage
Bricht ihre Flut.

Heut unter lachend
Azurnem Himmel,
In des Toledo
Glanz und Getümmel
Plötzlich zum Herzen
Stürmt mir das Blut:

So viel üppiges
Leben ergossen,
Und du, mein Knabe,
Hast Nichts genossen,
So lebenswürdig,
So schön und gut!

Wehe den Thränen,
Die nie versiegen,
Dem wunden Sehnen,
Das nimmer ruht!

Neapel.

*

Hab' ich denn schon Schmerz gelitten,
Eh ich dieses Glück verlor?
Ward mir schon ins Herz geschnitten
Mit so rauher Hand zuvor?

Stockt mir doch der Quell des Lebens
Wie verschüttet in der Brust.
Nun umschmeichelt sie vergebens
Liebeslockung, Lebenslust.

Wenn ein Tagwerk mich beschwerte,
Wer erquickt mich nun am Ziel?
Und wo ist mein Spielgefährte,
Wenn die Stunde kommt zum Spiel?

Lange Bogenzeilen tragen
Vom Gebirg den reinen Quell.
Lorbeerhaine seh' ich ragen,
Licht und Luft wie süß und hell!

Golden blitzt des Stromes Welle,
Und ich blicke starr hinein,
Wie vom hohen Fußgestelle
Fühllos jenes Bild von Stein. — —

    Rom.

Der Mond stand überm Palatin. Wie ich
Hinaufkam, weiß ich nicht. Das hohe Thor
War offen, ohne Wächter. Eine Stimme
Sprach in mir: Geh hinauf! Du findst ihn dort!
Doch langsam, denn mir klopfte stark das Herz,
Stieg ich die dunkle Treppenflucht hinan
Und stand nun auf der Höhe, rings um mich,
Was von der Hofburg der Cäsaren blieb:
Nur Stein und Schutt, der Gold- und Marmorhülle
Beraubt, wie nacktes Knochenwerk, von dem
Hinweggemodert längst das blüh'nde Fleisch.

Gewaltig in den veilchenblauen Aether
Zur Rechten mir erhob das Colosseum
Die dunkle Stirn, durch seine leeren Bögen
Quoll goldner Schein; genüber ragt' empor
Des Friedenstempels dreigetheilte Cella,
Geheimnißdunkel; dran vorüber sah ich
Mondblitze, schlanken Silberpfeilen gleich,
Von Säul- zu Säulenstumpf des alten Forums
Sich schwingen und vom steilen Capitol
Abprallend in der Nebeldämmrung schwinden.
Das sah ich mit dem äußern Auge nur
Und ungerührt. Stieg ich doch nicht hinauf,
Mich am Erhabensten der Welt zu weiden,
Nur weil es in mir sprach: du findst ihn dort!

So wandt' ich mich und wandelte den Pfad
Vorbei dem Hause des Caligula
Und dem Palast der Flavier, bis zum Rand
Des Hügels, wo in sanften Duft gehüllt
Das Haupt des Aventin herübersah.
Wie Geisterathem leise ging die Luft,
Und jeder Stein und jeder zarte Sproß
Der Bäum' und Sträucher schien zugleich dem Blick
So deutlich und so märchenhaft, daß mir
In wunderlichem Grau'n die Seele bebte.

Da, wie die Augen ziellos sich ergehn,
Auf jener Wiese, zwischen Lorbeerbüschen
Und wilden Rosen — heil'ge Götter! was
Erblick' ich! — Ist er's? — Das geliebte Kind —
Es sitzt mir abgewandt — mit blassen Händchen
Pflückt's auf dem mondbeglänzten Rasenteppich
Die zarten Anemonen und Tazetten,
Der Todtenblume glockengoldne Sprossen,
Und windet eifrig sie in einen Kranz.
Ein Schrei entringt sich mir — da wendet er
Das Haupt — er ist's! — und sieht mich, und die Blumen

Vom Schooße schüttelnd springt er hastig auf
Und mir entgegen, steht dann plötzlich still,
Scheu, als besänn' er sich auf ein Verbot.
Ich aber fasse mir ein Herz: Mein Kind,
Mein holdes Leben! stamml' ich. Doch er schüttelt
Wehmüthig ernst das Haupt, als woll' er sagen:
Was sprichst du! Leben? Das ist hin! — Und langsam
Nimmt er die Blumen auf und ordnet sie
In einen Strauß, winkt dann geheimnißvoll
Und geht voran.

     Auf einmal ward das Herz
Mir seltsam leicht und froh, als gingen wir
Wie sonst spazieren und betrachteten
Mit hellen Augen rings die Welt. Wo willst du
Nur hin? begann ich. Willst du deinen Strauß
Der Mutter bringen? — Und er nickt' und sah
Mit einem traurig stillen Blick mich an —
Es war, als wollt' er plötzlich an die Brust
Mir stürzen, mich zu bitten: nimm mich mit,
Zurück ins Leben! Wo ich jetzt verweile,
Ach, ist's so schaurig kalt und liebeleer! —
Doch er bezwang sich, hob das Fingerchen,
Wie um zu mahnen: denk nicht drüber nach,
Wie all das ist; es bräche dir das Herz! —
Und so verstummt' ich. Ach, die Augen hingen,
Sich nicht ersättigend, an dem lieben Antlitz.
Noch feiner schien es, reifer noch, zugleich
Noch weit unschuld'ger, rührender, nur daß
Es nicht mehr glänzt' in süßem Uebermuth.
Und näher schmiegt' er sich an mich. Doch nur
Der Duft berührte mich von seinem Strauß,
Nichts von ihm selbst. So, unvermerkt, hinab
Vom Palatin hatt' er mich weggeführt,
Und scherzend sagt' ich: weißt du denn Bescheid
Im fremden Rom? Willst du am Capitol
Die Wölfin sehn? Er aber schwieg und ging

Voran mit leichtbeschwingtem Schritt, das Haar
Umwehte Stirn und Schläfen seidenweich —
O wie er lieblich war! — So schritten wir
Die todtenstillen Gassen traulich hin.
Nur meines Schrittes Echo klang, und dort
Der große Brunnen rauschte. Sieh nur, sagt' ich,
Dies ist der Trevi-Brunnen. Möchtst du wohl
Auf diesen Wasserpferden reiten, Kind? —
Da lächelt' er, zum ersten Mal. Und weiter
Rastlos den langen Corso ging's hinab.
Und als wir jetzt dem Hause nahten, wo
Die ärmste aller Mütter schlief, — doch nein,
Sie wachte; durch die Läden schimmerte
Die Lampe noch — da blieb er stehn und sah
Still zum Balkon hinauf. Unschlüssig schien er,
Ob er die Schwelle wohl betreten dürfe.
Und ich: ach, wenn die Zwei sich wiedersehen,
Er nimmt sie mir mit fort! — Da sah ich, wie er
Rasch vor der Thür die Blumen niederlegte,
Dann, gleich als ob er Eile habe, winkt' er
Mir zu, und durch das mondberhellte Thor
Des Volkes führt' er mich und nach der Villa
Borghese, und wir schritten frei hinein.
Wie zauberherrlich breiteten die Wiesen,
Von Pinienwipfeln bläulich überschattet
Und rings von Säulen, Brunnen, Marmorbildern
Durchschimmert, weit sich aus! — Hier ist es schön,
Nicht wahr, mein Liebling? Sieh nur die Narzissen
Dort auf der Halde. Willst du wieder pflücken? —
Er aber spähte still umher. Da sahn wir
Im Stadium, wo Cypressen rings wie Wächter
Den Plan behüten, schöne Pferde frei
Sich tummeln oder weiden durch das Gras.
Die schlanken Rüstern schnoberten, es flogen
Die langen Schweife, wie sie ihre Sprünge
Fast wie im Reigen machten. Und auf einmal
Kam aus der Koppel zu uns hergelaufen

Ein weißes Füllen. Fromm geduldig stand's
Vor meinem Knaben, ließ das krause Fell
Von seinen dreisten Händchen willig streicheln,
Und eh ich's dachte, saß er auf dem Rücken
Des schlanken Thiers, und nun begann das Spiel,
In leichten Sprüngen erst, dann wild und wilder,
Daß ich in Angst erschaudernd rief und bat
Und warnt' — umsonst! In plötzlich tollem Rasen
Ausbrach der Wildling, wie gepeitscht mit Dornen,
Und mein Geliebter, wie ein Federball
Hinab, hinaufgeschnellt, kaum noch die Mähne
Fest hielt er — zwischenburch aus seinem Auge
Traf mich ein banger Strahl. — Ach, rief ich, hättst du
Es nicht gewagt! Das Leben ist zu wild,
Es wirft dich ab; — da hört' ich einen Ton
Wie Aechzen — drauf ein schadenfrohes Wiehern —
Und als der Nebel meiner Ohnmacht wich,
Sah ich auf feuchtem Abhang hingestreckt
Den holden weißen Leib, die Strahlenaugen
Erloschen, ach, die Blumenglieder nackt
In eine rothe Decke halbverhüllt —
Und sinnlos stürzt' ich hin. —·—

                    Doch aus der Wiese,
Darauf er lag, sproß eine Blumensaat
Von gelben Todtenblumen und Narzissen
Und frühen Veilchen, und sie wuchsen hoch
Und höher, überwuchernd die erblichnen
Geliebten Glieder, bis ich nichts mehr sah
Von meinem todten Glück. Ins Auge brang
Mir scharf und schmerzend erste Morgenglut
Des neuen Tags, in lautem Weinen brach
Die Qual mir aus, und seinen Namen rufend
Erwacht' ich.

    Rom. Im März.

Ich weiß, ein Wahn ist's und zum Wahnsinn bringt's,
  Ihm nachzuhängen. Dennoch, jeden Tag,
Sobald versank der Sonnenball und noch
Der Trost des Sternenschimmers nicht erblüht,
Nur bleiern bleiches Zwielicht auf dem plötzlich
Entseelten Angesicht der Erde ruht,
Tritt vor mich hin dasselbe Graungespenst.
Mir ist, mein Knabe sei in weiter Ferne
Verirrt und finde nicht nach Haus. Ich seh' ihn
Durch graue Gassen einer fremden Stadt
Hineilen, seine kleinen Füße wanken,
Von kühlem Thau und kaltem Schweiße klebt
Sein braunes Haar, die Augen suchen irr
Umher, ob sie das Haus nicht wiederfinden,
Wohin er soll, wo ihm das Bettchen steht,
Die Mutter tödtlich sich um ihn zerbangt
Und trostlos sie der Vater trösten will.
Und fremde Leute, hastig theilnahmlos,
Gehn ihm vorbei — er ruft sie an — er fleht:
Bringt mich nach Hause! — Keiner hört auf ihn;
Nicht Eine Pforte thut sich labend auf,
Nicht Eine Hand zieht ihn ins Wohnliche.
Und so von Thür zu Thüre, hingejagt
Von Hunger, Angst und Sterbensmüdigkeit,
Sucht er und sucht — und keine Zuflucht winkt,
Und dichter, kühler, schauriger umdunkelt
Die Nacht sein banges Leben — schwer und schwerer
Den Athem ringt er aus beklemmter Brust —
Und jetzt — die Kraft versiegt — mit leisem Ach
Hinsinkt er auf den kalten Stein.

                              Da sendet
Ein güt'ger Dämon, der das Herz mir nicht
Will springen lassen im lebend'gen Leibe,
Ihm Helfer in der höchsten Noth. Ich seh'
  Zwei andre Kinder um die Ecke biegen,

Stillgleitend wie mit Flügeln. An der Hand
Führt ein halbwüchs'ger Knab' ein zierlich Mägdlein,
Das kaum erst trippeln lernte. Stolz und ernst
Glüht unter blasser Stirn das Knabenauge
Und rastet plötzlich auf dem Hingesunknen.
Das Mägdlein aber stutzt und zeigt auf ihn,
Und jetzt, mit holdem, unhörbarem Lachen
Läuft's auf ihn zu und tupft ihn auf den Kopf,
Und wie er aufsieht, streichelt sie ihm sanft
Das thaubetriefte Haar. Doch ihr Gefährte
Faßt brüderlich den Kleinen unterm Arm
Und richtet ihn empor. Da sehn die Drei
Sich an mit Kinderneugier, rasch vertraut,
Und flink das Mägdlein in die Mitte nehmend,
Gehn sie dahin; mir ist, ihr Lachen hört' ich,
Ihr kindisch Plaudern, — und wie Flötenhauch
Dringt's an mein Ohr. So blick' ich ihnen nach,
Bis vor dem überthauenden Aug' ihr Bild
Zerrinnt, und dort am Dachesrande glüht
Der goldne Mond empor und übergießt
Mit Balsam mir die angsterlös'te Seele.

Rom.

Rispetti.

1.

Rispetti singt man Abends in der Kühle
Und Mitternachts zur Stunde der Gespenster.
Ein wenig aufzuathmen nach der Schwüle,
Singt sie ein Liebender am Kammerfenster.

Ich singe sie an einem kleinen Grabe,
Drin ruht, was ich zumeist geliebet habe.

Es kommt kein Gruß, kein Flüsterwort zurücke;
Ein armer Spuk nur blieb von so viel Glücke.

2.

Mir war's, ich hört' es an der Thüre pochen,
 Und fuhr empor, als wärst du wieder da
Und sprächest wieder, wie du oft gesprochen,
Mit Schmeichelton: Darf ich hinein, Papa?

Und da ich Abends ging am steilen Strand,
Fühlt' ich dein Händchen warm in meiner Hand.

Und wo die Flut Gestein herangewälzt,
Sagt' ich ganz laut: Gieb Acht, daß du nicht fällst!

❦

3.

Wir müssen es nur ja der Welt nicht sagen,
 Daß sie zu arm, dies Kleinod zu ersetzen.
Sie zuckt die Achseln nur zu unsern Klagen:
„Was man verloren, darf man überschätzen!" —

Unter vier Augen magst du mir's gestehen,
Daß wir als Bettler nun durchs Leben gehen.

Unter vier Augen will ich dir's bekennen:
Es wird kein Glück mehr uns beglücken können.

❦

4.

Um Mitternacht weckt mich die alte Wunde.
 Ich seh' den Mond so still ins Fenster scheinen.
Auch du bist wach, und mit dem Tuch vorm Munde
Ersticken möchtest du dein einsam Weinen.

Ach, sollen mir nicht sagen beine Thränen,
Ich dürfe niemals dich getröstet wähnen?

Ach, sagen sie mir nicht: was dir geblieben,
Sei kaum der Mühe werth, es noch zu lieben?

❦

5.

Vor unserm Fenstern Nachts erklingt die Cither;
   Hörst du? Santa Lucia wird gesungen.
Wie klingt uns nun die süße Weise bitter,
Wie wühlt sie aus dem Schlaf Erinnerungen!

Das Stimmchen, das geliebte, tönt nicht wieder,
Das oft uns sang dies liebste seiner Lieder.

Vom andern Ufer lockt es: Mamma mia,
Deh! vieni all' agile barchetta mia!

6.

Die Augen weg, die ernsten Kinderaugen,
   Die unverrückt mir überm Bette strahlen,
Mir Freud' und Frieden aus der Seele saugen
Und mich zu Asche glühn in Sehnsuchtsqualen!

Sie fragen: mußten wir denn untergehn,
Eh wir am Buch der Welt uns satt gesehn?

Wär' beinen, die sich müde dran gelesen,
Willkommner nicht die ew'ge Nacht gewesen?

7.

Es war im Himmel und auf Erben Nichts,
   Was uns nicht höher Sinn und Herz entzückte,
Wenn aus dem Spiegel beines Angesichts,
Geliebtes Kind, es uns entgegenblickte.

Der klare Spiegel warb so jäh zerschlagen,
Nun hat die Welt uns weiter Nichts zu sagen.

Nicht lockt uns mehr der Dinge Widerschein;
Wir starren freudenblind in uns hinein.

8.

Komm! Laß uns hier die Anemonen pflücken;
  Dem Liebling sei's ein Liebesangebinde.
Wir woll'n sie wohlverwahrt nach Hause schicken,
Man soll aufs Grab sie legen unserm Kinde.

Sein kleiner Hügel ist nun überschneit,
Und uns umblüht hier Frühling weit und breit.

Uns scheint die Sonne Rom's so süß und warm,
Er aber ruht der ew'gen Nacht im Arm.

O weher thut, als Armuth, Ueberfluß,
Wenn ein Geliebtes ewig darben muß!

❋

9.

Das Leben ist ein Meer voll wilder Klippen,
  Mit Fischblut gilt es glatt sich durchzuwinden,
Niemals sein Herz zu tragen auf den Lippen,
Niemals an Andrer Glück sein Herz zu binden.

Du lerntest viel zu früh an Andre denken,
An ihrem Wohl und Weh dich freu'n und kränken.

Ach, viel zu frühe fingst du an zu lieben:
Du wärst nicht lang ein froher Mensch geblieben!

❋

10.

In junger Zeit, wenn meines Herzens Pochen
  Schon lang vor Tage mir den Schlaf vertrieben,
Hab' ich in Reimen vor mich hingesprochen
Und bei der Kerze noch sie aufgeschrieben.

Der Liebsten bracht' ich sie zur Dämmerstunde,
Die küßte Zeil' um Zeile mir vom Munde.

Dies nächt'ge Lied wird kein Geliebtes hören:
Es dient allein den Schlummer mir zu stören.

Es dient allein, mich vor dem Traum zu retten,
Als ob wir dich noch nicht verloren hätten!

11.

In dieser Welt voll banger Widersprüche,
   Wie fühlst du Zweifel deine Brust beklemmen,
Die eklen Dünste dieser Hexenküche
Den Sinn verwirren und den Athem hemmen!

Ich trug einmal ein Blümchen in der Hand,
Vor dessen Hauch ein jeder Mißduft schwand.

Es schien mit seines Kelches zartem Neigen
Mich zu ermuntern, mir den Weg zu zeigen.

Seit mir das Blümchen in den Staub gefallen,
Kann ich den Weg nur tastend weiterwallen.

12.

Ich war ein reingestimmtes Saitenspiel;
   Wenn ich erklang, so war's zur Freude Vielen.
Warum's dem Meister Schicksal nur gefiel,
So ungestüm und rauh mir mitzuspielen?

Nun ist die edle Harmonie zerstört;
Verstimmen muß ich Jeden, der mich hört.

Nun sind die andern Saiten all' zersprungen;
Nur eine tönt noch, von Erinnerungen.

Weihnachten in Rom.

1.

Kein Baum mit Lichtern, keine Weihnachtsgaben.
    Wir sitzen uns genüber bang und stumm,
Und Jedes weiß, und Keines sagt, warum:
Drei Kinder in der Ferne, drei begraben.

Wir werden stille Feiertage haben,
Trotz Glockenläuten, frohem Festgesumm.
Denn immer geistet bleich um uns herum
Das Schmerzensantlitz unsres lieben Knaben.

Nun wohl! So werd' auch dies noch ausgestanden,
·Geschlürft im Jammerkelch der herbste Tropfen!
Noch Bittreres ist schwerlich mehr vorhanden.

Es wäre denn der Blutquell nicht zu stopfen,
Und von zwei Herzen, fest in Liebesbanden,
Hörte das eine vorschnell auf zu klopfen.

2.

Ich hatt' einmal gar treffliche Talente:
    Goldsterne schnitzeln und die Lichter zünden
Am Weihnachtsbaum und mit der Glocke künden,
Daß man die Thür nun endlich stürmen könnte.

Ich wußt' auch, wie man Festungen berennte,
Um nach dem Sieg in bombenfesten Gründen
Die Honigkuchen-Munition zu finden
Mit einem Bleisoldaten-Regimente.

Ich hatt' auch einen guten Kameraden —
Als wär's ein Stück von mir, ein großes Stück!
Wir fochten manchen lust'gen Strauß selbander.

Den wird hinfort kein Weihnachtsglöckchen laden;
Nie stürzt er mehr ins Zimmer, roth von Glück,
Und schlägt die Händchen jauchzend in einander.

3.

Und doch, ein Christfest war auch uns beschieden;
  Kein nordisch lust'ger Tannenbaum, statt dessen
Ein ganzer Hain hochragender Cypressen
Am Fuß der stillsten aller Pyramiden.*)

Wir gingen langsam durch den Todesfrieden
Und lasen alte Namen, meist vergessen,
Von Kämpfern, die schon lang die Bahn durchmessen
Und narbenvoll aus dem Getümmel schieden.

Herüber sah von fern durch grauen Duft
Das Capitol, ein Riesen-Haupt, ergraut,
Weil es Geburt und Tod muß überdauern.

Zwei Veilchen pflücktest du von einer Gruft
Und brachst in Thränen aus, als plötzlich laut
Die Vögel sangen auf den Gartenmauern.

Tristien.

1.

O stiehl dich nicht von meiner Seite fort,
  Wie's oft mir droht dein trostlos wunder Blick!
Ein blindes Räthselspiel ward das Geschick,
Doch ist der Tod ein trüglich Lösungswort.

Ja, gäb' es über diesem Hier ein Dort,
Dir zu erneu'n verlornes Mutterglück,
Wer weiß, ich hielte nicht die Hand zurück,
Die steuern wollte nach dem Rettungsport.

Doch jener Schlaf, der keine Träume bringt,
Nur seelenlosen Frieden, starr und still,
Ist er denn mehr als diese Trauer werth,

---

*) Die Pyramide des Cestius, an deren Fuß der Friedhof der Pro-
testanten liegt.

Drin fort und fort sein Stimmchen dich umklingt,
Sein weiches Händchen dich noch streicheln will,
Und was du hingabst, ewig dir gehört?

2.

Wir wollten in Borghese's hohem Saal
    Am Zauber Tizian's heut die Blicke weiden,
Und weil die Brunnen sich mit Eis bekleiden,
Hing ich den Mantel um zum ersten Mal.

Was zog ich aus der Tasche da? O Qual!
Zwei winzig kleine Handschuh', weich und seiden,
Die wollt' er nicht mehr an den Händchen leiden,
Da schon zu warm der Frühlingssonne Strahl.

Da hob ich sie ihm auf, als durch den Wald
Vergnüglich „wir zwei Männer" uns ergingen,
Ach, ahnungslos, wie kurz der Frühling bliebe.

Und nun sein warmes Händchen starr und kalt
In ew'ger Nacht —! Dies Höllenleid bezwingen
Kann keine „himmlische und irb'sche Liebe".

3.

Wenn ich, mein holdes Kind, wie oft geschah,
    Dir vorgefabelt wundersame Sachen,
Sahst du mich an mit deinem klugen Lachen
Und sagtest: Ich versteh' schon Spaß, Papa.

Ein Glanz umfloß dir Mund und Augen da,
Um auch die tiefste Schwermuth froh zu machen.
Schon kündete sich an des Geists Erwachen,
Der im Humor des Lebens Blüte sah.

Das Schicksal aber hat nicht Spaß verstanden.
So unerbittlich war sein eh'rner Wille,
Daß aller Munterkeit ich längst vergaß.

Nichts, was des Lachens werth, scheint noch vorhanden.
Ich horche Tag und Nacht — die Welt bleibt stille,
Und dieses Dasein ward ein schaler Spaß.

4.

Heut Nacht kam das Gebet mir in den Sinn,
    Mit dem als Kind ich stets mich schlafen legte,
Und wie die Lippe sich von selbst bewegte,
Sagt' ich das „Vater unser" vor mich hin.

Doch weil ich längst entwöhnt des Wahnes bin,
Daß väterlich des Lebens Herr mich hegte,
Geschah's, daß der Gedank' in mir sich regte:
Wie gut, daß ich ein Kind des Todes bin!

So betet' ich zu ihm: Gescheh' dein Wille! —
Gieb mir mein täglich Brod an Sorg' und Mühe! —
Versuche du mich nicht! — Dann schwieg ich stille,

Und lag in unaussprechlichem Gegrübel,
Bis ich aufdämmern sah die erste Frühe,
Da schloß ich fromm: Erlös' uns von dem Uebel!

5.

Ob in der argen Welt, wie gute Christen
    Betheuern, Alles sich zum Besten wende,
Ob sie nur werth sei, daß sie eilig ende,
Nach eurem Credo, werthe Pessimisten,

Ob zwischen dem Erfreulichen und Tristen
In goldner Mitte sich der Ausgleich fände:
Fern sei's von mir, daß ich mich unterstände
Schiedsrichterlichen Spruchs bei solchen Zwisten.

Ich hab', indeß ich wandelt' hier auf Erden,
Vom Süßesten und Bittersten genossen
Und kenne dieses Daseins Stärk' und Schwächen.

Im Einzlen hoff' ich klüger noch zu werden,
Doch übers Ganze bin ich fest entschlossen
Superlativisch niemals abzusprechen.

*

6.

Ich habe längst in mir den Wunsch begraben,
  Zu schlürfen aus des Lebens Freudebronnen;
Der Ehrgeiz schwand, mich am Erfolg zu sonnen,
Und über Habsucht fühl' ich mich erhaben.

So werd' ich meinen Weg zu Ende traben
Gesenkten Haupts, den aufrecht ich begonnen,
Und doch — noch einmal, eh' die Frist verronnen,
Wünscht' ich an Jugendvollkraft mich zu laben.

Denn hinter meiner Stirne fühl' ich sacht
Ein Ungebor'nes ungeberdig pochen,
Das hätt' ich gern noch rein ans Licht gebracht.

Nun bangt mir, meine Bildkraft sei gebrochen
Und nieder müss' ich in die stumme Nacht,
Verstummt, eh' ich mein letztes Wort gesprochen.

*

In Florenz.

Florenz! O helle Tag' und Nächte,
  Einst hier verschwärmt, wie liegt ihr weit!
Wer einen Hauch uns wiederbrächte
Der wonnevollen Knospenzeit!
Du noch so jung, so glückbeklommen,
Des Götterneides unbewußt,
Und ich, der manchen Strom durchschwommen,
Gelandet nun an deiner Brust!

Weißt du, wie in der Abendkühle
Wir wandelten den Fluß entlang,
Wie zärtlich fest sich im Gewühle
Mein Arm um beine Schulter schlang?
Herab den Arno kam gefahren
Mit Fackeln und Musik ein Kahn,
Daß wir den Widerschein, den klaren,
In unsern Augen blitzen sahn.

Und bort im Mezzanin die Zimmer,
Die unser junges Glück bewohnt,
Wo Nachts mit seinem Märchenschimmer
Verstohlen zu uns kam der Mond;
Wenn vor dem Spiegel du die Locken
Dir lös'test mit der schlanken Hand,
Noch stets erglühend süßerschrocken,
Weil dein Geliebter bei dir stand!

Und wenn ich dann beim Tageslichte
Dich durch die heitre Stadt geführt,
Wie ernstbemüht wir Kunstgeschichte
In Farb' und Stein und Erz studirt!
Des Tizian himmlische Gestalten,
Sie rührten kaum die Seele mir;
Kaum konnt' ich mich des Rufs enthalten:
Ich weiß, was holder ist als ihr!

Da sah vom hohen Fußgestelle
Der eh'rne Perseus fremd mich an.
Ist's wahr, schwermüthiger Geselle,
Daß du es einst mir angethan?
Daß ich in hellen Jugendjahren
Die Mär zu deuten wohl vermeint
Von jenem Haupt mit Schlangenhaaren,
Das sterbend dir die Welt versteint?

Und jetzt — nur kurze Frist vergangen —
Wie anders kehren wir zurück!
Noch hält mein Arm dich fest umfangen,
Doch unterm Schleier weint mein Glück.

Du Alles, was mir blieb vom Leben,
So sterbensmüd, so still und blaß —
Ich frage mit geheimem Beben:
Wie lang, ihr Götter, bleibt mir das?

Ja, lieblich war, was wir besessen,
Wir drückten's jubelnd an die Brust.
Doch um so bittrer unermessen
Wühlt nun im Tiefsten der Verlust.
Das Glück mit seinem süßen Lachen,
Es flog den wilden Strom hinab,
Gleich jenem lichterhellen Nachen,
Versunken in ein dunkles Grab.

Und wir — an all den alten Stätten
Verwandelt blicken wir uns um.
Wir möchten aus dem Lärm uns retten
In ein unnahbar Heiligthum.
Wir sehn den alten Halbgott winken
Und wissen jetzt erst, was sie meint,
Die Mär vom Haupt in seiner Linken,
Das sterbend ihm die Welt versteint.

* * *

In Venedig.

Hier unsre letzte Rast, im stillen Haus,
  Daran vorbei die schwarzen Gondeln gleiten.
Wie dumpfe Geisterklage tönt daraus
Der Gondoliere Wechselruf zu Zeiten.
Es schläft die Stadt, doch ihre Seele wacht,
Die sonnenscheue, wieder auf bei Nacht.

Und wir, wenn bei umflortem Sternenglanz
Wir wandeln durch die schweigenden Arcaden,
Gleich Schatten unter Schatten, die zum Tanz

Am Acheron die Spukgenossen laben —
Wie der Gedank' uns lähmend überfällt,
Zurückzumüssen in die Oberwelt!

Zurück zur Heimath, die zur Fremde ward,
Wo nicht mehr lockt, was einst so süß gewesen,
Wo unser nur die Freundesfrage harrt:
Kehrt ihr getröstet wieder, gramgenesen? —
Und wenn der Blick noch traurig suchend schweift,
Kaum Einer, der sein Schmerzensrecht begreift!

Denn leicht beweglich fließt der Menschen Blut
Und scheidet hastig aus den fremden Tropfen.
Es sträubt sich, Jahr um Jahr verlornem Gut,
War's auch des Lebens Krone, nachzuklopfen.
Wir aber, deren Blut der Gram vergällt,
Wie taugten wir noch in die muntre Welt?

Sie gönnt dem Unglück, eine Weile still
In Einsamkeit sich trauernd abzuschließen.
Doch daß zuletzt nicht Alles heilen will,
Nicht wiederkehrt die Sehnsucht, zu genießen,
Daß Treue nicht zu sterben sich bequemt,
Muß sie verdammen, weil es sie beschämt.

O wie sie grausam klug zu trösten weiß,
Wie sie erhaben spricht von Lebenspflichten:
Der Menschenwürde Feuerprobe sei's,
An neuer Hoffnung sich emporzurichten. —
Doch wenn der Blitz des Baumes Mark verheert,
Wo ist ein Lenz, der neu ihn blühen lehrt?

Die Glücklichen! O, sie verstehn es nie
Und schelten „krankhaft" den erkrankten Willen.
Die Kühlgesunden! Nie begreifen sie,
Daß Wunsch und Wille nicht das Fieber stillen.
Uns aber laß verstummen, wo uns nicht
Ein Herz vernimmt, das unsre Sprache spricht.

Sieh diese Stadt, der Meere Königin,
Stolz, frei und glücklich einst und allumworben.
Ihr Stern erblich, ihr Purpur sank dahin,
Die Macht, ihr Lebensathem, ist erstorben,
Und wenn die Sonne jetzt dem Meer entsteigt,
Steht sie verschämt und nackt, das Haupt geneigt.

Nur wenn die Nacht kommt und Erinnerung
Im Mondlicht spukt und tausend Schatten schwärmen,
Dann ist's, als werde sie noch einmal jung
Und dürfe nicht um ihr Geschick sich härmen
Und wieder froh auf ihre Kinder schau'n,
Die stolzen Nobili und blonden Frau'n.

Süß ist der Traum und das Erwachen herb.
Durch ihre Gassen wimmelt neu das Leben,
Doch nur bedacht auf ärmlichen Erwerb,
Der Nothdurft nur und dem Genuß ergeben.
Aus der Paläste todten Fenstern lacht
Nicht mehr das Glück, die Schönheit und die Macht.

Dann der Lagune Bettlermantel schlägt
Die alte Fürstin um die morschen Glieder,
Und in sich selbst versunken, unbewegt
Und klaglos in die Wellen starrt sie nieder,
Im Kleid der Armuth noch der Krone werth! —
Wir aber wissen, wie man Unglück ehrt.

✦

Auf der Heimfahrt.

Es steht ein Haus im Garten,
Kühl an ein Wäldchen angelehnt.
Auf allen meinen Fahrten
Hab' ich nach ihm mich heimgesehnt.
Wie süß erklang
Dort Vogelsang.

Wie lachten Blumen rings umher!
Wie ging's im Lauf
Die Stieg' hinauf —
Nun graut mir vor der Wiederkehr.

Im Haus da ist ein Zimmer,
So lustig hoch, so blank und rein.
Was nur an Sonnenschimmer
Ums Häuschen streifte, drang hinein.
Wie lustig klang
Dort Kindersang,
Kein Winkel war von Spielen leer;
Dort fand ich Rast
Nach Tageslast —
Nun öffn' ich seine Thür nicht mehr.

Im Haus erklang ein Name
Von allen Lippen fort und fort,
Der hatte wundersame
Gewalt, schier wie ein Zauberwort.
Auf jedem Mund
Ein Lächeln stund,
Als ob's des Frühlings Name wär' —
Jetzt geht er stumm
Gespenstig um,
Und wer ihn ausspricht, lacht nicht mehr.

Wieder zu Hause.

Und weiter braus't das Leben,
Du aber liegst so still.
Viel Stimmen klingen munter;
Zu dir, zu dir hinunter
Nicht eine dringen will.

O helles Blühn und Grünen!
O Frühlingsüberschwang!
Nur deine zarten Glieder
Wärmt keine Sonne wieder,
Belebt kein Vogelsang!

Die Amseln, die dich frühe
Geweckt mit Zwitscherton,
Sie füttern neue Kleinen;
Ich schaue zu mit Weinen —
Mein Nestling flog davon.

*

Bald schon jähren sich die Wunden,
Doch der Schmerz will nicht verjähren.
Kein Gesunden
Will die Aerztin Zeit bescheren.

Selbst gealtert und gebrechlich,
Hat sie nicht mehr Wunderkräfte;
Matt und schwächlich
Wirken ihre Zaubersäfte.

Einst mit süßen Schlummertropfen
Heilte sie mein Jugendfieber;
Herzensklopfen,
Reu' und Sehnsucht ging vorüber.

Und sie saß an meinem Bette,
Rückte sorglich mir das Kissen,
Und sie hätte
Todesnöthen mich entrissen.

Jetzo wie ein skeptisch alter
Arzt, gewöhnt an tausend Leichen,
Prüft mit kalter
Diagnose sie die Zeichen.

„Arzenei ist hier vergebens,
Und nur wenig bleibt zu hoffen,
Denn des Lebens
Wurzel hat der Schlag getroffen.

„Ehmals bist du jung gewesen,
Trugst den Balsam noch im Blute.
Leicht genesen
Herzen, denen jung zu Muthe.

„Für die Müden, Kühlen, Alten
Will nur Ein Recept sich schicken:
Stillzuhalten
Und darüber einzunicken."

Lied.

Schöne Jugend, scheidest du?
O Wohl! du bliebst mir lange treu.
Weil ich dir im Arm geruht,
Schien die Welt mir lieb und gut,
Kampf und Ruh'
Immer freudig, immer neu.

Nicht entwichst du über Nacht,
Wie uns Dirnengunst verläßt,
Heischtest zögernd nur zurück
Gab' um Gabe, Glück um Glück,
Und mit Macht
Hielt ich noch die Flieh'nde fest.

Wie ein feines Lieb sich kränkt,
Das vom Liebsten scheiden soll:
Immer noch ein letzter Kuß,
Noch ein Seufzer, noch ein Gruß —
Fern noch schwenkt
Sie ihr Tüchlein thränenvoll —

Ach, und nun dem Blick entflohn,
Trifft mich noch der Stimme Klang.
Schweig! O locke nicht von fern!
Sieh, im Blau der Abendstern
Schimmert schon —
Um den Schlaf bringt dein Gesang!

VI.

Vermischte Gedichte.

An die Natur.

Mein Bilderbuch, Allmutter Natur,
    Drin Jahreszeiten
Und Sternenheere,
Länder und Meere
Vorübergleiten,
Giebst du den großen,
Ewig unmündigen
Kindern zu schauen,
Bis ihnen spät im Abendgrauen
Vom Blättern matt
Die Hand hinsinkt auf das letzte Blatt.

Aber der Dichter, der großen Kinder
Eigensinnigstes, wunderlichstes,
Am Meeresstrand
Sitzt er und hält in träumender Hand
Die bunte Muschel und horcht mit Sinnen
Dem Brausen drinnen.
Dann versucht er, im kleinen Rund
Auszuschöpfen den Meeresgrund,
Indeß mit Hohngelächter die Andern
Vorüberwandern:
Seht den Thoren,
In sein vergebliches Spiel verloren!

Du aber, hehre Mutter,
Blickst milde lächelnd
Auf dein Schooßkind,
Und in den Schaum, der versprüht im Sand,
Streut deine Hand
Perlen, mit denen entzückt
Er seiner Liebsten Haupt und Busen schmückt.

*

Frage.

Die ihr über dem Haupt mir schwebt,
Dunkle Mächte des Lebens,
Holder Gaben die Fülle gebt,
Ach, nur daß ihr den Schleier hebt,
Der den sterblichen Blick umwebt,
Hofft die Seele vergebens?

Allmacht, ewige Meisterin,
Ist denn Frevel die Frage,
Ob ich einst das Woher? Wohin?
Zu enträthseln berufen bin,
Ob dem ahnungumwobnen Sinn
Himmlische Klarheit tage?

Oder ruf' ich umsonst dich an?
Mußt du herrschen und schweigen?
Darfst du, wie dem gefangnen Mann,
Was ich nimmer erreichen kann,
Durch des ehernen Gitters Bann
Nur von ferne mir zeigen?

*

Resignation.

Ich hab' es nur zu spät als Wahn erkannt,
    Daß Brüder ich in allen Menschen fand.
Wohl zeigte mir ihr Antlitz selten nur
Von meines Vaters Bild die fernste Spur.
Sie starrten mich als einen Irren an,
Sprach ich die Muttersprache dann und wann,
Und was an Gab' und Gütern dankenswerth
Geist und Natur zum Erbtheil mir beschert,
Wenn brüderlich davon ich Andern gab,
Mit Achselzucken wandten sie sich ab,
Daß eine Trauer staunend mich beschlich,
Und weil ich jung war, weint' ich bitterlich.

Nun aber ward ich alt und still und klug
Und weiß, wie selten der Familienzug,
Wie mit des Vaters Adel, Mild' und Macht
Ein Hirsch, ein Vogel reichlicher bedacht,
Und von der Mutter Schönheit, Füll' und Art
Ein Blatt, ein Blumenkelch mehr offenbart,
Als eine Larve weiß und roth geschminkt,
Die sich ein Ebenbild des Höchsten dünkt.

Seidem wie unter Fremden geh' ich stumm
In dieser buntgemischten Welt herum.
Doch wo ein echter Bruderblick mir glänzt,
Ein Schwesterohr mein stammelnd Wort ergänzt
Und zu den Meinen mich geführt mein Sehnen,
Umflort sich auch mein Blick, doch süß sind diese Thränen.

❋

Welträthsel.

Manchmal, wenn jäh dein eigen Angesicht
    Aus klarer Spiegelfläche zu dir spricht,
Dünkt dir's, du sähst, was dir so wohlbekannt,
In dunkle Hieroglyphen umgewandt.

Du fragst dich, wem dies fremde Bildniß gleicht,
Bis vor dir selbst ein Grau'n dich überschleicht
Und das Geheimniß deiner Einzigkeit
Mit deinem dumpfen Frieden dich entzweit.

Und wieder: siehst du einen Baum, ein Laub,
Ein Sandkorn, einen bunten Sonnenstaub,
Ergreift dich's plötzlich wie ein brennend Weh,
Daß rings das All dich ewig fremd umsteh',
Daß niemals du der Lösung näher bist
Der alten Frage: was das i ft, was ist,
Und vor des Daseins räthselvollem Schmerz
Krampft sich zusammen dein verschüchtert Herz.

*

Melusine.

Gedenkst du noch der Zeit,
    Da wir uns Alles waren?
Das liegt so weit, so weit!

    Ich noch so unerfahren,
Du schon durch Leid gereift,
Todmüd in jungen Jahren.

    Lang war ich umgeschweift,
Doch gleich in deinem Banne,
Als mich dein Blick gestreift.

    O Lieb', in kurzer Spanne
Schufst du das Weib zum Kind,
Den jungen Fant zum Manne.

    Es kam ein Wirbelwind
Und fuhr in unsre Flammen —
O Wonnen kurz und blind!

    So standen wir beisammen,
Von Reue nicht geschreckt,
Noch von der Welt Verdammen.

Was ward in uns geweckt,
Das unfre Seelenbrände
Mit eis'gen Schauern deckt'?

Ist's möglich? So zu Ende,
Was kaum noch so begann?
Kein Wort? kein Druck der Hände?

Und Jahr um Jahr verrann
Wie unter Eiseshülle,
Was auch die Parze spann.

Wie hast du nur so stille
Die Zeiten durchgeharrt?
War's Schicksal? war's dein Wille?

Kein Hauch der Gegenwart
Von mir zu dir, wenn selten
Genannt dein Name ward.

Zwei ferne, fremde Welten
All unser Freud' und Leid,
Die einst so nah gesellten —
Gedenkst du noch der Zeit?

Ein Brief.

Du hast dich leider fortgemacht
Wie eine Diebin bei der Nacht,
Doch scheidend ließest du zum Glück
Mein Herz, das ich dir lieh, zurück.

Zwar blieb's bei dir nicht unversehrt,
Doch hat's noch immer seinen Werth,
Und bessert man's ein wenig aus,
Hält's wohl ein Weilchen noch — fürs Haus.

Dir war's zu alt und unscheinbar,
Zu wunderlich, zu echt wohl gar.
Nach Neuem immer steht dein Sinn,
Ein Herz wie meines wirfst du hin.

Auch geht's nicht immer nach der Schnur,
Ganz wie die alte Taschenuhr,
Ein Erbstück noch vom Vater her,
Nicht ihres Schlags recht sicher mehr.

Bald geht sie vor, bald steht sie still,
Thut eigensinnig, wie sie will,
Und dennoch, raubte sie ein Wicht,
Mich tröstet' eine neue nicht.

Altmodisch ist's, du lachst dazu!
Nun, alt bin ich und jung bist du,
Ich still und warm, du kühl und toll —
So fahr denn wohl — und ohne Groll!

Lied des Alten.

In Maientagen, im Jugenddrang,
  Da lebt' ich von Luft und Liebe.
Ich hoffte, daß es den Sommer lang
So lustige Lebzeit bliebe.

Der Sommer kam, der wußte nichts
Von Tänzen, Kränzen und Küssen.
Ich hab' im Schweiße des Angesichts
Den Tag mir verdienen müssen.

Die Schloßen stürmten, es traf der Blitz,
Nun herbstet es schon in den Zweigen.
Im Busen reift mir ein voller Besitz —
Wie lang wohl bleibt er mein eigen?

Gleichviel! und friert es Stein und Bein,
Man ruht doch Winters im Hafen.
Wer wacker geschafft, darf müde sein:
Wie freu' ich mich, auszuschlafen!

Das Schwerste.

Nichts wird dem Herzen so leicht,
Als zu vergessen des Schweren,
Wie durch den Schleier der Zähren
Plötzlich ein Lächeln sich schleicht.

Schwerer vergißt sich das Glück,
Später das Labende, Süße;
Sehnende Seufzer und Grüße
Rufen es oft noch zurück.

Aber die reizende Lust,
Wenn sie mit schaudernder Kälte
Plötzlich ein Gott uns vergällte,
Nimmer verschmerzt sie die Brust.

Ach, wer verwindet das Heil,
Das sich zum Unheil gewendet?
Erst wenn das Leben sich endet,
Schwärt aus der Wunde der Pfeil.

Meleager.

1.

Thorengedanken,
An Liebe zu kranken,
An Liebe zu sterben,
An Sehnen verderben!

Ach, ohne die Gaben
Der Liebe zu haben,
Lebendig begraben
Ersticktest du fast.

Schleichende Schwüle
Ueber den Sinnen,
Ueber dem Herzen
Welch eine Last!

Nun bringt ein Gewühle
Lebendiger Schmerzen
Heran, und ich fühle,
Sie lodern da innen.

Sie nisten und nagen,
Und was sie auch wagen,
Und was sie beginnen,
Vergöttern sie dich!

*

2.

Kleopatra's Lied.

Ueber die Welt kommt Stille,
Das Dunkel wiegt sie ein.
Geschähe mir mein Wille,
Stille, ach stille
Wie gerne wollt' ich sein!

Je stiller die Vögel schweigen,
Je lauter schreit mein Herz.
Sanft geht der Sterne Reigen,
Ach, und sie neigen
Sich fremd herab zu meinem Schmerz!

Schlagt auf, ihr Sternenflammen!
Im Dunkeln seh' ich so klar
Seine Augen, die mich verdammen,
Ach, und zusammen
Bricht Alles, was mein Leben war!

*

3.

Grabgesang auf die todte Braut.

Eine Jungfrau wirst du schweifen
  Durch das winterliche Thal der Schatten,
Sehnlich nach den leeren Nebeln greifen
Und beweinen deinen Gatten.
    Warest doch so schön, so gut,
    Nun begräbt dich bald der Fackel Glut,
Die zur Hochzeit wir bewahret hatten.

Ungestillt und ungenossen,
Eine Mädchenwittwe wirst du gehen,
Von den Schwestern, deinen Spielgenossen,
Oft hinüber zu den Männern sehen,
    Ach, beneiden jedes Paar,
    Die zusammen immerdar
Auf der Aue der Vermählten stehen.

Dunkle Blumen, immergrüne Blätter
Lasset uns der todten Jugend streuen,
Dunkel, wie der Wille großer Götter,
Ewig wie der Schmerz der Treuen.
    Klaget nicht die Götter an!
    Daß sie uns bis heut so wohl gethan,
Unter Thränen wollen wir uns freuen.

4.

Parzengesang.

Klotho.

Wer sich erkühnet
  Unter den flüchtigen
Erdengeistern,
Uns am gewichtigen
Werke zu meistern,

Die blind wir weben
Das Bild der Zeit —
Durch enge Hand
Und engen Verstand
Laß' ich ihm schweben
Ewige Fäden.

Atropos.

Aber mit blöden
Hastigen Händen —
Denkt er zu enden
Eigene Künste,
Eigne Gewinnste
Klug zu entwenden —
Unser Gespinnste
Fördert er nur.

Lachesis.

Und will er eben
Jauchzen erheben
Um seine fröhliche
Eigenmacht,
Sieht der Unselige,
Daß er sich selber
Stürzt' in die Nacht.

Die Drei.

Wer uns die Ehre
Weigert, vergebens
Trotzt er der Schwere
Des Erdenlebens.
Wer sich entrückte
Dem Weltenringe,
Ihn erdrückte
Der Sturz der Dinge.

Julia's Abschied.

Hinab, hinab! Schon harrt der finstre Kahn,
 Mich von des Lebens Ufern zu entführen.
O Mutter, deine Scheideblicke schnüren
Mein Herz zusammen — dennoch sei's gethan!

Was siehst du, Charon, mich so schaurig an?
Nicht will ich deinen Grimm mit Seufzern schüren.
Fahr zu! Doch eh wir jenen Strand berühren,
Wird mein geliebter Freund dem Flusse nahn.

Er kommt, als lock' es ihn zu kühlem Bad;
Du siehst ihn, und der Reiz der schönen Glieder
Zieht dich zurück den kaum durchmessnen Pfad.

Du winkst ihm freundlich in den Nachen nieder,
Er scheint bereit — da spring' ich ans Gestad,
Und Romeo und die Sonne küßt mich wieder!

Carlotta.

O lieblich war die Zeit, da wir sie hatten,
 Holdselig wie der Hauch der Morgenröthe!
Wie junger Lerchen silbernes Geflöte
Scheucht' ihre Stimme dieses Lebens Schatten.

Und so wie Dämmrung lagert auf den Matten,
Umgab Geheimniß sie. Den Reiz erhöhte
Ein stiller Gram um jugendliche Röthe,
Und auch ihr Leid kam unsrer Lust zu Statten.

Nun schwand sie weg. Die Schleier sind gefallen,
Der grelle Tag sieht stumm in mein Gemach,
Der Abend naht, mit ihm die Nachtigallen.

Umsonst! Und ahmte selbst die Muse nach
Der lieben Stimme Klang — ach, in uns allen
Bleibt eine Sehnsucht nach der Lerche wach.

Aus der Tiefe.

Ueber mir, ein dunkles Meer,
Schlägt Vergessenheit zusammen.
Still, wie still ist's um mich her,
Stumm von Klagen und Verdammen.

Nur wie durch des Tauchers Glas
Seh' ich rings der Tiefe Schrecken,
Sehe machtlos Groll und Haß
Hundert Arme nach mir strecken.

Laßt mich eine Weile kühl
Einsam in mich selbst versinken,
Fern dem sonnigen Gewühl
Neuen Muth und Hoffnung trinken;

Bis sich meine Wimper hebt
Neugestärkt zum Sonnenscheine.
Wem die Erde je gebebt,
Wissen wird er, wie ich's meine!

Balder.

1.

Wer das genossen,
Wem das beschieden,
Kann Der hienieden
Unselig sein?

Sich selbst zu fühlen
In allen Brüdern,
Nur im Erwiedern
Sein Herz zu kühlen;

Gewiß des Guten,
Vom Schönen erbaut,
In Lebensgluten
Dem Tod vertraut;

An das Geheime
Ahnend zu rühren,
Der Wahrheit Keime
Im Geist zu spüren,

Die sich erschließen
Dem Licht entgegen,
Still zu genießen
Ihr heilig Regen,

Vom Hauch der Musen
Das Herz geschwellt,
Mit reinem Busen
Ein Kind der Welt —

Wer das genossen,
Wem das beschieden,
Muß Der hienieden
Nicht selig sein?

2.

Geliebte Sonne,
    Allerbarmerin,
An deinem Busen
Hegst du dein Kind!

Schlafend lag ich
In Fiebertraum,
Du kommst gewandelt,
Mich zu heilen.

Schwebst lieblich groß
Mit goldnem Lächeln
In des Einsamen
Arme Zelle,

Daß der gefesselte
Sinn des Kranken
Wie Knospenhülle
Die Decke lüftet.

Ueber Thurmhöh'n,
Steile Dächer,
Durch Baumeswipfel
Wagst du den Weg,

Und schmiegst dich kosend,
Gewaltige du,
Mir um die Kniee,
Mir an das Herz.

Nicht viel genoß ich
Irdischer Feste;
All meine Freuden
Reiftest mir du:

Die rothe Frucht hier,
Deren Saft mich kühlt,
Das weiße Brod,
Dessen Kraft mich nährt;

Ach, und des lieben,
Einzigen Mädchens
Schlichtes Blondhaar,
Schimmernde Wangen —

Du ließest sie blühen,
Deinem Sonnenkinde,
Mir zum Segen,
Mir zur Freude.

Weile noch, weile,
Bis sie naht;
Ueberhauche mit Glanz
Die traute Gestalt!

Ach, wenn ich ewig
Sie sollt' entbehren,
Mir wäre besser,
Auch dich zu missen;

Daß nur dein Aug'
Auf meinem Hügel
Am goldnen Mittag
Meinen Schlummer streifte!

3.

Seele, wie schweifst du
Aetherbeschwingt
Das All entlang
Durch Tiefen und Höh'n!

In beiner Armuth
Welche Fülle!
In ew'ger Unrast
Wie heil'ge Stille!

Frei über Alles
Und stets gebunden,
Seele, wo hast du
Dein Ziel gefunden?

Gestirn' und Sonnen
Umkreis't dein Flügel
Und weilt mit Wonnen
Am Veilchenhügel.

Die Wiege der Blitze
Heimelt dich an;
Zum Wolkensitze
Stürmst du hinan.

Und wieder innig
Im engsten Kreise,
Zärtlich und sinnig,
Schüchtern und leise,

Rankst du mit tausend
Fasern und Klammern
Dem Epheu gleich
Um niedre Kammern,

Wo nur ein Strahl des Erinnerns
Durch Trümmerspalten
Herniederglänzend
Dich traulich wärmt!

*

4.

An ein Kätzchen.
(Aus Balder's Nachlaß.)

Kleine weiße Freundin,
    Schleicherin,
Schmeichlerin,
Dein zärtlich Blinzeln,
Schnurren und Spinnen,
Nicht berückt es
Mein lieberwöhntes
Menschenherz.

    Wohl durchs Fenster
Kühnen Sprunges
Wagst du dich in meine Klause;
Doch ich fürchte,

Nicht um meine Liebesworte,
Um das Streicheln meiner Finger:
Um die milchgetränkten Brocken
Wagst du Alles,
Lässest in die Haft dich locken.

Haft? Ich halte dich nicht.
Mich ergötzt dein Spielen,
Dein kaltsinnig Gaukeln um mich her.
Wie reich, denk' ich mir,
Ist der dunkle Schooß
Der Lebensmutter,
Auf unzählbaren Stufen
Ihre Geschöpfe
Auf und ab wandelnd
Alle zu nähren,
Vom bebenden Keim des Wurms,
Drin kaum ein Funken
Des Lebens dämmert,
Durch immer helleres
Glimmen und Glühen
Bis zu der großen
Herrlichen Seelenflamme
Im Menschenbusen!

Künstlers Weihnachtslied.

Steigst du herab
    In geweihter Nacht
Zu sterblich Geborenen,
Liebelächelnder Gott
Der heiligen Schönheit?
Trittst mit zagendem
Kinderfuß
Die rauhe Erde,

Dem Stern vertrauend,
Der über der Wiege dir
Freudekündend erglänzt?

Arme, bäurische Hirten,
Nur bedacht, ihr Schäflein zu scheeren,
Staunen dir dumpf entgegen.
Das breitstirnige Rind
Und das geduldige Grauthier
Umschnobern deine Wiege;
Die Mächtigen der Erde
Stellen dir nach,
Dich zu fahen,
Dich zu verderben:
Denn sie hassen,
Was aus dem Niedern
Emporgeblüht
Stillgewaltig
Sie überglänzet.

Dich aber retten
Einfalt und Liebe
In ein sicheres Land,
Wo unter Palmen du
Zum Sieger reifst.

Aber du kehrst zurück
Und breitest dein Reich
Königlich heiter
Ueber die armuthsel'ge
Verworrene Welt.
Ein zweites Leben, hocherhaben
Ueber dem winselnden Kummerdasein
Im Koth und Staube,
Entfachst du in deiner Jünger Busen,
Daß sie nicht gieren nach Gold und Glanz,
Nicht nach der rasch zerpflückten
Eintagsblume der Lust,
Mit welcher Knecht und Gewaltherr
Sich thöricht schmücken.

Denn uns durchduftet
Das tiefste Gemüth
Deines Paradieses
Unverwelklicher Kranz.
Wir wandeln enthoben
Der Erdenschwere
Auf Morgenwolken
Ueber das Gemeine hin,
Das unter unsrer Ferse
Sich knirschend bäumt. —

Hast du den Deinen
Alles zugeeignet,
Heiliger Genius,
Und sie vergäßen zu danken,
Was dies Sonnenstäubchen
Ihres Daseins
Allein verklärt
Mit bemantenem Farbenspiel?

Ich, so lange
Mein Athem bildet
Stammelnde Worte,
Will dich preisen und feiern
In allen Stunden,
Wo dein Hauch
Flammen herabsprüht
Auf schönheitstrunkene Stirnen,
Und nicht ein Becher
Festlicher Nächte
Netze die Lippe mir,
Daß ich die ersten Tropfen
Nicht dir, du Beseelender, sprengte.

Komm herab, o komm
In geweihter Nacht
Zu uns, den Deinen,
Und bleibe bei uns,

Wenn unfre Seele zagt!
Lehr uns die Botschaft
Deiner welterlösenden
Holden Gewalt
Ausbreiten unter den Menschen,
Ob auch Begier und Tücke
Und stumpfer Knechtssinn
Lästern und höhnen.
Doch ihnen vergieb,
Den Unwissenden, was sie freveln.

Uns aber bleib ein Tröster
Bis an das Ende;
Und den letzten Strahl
Des brechenden Auges,
Laß ihn begegnen
Dem milden Stern,
Der von Anbeginn
Zu dir die Pfade gezeigt
Hirten und Königen!

VII.

An Personen.

*

Dem Andenken König Maximilian's II. von Bayern.

O daß der Werth der höchsten Lebensgüter
Erst im Verluste reift, daß wir, vom Trug
Des Augenblicks umspielt, sorglose Hüter
Des Ew'gen sind, und dünken uns so klug!
Ein echter Mensch, der innige Gemüther
Zur Liebe zwingt, wer dankt ihm je genug?
Er geht dahin — nun ist sein Bild vollendet
Und wirket fort, wo Andrer Wirken endet.

Wohl, dies ist Menschenloos! Und dieses Loos
War dein, o Fürst, der du ein Mensch gewesen,
In deiner Krone Glanz so schimmerlos,
Daß Manche wohl verkannt dein hohes Wesen.
Doch Der begriff dein Wollen, rein und groß,
Dem je vergönnt war, dein Gemüth zu lesen
In jenem Auge, das so sinnend glühte
Von Adel, Muth, Gewissens-Ernst und Güte.

Du lebtest nicht dir selbst. Dein Sinn und Denken
War deinen Pflichten rastlos zugekehrt.
Du dachtest stolz vom Amt, ein Volk zu lenken,
Bescheiden von der Kraft, die dir beschert.

Nichts sollte dir den freien Blick beschränken,
Denn wer die Wahrheit sucht, ist ihrer werth;
Heraufzuführen ihren lichten Morgen,
Die Blüte war's all deiner Fürstensorgen.

So, statt in weicher Ruhe dich zu wiegen,
Hast du den Kampf der Geister selbst entfacht.
Nie zweifelnd an des Lichtes schönen Siegen,
Ein Wecker standest du auf hoher Wacht.
Du sahst die Gipfel rings im Glanze liegen,
Unwillig aus der Tiefe wich die Nacht;
Dein Lohn, hoch überm Lohn der Welt erhaben,
War, an der Strahlen Wachsthum dich zu laben.

Dann liebtest du's, nach ernster Tagesthat
Im Hain der Musen deine Stirn zu kühlen,
In ihrer heil'gen Quellen tiefes Bad
Eintauchend deine Sorgen abzuspülen.
Ein Reigen hoher Abgeschiebner trat
Still vor dich hin, mit ewigen Gefühlen
Die Brust dir stärkend, und des Zwangs entbunden
Floß das Gespräch in jenen reichen Stunden:

Dem Jüngsten selbst. Als beine Huld ihn rief,
Den Namenlosen, der die ersten Flüge
Mit schwankem Fittig kaum gethan, wie tief
Empfand er seiner Jugend Ungenüge!
Er wußte nur, daß etwas in ihm schlief,
Das er erwachend dir entgegentrüge,
Und frohgewillt, zu leben und zu lernen,
Folgt' er vertrauend dir und seinen Sternen.

Du gönntest ihm von allen seltnen Gaben
Die seltenste, die je ein Fürst verliehn:
Freiheit, nach eignem Trieb sich Bahn zu graben,
Und wie er sich dir gab, so nahmst du ihn.
Nicht wolltest du den Ruhm des Kenners haben,
Den Schaffenden nach deinem Wink erziehn;
Du ehrtest stets und ließest frei gewähren
Den graden Wuchs in eignen Charakteren.

Der Dichter, dessen Lied die Welt zu spiegeln
Sich unterfängt, soll erst die Welt erkennen,
Und wie er Menschenräthsel lernt entsiegeln
In Hütten, wo die dürft'gen Feuer brennen,
So mögen sich die Pforten ihm entriegeln,
Die von dem Sitz der Macht die Menge trennen.
Erst wenn er Höh'n und Tiefen maß der Erden,
Lernt er die schwerste Pflicht: gerecht zu werden.

Und so genoß ich deiner edlen Milde
Sorglosen Herzens manch ein Jugendjahr,
Still hoffend, einst durch dauernde Gebilde
Zu zeugen, daß sie nicht vergeudet war.
Nun hast du dich vom irdischen Gefilde
Hinweggewandt zu sel'ger Geister Schaar
Und ließest mich in meines Strebens Mitte,
Daß ich den Schmerz versäumten Danks erlitte.

Was gälte dir mein Dank? Verklärte fragen
Nach Zeichen nichts, erlös't von allem Schein.
Mich aber drängt's, den Lebenden zu sagen,
Was du mir warst, und dir ein Mal zu weihn.
Mag mir die Zukunft reifre Früchte tragen,
Die Erstlinge von jedem Herbst sind dein,
Wie dieser Kranz, den mit bewegter Seele
Ich deiner Gruft zu schlichtem Schmuck erwähle.

❧

An Ferdinand Ranke

zu seinem 25jährigen Directorats-Jubiläum.

Aus der Jugend Dämmerflor
  Ragt in meinen Träumen
Altersgrau ein Haus empor
  Mit bekannten Räumen,

Und mir däucht den Saal zu sehn,
Wo die Knaben lauschen,
Treppenab zum Hof zu gehn,
Kühl im Wipfelrauschen.

Wohl, ein ernster Lebensgang
Hat mein Loos verwandelt,
Seit ich winter=, sommerlang
Täglich hingewandelt,
Zumpt und Buttmann unterm Arm,
Manchmal sehr verdrossen,
Wenn das Herz von Versen warm
Und der Kopf von Possen.

Wie mir das Gewissen schlug,
Wenn statt Logarithmen
Heimlich meine Mappe trug
Selbstverfaßte Rhythmen,
Wenn ich, Schiller auf dem Schooß,
An der Feder kaute,
Bis als völlig hoffnungslos
Schellbach mich durchschaute!

Theure Lehrer, schwer fürwahr
Hab' ich euch betrogen.
Nicht in eurem Schüler war
Zeug zum Philologen.
Wenig Früchte trug mir ein
Manch Extemporale,
Denn ich lernte Eins allein,
Deutsch, haud ita male.

Doch die tiefste Seele mir
Lodert' in Ekstasen,
Wenn mit unserm Meister wir
Ew'ge Dichter lasen.
Noch — wir ruf' ich gern zurück
Die ersehnte Stunde,
Da Elektra's Leibgeschick
Klang aus seinem Munde;

Da von Wahnsinnsnacht umgraut
Ajas uns erschreckte,
Philoktetes' Jammerlaut
Furcht und Mitleid weckte.
Jene Funken, stillgenährt,
Trug ich fort im Busen,
Und es wärmten mir den Herd
Junggeliebte Musen.

Goldne Zeit, wie lang vorbei!
Sei mir heut gesegnet,
Wo ein zweiter Lebensmai
Blüten niederregnet.
Ferne nur beim Glase Wein
Kann ich Sein gedenken,
Der uns gönnte, jung zu sein
Auf den harten Bänken;

Der aus Schülern Freunde sich
Liebevoll erzogen,
Mit der Jugend jugendlich
Hellas' Milch gesogen;
Der den frischen Lebensmuth
Knechtisch nie gemeistert,
Nie vergaß, daß junges Blut
Nur der Geist begeistert.

Blüh und grüne fort und fort,
Treuer Jugendwächter,
Wecke mit beseeltem Wort
Kommende Geschlechter;
Und dich soll in später Ruh'
Das Gefühl erheben:
Nicht der Schule lehrtest du,
Lehrtest für das Leben!

1867.

An Baron Malsburg, auf Escheberg,
den „Poetenvater".

Daß man aus der Wochenstube
Flugs sich auf die Reise macht,
Wenn ein wilder kleiner Bube
Tapfer schreit bei Tag und Nacht,

Scheint so räthlich als bequemlich,
Da ein Mannsbild wenig nützt.
Eins nur ist im Wege, nämlich:
Daß man auch ein Herz besitzt.

Dieses unvernünft'ge, schwache,
Liebenswürd'ge Vaterherz,
Sonst versteht's in mancher Sache,
Doch in dieser keinen Scherz.

Säß' ich dort bei deinem Feste,
Bester Mann, in Saus und Braus,
Plötzlich sprengt' es mir die Weste,
Und ich müßte fort nach Haus.

Drum, wenn heut nur Grüße fliegen
Hin zu dir an meiner Statt,
Schilt den Schwarzkopf in der Wiegen,
Daß er mich zum Vater hat.

Aber rührt einst in dem Wichte
Das Poetenblut sich sacht,
(Geb' auch Gott, daß er Gedichte
Nur an seine Liebste macht!)

Dann, mein lieber alter Malsburg,
Gehn wir zwei der Frau Mama
Eines Tages jedenfalls durch
Zum Poeten-Großpapa.

Dann Geburts- und Schlachtenfeste
Sollst du feiern jugendfrisch,
Und du trinkst noch als der Beste
Sohn und Enkel untern Tisch.

1855.

An Wilhelm Hemsen

(mit dem Barberini'schen Faun in Terracotta).

Ich hier, von schlichter Töpferfaust in Thon gebrannt,
Ich rühme mich, der Barberinische Faun zu sein.
Zwar eine Nase knetete der Meister mir
Nach eignem Stil, urthümlich bajuvarischem,
Und vom Salvator schein' ich in den Schlaf gelullt,
Nicht vom Falerner. Dennoch merkt der Kundige,
Daß meine Heimath nicht das Land des Hopfens ist.
Und du, o Jüngling, wenn du anders freundlich mir
Ein Plätzchen gönnst im Winkel deines Wohngemachs,
Zum Danke dann verspürst du jenen Friedenshauch,
Der euch Modernen, minder leicht Bekleideten,
Abhanden kommt in dieser Dampf- und Eisenzeit.
Dann, wenn im Traum der Sinne dir die Seele schweift,
Sich ungebunden dehnend, wie Figura zeigt,
So möge manchmal sie den Flug zum Freundeshaus
Zurücklenken, das dem Gast nur wenig bot,
Eins aber stets: des gliederlösenden Sorgenstuhls
Weitoffnen Arm — und offner Arme noch ein Paar.

An Dyex Delafontaine.

Mit deiner Lieder hundertstimm'gem Chor
Hast du dein Heimweh mir ins Herz gesungen.
Ein Hauch der Jugend säuselt an mein Ohr,
Ein Frühling von Erinnerungen.
        Ich seh' den Lemansee,
Das stolze Genf, das liebliche Vevay;

Mein schönes Montreux, wo die Feige reift
In stiller Schlucht, auf sonnigen Terrassen!
Wie bin ich manchen lieben Tag gestreift,
Ein Träumender, durch deine Gassen,
        Und Nächtens trug der Kahn
Mich weit hinaus auf mondbeglänzter Bahn.

Vorhof Italiens! Die Granaten blühn
Und Rosen, die bis zum November dauern.
Schwarz aus der Wogen tiefem Purpurgrün
Ragt Chillon mit den düstren Mauern.
   Unsterblicher Gesang
Und Rousseau's Klage schwebt den See entlang.

Gegrüßt, ihr Stätten, wo ich selig war
In schönster Liebe, früher Gunst der Musen!
Dort wandelte mit mir das edle Paar,
Das meine Jugend hegt' am treusten Busen:
   Des Vaters ernstes Bild,
Der Mutter Auge winkt mir hell und mild.

Wer weiß, wie oft schon damals dein Gesang,
O Freund, aus Winzermund herübertönte,
Schwermuth und Uebermuth in Eins verschlang
Und mir, wie heut, die Einsamkeit verschönte!
   Fahrwohl denn, Chansonnier,
Und kehrst du heim, so grüß mir unsern See!

*

An Franz Kugler.

Nun ruhst du aus von Lebensmüh,
Verwais'te Liebe klagt: zu früh!
Doch frühe schon war deine Welt
Von aller Künste Glanz erhellt.
Du sahst das unerschaffne Licht,
Das irdisch sich in Farben bricht,
Und rein an Sinnen, tief an Sinn,
Die Wunder deutend schrittst du hin.
Das Wesen überlebt den Schein:
Zum ew'gen Bildner gingst du ein.

1858.

*

An Julie Schlesinger

(mit der „Gyritha").

Du kennst dies Märchen. In der dunklen Zeit,
Aus der du nie das Kleinste wirst vergessen,
Erzählt' ich's Ihr, um die voll Herzeleid
Im Todesschatten wir so lang gesessen.

Dir ward das beßre Theil: die liebe Hand
In deiner halten, ihr das Kissen rücken,
In dieses Auge sehn, das dich verstand,
Mit treuster Liebe noch ihr Scheiden schmücken.

Beneidet hab' ich dich. Was blieb für mich?
Ein Brief von fern gesandt, der streng verhehlte,
Wie mir der Gram nicht von der Seite wich,
Wenn ich ein heitres Märchen ihr erzählte.

Und sie, die Alles wußte, wußt' auch das
Und lächelte mit schmerzenbleichem Munde.
Die Muse, ihres Lebens Tröst'rin, saß
An ihrem Bette bis zur Todesstunde.

Nun ruht das edle, lorbeermüde Haupt,
Das priesterliche, dem ein kämpfend Leben
Nicht einen Strahl der Hoheit je geraubt,
Das Viel empfing und Mehr zurückgegeben.

Und wie, was sie berührt, wär's auch gering,
Uns lieb und theuer dünkt seit ihrem Scheiden,
So nimm dies Lied, das seinen Werth empfing,
Da es ein Lächeln ihr entlockt im Leiden.

Am letzten Tage von Julie Rettich's Todesjahr, 1866.

An Anna.
Weihnachten 1869.

Ich wollt' auch heute zu dir sprechen,
  Wie ich's gewohnt zur Weihenacht,
Doch zwischen alle Worte brechen
Die Thränen vor mit Uebermacht.

Noch ist zu frisch, was wir erlitten,
Die Lebenswunde nicht vernarbt;
Noch ist der Friede nicht erstritten,
An dem so bitter wir gedarbt.

Doch zürne nicht, wenn schon die Flügel
Hoffnung zu lüften sich erkühnt,
Noch eh' auf unsres Kindes Hügel
Ein Halm des Lenzes wieder grünt.

Laß träumen mich von künft'gen Zeiten,
Wo nach dem lichterhellen Baum
Sich kleine Aermchen wieder breiten
Und Jauchzen füllt den stillen Raum.

Du aber nimm das Pfand der Treue,
Und mahne dich im Gold das Grün,
Daß du noch hoffen darfst, aufs Neue
Zu lächeln, wenn die Kerzen glühn.

Nur inniger durch den Bund der Schmerzen
Hat uns vereinigt das Geschick.
So halt' ich fest dich Herz am Herzen,
Du meine Jugend, du mein Glück!

In memoriam.

Dreikönigstag! Die alte Tafelrunde,
  Des neuen Jahres froh und mancher guten Stunde,
Die im vergangnen uns gelacht.

Im Becher schäumt der Wein, in Zungen wird gesprochen —
Zwei haben heut ihr Schweigen nicht gebrochen
    Und keinen muntern Toast gebracht.

Wir lauschten gerne, wenn aus ihrem Köcher
Des Witzes Pfeile scharf hinschwirrten durch die Zecher
    Und ritzten den und jenen Gast.
Nun hat ein stummer Wirth vom reichen Lebensmahle,
Noch eh der Wein versiegt war im Pokale,
    Sie weggeführt mit rauher Hast.

Den Jüngeren voran, den Edlen, Kühnen,
Den Wandrer, dessen Fuß, bis wo die Palmen grünen,
    Der Erde weites Rund durchschweift,
Aegyptens Wunderland, das Labyrinth der Sage,
Und mit der Fackel ungestümer Frage
    Manch ein verschleiert Bild gestreift.

Müh' war sein Theil, wie aller stolzen Neu'rer;
Doch jeder Widerstand ward seines Muths Befeu'rer,
    Und ungebeugt hob er sein Haupt.
Nun er vollendet ist, wird man den Ruhm ihm gönnen:
Von heil'ger Flamme fühlt' er sich entbrennen
    Und hat an seinen Stern geglaubt.

Doch hier im frohen Kreis — wie fiel vom Herzen
Ihm aller Kampf und Streit! Wie sprühte da von Scherzen
    Die Lippe festlich unserm Braun!
Die Muse küßt' ihm sanft die finstern Augenlider,
Nur wenn er schwieg, sah man sein Auge wieder
    Wie träumend in die Runde schau'n.

Dann stand Er auf, dem auch ins ernste Leben
Des Scherzes Meisterschaft die Muse mitgegeben
    Zu andrer hoher Himmelsgunst.
Was jemals er erstrebt, schien mühlos ihm gelungen;
Er wandelte geliebt von Alt' und Jungen,
    Ein Meister echter Lebenskunst.

Dies warme Herz, zu helfen unverdrossen,
Dies helle Auge, dem Natur und Kunst erschlossen,
   Von tiefer Wissenschaft geklärt! —
Wohl glänzt' er herrschend vor in jeglicher Gemeinde
Durch Geist und That; doch kannten nur die Freunde
   Des seltnen Mannes ganzen Werth.

Es war im Herbst, da sie hinab ihn senkten,
Die Hunderte bewegt um Pfeufer's Gruft sich drängten
   Und Priesterspruch eintönig klang.
Kein Freundeswort, kein Lied! Mich trieb es, hinzutreten,
Zu sagen: Ehrt ihn nicht nur mit Gebeten;
   Dem Freund des Schönen ziemt Gesang!

Damals verstummt' ich. Laßt mich heute sprechen,
Zwei Kränze schlecht und recht für unsre Freunde brechen,
   Und klingt dabei im Stillen an.
Wer lebt, der soll hinaus den Blick ins Leben lenken,
Und wenn beim Wein wir der Geschiednen denken,
   So hafte Schwermuth nicht daran.

Wißt ihr nicht auch, wie Krieger heimwärts ziehen
Vom Friedhof weg beim Schall kampflust'ger Melodieen?
   Fürwahr, so ist es recht und gut.
Und wird die Schaar im Lauf der Jahre licht und lichter,
Zusammen rückt man traulicher und dichter
   Und bringt ein Hoch dem Lebensmuth!

An Wilhelm und Fanny Herz
zu ihrer Silberhochzeit
ben 22. Mai 1872.

Den Tag vergeß' ich nie, ihr heil'gen Musen,
   Da ich zum ersten Mal als junger Fant,
Ein unmoralisch Trauerspiel im Busen,
   Voll Scheu an des Verlegers Schwelle stand.
Unheimlich schien mir nie in solchem Maße
   Das Eckhaus: Behren- und Charlottenstraße.

Im Erdgeschoß drei Zimmer der Familie,
Vielleicht auch vier, der Rest Geschäftslokal.
Die junge Hausfrau, schlank wie eine Lilie,
Kaum dreißig alt ihr muntrer Herr Gemahl,
Sie grüßten mich in freundschaftlicher Weise
Als hoffnungsvollen Sohn des alten Heyse.

Ich seh' euch vor mir, trauliche Gemächer,
Nur erst mit wen'gen Rafaels geziert;
Noch wuchs zur Decke nicht der Palmenfächer,
Noch hatt' die junge Firma nicht florirt,
Und nebenan klang aus der Kinderstube
Erst ein Duett: ein Mägdlein und ein Bube.

Doch Abends, von der Lampe warm beschienen,
Der treuen Freunde Kreis, das Brüderpaar,
Kurt Schlözer, Abel, Abeken, zu ihnen
Ein schmächt'ger Juvenil mit langem Haar,
Poet, Studiosus der Philosophie,
Der die Francesca schrieb von Rimini.

Wohl mußt' ein solches Gastrecht ihm behagen,
Und gleich für immer fühlt' er sich gewonnen.
Doch mehr als Alles, soll ich's ehrlich sagen,
Rührt' ihm das Herz, daß edel=unbesonnen,
Ganz ohne gönnerhaftes Achselzucken
Der Hausherr sich entschloß, sein Stück zu drucken.

Ja, mehr noch: fürstlich auch zu honoriren,
Den Bogen einen Friedrichsd'or! Fürwahr,
Ein Kranz für solchen Hochsinn sollt' ihn zieren,
Ob er auch mythisch dünkt der Enkelschaar,
Da Dramen wir zu lesen nicht gewöhnt sind,
Wenn sie auch nicht als sittenlos verpönt sind,

Wie dieser Erstling. Ach, der junge Dichter
Ward als ein arger Sünder streng verfehmt.
Die Mütter zogen strafende Gesichter,
Die Töchter lasen ihn im Bett verschämt,
Und Rudolph Köpke ward von Meister Tieck
An Herz gesandt mit warnender Kritik.

Doch Hert, der Held, sonst ökonomisch hausend,
Er maculirte nicht einmal das Stück,
(Ich wette, mehr noch als ein halbes Tausend
Blieb unverkauft im Magazin zurück)
Und druckte, unbeirrt von all dem Lärmen,
Die Urica, die Brüder und die Hermen.

O Jugendzeit, voll Treue, Muth und Hoffen,
Mir unvergänglich lebst du im Gemüth!
Viel des Erwünschtesten ist eingetroffen,
Die Kinderschaar so schön herangeblüht,
Der alten Freunde keiner untreu worden
Und neue zugewandt in Süd und Norden.

Doch wie zurück ich lenke die Gedanken
Vom Silberhochzeitstag durch all die Zeit,
Wem, nächst den Göttern, ist das Glück zu danken,
Das euch mit Blüt' und Früchten überschneit?
Wem als der lieben Frau, die still am Herd
Die Flamme trauter Häuslichkeit genährt!

Ja, alter Freund, gestehn wir's im Vertrauen:
Wir hätten kaum aus manchem harten Strauß
So heil und wacker uns herausgehauen
Und säh'n vorzeitig grau und grämlich aus,
Wenn nicht an unsrer Seite Hand in Hand
Ein tapfres Weib in Lieb' und Treue stand.

Das Heer der Krebse, das in Ostertagen
Von Leipzig aus trübselig nordwärts schwimmt,
Ein Lieblingsplan, der kläglich sich zerschlagen,
Ein Autor, der sein Fiasco übelnimmt,
Die Manuscripte, die euch schier erdrücken,
Ein Setzerstrike und andre Teufelstücken —

Wer ist, der sich aus all der Noth errettet
Mit frischem Muth und neuer Lebenslust,
Wenn Liebe nicht daheim die Stirn ihm glättet,
Die Last ihm lüftet von beklommner Brust,
Solch eine Liebe, Freund, wie dir beschieden,
Ein sicher Leitgestirn zum reinsten Frieden.

Ihr theuren Glücklichen, ihr Guten, Treuen,
Bleib' euch das Eure! — was ist mehr zu flehn?
Und laßt den Freund sich eures Segens freuen
Und noch ein gut Stück Weges mit euch gehn.
Die Götter wissen: wenn er heut nur ferne
Anklingt auf euer Wohl, er thut's nicht gerne.

Wie kümmerlich auf unbeholfner Leier
Ertönt der Festgruß übers weite Land!
Wie anders labt am Tag der schönsten Feier
Ein Wort von Mund zu Mund, ein Druck der Hand!
Doch muß, der euch der Nächste, fern verweilen,
Les't, wie er's meint, auch zwischen diesen Zeilen.

An Otto Schubart

(zu einer Brieftasche mit der Inschrift: Tria faciunt monachum: semper
bene loqui de Domino Superiore — Facere officium suum taliter qualiter —
et sinere res vadere ut vadunt).

In dies Büchlein, lieber Otto,
Schrieb ich obiges Mönchslatein
Als erprobtes Lebens-Motto
Auf dem ersten Blatt dir ein.
Wenn du auch, so viel ich merke,
Zur Tonsur verdorben bist,
Stähl' es dich zum guten Werke
Als Regierungs-Accessist.

Läufst du einst mit vollen Segeln
In den Ehstands-Hafen ein,
Werden diese goldnen Regeln
Dir nicht minder wohlgedeihn:
Laß es gehen, wie's auch schlendre —
Thue deine Pflicht so so —
Und im ersten Sprüchlein ändre
Domina statt domino!

Weihnachten 1868.

Weihnachten in Rom.*)

Wir waren schon zu Römern fast geworden.
    Weißt du noch, Freund, wie wir den Lorbeer schmückten,
Aus dessen Laub die Goldorangen blickten,
So süß, wie man sie niemals ißt im Norden?

Der Tisch bedeckt mit römischen Ricorden,
Mit Bronzen, Terracotten, frischgepflückten
Campagnaveilchen, die uns hoch entzückten,
Und was noch blühn mag an des Tibers Borden.

Du aber sahst dir die Bescherung an
Und seufztest heimlich wie in großen Schmerzen,
Und deine Augen schienen was zu suchen.

Dann sprachst du: Gern den ganzen Vatican
Gäb' ich für einen Tannenbaum mit Kerzen
Und ein paar Nürrenberger Pfefferkuchen!

❧

An Hermann Allmers

auf Rechtenfleth,

der die Mitarbeiter an seinem Kalender mit „Poetenwein" von Marino
honorirt hatte.

Poetenwein! Ah, che divino vino!
    Wohl denkt mir's, wenn in Rom wir zechten spät
Marino, der im Ruf des echten steht,
    Wie oft uns Morgens traf das mal gattino.

Nun schickst du unverfälschtesten Marino.
Ihr Grazien, wenn ihr Kränze flechten geht,
Auf, und bekränzt den Mann von Rechtenfleth,
Der so belohnt ein simples Sonettino!

---

* Für den von H. Allmers herausgegebenen römischen Kalender
gedichtet.

Mög' er noch oft am Tiberstrande „schlendern"
Und reinen Wein und reine Reime kosten,
Die Welt versehn mit römischen Kalendern.

Mich soll er immer finden auf dem Posten;
Denn eher wird der Mond den Lauf verändern,
Als meine Liebe zu Italien rosten.

16. Juli 1884.

An den Festausschuß
des mährisch-schlesischen Gauturnfestes.
6. Juli 1886.

Hab' weiland unter Vater Jahn
    Auch manchen wackern Sprung gethan
Im grauen Leinwand-Turnerkleide
Auf der berühmten Hasenheide
Und ward, an Reck und Bock erprobt,
Von Vater Eiselen belobt.
Die Zeiten frisch, fromm, fröhlich, frei
Der muntern Jugend sind vorbei.
Ein Stubenhocker in den Funfzig
Bequemen muß er zur Vernunft sich
Und lernen fein in allen Sachen
Den Sprung gemäß den Beinen machen.
Die aber wandern nicht so weit
In wetterschwüler Sommerszeit.
So schwing' ich in Gedanken nur
Mich hin zur Römerstädter Flur
Und wünsch' dem werthen Gauverein
Zum Fest ein fröhliches Gedeihn,
Daß stets der Spruch in Ehren bleibe:
Ein frischer Geist in rüst'gem Leibe.
Fortuna fliegt vorbei in Eil',
Den lahmen Schwächling läßt sie liegen.
Wer muthig wagt, ihr nachzufliegen,
Dem ruft sie lachend zu: Gut Heil!

An Hermann Lingg.

Wie, Freund? Ist's Wahrheit, was ich seh'?
    Wir Zwei beim Bundesschützenfeste,
Nicht als beschaulich stille Gäste,
Nein, feierlich im Comité?
Ist denn die Zeit zurückgekehrt,
Da noch Apollo ward verehrt
Nicht bloß als treuer Musenpfleger,
Auch als berühmter Schütz und Jäger?
Denn daß wir Beide, wie wir hoffen,
Ins Schwarze hie und da getroffen
Mit unsrer stillen Art und Kunst,
Erwarb uns schwerlich so viel Gunst,
Daß, wo es knallt den ganzen Tag,
Man unser nicht entrathen mag,
Zumal kein Mangel ist an biedern
Grünangehauchten Schützenliedern,
Daß nun ein großer Lyrikus,
Wie du, ein frisches dichten muß,
Zu schweigen von meiner Wenigkeit.

    Doch sieh! da fällt mir ein beizeit,
Daß ich in Tagen, die schon fern,
Auch war ein Jäger vor dem Herrn,
Wovon der Münchner Magistrat
Etwa ein Gerücht vernommen hat,
So daß er nun auch mich erlesen
Zum Beirath diesem Schützenwesen,
Als Einen, der der Jägerei
Zwar nur als Dilettant beflissen,
Doch auch nicht übel kundig sei.

    Da treibt mich leider mein Gewissen,
Zu beichten, was mich lang gebrannt,
Wie's um mein erstes Jagdglück stand,
Daß einst nicht meinen Grabstein zieret
Ein Nachruhm, der mir nicht gebühret.

Ich war im schönen Berchtesgaden
Anno Sechzig zu Hof geladen,
Wo ich im luftigen Sommerschloß
Gar vielfach Liebs und Guts genoß
Von meinem königlichen Herrn,
Der so viel Huld an mir bewiesen —
Nie würde sie genug gepriesen.
Nun mocht' er seine Gäste gern
Vergnügt und guter Dinge sehen,
Sollt' einem Jeden nach Wunsch geschehen;
Und da von manchem Jägerzug
Ich keine Beute nach Hause trug —
Ein blutiger Neuling, wie ich war,
Nicht ungeschickt im Treffen zwar,
So lang es nur die Scheibe galt,
Doch wenn das Hochwild durch den Wald
Hinstürmte, gleich mit Herzenspochen
Fühlt' ich das Blut in den Adern kochen,
Und schoß, wie's Sonntagsjägern geht,
Zu hoch, zu tief, zu früh, zu spät —
Da schien's meinem hohen Gönner fast,
Als würde das Waidwerk mir verhaßt,
Und nagt' ein Wurm mir am Gemüthe.
Drum, da es wieder waldwärts ging,
Ich eine Büchse von ihm empfing,
Einen schönen Zwilling von sondrer Güte. —
Die hat mir selbst bei keiner Jagd,
So sprach er lächelnd, je versagt;
Mit der soll's Ihnen heut gelingen.
Nun, Waidmannsheil! —

       Und also gingen
Wir Schützen jeder an seinen Stand.
Ein Wäldchen, das Ahornet genannt,
Im wolkennahen Hochgebiet
Empor zur Gotzenalm sich zieht,
Von steilem Felskamm überragt,

Deß jäh abstürzendes Gewänd
Vom Königssee den Thalgrund trennt.
Hier war bestellt die frühe Jagd
Und ward ein Stand mir zugewiesen,
Nie einen schönern gab's, als diesen.
Aus eines Tännleins grünem Schatten
Sah ich hinab die sanften Matten,
Von Ahornwipfeln überdacht,
Dazwischen spielt' in Ringen sacht
Die golden heitre Sommersonne.
Ich saß verträumt in stiller Wonne,
Doch späht' ich scharf und hielt zum Schuß
Die Büchse fertig auf den Knieen.
Ein Jagdgehülf' war mir verliehen,
Mit seltnem Namen: Phrygius,
(Dies aber war sein ganz Latein,
Mocht' eines Ahnherrn Erbschaft sein,
Der einer Schul' einmal gewaltet
Und sich lateinisch umgestaltet)
Ein hagrer Bursch mit Augen blau,
Ein rechter Jäger fest und schlau,
Und war's wohl längst von Herzen satt,
Daß der Herr Doctor aus der Stadt
Sein Pulver nebenbei verknallte.
Wie nun die Jagd das Thal durchhallte
Und ferne fiel ein erster Schuß —
Heut, sag' ich, theurer Phrygius,
Sollst du dich meiner nimmer schämen;
Ich will mich scharf zusammennehmen. —
Und sieh, kaum ward die Rede laut,
Stößt mein Gesell mich heimlich an.
Ein junger Spießer zog heran,
Vorsichtiglich, nicht gar vertraut,
Und windet äugend um sich her,
Als ob's ihm nicht geheuer wär'!
Ich flugs die Büchse von den Knien,
Doch er gewahrt mich, wie mir schien,

Er wend't sich — thut einen Satz — und krach!
Donnert mein Mordgewehr ihm nach.
Doch, was war das? Im selben Nu,
Kracht's abermals — Was Teufel! du?
Phrygius? — Er achselzuckte bloß:
's war nix. Mein rechter Lauf ging los,
Von selbst. Doch der Herr Doctor hat
Getroffen. Schaun's nur, grad aufs Blatt!

    Hin durch die Lichtung eilen wir.
Da lag im Gras das edle Thier,
Die Lichter halb verglas't, und wendet
Den Kopf nach mir, eh' es verendet,
Fast vorwurfsvoll, als früg' es an,
Wer von uns Zwei'n ihm das gethan.
Mein Phrygius murmelt nur: Den hat's!
Und schleicht zurück zum alten Platz.
Doch ich: Phrygius — der Schuß war gut;
Doch ist mir wunderlich zu Muth.
Ging deine Büchse — schwör' mir's heilig! —
Von selber los? — Losging sie freilich.
Hab' mit der Hand am Schloß gespielt
Und auch — mein Eid! — nicht erst gezielt.
Doch jetzt sein's stat. Es kimmt noch mehr.

    Wohl kam's, doch nimmer zu uns her.
Die Jagd nahm ihren raschen Lauf,
Ein Wetter zog vom See herauf,
Bald sahn wir auch die Treiberkette.
Nun ging's bergunter in die Wette,
Bis zu dem sichern Ort am Strand,
Wo schon gedeckt die Tafel stand,
Die Köche für den Königstisch
Sotten und brieten, Wild und Fisch.
Da ward mit Zuruf ich empfangen.
Schon war die neue Mähr' ergangen,
Daß heut auch mir ein Schuß geglückt.
Den Zweifel, der mich heimlich drückt',

Ich schluckt' hinunter ihn und saß
Ganz still, da nun das volle Glas
Der königliche Jagdherr hob
Und sprach: Dem Doctor ziemt ein Lob.
Er that heut seinen Meisterschuß.
So wollen wir verdientermaßen
Den wackren Schützen leben lassen! —
Und neigte mir sein Glas zum Gruß.
Ich murmelt' was von Phrygius,
Doch nahm es Niemand mehr in Acht,
Denn plötzlich brach mit wilder Macht
Das Wetter los, der See ging hoch,
Wir leerten kaum die Gläser noch
Und schwammen durch Gewittergraus
Bis auf die Haut durchnäßt nach Haus.

So losch mein erster Glückstag aus.
Doch Nachts im Traum ist mir erschienen
Mein junger Hirsch und sah mich an
Mit spöttlich überlegnen Mienen,
So gut ein Waldthier grinsen kann,
Als wollt' er sagen: Hast du nun
Das Herz, auf Lorbeern auszuruhn,
Die du nicht selber konntst gewinnen?
Bei deinem Leisten bleib hinfort:
Mach Verse! Sinne nicht auf Mord! —
Spuk, rief ich, hebe dich von hinnen!
Vernahmst du nicht des Phrygius Schwur? —
Der Unhold aber lachte nur,
Und um den Spötter rings zuhauf
Tauchte viel andres Wild noch auf,
Rehböcke, Gemsen ohne Zahl,
Die sprangen um mich her zumal,
Vertraut und nah, um mich zu necken,
Und stupften mich an allen Ecken,
Und hob ich meine Büchs' empor,
Hohnkicherte der ganze Chor,

Bis mir vom Haupt der Angstschweiß lief,
Ich überlaut: Hilf, Phrygius! rief —
Da war das Nachtgespenst zerstoben.

Seitdem gab ich wohl beßre Proben,
Das Treffen mit der Kugel sei
Doch eben auch kein' Hexerei.
Nur seltsam: Keiner hatt' es Acht,
Ob ich meine Sache gut gemacht,
Und kam ich siegesfroh nach Haus,
Bracht' Niemand einen Trinkspruch aus.

Dir aber les' ich's am Gesichte:
Was die Moral sei der Geschichte? —
Ei, daß man uns um Manches ehrt,
Was nicht der Red' und Ehre werth,
Indeß die Welt bleibt wiederum
Bei unsern besten Thaten stumm,
So daß mit ruhigem Gewissen
Wir Eins ins Andre rechnen müssen.
Und also, wenn ich heut uns seh'
Im Bundesschützencomité,
Laß uns nicht grübeln, ob wir werth
Des Ehrenamts, so uns beschert,
Vielmehr bescheiden Arm in Arm
Durchwandern wollen wir den Schwarm,
Und wenn am Himmel Wolken schweben,
Die Hände zum Apoll erheben,
Daß diesem frohen Festgetreibe
Der Fernhintreffer günstig bleibe,
Mit seiner Sonne schönstem Glanz
Vergoldend jedes Siegers Kranz,
Daß ungetrübt in Alt und Jung
Nachleuchte die Erinnerung.
So wären denn auch die Poeten
Im Ausschuß nicht umsonst vertreten.

Juni 1881.

An Theodor Storm
zum 14. September 1887.

Heut von meinem Sommerhaus
Trägt mich über Thal und Hügel
In dein Holstenhaus hinaus
Phantasie auf raschem Flügel.

In dein Zimmer führt sie mich,
Wo vor kurzen Jahr' und Tagen
Wir am Fenster abenblich
Trauter Wechselrede pflagen.

Vor uns Feld und Waldesau'n,
Drauf des Herbstes Schimmer ruhte,
Daß uns Alternden im Schau'n
Eichendorffisch ward zu Muthe:

Gleich als hätten ausgespannt
Unsre Seelen weit die Schwingen,
Uebers abendstille Land
Frieblich uns „nach Haus" zu bringen.

Da auf einmal hört' ich dich
Halb wie zu dir selber sprechen:
Herbst ist da. Es melden sich
Schon die fröstelnden Gebrechen.

Frühreif fiel mir auf das Haupt,
Wenig blieb mir noch des Holden;
Doch, so lang man liebt und glaubt,
Soll man sich den Tag vergolden. —

Sieh, da war dein junges Kind
Uns verstohlen nachgegangen,
Hielt mit schlanken Aermchen lind
Ihres Vaters Hals umfangen.

Und ich sprach: Wem frisch und roth
Solche Sommerfrüchte reifen,
Dem wird noch des Winters Noth
Nicht so bald ans Herze greifen.

Und er läßt die Siebzig nahn,
Nicht gebückt auf die Postille:
Aufrecht, wie wir stets ihn sahn,
Wandelt er in Lebensfülle.

Wie ein Fruchtbaum herbstbereift
Grünt er auf des Lebens Gipfel,
Und der Ernten manche reift
Sonnig noch in seinem Wipfel. —

Wohl prophetenäugig sah
Damals ich in Lebensweiten.
Sieh, nun sind die Siebzig da,
Und du stehst noch wie vor Zeiten.

Deiner Tage Kampf und Schmerz
Hast du mild verklärt im Singen,
Denn ein rechtes Menschenherz,
Weißt du, ist nicht umzubringen.

Schenkst dem Volke Jahr um Jahr
Goldner Früchte reichen Segen,
Dem nun schon die Enkelschaar
Gleich den Vätern harrt entgegen.

Und so woll'n wir's, alter Freund,
Noch ein Weilchen weitertreiben,
Wenn der Herbst das Laub auch bräunt,
Eingedenk des Sommers bleiben.

Während auf Parnasses-Höh'n
Aberwitz'ge Knaben lärmen:
„Schön ist häßlich, häßlich schön!"
Und im Hexensabbath schwärmen,

Wird der Drang dir nie gestillt,
Deines schönen Amts zu walten,
Dieser Welt verworrnes Bild
Leise deutend zu gestalten.

Noch ist keine Ruhezeit
Dir im Abendroth erglommen —
Aber still! Noch Mancher heut,
Dünkt mich, will zu Worte kommen.

In dem schieferdunklen Haus
Schwärmt es ja von Frohgesichtern,
Und in all dem Saus und Braus
Mangelt's wohl auch nicht an Dichtern.

Ich nur, statt in deine Hand
Einen Blumenstrauß zu drücken,
Kann zum Fest nur weit ins Land
Ein beschriebnes Blatt dir schicken.

Laß dir's lesen von Dobo,
Und dir duftet ins Gemüthe,
Rosen gleich von Jericho,
Alter Freundschaft frische Blüte.

Zwölf Dichterprofile.

Friedrich Hölderlin.

Mein Liebling du! Mit hellem Griechenblick
Hattst du ermessen, in dein Loos ergeben,
Den jähen Abgrund zwischen Traum und Leben
Und der Verspätung herbes Mißgeschick.

Dich tröstete dein Genius: „Erschrick
Vor dieser Tiefe nicht! Hinüberheben
Wird dich ein Schwingenpaar mit sichrem Schweben,
Die ätherleichten: Dichtung und Musik."

So wandeltest du selig, Kränze windend
Der schönsten Liebe, bis Dämonentücke
Sie in den Abgrund stieß, der sie verschlang.

Du stürztest nach, qualvoll dir selbst entschwindend
Doch nicht dein sterblich Leben ging in Stücke,
Dein Herz nur und dein Saitenspiel zersprang.

Joseph v. Eichendorff.

Der scheidenden Romantik jüngster Sohn,
    Ihr Benjamin, statt aller andern Gaben
Erbt' er allein das Wunderhorn des Knaben,
Nie sich ersätt'gend an dem einen Ton.

Spurlos ist ihm die Zeit vorbeigeflohn,
Indeß er lag in Waldesnacht vergraben.
Mondschein und leises Wipfelrauschen haben
Ihn eingewiegt, der wachen Welt zum Hohn.

Ein ew'ger Jüngling, trug im Herzen tief
Er zu der schönen Frau die sel'ge Minne,
Die durch den Wald zog, Goldschein um die Locken.

Und während er „Krieg den Philistern!" rief
Und rein und heiter schwärmen ließ die Sinne,
Lauscht' er in Andacht Rom's verschollnen Glocken.

Friedrich Rückert.

Kein einzler Baum, ein Wald mit tausend Zweigen,
    Und Vögel aller Zungen, aller Zonen
Durchzwitschern hell die laubigen Wipfelkronen,
Nachts aber tanzen Elfen ihren Reigen.

So zu den Sternen aufwärts sah'n wir steigen
Den Liederwald, den Winterstürme schonen,
Und lang in seinem Blütenschatten wohnen
Wird unser Volk und ihn den Enkeln zeigen.

Nicht jedes Blatt ist eine Wunderblüte,
Doch nie ließ uns ein Geist in solcher Fülle
Des Lieb- und Liederfrühlings Zauber ahnen.

Den Tiefsinn einer Welt barg sein Gemüthe,
Und aus des Morgenlandes heil'ger Stille
Bracht' er uns heim die Weisheit des Brahmanen.

***

Nicolaus Lenau.

Ein Edelhirsch im Forst auf grünem Rasen,
 Auf einmal hört er Treiberruf erschallen,
Sieht links und rechts die schlanken Brüder fallen
Und ihr geliebtes Auge sich verglasen.

Nun, ob auch andre fröhlich wieder grasen,
Sind ihm ein Schreckensort die Waldeshallen,
Und wenn im Mondlicht Herbstesnebel wallen,
Hört er die wilde Jagd die Luft durchrasen.

Nicht mehr gesellt leichtherzigen Gespielen,
Sieht er im Leben rings des Todes Zeichen,
Bis ihm verstört die schönen Lichter flammen.

Wohl Jenen, die vom sichern Schusse fielen!
Ihm krallte sich der Nachtmahr in die Weichen;
Vom Grau'n zu Tod gehetzt bricht er zusammen.

***

Adalbert v. Chamisso.

Franzos' an Blut und ritterlichem Feuer,
 Ein Deutscher an Gemüth und zartem Sinnen,
So durften wir als unser dich gewinnen,
Du löwenmähnig Haupt, uns doppelt theuer.

So standst du wagend an des Rurik Steuer,
Die stürmevolle Weltfahrt zu beginnen,
Den Blick bald in die Weite, bald nach innen,
Die Seele voll Gesang und Abenteuer.

Doch in die Heimath deiner Wahl gekehrt,
Von Pflanzen, Versen, Kinderlust umgeben,
Schreckt dich im Traum Salas y Gomez' Geist.

Da ward dir theuer erst der stillste Herd,
Und dankbar sangst du Frauenlieb' und Leben
Und Ihn, der schattenlos die Welt umkreis't.

Eduard Mörike.

Ein Schwabenkind, in trautumschränkter Enge
  Am Quell der Heimathsagen aufgesprossen,
Von Goethe's und der Griechen Hauch umflossen,
Steht deine Muse fern dem Weltgedränge.

Tiefsinnig auch durch die geheimsten Gänge
Der Menschenbrust wagt sie den Weg entschlossen,
Dann wieder übt sie ungebundne Possen
Schalkhaft im Schatten kühler Waldeshänge.

Dem Schiffer, der beschwert mit Waarengütern
Vorbeizieht auf dem breiten Strom des Lebens,
Verhallt dein Lied, gleich dem Gesang der Grille.

Noch aber darbt die Welt nicht an Gemüthern,
Die auch das Leise rührt, und nicht vergebens
Ward dir der Märchenzauber der Idylle.

Emanuel Geibel.

Zur Zeit, da laute Zwietracht der Parteien
Die Luft durchhallte Deutschland auf und nieder,
Kamst du mit einem Frühling süßer Lieder,
Vom Tageslärm die Seele zu befreien.

Dir ward, was seltne Sterne nur verleihen:
Dein Lied klang in der Frauen Herzen wieder,
Und strebend schwangst du höher dein Gefieder,
Im Männerkampf stets in den Vorderreihen.

Neidlos und treu den Jüngern zugewendet,
Der hohen Kunst ein priesterlicher Hüter,
Sahst du im Sturme knospen schon die Reiser.

Nun ward dein Ahnen wunderbar vollendet.
Die du geweißsagt, unsre höchsten Güter,
Siehst du gewonnen: Freiheit, Reich und Kaiser.

Annette von Droste-Hülshoff.

Ein Herz, so stark, das Schwerste zu verwinden,
So warm, um leicht in Flammen aufzugehn,
So tief, um ahnend Tiefstes zu verstehn,
So weich, um nur in Starrheit Halt zu finden;

Ein Geist, geschaffen, Geister zu ergründen,
Stolz, um Gemeines groß zu übersehn,
Demüthig, wenn ein Lebenswerk geschehn
Und seine Spur verweht scheint von den Winden;

Einsam erwachsen auf der Heimathflur,
Einsam trotz innig ernstem Liebessehnen,
Im Stillen sammelnd ewigen Gewinn;

Allein an Gott dich klammernd und Natur,
Zu Perlen reiften dir all deine Thränen:
So wardst du Deutschlands größte Dichterin.

Gottfried Keller.

Wie an der Regenwand, der nüchtern grauen,
    Der Bogen funkelnd steht in freud'ger Helle,
So dürfen wir an deiner Farbenquelle
Im grauen Duft des Alltags uns erbauen.

Der Schönheit Blüt' und Tod, das tiefste Grauen
Umklingelst du mit leiser Thorenschelle
Und darfst getrost, ein Shakspeare der Novelle,
Dein Herb und Süß zu mischen dir getrauen.

Dem Höchsten ist das Albernste gesellt,
Dem schrillen Wehlaut ein phantastisch Lachen,
Um Heil'ges lodern Sinnenflammen schwüler.

So sehn wir staunend deine Wunderwelt.
Der Dichtung goldne Zeit scheint zu erwachen
Auf euren Ruf, unsterbliche Seldwyler.

❦

Theodor Storm.

So zartgefärbt wie junge Pfirsichblüten,
    So duftig wie der Staub auf Falterschwingen,
Sahn wir dich sommerliche Gaben bringen,
Im stillen Herzen Märchenschätze hüten.

Doch als die Tage heiß und heißer glühten,
Du sie verlorst, der galt dein junges Singen,
Begann ein Ton aus deiner Brust zu bringen,
Wohl stark genug, dein Wehe zu vergüten.

Nicht Märchen mehr und Träume wie vor Zeiten,
Wach schilderst du des Lebens bunte Scenen
Im Panzer goldner Rücksichtslosigkeiten.

Und deine Falter zeigen sich von denen,
Die gern in Flammen sich ihr Grab bereiten,
In helle Glut gelockt von dunklem Sehnen.

❦

Hermann Kurz.

Wohl haſt du müſſen ſo von hinnen eilen,
  O Freund, mit tiefgeſchloſſenem Viſier;
Doch wem du es gelüftet ſo wie mir,
Wie ſoll ihm je das Leid der Trennung heilen?

Und will ich jetzt mit dieſen armen Zeilen
Das Bild umſchreiben, das uns blieb von dir,
Erbebt die Hand, in ſchmerzlicher Begier,
Noch einmal warm in deiner zu verweilen.

Oft, wenn ich traulich neben dir geſchritten,
Hat mich aus deinem Aug' ein Strahl geblendet,
So hell, als hättſt du Trübes nie erlitten.

Der Dichter war gelähmt, der Menſch vollendet.
Wann hat ein Kämpfer lachender geſtritten!
Wann hat ein Starker Süßeres geſpendet!

❧

Hermann Lingg.

Von langer Seelenwandrung heimgekehrt
  Drängt's eine Dichterſeele, zu berichten,
Was ſtaunend ſie erlebt an Weltgeſchichten,
Vom Duft der Ferne ſagenhaft verklärt.

Es ſchwirrt der Hunnenpfeil, das Gothenſchwert;
Der Völker Aufblühn, Fallen und Vernichten
Zieht uns vorbei in hellen Traumgeſichten,
Und die Geſpenſter ſcheinen lebenswerth.

Doch tiefer noch bewegt mich dein Geſang,
Wenn du des Herzens ew'ge Weltgeſchicke,
Die dunklen Kämpfe ſingſt der Menſchenbruſt.

In dieſer Zeiten überweiſem Drang
Rührt mich dein Lied mit ſtillem Kindesblicke,
In Spiel und Tiefſinn göttlich unbewußt.

An Beethoven.

Wie wer gekostet hat vom Zauberkraut
   Und nun versteht der Elemente Lallen,
Das Stammeln der Natur, den Klagelaut
Der stummen Wesen, die dem Tod verfallen,
So gingst du durch die Welt. Dir klang vertraut,
Was Allen schwieg, und das verworr'ne Schallen
Vom ew'gen Fluß der Dinge — deiner Seele
War's Wohllaut, wie ein Lied aus Vogelkehle.

Doch wer das Höchst' und Frembeste ergründet,
Ein Frembling wird er in der eignen Welt.
Wann hätt' ein Mensch Dämonen sich verbündet
Und dann zu frohen Menschen sich gesellt?
Vom Schmerz des Daseins, den dein Lied verkündet,
Ward jede flücht'ge Wonne dir vergällt;
Der Einklang, der dir tönt' im Flug der Sterne,
Blieb, wie du kämpftest, deinem Busen ferne.

So rächen sich an Dem, der sie belauscht,
Die Ueberirdischen, die furchtbar Hehren.
Wer sich am Urquell alles Seins berauscht,
Soll nicht den Becher irb'scher Freude leeren.
Einsam, wenn Alles Seel' um Seele tauscht,
Muß er die Glut des eignen Herds entbehren,
Und, ihm den Stachel recht ins Blut zu wühlen,
Lehrt Phantasie ihn das Versagte fühlen.

Er weiß von allem Traulichen und Süßen,
Das armer Menschen Niedrigkeit verklärt,
Sieht in des Weibes Blick die Liebe grüßen,
Die Treue, die das heil'ge Feuer nährt,
Den Glauben: endlich werde siegen müssen
Unschuld und Recht, mit Ketten selbst beschwert,
Und hört nach Kerkernacht und bangem Leide
Die Himmelsstimmen namenloser Freude.

So sprachst du aus in reinen Melodien,
Was du im Traum der Sehnsucht nur erfahren.
Den goldnen Schatz, den Ahnung dir verliehn,
Gabst du den Glücklichern, ihn zu bewahren.
Und wenn die Neunzahl hoher Symphonien
Das Weltgeheimniß strebt zu offenbaren,
Fidelio klagt und jauchzt das ewig neue
Uralte Trostlied ew'ger Lieb' und Treue.

Dank, daß du dies Vermächtniß uns gelassen!
Schon vor dem Uebermenschen will den Geist
Ein Schwindel ehrfurchtsvollen Grauns erfassen,
Als ob zu hoch du unsrer Liebe seist:
Da theilst du unser Dulden, Lieben, Hassen,
Der hohe Fremdling ist nicht mehr verwais't,
Und der vereinsamt ging auf irb'schen Wegen,
Das Herz der Menschheit schlägt ihm nun entgegen.

An Grillparzer.

Es schien das goldne Buch geschlossen,
Drin die erlauchten Namen stehn,
Die als Unsterblichkeits-Genossen
Hell durch der Zeiten Wandel gehn.
Der Letzte, der vom Gotte trunken
Im wachen Tag ein Träumer stand,
War in die Schattennacht versunken,
Penthesileen wahlverwandt.

Nun loschen aus die schönen Flammen,
Die leuchteten der goldnen Zeit.
Der Dichtung Hochwald schrumpft zusammen,
Nur flacher Nachwuchs weit und breit.
Zum Zerrbild schwand das Große, Kühne,
Dem Sinnentaumel ward gefröhnt,
Und Friedrich Schiller's stolze Bühne
Schien wieder des Kothurns entwöhnt.

Da stand in weiheloser Oede
Einsam ein Nachgeborner auf,
Ein gottbegnadeter Tragöde
Begann den raschen Siegeslauf.
Aus der Romantik Jugendwildniß,
Wo er den ersten Kranz sich brach,
Zog ihn der ernsten Muse Bildniß
Auf vielverschlungnem Pfad sich nach.

Sie führt' ihn, der ihr fromm vertraute,
In alter Sagen Dämmerniß,
Ein kühner Dichter=Argonaute
Zu retten dort ihr goldnes Bließ.
Und als nach Haus die Segel schwellen,
Umrauschen ihn auf sichrer Bahn
Des Meeres und der Liebe Wellen,
Und Sappho's Schatten schwebt heran.

O frohe Fahrt, rings mit Trophäen
Geschmückt des Schiffes hoher Bord!
Wohl flog die Kunde von Medeen
Durch alle Lande siegend fort;
Doch ihm, der Heimath treu'stem Sohne,
Schien kein Gewinn dem Ruhme gleich:
Sein G e i st gehöre jeder Zone,
Sein H e r z nur seinem Oesterreich.

Da, auf des Lebens Sonnenwende,
Stellt' er die mächt'gen Bilder hin
Von jenes Böhmen Glück und Ende
Und Habsburg's leuchtendem Beginn.
Nie herzgewinnender und schlichter
Ging auf ein fürstlich hoher Stern,
Und freie Liebe macht den Dichter
Zum treu'sten Diener seines Herrn.

Das Werk des Künstlers ist sein eigen,
Doch daß es wirke, braucht's der Zeit.
Am lauten Markt hüllt sich in Schweigen
Der Genius, den ein Gott geweiht.

Anbrach mit stürmischen Gewalten
Ein Völkerfrühling wild und schwül;
Des Dichters sinnende Gestalten
Sahn fremd herab auf das Gewühl.

Da ließest du, erhabner Meister,
Weltabgewandt den Griffel ruhn.
Was dir vertrauten hehre Geister,
Mißgönntest du dem Volke nun.
Vergessen wähntest du, verschollen
Die Tage deines Sonnenflugs,
Da rings die Zahl der liebevollen,
Der harrenden Gemeinde wuchs.

O liebe noch dies Erdenleben
Mit seinen Freuden, seiner Last!
Noch hast du Herrliches zu geben,
Vor dem der Jüngern Ruhm erblaßt.
Rings sucht man trügliche Gewinnste,
Statt heil'ger Flammen Rauch und Dunst,
Und im Gedränge kleiner Künste
Verloren ging die große Kunst.

Du aber lebst! Und liegt in Trümmern
So viel des Alten, Stein an Stein —
Nichts soll den Glauben uns verkümmern:
Du bleibst der Unsre, wir sind dein!
In deinem Werk ist uns gegeben
Des Wiederfindens Unterpfand;
Denn ihre großen Geister weben
Der Völker unverbrüchlich Band.

※

An Emanuel Geibel.

Wie lieblich fließt durch grüne Tannen
Auf Böhmens Höh'n der Sonnenstrahl!
Durchs Dickicht rauscht das Reh von dannen,
Durch Felsen dringt der Quell ins Thal,

Und fern zu blauen Bergeswarten
Verliert sich träumend Aug' und Sinn,
Du aber wandelst durch den Garten
In stiller Anmuth lächelnd hin."

„Und wie dein Blick mit leiser Frage
Sich freundlich zu dem meinen neigt,
Da muß ich denken jener Tage,
Die mir zuerst dein Herz gezeigt;
Da ich, ein ungestümer Knabe,
Von dunklem Jugenddrang bewegt,
Der ersten Lieder frühe Gabe
Schamroth in deine Hand gelegt."

„Ach damals —"

Damals! — O mein Alter, rührt
Ein Hauch dich wieder an aus jenen Stunden,
Wo du noch scheu der Muse Gunst gespürt?
Dein „Junius", dein Sommer ist geschwunden,
Zu deinen Füßen rauscht das rothe Laub,
Wie manches Glück ward frühen Winters Raub!
Und doch, was jemals einer Menschenbrust
Ereigniß ward, bleibt immer ihr bewußt.
So, da ich heut das schlanke Büchlein fand,
Auf dessen erstes Blatt so wohlbekannt
Mit jenen kräft'gen Zügen, die du liebst,
Du jene seelenvollen Strophen schriebst,
Wie lebte da mir auf die alte Zeit,
Da ich dich fand, noch jung, noch stets bereit,
„Mit Liedern und mit Herzen süß zu spielen",
Und doch schon zugewandt den ew'gen Zielen!
Ich sah das Haus, das uns so oft empfing,
Das Gärtchen, drin Frau Clara sich erging,
„In stiller Anmuth lächelnd". Wieder fliegen
Wir Arm in Arm hinauf die schmalen Stiegen
Und treten ein ins niedrige Gemach,
Wo es an frohem Willkomm nie gebrach,
Am Widerhall für jeden Herzensklang,
An alles Gut' und Schönen Ueberschwang.

Ich seh' dich wieder, wie mit finstrem Blick
Du streichst die braunen Locken dir zurück
Und beinen Kinnbart zausend träumst und sinnst,
Bis tiefen Tons zu lesen du beginnst
Ein neues Lied, das dir der Tag beschert.
Und ringsum lauschen, ernst in sich gekehrt,
Die Frau'n und Jünglinge, des Spiels vergessen
Die Kinder, die am Tische mitgesessen,
Und wenn du schweigst, bleibt's noch ein Weilchen stumm.
Dann schweift die Rede frischen Fluges um;
Der Frauen Lob erklingt, nach Männerart
Wird auch ein kritisch Wörtlein nicht gespart,
Bis Franz die Tasten anschlägt am Klavier
Und hebt mit weichem Baß zu singen an,
Was Alle kennen, dein „O komm zu mir —“
Dann das „Du mit den schwarzen Augen —“, dann
Das trübste Lied: „Wenn sich zwei Herzen scheiden —“,
Das freudigste, vom Kaiser, dessen Thron
Du schautest in prophetischem Traume schon.
Und während wir an Wort und Ton uns weiden,
Hältst du Luisen vielgeduldig still,
Die dein Profil ins Hausbuch zeichnen will.
Die Kinder wurden längst zu Bett gebracht,
Zu scheiden mahnt auch uns die Mitternacht.
Doch zwischen Thür und Angel, schon im Gehn,
Bleibst du, ein flüchtig Wort erhaschend, stehn,
Und windest aus dem Stegreif eine Kette
Melodischer Octaven und Sonette,
Elegisch bald, bald humoristisch endend,
Aus deinem Füllhorn unerschöpflich spendend,
Daß der sonoren Verse Klang hinaus
Sich dröhnend schwingt und unten vor dem Haus
Ein später Wandler stehen bleibt und staunt,
Was für ein Spuk da droben rauscht und raunt.

Ja, damals! Nie vergeß' ich dir's, wie mich,
Den jungen Fant, du ließest brüderlich

An deiner Hand dies traute Haus betreten:
„Da bring' ich euch den werdenden Poeten!" —
Ein grüner Neuling, in der Prima noch,
Hatt' ich, mit drei Gefährten treu verbunden,
In deine Klause früh den Weg gefunden
(Am Enkeplatz, du weißt, drei Stiegen hoch).
Du aber wähltest aus der kleinen Schaar
Gerade mich, der ich der Jüngste war,
Und ließest mich mit schüchternem Entzücken
In deine Mappen, deine Pläne blicken.
Wie in des Meisters Werkstatt ein Geselle,
Betrat ich lernbegierig deine Schwelle;
Du aber führtest, wenn ich rathlos stand
Vor eignem Werk, ermunternd mir die Hand.
Mit kund'gem Ohr in fremden Ton und Stil
Hinein dich horchend, lehrtest du mich meiden
Jedweden Klang, der aus der Tonart fiel,
Mit strengem Richtmaß das Zuviel beschneiden,
Beständig warnend: „Nicht zu früh hinaus!
Reif' erst zu deiner vollen Kraft dich aus!"
Und guter Lehre mehr, die dankbewegt
In seinem Herzen ich getreulich hegt',
Obwohl ich frühe schon mir ward bewußt,
Daß ich auf andern Wegen wandeln mußt',
Als dich dein Genius führte. Immer doch
In Einem hielt ich mir dein Vorbild hoch:
Im redlich ernsten Sinn, dem reinen Streben,
Sein Bestes stets, sein Eigenstes zu geben,
Nicht rechts noch links nach Volkesgunst zu spähn,
Fromm zu den hohen Alten aufzusehn
Und in der Zeiten wandelvollem Drang
Sich treu zu sein in Leben und Gesang.
So wahrtest du das edle Vätergut,
Die künstlerische Zucht, in treuer Hut,
Dich selbst nie überhebend, nie gebeugt,
Ein Priester, der von seinem Gotte zeugt,
Ein Wächter, der sich auf die Zinne schwang

Das Tagelied des neuen Reiches sang
Und, ob auch oft gelästert und verkannt,
Doch endlich Neid und Schmähsucht überwand,
Bis nach und nach des schweren Siechthums Nacht
Die liederfrohe Lippe stumm gemacht.
Da saßest du in deinem stillen Haus
Und horchtest dem verworrnen Lärmen drauß
Und wiegtest wohl dein Haupt, von Zweifeln voll,
Wie's dahin kam und wie's noch enden soll!

Denn mittlerweile kam bei uns in Schwang
Ein seltsam Wesen, ein gespreiztes Spiel
Mit alterthümlich krausem Kling und Klang,
Das flachen Halbtalenten wohlgefiel.
Der Freund, der liebesmächtig, stark und zart,
Zur Urständ' half dem edlen Ekkehart,
Wohl ahnt' er nicht, daß er heraufbeschwor
Den minn- und meistersingerlichen Chor.
Ein Narr macht mehre, Freund. Doch gieb nur Acht,
Wie viele Thoren erst ein Weiser macht!
Der Maskentrödel, guter alter Zeit
Entlehnt, birgt nun moderne Nichtigkeit.
Da schleift und stelzt ein blöder Mummenschanz,
Ein Landsknechtminnespiel und „Covenanz",
Mit Hei! und Ha! und Phrasenputz verbrämt,
Der todtem Kunstgebrauch sich anbequemt.
O wie den Herrn, die Nichts zu sagen hatten,
Die fremde Schnörkelrede kam zu Statten,
Und wie der Zeit, die nicht zu eignem Stil
Den Muth erschwang, die Aefferei gefiel!
Zumal zum alterthümelnden Geräth,
In Haus und Tracht als höchster Schmuck bewundert,
Die Butzenscheibenlyrik trefflich steht,
Verläugnend unser lichteres Jahrhundert!
Und wo der Dichter sonst begeistert stand
Im Vortrab der Geschichte, Hand in Hand
Mit Denen, die am Werk der Zukunft bauten

Und Zeichen deutend nach den Sternen schauten, —
Heut, nicht mehr lauschend in die eigne Brust,
Vergräbt er sich in Raritätenwust
Und girrt dem kindisch leichtbegnügten Schwarm
Sein Spielmannsliedel vor, daß Gott erbarm'!
Sich selber dünkend ein gewalt'ger Held,
Wenn er sein Lichtlein auf den Scheffel stellt.

Du aber, Muse, die uns einst gelehrt,
Nur reiner Seelenklang sei liebeswerth,
Betäubt vom Schall der Glöcklein und der Zinken,
Ach, lässest trauernd du die Stirne sinken?
Wie lange noch wird dieser dürft'ge Wahn
Sinn und Gedanken des Geschlechts umfahn?
Wann wird, die wieder schlafend liegt im Hag,
Die deutsche Lyrik ihren Meister finden,
Der aus des Mittelalters Dämmergründen
Dornröschen rettet an den lichten Tag?

Da, während sinnend ich bei mir erwog,
Warum so manches Hoffen uns betrog,
Warum, da groß die neue Zeit erstand,
Der Vorzeit sich so Mancher zugewandt,
In falscher Andacht nur Verlebtes preis't
Und stammelt: Selig sind, die arm an Geist! —
Da wird ein Büchlein mir ins Haus gebracht,
Deß Anblick mich auf einmal fröhlich macht:
Dein Lieberbuch, o Freund! nicht ganz so schmal,
Wie, da zuerst du hingabst scheuen Bebens
Die Erstlinge der Ernte deines Lebens,
Und sieh — vom Titel grüßt die Hundertzahl!
Mein alter Geibel lebt noch! rief ich aus;
Noch duftet frisch sein erster Blütenstrauß,
Von dem er selbst nicht allzu sehr erbaut,
Seit ernstern Blicks er in die Welt geschaut.
Nun denn, so ist's nicht hoffnungslos bestellt,
Trotz allen Bänkelsangs, um diese Welt;

So lebt noch eine Jugend, nicht allein
Bedacht zu tändeln, Maskenspiel zu treiben,
Wie fahrend Volk zu zechen und juchhei'n:
Noch will sie treu dem edlen Sänger bleiben,
Dem hell hervor aus eignem Busen drang
Auf alles Groß' und Schöne ein Gesang.
Dir aber, Freund, in deine Krankenzelle
Schickt diesen Gruß dein treuer Altgeselle
Und wünscht, aufblühen mög' in Geist und Blut
Noch einmal dir ein frischer Lebensmuth,
Daß du das Saitenspiel zu Handen nimmst,
Noch einmal das so lang verklungne stimmst,
Und während sanft der Abendröthe Glanz
Umpurpurt deines Hauptes grünen Kranz,
Anhebst ein Lied, wie dir's so oft gelungen,
Ein Trost den Alten, eine Lust den Jungen,
Bis vor der Saiten wundersamem Ton
Der Spuk der Afterkunst hinweggeflohn.
Wir aber, wenn der letzte Klang verweht,
Wir sehn empor zu jenem klaren Sterne,
Der lieblich funkelnd dir zu Häupten steht
Und leuchten wird in späte Zeitenferne.

* * *

So schrieb ich dir, so sollte dich mein Gruß
Erfreu'n im stillen Haus am Travefluß.
Doch eh' auf diese Zeilen fiel dein Blick,
Vollendet ward dein irdisches Geschick:
Stumm in die stillste Wohnung zogst du ein,
Kein Wort der Liebe bringt zu dir hinein.
Nie schwingt sich mehr ein Lied aus deiner Brust,
„Der Alten Trost, den Jungen eine Lust"!
Ach, da ich noch zu hoffen scheu gewagt,
Hat schon der letzte Morgen dir getagt,
Und tiefbewegt der Kunde denk' ich nach,
Daß dieses leidumflorte Auge brach.
Nun hebt alsbald um den vieltheuren Mann

Die Todtenklage tausendstimmig an;
Nur ich, der mehr als Einer ihn verlor,
Ich wäre wohl verstummt im lauten Chor,
Denn langsam reift mir das Gefühl zum Wort.
Nun trag' ein Lufthauch diese Blätter fort,
Und zu den Kränzen, welche thaubeträuft
Das Volk auf seines Dichters Hügel häuft,
Innigster Trauer, echten Ruhms Symbol —
Geselle sich des Freundes Lebewohl!

7. April 1884.

❦

An Karl Stieler's Grab.

15. April 1885.

So ist's denn wahr? wir senkten dich hinab,
Du lebenswarmes Herz, ins kalte Grab?
Stumm ward so bald der frohe Sängermund?
Der Wandrer rastet zu so früher Stund'?
Nie singst du mehr dein muntres: Weil's mi freut!
Dein jauchzend leckes Trutzlied: Habt's a Schneid?
Das Aug' erlosch, das dieser Berge Ring
Mit freud'gem Aufblick tausendmal umfing!
Hier, wo du oft hinflüchtetest, zu ruhn,
Die letzte enge Ruhstatt fandst du nun,
Und Greise, die dich noch als Knaben sahn,
Sie werden wankend beinem Hügel nahn
Und leise sprechen: Hab' ihn auch gekannt,
Den Stieler Karl — der hatt' ein Herz fürs Land!
Doch wir, die Freunde, wenn wir thränenvoll
Dir brachten unsrer Liebe letzten Zoll,
Wir gehn hinweg und lassen dich allein,
Und nie mehr, nie mehr trittst du bei uns ein!

Wie sonnig war dein Aufgang, klar und schön!
Du schrittst mit freier Stirn auf Lebenshöh'n

Und warfst vom Gipfel überm Bachgebraus
Dein helles Lied weit in das Land hinaus.
Des Volkes Herzschlag war dir früh vertraut
Und heimisch deinem Ohr sein tiefster Laut.
In Lust und Leid, in Trutz und Uebermuth
Wie rein dein Ernst, wie klang dein Lachen gut!
Und wo du sangst, da trug der Widerhall
Von Herz zu Herzen den willkommnen Schall,
Ja, über deines Stammes Marken weit
Scholl deines Hochlandsliedes Lieblichkeit,
Daß, wo die Ostsee blaut, das Nordmeer rauscht,
Man diesem Frembling hingerissen lauscht',
Und wo er gastlich pocht' an eine Thür,
Mit offnem Arm die Liebe trat herfür.
Doch er, bescheiden, schlicht, von echter Art,
Heim sehnt' er sich auf jeder Ruhmesfahrt.
Nun, lieber Wandervogel, trägt ans Meer
Zu keinem Gastfreund dich die Schwinge mehr.
Der Frühling naht, die Halde grünt ringsum, —
Dein Flügel brach, und deine Brust ist stumm.

Nein, nur ein armer Trost ist's, der uns blieb:
Jung müsse scheiden, wer den Göttern lieb!
Ein Baum, im frischen Saft vom Blitz gefällt,
Mag herrlich dünken einer fremden Welt;
Doch wer geruht in seinem Schatten oft,
Stets neue Frucht vom neuen Herbst gehofft,
Der senkt mit Recht in bittrem Leid das Haupt,
Wenn seinen Liebling ew'ger Frost entlaubt.
O schön ist's, durch ein langes Leben gehn,
Die Saat, die jung man sä'te, reifen sehn,
Heranblühn seiner Kinder zarte Schaar,
Des Weibes Locke, die einst golden war,
Sich silbern färben sehn und im Gemüth
Die Jugend hüten, welche nie verglüht!
Dir ward's versagt! Wir rufen bang: Warum?
Ins Grab dir nach — sein dunkler Mund bleibt stumm.

Doch in uns lebt noch dein beseeltes Wort,
Dein edler Sinn und deine Treue fort.
In jedes Festes traulichem Verein
Wirst du uns fehlen — und wirst bei uns sein.
In mancher Stunde, einsam durchgewacht,
Grüßt uns dein stilles Bild mit Liebesmacht;
Und führt das Leben uns in Wohl und Weh
Hieher zurück, nach deinem Tegernsee,
Dann wird uns sein, als hüte diese Gruft
Ein Geist, der zu uns spräch' im Hauch der Luft:

Von seinen Lippen klang des Volks Gemüth,
Ein Quell vom Hochland rauschten seine Lieder.
O seid getrost! Erwachen wird er wieder,
So oft der Lenz in seinen Bergen blüht!

Prolog

zur hundertjährigen Geburtsfeier Friedrich Schiller's

im Berliner Hoftheater.

Im Hintergrunde eine einfache Tempel-Decoration.

Die tragische Muse spricht:

In großer Stunde, an geweihtem Ort,
    Wo Jeder lauscht, — wer nimmt zuerst das Wort?
Den theuren Namen, der in diesem Haus
Auf allen Lippen schwebt, — wer spricht ihn aus?
Nicht unberufen tret' ich vor euch hin,
Der deutschen Bühne treue Hüterin,
Die Muse, die dem irren Menschengeist
In frommem Schauder seine Grenze weis't.

Denn wer ist, der an Schiller's Ehrentag
In freud'gem Dank mich überflügeln mag?
Ward nicht der Kranz, der meine Schläfe schmückt,
Von seiner Hand mir voll aufs Haupt gedrückt?
Lag ich nicht tief im Schlaf, da mit dem Britten
Frankreich und Spanien um den Lorbeer stritten?
O Zeit der trägen Schmach! Durch meinen Traum
Vernahm ich Tellheim's und Emiliens Stimmen,
Sah einer Zukunft Morgenröthe glimmen
In Nathan's mildem Blick — und achtet's kaum;
Und achtet's kaum, daß Götzens Eisenhand
An meine Thür gepocht — bis Er erstand.
In meine Ruhe stürmt' sein Siegeslauf,
Beschämt, bestürzt schlug ich die Augen auf
Und trat, von ihm geführt, aus meiner Haft,
Umstrahlt von Flammen heil'ger Leidenschaft,
Ein wilder Fehderuf mein erstes Stammeln.
Um meine Pfade lehrt' er mich versammeln,
Was freigeboren war und gut und jung
Und gläubig lechzte nach Begeisterung.
Doch als das Lebensblut, das lang gestockt,
Zu brausend schwoll, vom Frühlingshauch gelockt,
Wie trat in mütterlich besorgtem Sinn
Natur so ernst zu ihrem Liebling hin
Und wies ihm, der dem Ew'gen sich geweiht,
In der Geschichte Buch das Bild der Zeit.
Da rang im Sturm und Drang, der ihn umgab,
Er seinem Busen Maß und Klarheit ab,
Da beugt' er, kaum befreit durch kühne Flucht,
Sich selber unter des Gesetzes Zucht,
Und aus dem Meer, das allen Trotz entzügelnd
Mit der Vernichtung Schrecken ihn umwallt,
Stieg auf, im Antlitz die Gestirne spiegelnd,
Der Schönheit unvergängliche Gestalt.

(Gedämpfte Accorde.)

Gegrüßt, ihr Schatten, deren stolzer Reigen
So wohlbekannt mir heut vorüberschwebt!

Nicht trauervoll dürft ihr die Wimper neigen;
Dies ist kein Todtenfest: der Todte lebt,
In euch, in uns. An des Jahrhunderts Neige
Wie steht er schön mit seinem Palmenzweige!
Du aber schreitest freudelos voran,
Du Räuberfürst, ein ausgestoßner Mann,
Der sich vermaß in loberndem Erkühnen,
Durch Frevelthat die Schuld der Welt zu sühnen.
Unsel'ger Irrthum! Niemand heilt die Welt,
Der außer ihrem Friedensbann sich stellt. —
Wer folgt dir, der so hoch die Stirne trägt
Und um die Schultern, freier Pflicht zu schwach,
Den herzoglichen Purpurmantel schlägt?
Der Mantel fällt — so muß der Herzog nach.
Dich trog der Schein — geh unter, Flackerstern!
Der Selbstsucht Schlacken bargest du im Kern,
Und spurlos über deinem Sturz einher
Rollt seine Flut das unfruchtbare Meer. —
Ihr aber heischt gebietrisch Zoll der Thränen,
Ihr trostlos Liebenden. Ach, so zerschellt
Das weiche Herz am starren Haß der Welt,
So kann der schönen Jugend reinstes Sehnen
Nicht sprengen ihrer Fesseln schnöden Druck,
Und, statt der Myrthe, mit Cypressenschmuck
Kränzt euch der Tod — Luise — Ferdinand!
Vorbei! Ein König naht. Um seine Stirn
Seh' ich den Nachtschwarm bleicher Sorgen schwirr'n,
Ein Bettler in des Erdengotts Gewand,
Rings um ihn her verödet Haus und Thron!
Du Mann des Argwohns, hassest du den Sohn,
Weil alle Herzen, die sich von dir wenden,
Ihm ihrer Neigung vollen Schatz verschwenden?
Nach einem Menschen riefst du in der Noth
Der Einsamkeit, und den ein Gott dir zeigte,
Dem sich vertrauend deine Seele neigte,
Dein blinder Wahn verstieß ihn in den Tod.
Gieb Raum dem Größern, der zu deuten brennt

Die Räthselschrift am nächt'gen Firmament.
Friedland, die Sterne trügen! Durch die Nacht
Kreis't Tücke spinnend der Dämonen Macht
Und wirft dem, der an seinen Stern geglaubt,
Das Netz der Schuld verderblich übers Haupt.
Du blickst dich um? Wem winkst du mit der Hand?
Ihm, der um dich den frühen Tod gefunden,
Der neben dir wie deine Jugend stand?
Wie edel wallt ihr hin, wie schön verbunden!
Der Sturm, der euch gestürzt, uns reißt er hin.
Und du auch, königliche Büßerin?
Wie nimmt der Reiz auf deinen blassen Wangen
Den Dichter, der dein Richter ist, gefangen!
Erhebe deine Stirn! Die bittre Flut
Des Schicksals wusch dich rein von Darnley's Blut;
Verklärt entsteigst du deiner Leiden Bad.
Du aber, Jungfrau, lebst durch deine That,
Du Hirtin, die der Herr zum Ritter schlug,
Die hoch zum Siege Schwert und Fahne trug.
Wer fällte dich in deiner Sendung Mitten?
O schöne Schuld — du selbst! Denn nicht zum Heil
Wird je vom Weib der Männer Bahn beschritten;
Ein friedeselig Herz ward ihr zu Theil:
Die Heldin senkt das Schwert, aus Feindesaugen
Mitleid, das sie zum Weibe macht, zu saugen.
Wir aber stehn und sehen tiefbewegt
Die Wunderkraft des vollen Herzens walten,
Die wie ein Blitz durch alle Wunder schlägt.
Und immer mehr der glänzenden Gestalten?
Die Mutter dort, die ihre Tochter schaut
Feindsel'ger Brüder fluchumworbne Braut;
Und dort, den Knaben führend an der Hand,
Ihn, der vom Joch befreit sein Alpenland!
Wen rührt es nicht, das Freiheitsschwanenlied,
Mit dem der Geist des Dichters, schon umwittert
Vom Todeshauch, in rein're Lüfte schied,
Und dessen Nachhall heut die Welt durchzittert?

(Die Musik verklingt.)

Vorbei, ihr Schatten! Wehmuth faßt den Geist,
Gedenk' ich, daß mit seinem besten Blut
Er euch genährt, da ihr ihn dicht umkreis't,
Sprachlose Schemen aus der stygischen Flut.
Die ihr nun wandelt ewig schön und stark,
Zu ungestüm sogt ihr an seinem Mark!
Mit Lebensglut durchglüht' er euren Staub,
Bis er dahinsank, selbst der Schatten Raub.
Doch ich, in Nächten, wo er mit euch rang
Und Geisterwort in strenge Formen zwang,
Trat still an seine Seite, ungesehn,
Die Stirn ihm kühlend mit des Kranzes Wehn.
Die Lippe, der Gesang in goldnem Fluß
Entströmte, rührt' ich an mit sanftem Kuß
Und stand zu Häupten ihm an jenem Tag,
Da — ach, zu früh! — dies große Herz erlag.

Zu früh? Stirbt auch zu früh, wer ewig lebt?
Zu dem hinauf, in ihm sich selbst zu ehren,
Jugend und Alter froh den Blick erhebt?
Und doch — Ein hohes Glück sollt' er entbehren:
Er fand kein Volk! Die Seele wandt' er ab
Der engen Gegenwart, die ihn umgab,
Und legte, lauschend auf der Zukunft Ruf,
Ans Herz der Menschheit, was er strebend schuf.
Er ahnte kaum, in schmerzlichem Entsagen,
Wie bald aus des Jahrhunderts bangen Wehn
Die junge Freiheit würde auferstehn
Und seinen Namen stolz im Banner tragen.
Er schied, bevor ein Deutschland ihm gedankt,
Was er der Menschheit gab. Doch sein Vermächtniß,
Wie auch entbrannt der Kampf der Geister schwankt,
Den Seinen blieb's in heiligem Gedächtniß.
Nun hochentzückt sehn wir sein edles Bild
Durch die bewegte Welt gewaltig schreiten,
Dem Göttlichen sein irdisch Recht erstreiten,

Das aus dem Born der ew'gen Wahrheit quillt;
Nun Erben jenes Heils, das Er entbehrt,
Ihr Nachgebornen, seid ihr seiner werth,
Und seid es werth, geschaart zu seinen Füßen
Mit Jubelruf den Genius zu grüßen.

*

Trinkspruch bei dem Münchener Schillerfest
am 12. November 1859.

Wohl! Preis't den Dichter um die Wundergaben,
    Die sein erlauchter Geist zu Lehn empfing!
Zu Allem sollt' er noch das Höchste haben,
Daß er nicht einsam seine Bahnen ging,
Daß neben ihm, vertraulich Hand in Hand,
Sein Zwillingsgenius, sein Goethe, stand.

Wem rührte nicht die Kunde tief die Brust,
Wie lang die Zwei auf schroff entlegnen Straßen,
Ein Jeder sich des eignen Werths bewußt,
Mit fremdem Blick sich kühl von ferne maßen,
Erfüllt vom Wahn zwiespältiger Natur,
Und Beide doch im Dienst des Einen nur.

Sie hatten sich's kein Hehl; die halbe Seele
Sich anzubieten, waren sie zu groß.
Der Sohn des Glücks, dem aus der Lieberkehle
Der Schönheit Fülle strömte mühelos —
Was hatt' er mit dem Dulbergeist zu schaffen,
Der sich im Kampf geschmiedet seine Waffen!

Ein klarer Strom, kaum aus dem Quell erzeugt
Und schon umdrängt von reichen Niederungen;
Ein Gletscherbach, an Wolkenbrust gesäugt,
Der klippenabwärts sich die Bahn erzwungen, —
Wie mächtig doch, vom ew'gen Meer gezogen,
In vollem Sturz vereinen sie die Wogen!

So, als die Zeit mit ihrem stillen Segen
Das hohe Paar einander zugereift,
Da flogen frei die Herzen sich entgegen,
Da war die letzte Fessel abgestreift,
Und mag die Welt vergöttern und verdammen,
Auf sich nur lauschend standen sie zusammen.

O welch ein Seelentausch, im Ueberschwang
Neidloser Kraft welch königlich Verschwenden!
Natur und Geist, wohin ihr Auge drang,
Fiel ihnen zu, sie schöner zu vollenden.
Und auch das Beste, was sich Menschen geben,
Wie herzlich einte sie Gemüth und Leben!

Und heut nur würde Freund von Freund getrennt,
Und heut nur soll die alte Sitte schweigen,
Die Beider Namen stets zusammen nennt?
Nein, wär's kein Traum, blickt' aus dem Sternenreigen
Der Dichter in dies Festgewühl herein,
So zürnt' er heut: was ließt ihr mich allein?

O daß ein Strahl aus diesem Doppelsterne
Durchlodern möchte die entzweite Welt,
Die Kälte schmelzend, die in Näh' und Ferne
Verwandte Kräfte starr gebunden hält!
Daß wir die Zwei, die groß sind ohne Gleichen,
An reinem Willen strebten zu erreichen!

Die Kraft ist Schicksal; unser ist der Wille,
Und brüderliches Ringen hält ihn wach.
O kläng' in eines jeden Lebens Stille
Der Einklang dieses schönen Tages nach,
Uns mahnend, daß wir heut mit Herz und Munde
Ein Hoch gebracht dem höchsten Geisterbunde!

Das Goethe-Haus in Weimar.

Thut sie sich endlich auf mit Feierklang,
Gehorsam einem edlen Fürstenworte,
Die eigensinnig strengverschloßne Pforte?
Die Schwelle, die ein halb Jahrhundert lang,
Trotz ungeduld'gen Pochens, frommer Bitten,
Kein andachtsvoller Fremdling mehr beschritten,
Von Staub und Moder ist sie reingekehrt,
Kein Hüter lauert, der den Zutritt wehrt,
Und wie des abgeschiednen Hausherrn Gruß
Erglänzt das Salve! unter deinem Fuß.

Hinan die Stufen! Doch warum mit Beben
Hemmst du den Schritt, da endlich dir gewährt,
Was du im Traum der Sehnsucht lang begehrt?
Warum so zaudernd mußt du aufwärts streben?
Sieht dich nicht Alles traulich heiter an?
Doch du, mit scheuen Herzensschlägen,
Wie unter mächt'gem Geisterbann,
Als gingst du Offenbarungen entgegen
Aus jener Welt, draus Keiner wiederkehrt,
Vermagst den Fuß nur stockend zu bewegen
Und stehst und träumst? Siehst du Gesichte
Aus des Jahrhunderts goldnem Morgenlichte,
Wo Er noch dieser Stufen sanfte Bahn,
Das Haupt hoch tragend, schritt hinan,
Als wandle nun sein Schatten dir zur Seite,
Dem schüchternen Besucher zum Geleite,
Das Herz dir treffend mit dem Feuerblick?
O kehrt' er von den Schatten heut zurück,
Er spräche Muth dir ein: „Sei nicht verzagt,
Du, dem noch hell des Wirkens Sonne tagt.
In diesen Mauern, die ihr heilig sprecht,
Durchlebten unsern Tag wir schlecht und recht.

Thut nun das Eure, thut's und wartet still,
Ob Zeit auch eure Saaten reifen will.
Doch wenn ihr hoher Vorwelt Geister ehrt,
Zu wandeln, wo sie wohnten, seid ihr werth."

Durchs Fenster in den kühlen Treppenflur
Stiehlt sich des Märzen graues Frühlicht nur,
Umwitternd jene lieblichen Gestalten,
Die an den Wänden Wache halten.
Wie seid ihr in den frost'gen Nord verbannt
Aus sommerlichem Heimathland,
Der du die Arme zu den Göttern hebst,
Du schlanker Knab', und mit der stummen Bitte
Hinweg aus diesen Nebellüften strebst,
Indessen du, leckäugiger Faun, die Schritte
Hinaus aus enger Nische lenkst,
Zur freien Waldnacht zu entspringen denkst,
Und ihr dort oben leuchtet sternenklar,
Der Dioskuren brüderliches Paar!
So grüßtet ihr schon dieses Hauses Herrn,
Kehrt' er zur Heimath vom gelobten Lande,
Gefaßt zu schmiegen sich in alte Bande,
Ob auch zum immerblüh'nden Strande
Zurück ihn lockt der Sehnsucht Lied von fern.
Dann trat er wohl mit Seufzen hier herein,
Der strengen Pflicht entsagend sich zu weihn,
Und fand er euch, Gefährten des Exils,
Voll heitren Ernstes, anmuthreichen Spiels,
Hier seiner wartend an der Schwelle,
Sein Unmuth schwand, sein Blick ward helle;
Er fühlte: glänzt' ihm nur der Künste Licht,
An Sonne fehl' es seinem Leben nicht.

Und auch sein Herz, wie viel ward ihm beschert
In warmer Häuslichkeit, am eignen Herd!
Sieh nur im Saal dich um. Erkennst du nicht das Bild

Der Blume, die in öden Stunden
Nichts suchend er im Wald gefunden
Und mit den Wurzeln ausgrub, nicht gewillt,
Nur auf den Raub die Freundliche zu pflücken,
Nein, stets an ihrem Duft sich zu erquicken,
Ins Gärtchen sie verpflanzend, daß sie dort
Unscheinbar grün' und blühe nun so fort?
Christiane, Vielgelästerte, dein Blick,
So freudig harmlos, preiset dein Geschick,
Daß Er dich wählt' und du ihm Nichts versagt,
Nicht nur zu flücht'ger Lust als niedre Magd:
Ein Stück Natur, das in dem kühlen Drang
Des Alltags warm den Busen ihm umschlang,
Dem Vielbedürft'gen gab ein heitres Glück,
Demüthig, selbstlos, treu ein Leben lang,
Daß, als das strenge Loos dich ihm entriß,
Am sonnigen Tag er starrt' in Finsterniß.
Und neben dir der Sohn, der frühverlorne,
Und dort Ottilie, seines Sohns Erkorne,
Die Enkel, die nach kurzer Jugendfrist
Die Schwere jenes Worts zu lernen hatten:
Weh dir, daß du ein Enkel bist!
Und ihre Zeit hindämmerten im Schatten
Des Glanzgestirns, an einem Namen krank.
Doch hielten sie den Schild der Ehre blank,
Bewährend, in ihr Dunkel eingeschlossen,
Den Adel des Geschlechts, dem sie entsprossen.
So blicken von den Wänden nieder
Des Hauses innig einverstandne Glieder;
Und Freunde haben sich hinzugefunden,
Voran das Fürstenpaar, das jungvermählt
Den Genius zum Lebensfreund erwählt,
Ihm gebend, was so schön verbunden
Kein Großer einem Dichter je gewährt:
Neigung, Muße, Vertrau'n, Freiheit am warmen Herd.
Wer nennt des Glückes Liebling ihn und priese

Nicht seinen Bund mit euch, Karl August und Luise!
Doch wie er früh die Edelsten gewann,
Trat Lieb' und Treue stets an ihn heran
In freundlichen Gestalten. Sei gegrüßt,
Suleika, die du hier am trauten Ort
So sinnig heiter auf uns niedersiehst,
Verknüpft mit deinem Dichter fort und fort
Durch zarte Bande, die die Muse webte,
Ein Frühling, der den Alternden belebte,
Wenn sich der West auf feuchten Schwingen
Vom Main erhob, ihm Sehnsuchtshauch zu bringen!
Ihr lieben Frau'n, was er euch gab und war,
Ihr bliebet nicht in seiner Schuld fürwahr.
Für allen Schmerz und leidenschaftlich Glück
Gabt ihr ihm Beides tausendfach zurück,
Und was an Leid den Busen ihm durchdrang,
Ward ihm Gewinn des Lebens, ward Gesang.
Nie aber ward mit tieferm Seelenlaut,
Daß blöder Neugier es verborgen bliebe,
Das liebliche Geheimniß edler Liebe
Dem holden Lied bescheiden anvertraut.

Doch nun, ihr theuren Bilder, weicht zurück!
Ins Reich des Schönen öffnet sich der Blick.
Ein Schatzhaus thut sich auf voll reicher Kunst,
Durch liebevolles Mühn und Glückes Gunst
Dem Sammler zugeführt. An allen Wänden
Die Geistesspur von Meisterhänden,
Der Kleinkunst zierlichste Gebilde,
Bronzen, Majoliken aus Umbriens Gefilde,
Die er erwarb auf mancher Wanderfahrt,
Kleinode jeder Zeit und Art;
Der Griechen edle Einfalt, stille Größe,
Des Cinquecento sinnenfreud'ge Kraft,
Der Deutschen tiefer Sinn in strenger Formen Haft —
Als ob er des Magnetbergs Kraft besäße,

Zog Alles an sich seine Leidenschaft,
Was irgend ihm verwandt. Und was war so gering,
So groß, so einzig, daß es keine Stätte
In seines Wesens weltenweitem Ring,
In seines Geists Bezirk gefunden hätte!
Und wie voran der Zeit mit Sehergang
Er, ein Erobrer, in Gebiete drang,
Die noch verhüllt der Menge stumpfem Blick,
So bracht' aus allen Reichen er zurück
Zu seinen Laren wundervolle Beute,
Dran sich sein schönheitsdurstig Aug' erfreute.
Noch arm und unbehülflich war die Zeit,
Das Reisen mühevoll, die Wege weit
„Dahin, dahin", wo sich die Seele, krank
An nordischer Trübsal, durft' im Heitren sonnen
Und aus der Künste unerschöpftem Bronnen
Gesundheit sich und Lebensgluten trank.
Besitzen mußte, wer genießen wollte,
Und war's im dürft'gen Nachbild nur,
Im stumpfen Gyps, im schüchternen Contour,
Das Schöne, Köstliche, dem er Verehrung zollte.
So ward zum Pantheon dies enge Haus
Und schmückte sich mit Götterbildern aus.
Gemächer, Säle, Winkelchen und Gänge —
Sie faßen kaum der Kostbarkeiten Menge.
O Tage, Wochen, Monde hier verweilen,
Nicht nur mit Neugierhaft vorübereilen,
In diesen Mappen jedes Blatt betrachten,
Im Glasgehäuse jedes Ziergeräth,
An Wand und Sims das Kleinste selbst beachten,
Geweiht durch seines Blickes Majestät,
Und in den Zügen dieser Büsten spähn,
Was geistverwandt Sein Auge drin gesehn!

    Und wie enthüllt' uns auch ein einz'ger Tag,
Was in den Schränken dort sich bergen mag

An seltenen Gebilden der Natur,
Gestein und Erzen, Pflanzen auserlesen,
Ein buntes Vielerlei dem Laienauge nur,
Doch ihm, der drin erkannt Gesetzesspur,
Dem diese Chiffernschrift enträthselt offen lag,
Ein Buch, drin er nicht müde ward zu lesen.
Wie fühlen wir vor diesem Allverein,
Den Er umspannt, uns so begrenzt und klein!
Wie stammeln von der Sprache, die er sprach,
Wir nur verlorne Sätze nach,
Ein Jeder auf sein kleines Reich beschränkt,
Der in Natur und Der in Kunst versenkt,
Der in Geschäfte, die der Tag ihm bringt
Und spurlos schon der nächste Tag verschlingt,
Daß, wenn das Glück sein Streben nicht betrog,
Dem Strome gleich er sein Gebiet durchzog
Zum Heil den nächsten Ufern, — und nun Er!
In Abgrundstiefen ein unendlich Meer,
Das Erdrund zu umfassen früh gewohnt,
Klar die Gestirne spiegelnd, Sonn' und Mond,
In Sturm und Stille stets sich selber gleich
Und Schätze bergend, die in Zeitenfernen
Die Nachgebornen noch ihm danken lernen,
Entreißt ein Taucher sie der Tiefe dunklem Reich!

So tragen wir von hinnen scheubeklommen
Die wogenden Gedanken ernst und stumm.
Und schon hat uns der Vorsaal aufgenommen,
Die Pforte schließt sich auf zum Heiligthum
Des Hauses, von Erinnrungen geweiht
Der edelsten Geselligkeit.
Ist's wirklich dies Gemach, an Schmuck gering,
Wo er die Fürsten abendlich empfing,
Wo, was geadelt war durch Schönheit, Geist und Rang,
Sich zu ihm fand, zu huldigen dem Meister,
Der auch die widerwill'gen Geister

Als Herrscher ihn zu ehren zwang?
Geziemte dies bescheidenste Geräth
Dem Tempel, den ein Götterhauch durchweht?
O anspruchsloser Sinn der Väterzeit!
Wie brachten wir's indeß so herrlich weit.
Was bunt und reich das Leben je geschmückt
Zur goldnen Zeit der Kunst, was Ost und Westen
An Pracht und Zier zu schaffen je geglückt,
Heut findest du's gehäuft nicht in Palästen
Der Fürsten bloß; des schlichten Bürgers Dach
Umschließt erlesnen Hausrath mannichfach.
Was aber frommt's euch, prunkbeflissen
Feinsinnig auszustatten die Coulissen,
Wenn die Komödie, die in Scene geht,
Der Spieler kümmerlichen Geist verräth!
Beschämt erkennen wir's: welch ein Gedränge
Unsterblicher belebt dies dürftige Gemach!
Wir hören längstverschollne Geisterklänge,
Erlauchte Namen tönen nach und nach
Durch unsern Sinn. Auf jenem kahlen Tische
Das Heft — ist's Iphigenie? Wallenstein?
Lehnt Schiller dort in jener Fensternische?
Tritt Herder, Wieland in den Kreis herein,
Der Humboldt Brüderpaar und, stets willkommen,
Der Mann, der von Homers geweihtem Haupt
Den einen, untheilbaren Kranz genommen?
Auch Sie, die ebenbürtig sich geglaubt
Dem Weltbezwinger, auf dem Ruhebette,
Dem schmalen, thront sie, lauschend in die Wette
Mit seinen Freunden auf des Dichters Wort,
Der ernst und still vor den Gewalt'gen trat,
Des Spruches wohl gedenk: Im Anfang war die That.
Doch sie, Corinna, fühlt an diesem Ort
So tief wie nie: Im Anfang war das Wort! —
Und horch, das Wort verstummt. Nun soll uns laben
Musik. Siehst du den schwarzgelockten Knaben,

Den schlanken, der so frei das Haupt bewegt
Und jetzt des alten Flügels Tasten schlägt,
Daß schwirrend unter seinem Spiel erwacht
Der Elfenreigen der Mittsommernacht?
Der Dichter aber, lauschend mit Entzücken,
Die Hände leicht gefaltet auf dem Rücken,
Sacht schreitet er das Zimmer auf und nieder,
Und vor dem Junobildniß bleibt er stehn
Und sinnt, als lehrten dieser Elfen Lieder
Ihn den Sirenensang Homers verstehn.
Und da sein Spiel der junge Meister endet,
Wie heiter-zärtlich er sich zu ihm wendet
Und strahlt ihn an, dem Stirn und Auge lacht,
Und spricht, ihn küssend: Hast es brav gemacht!
Und Zelter's Angesicht, treuherzig bieder,
Blickt von der Wand dort auf den Zögling nieder. —
O wer zurück uns brächte solcher Stunden
Unschätzbar Glück, das Jedem, der's empfunden,
Durchs Leben folgt', als sei von dieser Zeit
Sein Thun und Denken höherm Ziel geweiht,
Als habe, wer durch dies Gemach gegangen,
Des Geistes Ritterschlag empfangen!

So war auch dir zu Sinn, du edler Schwärmer,
Der du die Sappho schufst und, wohl bewußt
Der hohen Sendung in der eignen Brust,
Nie dich empfandst an Worten ärmer,
Nie reicher an Gefühl.   War's denn kein Traum?
Was Jahre lang inbrünstig du erstrebt,
Nun greifst du's mit der Hand, nun wird's erlebt:
Du stehst vor Ihm! Und doch, du glaubst es kaum,
Daß dir sein Wort ertönt, sein Blick erstrahlt,
Den du in jugendlichen Gluten
Gleich einem Gott unirdisch dir gemalt.
Und da du jetzt ihn siehst, den Liebevollen, Guten,
Wie er vertraulich sich dir naht,

Die Hand, die Göt und Faust geschrieben hat,
Die deine faßt, zu Tische dich zu führen,
Da übermannt dich fassungsloses Rühren,
Und denkend, daß du Gast in solchem Haus,
In stürmische Thränen brichst du aus.

O süße Thränen, Thau so fruchtbar mild,
Du edelster, der Menschenaug' entquillt,
Wenn Andacht, scheuer Dank, des Strebens Qual und Lust
Gewitternd gährt noch in der Mannesbrust,
Die in der Räthsel Ueberschwang,
Stolz und verzagt, voll Inbrunst, selig bang
Erschrickt vor so viel Himmelsgnaden
Und sich in Zähren muß entladen.
So weint die Rebe bei des Lenzes Nahn,
Der einst im Herbste wird die Traube reifen,
So reift' auch dir, Poet, die Kraft heran,
Das goldne Vließ der Dichtung zu ergreifen.

Doch wir — von Schatten nur sind wir umringt,
Die unser Herzblut nicht zum Sprechen bringt.
Wir sehn sein leuchtend Bildniß an der Wand,
Den ernsten Blick groß von uns abgewandt,
Und nur mit Zögern naht sich unser Fuß
Dem Allerheiligsten des Genius,
Der stillen Werkstatt, wo dem Lärm entrückt
Der Immerthätige geforscht, gesonnen
Und sich und uns das Köstlichste gewonnen.
Wie aber wird das Herz uns hier bedrückt!
Wie unfroh dieser Raum, wie eng umschränkt!
Wie tief herab die Decke hängt!
Kein Bild, kein Teppich, keine Zier
An Sesseln, Tischen, Pulten hier,
Nur was dem nacktesten Bedürfniß diene,
Daß einem Pfarrer, Lehrer, Richter,
Und lebt' er auf dem Dorf in schlichter
Genügsamkeit, zu arm der Hausrath schiene.

Ihm aber gnügt' er. Nur gekehrt nach innen,
Nichts Sinnlich's durfte stören ihn im Sinnen.
Wie tausendmal durchschritt er dies Gemach,
Indeß gebückt am Tisch der Schreiber lauschte,
Aufzeichnend, was beseelt die Lippe sprach,
Wenn vor dem innern Ohr der Quell der Dichtung rauschte.
Sein Blick hing an dem Sonnenstrahl,
Der durch des Ladens Spalt sich in das Dunkel stahl
Und farbenreich durch den Krystall gebrochen
Geheim Gesetz ihm ausgesprochen.
Und wenn vom strengen Werk ermattet
Er innehaltend hin zum Fenster trat,
Sah sprossen er des Gärtchens junge Saat
Und hörte, wie in Spiel und muntrem Lauf
Der Enkel Stimme klang herauf,
Daß auf der Menschheit Höh'n, wo sich sein Geist erging,
Ein warmer Lebenshauch sein Herz umfing.

Und Wärme brauchte dieses Herz, verbannt
In eine frostig liebeskarge Welt.
Die Besten, die sein Stern ihm zugesellt,
Wie haben sie sein Bestes oft verkannt!
Doch er, so oft ein Mensch sich ihm ergab,
Von seinem Gipfel ließ er sich herab
Und adelte, wen er zum Freund erkor,
Und zog auch den Geringen mit empor,
Bis er enttäuscht wie manchmal mußt' erkennen:
Der Mensch hat nur sich selber sein zu nennen.
Ach, wenn er hier am stillen Abend stand,
Ueber die niedre Gartenmauer
Den Blick ins graue Firmament gespannt,
Ergriff ihn wohl erhabne Trauer,
Und seiner Frühzeit schwankende Gestalten,
Die zärtlich sich ihm nahten, ließ er walten,
Bevölkernd mit vertrauter Schatten Schaar
Sein greises Leben, das vereinsamt war.

Ihm aber war gesteckt ein weites Ziel.
Wer lange lebt, der überlebt so Viel,
Und statt des Trosts, der junge Schmerzen stillt,
Den seufzend oft der Alternde beneidet:
Im Lied zu sagen, was er leidet,
Sein Weh zu prägen in ein ew'ges Bild,
Ist ihm als Stab und Stütze nur verstattet
Beschäftigung, die nie ermattet,
Die Abends ihn bescheiden sprechen macht,
Er hab' ein redlich Tagewerk vollbracht.

Ach, wird in diesen engen Wänden
Die Seele trauervoll beklemmt,
Als ob wir in dem leeren Käfich ständen,
Der eines Adlers Flügelkraft gehemmt!
Nicht kann der Frühlingssonnenstrahl,
Der sanft den Garten überglänzt, uns trösten.
Wie hätten jenem Edelsten und Größten
Ein Leben wir gegönnt fern jeder dumpfen Qual!
Statt daß er hier im niedern Raum
Zu Ende träumte seines Lebens Traum
Und, wenn er späte Mitternacht
Einsam am Pult herangewacht,
Im schmalen Kämmerlein zur Seiten
Sich ließ sein einfach Bett bereiten,
Wo ihm das Haupt ein leichter Schlaf umwob,
Bis ihn ein letzter allen Erdenmühen
Mit sanfter Freundeshand enthob.
Doch kaum daß dieser Flammenblicke Glühen
Erloschen war, so ging ein tief Erschüttern
Rings durch die Welt, als sei sie selbst bedroht
Von Todesnacht, und durch die Lüfte zittern
Hört man den Klageruf: der große Pan ist todt!

    Nein! wie vom Erzbild, das der Meister goß,
Durch Hammerschlag die Erdenhülle fällt,
Die des Metalles Strahlenkern umschloß,

Daß rein hinfort erglänzt vor der erstaunten Welt
Das hehre Werk, so stand erhaben
Sein Bild, da sie den Erdenrest begraben.
Es schwieg der Neid, Verkennung wurde scheu,
Undank und Haß hielt kleinlaut sich verborgen.
Aus Todesnacht ging auf ein Geistesmorgen,
Verschwenderisch an Gaben, ewig neu.
An seiner Gruft vorüber gehn die Zeiten,
Und wechselnd regt sich der Parteien Toben
Im Kampf, den nimmer wir zu Ende streiten.
Er aber steht in seiner Ruhe droben,
Und wie der Nordstern jetzt von Nebelduft umwoben,
Jetzt klar herabglänzt in der Wogen Spiel,
Ein unverrückbar leuchtend Ziel
Dem Schiffer weisend, so aus Sternenklarheit
Herniedersendet er den Strahl der Wahrheit
Und leitet durch den Sturm den schwanken Kiel.
So wird die Spur von seinen Erdetagen
Nicht in Aeonen untergehn,
Und die in dunklen Lebensfragen
Verirrt und bang nach einem Führer spähn,
Hieher, zu dieses Hauses ernstem Frieden
Hinflüchten mögen sich die Zweifelsmüden,
Zu lernen, wie entsagungsvoll begnügt
Des Glückes Liebling selbst sich dem Geschick gefügt.
Dann, scheiden sie von diesem heil'gen Ort,
Wird als Geleitspruch sie umschweben
Das tapfre, siegesfreud'ge Wort
Deß, der ein Kämpfer war: Gedenk zu leben!

Februar 1888.

VIII.

Der Friede.

Ein Festspiel,

für das Münchener Hof- und National-Theater gedichtet.

(Februar 1871.)

Personen:

Der Friede.	Eine barmherzige Schwester.
Ein Greis.	Eine Matrone.
Ein Geistlicher.	Eine junge Frau.
Ein Gelehrter.	Ihr Sohn (zwölfjährig).
Ein Kaufmann.	Ein Wandrer.
Ein Handwerker.	Straßburg, } Frauengestalten.
Ein Künstler.	Metz,
Ein Bauer.	Volk, Krieger, Herolde u. s. w.

Fest-Ouverture.

Nach einer kurzen elegischen Introduction geht der Vorhang auf. Man sieht eine Bergschlucht, gegen den Hintergrund sanft ansteigend, die Höhe von Eichen bekrönt, durch die ein breiter Weg herabführt. Dunkler Morgen; untergehender Mond hinter den Bäumen links.

Auf den Felsen im Vordergrunde lagern Gruppen Schlafender, Männer und Frauen, darunter der Geistliche, der Greis, der Bauer, der Handwerker, der Gelehrte, der Kaufmann, der Künstler, die barmherzige Schwester. Ganz vorn zur Linken ruht eine Matrone, die junge Frau neben ihr, schlafend, der Knabe steht und sieht nach links die Anhöhe hinauf.

Die Introduction verhallt.

Erste Scene.

Die Matrone.

Der Schlummer flieht mein Auge. Will die Nacht
Nicht enden? Steig auf jene Felsen, Kind;
Sieh, ob der Morgen naht.

Der Knabe
(hat die Anhöhe links erstiegen, blickt hinaus).

Der Mond geht unter,
Großmutter. Er bescheint ein stilles Land,
So schaurig todtenstill. Die Ströme dort
Gehn hoch mit Eis und wälzen dunkle Massen,
Zerbrochne Waffen, wüstes Trümmerwerk,
Vorbei an öden Dörfern, deren Giebel,
Vom Rauch geschwärzt, ein Rabenschwarm umkrächzt.
Kein Mensch, kein Hirte, der im Morgengrau'n
Die Heerden austreibt, kaum ein Hahnenschrei.
O, es sieht aus, als wär' die Sintflut dort
Hereingebrochen, hätte die Lebend'gen
Erstickt, die hohen Häuser abgedeckt
Und nacktes Elend nur zurückgelassen.

Die Matrone.

Das ist der Krieg, mein Kind. Er macht das Hohe
Dem Boden gleich; mit plumpem Tritt zerstampft er,
Was Menschenkunst und -Fleiß mühselig bauten.
O, preisen wir den Herrn, daß unsrer Heimath
Der Gräuel fern blieb!

Der Knabe.

Aber dort, Großmutter,
Auf feuchtem Grund — der Mond scheint in die Lachen —
Ein kahler Hügel — auf dem Gipfel oben
Ein hölzern Kreuz mit einem Fichtenkranz —
Ein reiterloses Pferd umschnobert ihn,
Als such' es Wen.

Die Matrone
(hat sich erhoben, thut einige Schritte nach links).

O still, o schweige, Kind!
Stör deiner Mutter nicht den kargen Schlaf.

Paul Heyse, Gedichte. 15

Wer weiß, welch theurer Leib gebettet liegt
In jenem Hügel. Dort vielleicht verhauchte
Sein Leben Der, den wir beweinen, Kind,
Dort lag er hülflos auf der blut'gen Wahlstatt
Und schickte seinen letzten Gruß hinüber
Zu uns, den Fernen, die nicht bei ihm knie'n,
Kein Lebewohl vom sterbensbleichen Mund
Ihm küssen durften! — O mein armer Sohn!
(Sie verhüllt ihr Haupt.)

Der Knabe.

Großmutter, hat der Oberst nicht geschrieben:
Der Vater starb den Heldentod? Und doch
Nennst du ihn arm? Ist denn ein Held zu sein
Nicht herrlicher als Alles?

Die Matrone.

O mein Liebling,
Hold ist das Leben, unhold ist der Tod.
Und wär' ihm ew'ger Ruhm gewiß, und hätt' er
Der Heldenwünsche letztes Ziel erreicht —
Wir haben ihn nicht mehr, wir sind verarmt,
Und Selbstsucht ist der Liebe irdisch Recht.
Du aber bist zu jung —

Der Knabe.

Da kommt ein Wandrer.
Er steigt die Höhe raschen Schritts hinan.
Vielleicht bringt er uns Kunde. Sieh, da ist er!

Zweite Scene.

(Ein Wandrer erscheint oben zwischen den Stämmen, betrachtet einen Augenblick erstaunt die Gruppen unten, die nach und nach sich zu ermuntern beginnen, und steigt dann rasch über die Felsen herab.)

Der Wandrer.

Wer seid ihr, die ihr in der rauhen Frühe
Hier lagert, Jung und Alt den nackten Felsen
Zur Ruhstatt wählend? Wessen wartet ihr?

Der Greis.

Des Tags.

Wandrer.

Des Tages? Dort vom Westen her?

Der Greis.

Dort soll für uns die Friedenssonne tagen.
Es hieß, sie komme bald; da eilten wir,
Von Sehnsucht angetrieben, ihr entgegen.
Wir sind die Vorhut ungezählter Schaaren,
Und hier im Grenzland haben wir geharrt
Der Trostesbotschaft, als die Ersten uns
Daran zu laben. Doch von Tag zu Tag
Hält uns die Hoffnung hin. Es zuckt die Flamme
Des Widerstands noch unterm Aschenberg,
Und über Nacht auflodernd, fürchten wir,
Ras't neuer Brand empor.

Wandrer.

Mit Staunen hör' ich,
Greis, deine Worte.
Trunkenen Jubel,
Ruf nach Rache,
Nach des gebändigten
Nachbarreiches
Letzter Vernichtung
Dacht' ich zu hören im Land der Sieger,
Und vernehme
Sorgegedämpft
Den Ruf nach Frieden?
Die man unersättlicher Habsucht,
Wilder Eroberungslüste geziehn,
Wie? sie senken
Sich selbst bescheidend
Willig die lodernde
Kriegesfackel,

Deren gefräßige Flamme,
Genährt an jedem Bürgerherd,
Dich deinen Feinden
Furchtbar gemacht,
Du Volk in Waffen?

Der Greis.

Dich wundert's, Fremdling, weil du uns verkennst.
Friedfert'ge Leute sind wir, nicht begehrlich
Nach ungerechtem Gut, nicht aufgeregt
Von eitler Ruhmgier. Wohl auch uns befeuert
Des Kriegs gewaltig Würfelspiel das Blut;
Gefahr verlockt uns, Wagen macht uns froh,
Und wenn Gesang in klaren Biwachtnächten
Ums Lagerfeuer tönt, am Horizont
Des Feinds Signale, morgen wieder Schlacht,
Vielleicht der letzte Morgen, der uns tagt —
Da fühlt sich dieses Lebens Werth und Unwerth;
Voll ew'gen Inhalts wird der Augenblick,
Und wie ein Losungswort durchfliegt's die Reih'n:
Der hat genug gelebt, der an ein Heil'ges
Das Leben setzt. So auch erlebten wir's
In jungen Jahren, und fürwahr, der Krieg
Ist gut, ist heilsam, ist auch Gottes Wille,
Da er die Menschen fromm und mannhaft macht.
Und dennoch, Freund: friedfert'ge Leute sind wir,
Von denen Keiner einen Tag nur länger,
Als Ehr' und Pflicht erheischen, kämpfen will.
Denn das will nur der Haß — wir hassen nicht;
Das will die Rache nur — wir sind versöhnlich.
Frag diese Männer, ob ich recht gesprochen.

Der Bauer.

Sollen wir uns des Krieges freuen,
Die wir friedlich die Erde bau'n,
In die Furche den Samen streuen
Und nach Regen und Sonne schau'n?

Was ist Hagel= und Schlossenmacht
Gegen das Tosen der Völkerschlacht?

Traurig banden wir unsre Garben,
Sä'ten traurig von Neuem aus.
Tausend der jungen Schnitter verdarben
Vor der Ernte, ferne von Haus.
Es ist ein Schnitter, der heißt Tod,
Der mäht die Jugend im Morgenroth.

Handwerker.
Und in der Städte wimmelnden Gassen
Die Werkstatt öde, das Werk verlassen!
Was sind Künste des Friedens werth,
Die dem Dasein Behagen schaffen,
Wenn ein Volk mit töbtlichen Waffen
Um sein nacktes Leben sich wehrt?

Kaufmann.
Auf den Speichern Waar' an Waaren,
In den Häfen Mast an Mast, —
Doch wer wagt hinauszufahren,
Wo ihn Räubertücke faßt?

Aus der Welt in bangem Muthe
Ist entflohn die Zuversicht,
Und des Handels Wünschelruthe
Lockt kein Gold mehr an das Licht.

Gelehrter.
Und zagt nicht auch des Forschers Geist,
Wenn Alles wankt aus den Geleisen,
Die Faust den Knoten wild zerreißt,
Den nicht gelöf't der Rath der Weisen?

Erstickt wird der Gedanken Saat,
Denn die gekeimt aus Drachenzähnen,
Die ehern mitleiblose That
Sprießt auf, gedüngt mit Blut und Thränen.

Künstler.

Ach, wenn durch der Menge Busen
Wechselnd Furcht und Hoffen schwankt,
Wer gedenkt der holden Musen,
Denen er das Höchste dankt?

Kann die sanfte Kunst versöhnen,
Was das Leben rauh entzweit?
Allem Lieblichen und Schönen
Kehrt sich ab die wilde Zeit.

Wie sich der Gestirne Reigen
Spiegelt nur in stiller Flut,
Will das Schöne nur sich zeigen,
Wenn die Welt im Frieden ruht.

Barmherzige Schwester.

Unsre Schaar, die statt der Waffen
Nur das Kreuz der Liebe trug,
Die, indeß sie Wunden kühlte,
Schmerz der eignen Wunden fühlte,
Die das Schwert des Mitleids schlug:

Ja, wir übten bis zum Ende
Unsre ruhmlos strenge Pflicht,
Doch nun heben wir die Hände,
Und wir beten: Send, o sende,
Herr, uns deines Friedens Licht!

Bauer.

Friede zeitigt die Saaten —

Handwerker und Kaufmann.

Segnet des Fleißes Müh'n —

Künstler.

Reift des Genius Thaten —

Gelehrter.

Lässet Erkenntniß blühn.

Geistlicher.

Und führt die Welt zur Liebe. Liebt einander!
So spricht der Herr. Zerfleischt euch! lehrt der Krieg.
Und wenn gerechte Nothwehr gegen Räuber
Die Faust bewehrt und wir den guten Kampf
Um unsres Daseins höchste Güter kämpfen,
Um Freiheit, Ehre, Recht und Vaterland —
Doch herzzerreißend, ewig thränenwerth
Ist dieses blut'ge Müssen. Jene Frauen —
Wer will sie trösten? Ihre Thränen möchten
Den Staub bethau'n, der die Gefallnen deckt;
Doch ihre Todten ruhn in fremder Erde,
Und erst der Friede bringt den armen Trost
Des Thränenopfers auf geweihter Stätte.
Du aber sprich, der du von drüben kommst,
Bringst du uns frohe Botschaft?

Wandrer.

Seid getrost:
Der Friede naht! Er sendet seine Boten
Voraus, Siegsbeute, schimmernde Trophä'n,
Und wo er einzieht, sproßt ein reicher Lenz
In seinen Spuren auf.

Der Greis.

O Gott, dir dank' ich,
Daß meine Augen diesen Tag noch schau'n!

Wandrer.

Ja, preise Gott dafür! Nie einen größern
Erlebt' ein Volk, nie einen Feiertag,
So harter Opfer schwere Pflicht besiegelnd,
So aller Wünsche kühnsten überflügelnd.

Denn als des Nachbars Neid die frischen Kränze
Frech zu entreißen trachtet' eurem Haupt,
Den Zwist erneuernd um des Rheines Grenze,
Die, wie sein Dünkel träumt', ihr ihm geraubt:
Wohl an den Stern, der euch zu Häupten glänze,
Den Stern der Ehren, habt ihr fest geglaubt,
Doch daß so strahlend er aus Wolkenbahnen
Vorbrechen sollte, wer, wer konnt' es ahnen?

Ihr seid das Volk der Pflicht, der herben Zucht,
Euch war's beschieden, rauhen Pfad zu wallen.
Nie mühelos ist die ersehnte Frucht
Vom Baum des Glücks euch in den Schooß gefallen.
Was schon der Väter Traum umsonst gesucht:
Ein einig Reich, ein Haupt den Stämmen allen,
Errungen ward's, nicht leichten Kaufs beschert:
Um theuren Blutpreis hat's erkämpft das Schwert.

Wißt ihr's, begreift ihr ganz, was ihr gewonnen?
Das Herz Europa's schlägt hinfort am Rhein.
Der eurem Blut entspringt, der Jugendbronnen,
Verjüngt des Welttheils alterndes Gebein;
Und wo ein Hader dräuend sich entsponnen,
Schiedsrichter wird der deutsche Wille sein:
Denn staunend murmeln sie im Völkerrath:
Das Volk der Träumer ward das Volk der That!

(Hinter der Scene kriegerische Musik, die sich nähert und in die Melodie
der „Wacht am Rhein" übergeht.)

Der Knabe.

Großmutter, hörst du?

Großmutter.

Sprich, wer naht, mein Kind?

Der Knabe.

Zwei hohe Frauen seh' ich, um sie her
Drängt sich ein dicht Gewühl; sie tragen Kronen
Wie Mauerzinnen, schwarz umflort, und haben
Die Stirn gesenkt, in Trauer, wie Gefangne,
Doch keine Fesseln tragen sie.   Wer sind sie?

Dritte Scene.

(Die Gruppen erheben sich, dem Zug entgegenblickend, der auf der Höhe des
Weges erscheint. Krieger der verschiedenen Waffengattungen voran, in ihrer
Mitte **Straßburg** und **Metz**, sich umschlungen haltend. Sie steigen,
während die letzten Klänge des Liedes verhallen, langsam in den Border-
grund hinab, als folgten sie nur widerstrebend. Die junge Frau hat sich
aufgerichtet und sitzt in sich versunken. Die Matrone geht den beiden
Fremden entgegen.)

Die Matrone.

Seid uns gegrüßt, ihr Trauernden! O wendet
Euch nicht hinweg im Haß! Ihr seid bezwungen,
Doch nicht entehrt. Denn ein gewalt'ger Held
Hat euch, ihr Jungfräulichen, heimgeführt,
Um die Ersiegten wie um Freie werbend.
Wie ihr verwandte Züge tragt, vom Kummer
Nur leicht entstellt, so schlagen euch, ihr Theuren,
Verwandte Herzen heimisch hier entgegen.

Metz.

Verwandtschaft? Heimath? Höhnt ihr unser Unglück?
O, wenn von eurem Blut ein Tropfen je
In unsern Adern floß, er ist verdorrt
In bitterlanger Noth, hinausgespült
Durch unsre Thränen. Eure Beute sind wir,
Wehrlos in eurer Hand. Vernichtet uns,
Knechtet, beraubt, beschimpft uns; doch laßt ab,

Mit lügenhaft geschwisterlichem Laut
Das Herz uns abzulocken! Das ist unser,
Ist unbezwinglich, das ergiebt sich nie
Und zählt mit jedem Pulsschlag die Secunden,
Bis unsre Rachestunde schlägt

Straßburg.

                    O Schwester,
Mir ist das Herz noch mit sich selbst entzweit.
Aus meiner Jugend klingen deutsche Lieder
Im Ohr mir nach, die mir die Amme sang.
Der hehre Münster, der so traurig jetzt
Auf Schutt und Trümmer blickt, ein deutscher Meister,
Mein herrlicher Erwin, hat ihn erbaut,
Und der vor hundert Jahren ihn erstieg,
Der deutsche Dichter-Heros, seines Namens
Unsterblichkeit eingrabend in den Stein,
Sollt' ich nicht stolz mich ihm verwandt bekennen?
Und so will mich's bedünken — zürne nicht:
Wir waren in der Fremde, liebe Schwester,
Wir sind nun heimgekehrt!

Metz
(heftig zurücktretend).

                    Halt ein! Ich will
Ein solches Wort nicht hören, deinen Arm
Nicht schwesterlich um meinen Nacken dulden,
Wenn du, mit Dirnenwankelmuth, dein Herz
So rasch vertauschen kannst.

Der Greis.

                    Du thust ihr Unrecht.
Sie blieb uns näher, unsrer Art vertraut
Und unsrer heimischen Sitte. Du — o glaub,
Auch du wirst dich der Zeit zurückbesinnen,
Wo du beim Reiche warst.

Metz.

Niemals! Ich harre
Des Tages, der mich rächen soll. Verrath
Hat mich gebunden wehrlos ausgeliefert.
Doch meines Landes heil'ger Grimm und Gram
Ist aufgewacht. Die aufgedrungne Schmach
Der Waffenruhe schüttelt wie Ein Mann
Der feurige Süden ab. Schon hör' ich sie,
Die schmetternden Fanfaren, die mir künden,
Daß meine Brüder nahn, die mich befrei'n.
Horch, das ist Sieg!

(Trompeten ganz in der Ferne.)

Der Greis.

Unsel'ge, ja, der Sieg:
Der deutsche Sieg; erkenne dein Geschick!
Verrath? So habt ihr eurer Sünden jede
Beschönigt. Euch verrieth nur eure Hoffahrt,
Die euch in thörigen Siegeswahn gelullt,
Der dreiste Dünkel nur: euch steh' es frei,
Den Fuß zu setzen auf der Völker Nacken
Und, selbst geknechtet, Andrer Herr zu sein.
Und darum, wie du jetzt dich knirschend wehrst,
Die Nothwehr heischt es, dir den Trotz zu brechen,
Daß er hinfort nie wieder uns versehre,
Daß wir vor Nachbarstücke sicher wohnen,
Beschirmt, nicht mehr bedroht, durch eure Kraft,
Grenzhüterinnen ihr. Doch uns bezeugt
Die weite Welt: nicht nur das Recht des Stärkern,
Das stärkre Recht gab euch in unsre Hand,
Und so bleibt ihr die Unsern!

(Die Musik hat sich während der Rede des Greises genähert. Der Knabe,
der vorhin bei dem Erscheinen der beiden Frauen herabgestiegen war, ist
wieder auf die Höhe geeilt.)

Der Knabe.

Seht! o seht!
Sie kommt, die schöne Friedensgöttin, hell
Von Morgenroth umstrahlt. Sie ist bekränzt
Und hält in Händen einen zweiten Kranz.
Auf weißem Zelter, schöne Wundergaben
Vertheilend, zieht sie herrlich durch das Land.
Und jetzt, hier am Gebirge, steigt sie ab —
Das Volk umdrängt sie, hebt sie auf die Schultern,
Sie kommen hier herauf — sie bringen sie
Getragen — an die hohen Wipfel rührt
Der goldne Speer, den freudig in der Rechten
Der schöne Friede schwingt.

Großmutter.

Ein Speer? O Kind,
Das ist der Friede nicht, das ist der Sieg.
So sahn wir ihn heranziehn manches Mal,
Ach, nie zum letzten Mal!

(Die Musik hinter der Scene geht in ein feierliches Tempo über. Fernes
Glockenläuten.)

Der Knabe.

O Mutter, Mutter,
Hörst du die Klänge? O wie feierlich! —
Und sanfte Glocken! — Ist das noch der Krieg?

Der Geistliche.

Nein, Frieden ist's auf Erden und den Menschen
Ein Wohlgefall'n. Nun danket Alle Gott!

Vierte Scene.

(Er entblößt das Haupt. Einige im Vordergrunde knieen nieder. Die Morgenröthe, die schon während der letzten Reden des Knaben immer glühender geworden, geht in hellen Tagesglanz über. Auf der Höhe des Wegs erscheint der Zug, Kinder und bekränzte junge Paare voran, dann von Landleuten, Bürgern und Kriegern getragen, auf einem bekränzten Sessel, die Friedensgöttin. Vier Herolde in den Farben und mit den Fahnen des norddeutschen Bundes, Bayerns, Würtembergs und Badens folgen ihr, eine bunte Menge schließt sich an. Alle im Vordergrunde haben sich wieder erhoben und drängen sich um den Zug, der in der Mitte der Bühne hält. Die Musik verstummt.)

Der Geistliche.

Heil, Heil dem Frieden! Preis und Dank dem Herrn!

Das Volk.

Heil, Heil dem Frieden! Preis und Dank dem Herrn!

Der Greis

(nähert sich der Friedensgöttin, küßt den Saum ihres Gewandes).

Bist du's denn wirklich? O vergieb dem Kleinmuth,
Der das Ersehnteste, das heiß Erflehte
Mit Händen greifen muß, eh er's begreift!
Wohl, deine Züge sind's, Unsterbliche,
Die unserm Volk, wie keinem, lieb und traulich
Und wohlbekannt. Und dieser Zweige Grün
Sagt, daß der Baum des Lebens wieder sproßt,
Den lange winterlich der Todesschatten
Umfröstelt hatte. Doch dein goldner Speer,
Den du noch dräuend schwingst, dein flammend Auge,
Das kühn und wachsam in die Runde späht —
Wenn du der Friede bist, so kehrst du anders
Den Deinen wieder, als du von uns gingst.

Der Friede.

Du sagst es, alter Mann. Und wundert's dich?
Verwandelt nicht die allgewalt'ge Zeit
Alles Lebend'ge? Stolzer kehr' ich wieder
Und siegesfroher, als ich von euch schied.

Soll ich nicht stolz sein, daß ein edles Volk
Sein Alles eingesetzt, mit Sieg auf Sieg
Mich heimzuführen? Nun nicht zagend mehr,
Nicht flehend an des Hauses Herd geklammert —
Nein, frei und furchtlos wohn' ich unter euch,
In meiner Helden Mitte. Weiß ich doch:
Der Räuber, der ein Haar auf meinem Haupt
Zu krümmen drohte, nur ein Blick auf euch —
Und scheu entsinkt ihm die gezückte Waffe.
Drum hab' ich meiner Schwingen mich entkleidet,
Die sonst mich, wie die Schwalbe, die ihr Nest
An einer schwanken Hütte First gebaut,
Bei jedem Erdstoß in die Lüfte trugen.
Und diesen Speer, so furchtbar euren Feinden,
Hier in die Heimaterde stoß' ich ihn,
Und Blätter, Blüten, Früchte treibt der Schaft,
Sobald er spürt die Kraft des Mutterbodens.
Droht aber je Gefahr: im Augenblick
Verwandelt sich, was Früchte trug, zur Waffe,
Wie eurer Bürger Fleiß in Heldenthum.
Dann sollt ihr mich auch mitten unter euch
Den Speer hoch schwingen, meinen Schultern neu
Die Flügel wachsen sehn und euch voranziehn;
Denn Friede nur bedeuten eure Kriege,
Und nur in meinem Zeichen sieget ihr!

Das Volk.

Denn Friede nur bedeuten unsre Kriege,
Und nur in deinem Zeichen siegen wir!

(Sie tritt in den Vordergrund zwischen die beiden Gruppen der trauernden
Frauen, die links und rechts die vordersten Plätze einnehmen. Während
des Folgenden senken sich Wolkenschleier vor die Walddecoration und ver-
hüllen auch den Speer, den die Göttin in den Boden gestoßen hat.)

Der Friede.

Nun aber walt' ich eines heil'gen Amts.
Hier seh' ich Trauernde.

(zu Straßburg und Metz gewendet)

                    Ihr hohen Zwei,
Die ihr in finstrem Grollen abgekehrt
Inmitten dieser Frohen steht, blickt auf,
Faßt euch, erkennt euch, wer und wo ihr seid.
Nicht unter Feinden, nicht Gemiedene:
Das alte deutsche Reich, die hehre Mutter,
Wie Töchter, die von Räubern weggeführt,
Nun von den Brüdern wieder aufgefunden
Dem Mutterherzen doppelt theuer sind,
So euch, die Neugebornen, zieht die Hohe
Mit mütterlicher Pfleg' an ihre Brust,
Haucht euch die Thränenspur vom Auge, küßt
Ein neues Roth auf die erblichne Wange,
Und neidlos, in die Wette nur bemüht,
Euch zu vergüten, was ihr littet, drängen
Die jubelnden Geschwister sich heran.
Ich aber breite segnend meine Hand
Auf eure Häupter; meiner Gaben reichste
Sind euer, und die streitenden Gefühle
Versöhnt die Zeit.
(zu der Matrone und der jungen Frau gewendet)
                    Doch ihr — was sag' ich euch,
Verwais'te Mutter und du Jugendliche,
Grausam des liebsten Jugendglücks beraubt!
Wer, wenn in eurem Ohr die Jubelstimmen
Des schönsten Tages schrillen Mißklang wecken
Zu eures Herzens Schrei — wer kann euch schelten?
Das Opfer, das ihr brachtet, damit wir
Uns freuen könnten, ist zu schwer, zu neu.
Wenn durch bekränzte, flaggenbunte Thore
Die Siegerschaaren einziehn, Glockenschall
Und tausendstimmig Jauchzen sie begrüßt —
Ihr flüchtet in des Hauses fernsten Winkel,
Das Haupt verhüllt, um nicht den Laut zu hören,
Der eurer Todten bittre Wunde neu
Zum Bluten bringt und neue Thränen heischt.

Doch wird der Schmerz sich mildern, und gemach
Erfahrt auch ihr des Friedens stille Heilkraft.
Und wenn heranblüht jener theure Knabe,
All jener bluterkauften Güter Erbe,
Für die sein Vater fiel, — dann, alte Mutter,
Siehst du den Sohn im Enkel herrlicher,
Beglückter, stolzer dir zurückgegeben,
Und du, o junges Weib, umarmst in ihm
Des todten Gatten Bild und sprichst mit uns:
    Sei Gott gepriesen auch für dieses Leid!
    Die er so früh hinwegnahm, unsre Lieben,
    Sind ew'gem Ruhmgedächtniß eingeweiht,
    In ihres Volkes Herzen eingeschrieben.
    Entrückt des armen Lebens Neid und Streit,
    Sind sie gemeinem Loose fern geblieben;
    Sie stehn wie Sterne zwischen Nebelflor
    Und ziehn uns nach und winken uns empor!

(Sie neigt sich zu den beiden Frauen, sie zu sich emporhebend. Der Knabe
schmiegt sich schüchtern an sie, dann tritt sie zurück. Musik.)

Der Friede
(melodramatisch).

Vergangen ist die Nacht, die Stürme schweigen.
Laßt mich in dieses Morgens goldnem Strahl
Euch meiner Wundermacht ein Vorspiel zeigen.
Mit Lenzesblüten schmücke sich das Thal!
    (Sie bewegt den Kranz wie beschwörend.)
Hinab, was düster war — herauf das Helle —
Heitre Gefilde — sprossende Flur —
Daß jedes Herz von junger Hoffnung schwelle —
Geister des Segens, folgt meiner Spur!

(Das Thal verwandelt sich in einen reichen Garten, über den hinaus man in
eine weite Rheinlandschaft sieht. Der Straßburger Münster erhebt sich am
Horizont, mit der deutschen Reichsfahne geschmückt. Ein Regenbogen über der
Landschaft. Zur Rechten hat sich ein hoher, mit einer luftigen Palmenlaube
überdachter Sitz erhoben, zu dem Felsstufen hinaufführen. Davor erhebt sich
ein goldener Baum mit Blüten und Früchten reich behangen; der Stamm ist
die Lanze, die der Friede eingepflanzt hat. Von allen Seiten füllt sich die
Bühne mit festlichen Gestalten. Kinder bestreuen die Stufen des hohen Sitzes
mit Blumen. Der Friede steigt hinauf, überblickt oben stehend das Gewühl.)

Chor.

Seht, wie golden die Sonne sich hebt,
Aller Herzen mit Wonne belebt!
Glorreich wallet ins Land hinein
Der deutsche Rhein.

Vier Frauenstimmen.

O lachende Fluren, o selige Zeit,
Die Wälder, die Felder mit Blüten beschneit.
Es ruhen die Waffen, es rastet das Heer;
Nun, Welle des Rheins, nun künd es dem Meer,
Daß geschlichtet der Streit —
O lieblicher Frieden, o selige Zeit!

Der Greis
(auf die unterste Stufe tretend).

Erhabne, die du an dem eignen Werk
Mit frohem Stolz dich weidest, o bedarf's
Der Worte noch? Siehst du im stummen Blick
Der Menge nicht, wie sie die Himmelsgaben
Inbrünstig dir, du Menschenfreundin, dankt?

Der Friede.

Mir? Nein, den eignen Söhnen, deren Muth
Mich losgekauft mit ihrem besten Blut;
Den Führern dankt, die siegen sie gelehrt,
Den Heeren, die so weiser Führer werth;
Voran dem Helden, dessen weißes Haar
Vorleuchtet' in der Stunde der Gefahr,
Dem hohen Vater des erlauchten Sohns,
Des Erben seines Muths, wie seines Throns,
Auf dessen Mannestugend voll Vertrauen,
Voll Lieb' und Hoffnung Deutschlands Stämme schauen;
Dankt all den Fürsten, die im Schlachtendrang
Durch Thaten erst verdienten ihren Rang,
Dem großen Schweigenden, der das Gesetz
Den blinden Kräften gab und still das Netz,

Das eh'rne, wob, das unentrinnbar klug
Dem Gegner überm Haupt zusammenschlug.
Dankt Jenem, dessen Nam', einst vielgeschmäht,
Nun allgesegnet durch die Lande geht,
Der sorgte, daß die schwertgemähte Frucht
Euch nicht verdarb durch Neid und Eifersucht,
Daß, wie ihr einig standet vor dem Feind,
Der Frieden auch euch fände treuvereint.
O welche Männer, ew'ger Sterne Kranz,
In fernste Zeit ausstrahlend ihren Glanz,
Auf die nicht staunend nur der Blick sich lenkt,
An denen froh das Herz des Volkes hängt! —
Doch wie? dem Fürsten wird zuletzt gedankt,
Der, als das Zünglein an der Wage schwankt'
Im Anbeginn, der hohen Väter werth
Frei in die Schale warf das Bayernschwert,
Und wieder, als des Krieges Werk gethan,
Selbstlos voranging auf des Friedens Bahn
Und weben half das kaiserliche Band,
Der Einheit Schluß, der Freiheit Unterpfand?
O nicht den leichtsten Sieg hat Er errungen,
Der, mancher Lockung taub, sich selbst bezwungen;
Das höchste Kronrecht hat er groß geübt:
Vom Nebel des Parteikampfs ungetrübt,
Auf hoher Warte spähend klar und scharf
Das zu erkennen, was die Zeit bedarf,
Das Werdende, das Schicksal vorzuschau'n
Und an dem Werk der Zukunft mitzubau'n.

(Sie entfaltet das deutsche Reichsbanner.)

So lang in Lüften hoch dies Banner weht,
Sei Der geehrt, der es zuerst erhöht;
So lang der Bau des Reichs die Zinnen trägt,
Sei Dem gedankt, der treu den Grund gelegt,
Der mit der Krone Zier geschmückt das Dach
Und sprach: Dem Kaiser huldigt Wittelsbach.
Heil dem Erlauchten, Heil ihm tausendtönig,
Ludwig dem Deutschen, Bayerns edlem König!

Volk.

Heil dem Erlauchten! Heil ihm tausendtönig,
Ludwig dem Deutschen, Bayerns edlem König!

Der Friede

(das Banner dem Herold zurückgebend und den Kranz erhebend).

So segn' ich euch zu neuem Leben ein,
Ihr meine Theuren alle!
So möge jedes Friedenswerk gedeihn,
In stiller Werkstatt, in der hohen Halle,
Wo bald des Reiches Boten im Verein
Den Bau vollenden, daß er nie zerfalle,
Daß, trotzend jeder Brandung, felsengleich,
Ein Hort des Friedens steh' das deutsche Reich!

Schlußchor.

Nun brause, Sturm des Jubels, durch die Lande,
Nun, Völkerlenz, ersehnter, brich herein!
Gefestet sind der Eintracht heil'ge Bande,
Und Freiheit soll des Bundes Siegel sein.
Eines Bluts,
Eines Muths,
Sieg= und ehrenreich,
Fest und treu,
Stark und frei
Hüten wir das Reich!

Bismarck=Lied.*)

Wem soll das Lied erklingen?
  Dem Mann, dem Keiner gleich,
Der in gewalt'gem Ringen
Uns neu erschuf das Reich.
Zu Schanden ward der Feinde List,
Versöhnt der alte Bruderzwist,
Der d a s gethan, wir bringen
Den Dank ihm freudenreich.

Wem soll das Lied erklingen?
Dem Mann auf hoher Wacht,
Der Elsaß und Lothringen
Ans Reich zurückgebracht,
Der Trutz und Hohn der Welschen brach,
Und Rache nahm für lange Schmach —
Wir preisen ihn und singen
Von seiner Größ' und Macht.

Wem soll das Lied erklingen?
Dem weisen Friedenshort,
Der Diplomatenschlingen
Zerhaut mit blankem Wort.
Das deutsche Reich, das Herz der Welt,
Hat er zur Hut des Rechts bestellt —
Gott laß' es ihm gelingen
In Treuen fort und fort!

Wem soll das Lied erklingen?
Dem Helfer in der Noth,
Der sprach: Ich will erringen
Der Arbeit Schutz und Brod!

*) Für den Volksgesang bei der Bismarck=Feier in München, am
28. März 1885 gedichtet.

Ihn lüstet nicht nach eitlem Glanz,
Das Volkswohl ist sein Ruhmeskranz;
So laßt ihn uns umringen
Mit Liebe bis zum Tod!

Wem soll das Lied erklingen?
Dem besten Mann der Zeit,
Den zu so hohen Dingen
Sein Genius geweiht.
Wo Deutsche je beisammenstehn,
Soll frohgemuth sein Lob ergehn
Und trag' auf Adlerschwingen
Ihn zur Unsterblichkeit!

IX.

Landschaften mit Staffage.

❦

Prolog.

Ein irres Stammeln nur,
Ein schüchtern Radebrechen!
Wie glückte mir's, Natur,
Dein Wesen auszusprechen!

Du hältst mich weich im Arm
Und neigst dich deinem Kinde;
All seinen dunklen Harm
Besprichst du ihm gelinde.

Ich lausch' empor zu dir,
Du Hohe, Milde, Traute,
Nachlallend voll Begier
Die halbverstandnen Laute;

Magst du in Frühlingspracht
Der eignen Schönheit staunen,
In Sturm und Wetternacht
Erhabne Sprüche raunen.

Dann wieder lächelst du
Und wandelst deine Bahnen,
Und ohne Rast und Ruh'
Folg' ich in dumpfem Ahnen,

Beglückt, in wachem Traum
Mich dir so nah zu wissen
Und deines Kleides Saum,
O Mutter, dir zu küssen!

*

Morgen am Ufer.

(Motiv am Garbasee.)

Wie der See so lachend ruht!
Nicht ein Wellchen siehst du wallen.
Gleich smaragdenen Krystallen
Hellgeschliffen glänzt die Flut.

Bis zum tiefsten Grund hinab
Die erstaunten Augen gleiten.
Ihre stummen Heimlichkeiten
Lauschest du den Fischen ab.

Und es regt sich, athmet, spielt
In den schimmernden Verstecken,
Alle Lust und aller Schrecken,
Die der Grund verborgen hielt.

Leiseathmend ruht dein Herz
In der Morgenluft, der lauen,
Tief im Grunde magst du schauen
Wie krystallen Lust und Schmerz;

Während dir zu Häupten sacht
Schwirrt im Ulmenbaum die Grille
Und der Wohlklang dieser Stille
Offnen Augs dich träumen macht.

*

Aus der Höhe.

Hoch über dem Kloster
Da schwebet ein Weih,
Aus himmelhohen Lüften
Er thut einen Schrei.

Dicht unter dem Kloster,
Wo der Oelwald sich senkt,
Da grünet die Halde,
Vom Gießbach getränkt.

Da klettern die Ziegen
Dem Berg um die Stirn.
Einen Oelzweig in Händen
Sitzt hütend die Dirn'.

Sie schaut in die Ferne
Weit über die Schluft;
Ihr wehen die Haare
In der spielenden Luft.

Auf einmal da lacht sie
Und thut einen Schrei;
Hat nichts zu verkünden,
Ruft Niemand herbei:

Schreit nur, daß die Stille
Nicht sprengt ihre Brust,
Wie der einsame Vogel
Vor himmelhoher Lust.
Coriolano.

Abendstimmung.

Nun versprühn die Strahlengarben,
Dämm'rung deckt die Höh'n und Tiefen.
Ausgebrannt und aschefarben
Sehn herüber die Oliven.

Lautlos faltet schon zusammen
Jeder Uferwind die Flügel;
Der Cypressen dunkle Flammen
Züngeln still empor am Hügel.

Rings die Welt in falbem Lichte;
Aus dem Laub nur dunkelhelle
Leuchten noch wie Zauberfrüchte
Der Orangen goldne Bälle.

Grüßt mir, sanfte Cithertöne,
Das Gesicht mit blassen Wangen,
Das in mondenklarer Schöne
Liebevoll mir aufgegangen!
Saló.

✦

Poetenasyl.

Dieser Oelwald am Gestade,
Hoch durchragt von Lorbeerbäumen
Scheint für einen Dichter grade
Wie geschaffen, sanft zu träumen.

An das steile, vielgezackte
Ufer brandet laut die Welle,
Und nach ihrem regen Takte
Fügt sich Vers zu Versen schnelle.

Däucht ihm Müh' und Oel verschwendet
An dem stumpfen Sinn der Menge:
Oelfrucht sonder Mühe spendet
Tröstlich ihm das Laubgehänge;

Und an diesen Lorbeerkronen,
Wipfelstolz wie deutsche Linden,
Würde, sein Gedicht zu lohnen,
Platen selbst Genüge finden.
Cosrolano.

✦

In der Bucht.

Das Ufer ist so morgenstill,
Noch kaum ein Fischlein springen will.
Am Bänkchen schon, in Rohr und Ried,
Ein Wäschermägdlein emsig kniet.

O Jugendblut, kaum funfzehn Jahr,
Verschlafen noch ihr Augenpaar,
Das Röckchen dürftig, hochgeschürzt,
Mit Singen sie die Zeit sich kürzt.

„Am jüngsten Tag ich aufersteh'
Und gleich nach meinem Liebsten seh',
Und wenn ich ihn nicht finden kann,
Leg' wieder mich zum Schlafen dann.

„O Herzeleid, du Ewigkeit!
Selbander nur ist Seligkeit.
Und kommt mein Liebster nicht hinein,
Mag nicht im Paradiese sein!"

Neuer Wein.

Rebenhügel dicht gereiht
Voll lachenden Sonnenscheines!
Das ist die Zeit der Trunkenheit,
Die Zeit des neuen Weines.

Ein Mosthauch durch die Lüfte zieht
Aus Kellern und Spelunken;
Von jeder Kelter schallt ein Lied,
Ein jedes Aug' sprüht Funken.

Die Wagen schwanken hoch daher
Mit vollen Traubenkufen;
Das Ochsenpaar ist auch nicht mehr
Ganz sicher auf den Hufen.

Haſt du den langen Storch geſehn?
Er naſchte vom jungen Weine.
Nun kann er nicht mehr grade ſtehn
Wie ſonſt auf Einem Beine.

Sogar das mürriſche Borſtenthier
Grunzt fröhlich in ſeiner Klauſe;
Es dünkt ſich wie ein König ſchier
Beim üppigen Trebernſchmauſe.

Am tollſten lärmt das Spatzengeſchlecht,
Die Jungen wie die Aeltern.
Sie haben ſich alle ſtark bezecht
Und taumeln um die Keltern.

Weg, altes Herz, mit Sorg' und Harm!
Gieb Acht, nur über ein Kleines
Mitjauchzeſt du im trunknen Schwarm
Das Lob des neuen Weines!

***

Am Fluß.

Weiß um den Kiel die Woge ſpritzt,
   Das Frachtſchiff fährt zu Berge.
An Bord, ſein Pfeifchen ſchmauchend, ſitzt
In guter Ruh' der Ferge.

Kein Lüftchen geht, kein Segel weht,
Die Ruder ſind eingezogen.
Am Schleppſeil ziehn das Schifflein ſtät
Zwei Pferde gegen die Wogen.

Und grüne Wieſen weit und breit —
Die hungrigen Thiere keichen.
Sie ſchau'n zur Seit' voll Lüſternheit,
Schaum färbt Gebiß und Weichen.

Dort auf der Wies' ein alter Gaul
Nascht wählig saft'ge Spitzen.
Vor Zeiten war er auch nicht faul,
Jetzt läßt er Andre schwitzen.

Vielleicht die eignen Söhne sind's,
Die schnaufend ziehn vorüber;
Doch thut er keinen Augenblinz
Des Mitgefühls hinüber.

Ein Pferdegreis braucht wahrlich nicht
Uns Menschen zu beneiden.
Gemüthlos frei von jeder Pflicht,
Kann er im Grünen weiden.

Uns, wenn wir längst um eignen Schmerz
Nur mäßig uns erhitzen,
Klopft um die Kinder noch das Herz,
Die im Examen schwitzen.

Am Genfersee.

Abendlich verglühen still
  Dort die Berge von Savoyen.
Schöner See, noch einmal will
Ich an dir mein Herz erfreuen.

Während sacht der Bahnzug fährt
Auf der Höhe von Lausanne,
Nach den Ufern hingekehrt
Schwelgt mein Blick in deinem Banne.

Vignen grünen tief hinab,
Und das Laub der Feige schimmert;
Spiegelklares Wellengrab,
Leis von Purpur überflimmert.

Nun Vevay, du trauter Ort,
Schneeweiß, wie die Nuß im Kerne;
Montreux' graue Dächer dort,
Chillon's Zwinger in der Ferne.

Meiner Sehnsucht Traumgebiet,
Liegst du vor mir duftumschleiert?
Zauberwelt, in Sag' und Lied
Von Unsterblichen gefeiert!

Doch indeß ich schau' entzückt,
Wie die Höh'n mit Gold sich krönen,
Sitzen vor sich hin gebückt
Zwei von Albion's blonden Söhnen.

Ihren Murray sehr vertieft
Haben sie zur Hand genommen,
Ob er's ihnen auch verbrieft,
Heut in Bern noch anzukommen.

Still empört wend' ich mich ab,
Und auf einmal muß ich lachen:
Pflegen wir's bis an das Grab
Klüger mit dem Glück zu machen?

Hast du nie der Gegenwart
Gunst so lässig wahrgenommen,
Gleich als wär' der Zweck der Fahrt,
Ueberhaupt nur — anzukommen?

Aus dem Mansardenfenster.

Schornsteine, Dächer weit und breit,
Trostlose Ziegeleinsamkeit;
Ein Kater, der auf Spatzen jagt,
Kein grüner Halm — Gott sei's geklagt

Kein Menschenauge blickt herein,
Kein lampenschimmernd Fensterlein,
Ich bin um jeden Rauch vergnügt,
Der kräuselnd einem Schlot entfliegt.

Hoch ist's; doch morgen, sprach der Wirth,
Wenn Nummer Siebzehn reisen wird — —
Doch sieh! was blitzt vom Süden her?
Ihr Götter! mein geliebtes Meer!

Der Fund hat mich so froh erschreckt,
Als hätt' ich einen Schatz entdeckt.
Nun für den schönsten Saal im Haus
Tauscht' ich mein Kämmerlein nicht aus.

Und dort der Himmel, Stern an Stern,
Die niedre Welt wie stumm und fern —
Ach, nur ein Blick ins Ew'ge weiht
Die ganze arme Menschlichkeit!

*

Abend auf der Heide.

Ueberm Moorgrund still und schaurig
Wie der Tag so roth verglüht!
Fern ein Vogel pfeift noch traurig,
Heimwehbange, wandermüd'.

Nun die bleichen Nebel geisten
Wie Gespenster heimathlos,
Eilen nestwärts all die dreisten
Waldesthiere klein und groß.

Nur der Hirsch, so scheu am Tage,
Tritt hervor am Waldeshang,
In dem ernsten Aug' die Frage:
Wird denn dir nicht heimwehbang?

Weißt du nicht, daß jetzt in diesen
Weiten böser Spuk beginnt?
Wagst du's mit den Schattenriesen,
Aberwitzig Menschenkind?

Sieh, ich selbst, der Fürst der Heide,
Ducke schauernd mein Geweih,
Stürmt im grauen Zottenkleide
Nachts der Nebelwolf vorbei.

Schlürfend trinkt er aus den Lachen,
Trabt dahin auf dunkler Spur,
Und die Föhrenäste krachen,
Und es bebt die Creatur.

Wehe, wer ihm kreuzt die Pfade!
Eisig pfaucht sein Schlund ihn an.
Siehst du? — dort! — daß Gott dir gnade! — —
Pfeilschnell flieht der Hirsch vondann.

※

Morgen nach dem Gewitter.

Der Sturm hat über Nacht gebrauſ't,
    Wie der wilde Feind im Wald gehauſ't
Mit frechem Hohn und Ungebühr, —
Kein Hündlein jagte man vor die Thür.

Wie schäumt der Bach so wild geschwellt,
Vom Morgenzwielicht bleich erhellt!
Er murrt, wie schlecht Gewissen thut;
Was treibt dort auf der trüben Flut?

Ein schwarzes Klümplein — nur ein Hund;
Den riß der Sturm vom festen Grund.
Er kläfft' ein Weilchen, ward dann stumm,
Ließ Alles treiben um und um.

Er war noch jung, die Zähne blank,
Die dichte Ruthe schwarz und schwank.
Der Jäger wohl im Waldrevier
Wird dich nun missen, wackres Thier!

Des Weges wankt ein Greis daher,
An Holz und Jahren trägt er schwer,
Bleibt stehn, wie er das Thier erschaut,
Und spricht: „Giebst auch mehr keinen Laut?

„Ha, dir ist wohl! Nicht alt, nicht krank,
Und schon erlös't! Dem Sturm sag Dank.
Gut' Nacht! Wollt' auch, 's wär' Schlafenszeit!" —
So schönen Grabspruch hält der Neid.

*

Alpenfeuer.

Hinan, dem Gipfelfels
  Stieg er entgegen.
Von seinem Hute troff
Der graue Regen.

Kaum ließ verdrossen er
Die Augen schweifen,
Da sollt' ein Sonnenblick
Das Herz ihm streifen.

Es kam ein Alpenkind
Singend gegangen;
Der Regen geißelt' ihr
Flechten und Wangen.

Und sie begegnen sich
Auf Weges Mitten,
Sind an einander stumm
Vorbeigeschritten.

Doch kaum vorüber jetzt,
Bleibt Jedes stehen,
Einmal verstohlen noch
Sich umzusehen.

Plötzlich entlobert da
Ein Fünklein helle:
Vier Lippen finden sich
Mit Blitzesschnelle.

Dann sie ins Thal hinab
Und er zum Gipfel —
Nun schüttle, Frühlingswind,
Die Föhrenwipfel!

Gießbäche, flößt zu Thal
Geröll und Scheiter:
Ein Brand ist angefacht,
Der lobert weiter.

＊

Bittgang.

Im Sonnenfeuer lechzt die Flur,
Versengt stehn Wälder und Almen,
Verschmachten muß die Creatur,
Die Frucht verbrennt an den Halmen.

Das Bächlein, das ihr Kühle gesandt,
Verlernte sein muntres Rieseln;
Es glüht und glastet Julibrand
Ueber den staubigen Kieseln.

Ein Bauer stapft entlang dem Rain,
Ist einer von den Frommen,
Und flucht doch still in den Bart hinein;
Da sieht er den Pfarrer kommen.

Er zieht die Kappe und weist umher:
Zu Grund geht all der Segen.
Hochwürden, das Gescheidste wär',
Einen Bittgang thun um Regen.

Der Pfarrer nickt: Ein fromm Gebet
Thät' Noth. Doch warten wir, Peter,
Zwei Täglein noch. Einstweilen steht
Zu hoch noch der Barometer.

Die Tabaksmühle.

Dort unter den Weiden das windschiefe Dach,
  Da treibet ein Mühlrad der rauschende Bach
Mit Rasseln und Raunen und lautem Taktak;
Der Müller mahlt braunen Bresiltabak.

Der beißet wie Pfeffer, durchbeizet die Luft;
Weit stäubt aus dem Guckloch der würzige Duft.
Die Kühe die grasen vorbei mit Gebrumm
Und schütteln die Nasen, weiß keine, warum.

Die Krähen mit Husten umkrächzen das Dach,
Es schnauben und prusten die Wellen im Bach.
Ich ging durch die Wiesen, im Schilf saß ein Elf',
Der hörte mich niesen und kichert': Gott helf!
  Aibling.

Hochsommer.

Im Föhrenwald wie schwüle!
  Kein Vogel singt im Feld.
Das Reh aus grünen Schatten
Sicht träumend in die Welt.

Am Waldrand fährt ein Wäglein,
Hat eben Raum für Zwei.
Der Kutscher, das Pferd und die Peitsche
Nicken schläfrig alle Drei.

Ein altes verstaubtes Leder
Ist über den Sitz gespannt,
Darunter ducken zwei Leutchen
Geschützt vorm Sonnenbrand.

Sie schauen sich an verstohlen
Und fragen dem Schlaf nichts nach.
Sie flüstern und lachen und kosen —
Ei sage, was hält sie wach?

❧

Abendandacht.

Von den weinumkränzten Hügeln,
    Von des breiten Stromes Fluten
Schweben zitternd Sonnengluten
Auf der Abendröthe Flügeln.

Durch das tagesmüde Herz
Ziehn die nachtgewohnten Klänge.
Welch ein wogendes Gedränge!
Stillste Freuden, reinster Schmerz.

Nun verstummt die Welt zumal,
Und die Höh'n und Tiefen lauschen;
Kaum ein Wipfel wagt zu rauschen —
Horch! es schlägt die Nachtigall!

❧

Nebelbild.

Der Herbstwind schauert im Gesträuch,
Die weite Flur wie todtenstill!
Ringsum der Nebel zäh und bleich,
Der Erd' und Himmel mischen will.

Und hier ein Baum und dort ein Halm
Starrt wunderlich verschleiert vor.
Aus Stoppelfeuern wälzt der Qualm
In träger Wolke sich empor.

Horch! dort am Rain, was steht und ruft?
Es klingt so weh, daß Gott erbarm'!
Nun wandelt's durch den blassen Duft
Mit geisterhaft erhobnem Arm.

Ein Sterbelaut — ein dumpfer Schrei —
Das Herz ergreift's mit Allgewalt,
Als ginge mein todtes Lieb vorbei
Und riefe schluchzend: Kommst du bald?

Abschied.

Du schöner Fluß, geliebtes Thal,
Heut grüß' ich euch zum letzten Mal,
Und dort am Wehr ihr Weiden schwank,
Am Schlehenbusch die Schattenbank!

Ihr war't mir Freunde unbewußt,
Euch klagt' und sagt' ich Leid und Lust,
Und ihr, wie Trost der Freunde soll,
Schwiegt sanft und sinnend, liebevoll.

Ich fühlte nur das milde Licht
Des Abendstrahls um mein Gesicht;
Natur, die alte Mutter, nahm
Uns all' ans Herz, so pflegesam.

Das Schnecklein, das am Zweige kroch,
Die Mück' in Lüften labt' sie noch
Und wiegte sanft und stillte lind
Ihr vielbedürftig Menschenkind.

Vorbei! Nun braus't der Schneewind bald
Und übereiset Fluß und Wald,
Und ich, an allen Freuden arm,
Muß in der Menschen kalten Schwarm.

Ihr höhnisch Witzeln, kühl und leer,
Wie Schneegestöber um mich her —
O meine Freunde, still und brav,
Wie neid' ich euch den Winterschlaf!

Epilog.

Nur mit flinkem Stift umschrieben,
Angetuscht mit leichten Tönen,
Kaum ein Umriß ist geblieben
All des farbenkräftig Schönen.

Und vorbei noch schattenhafter
Wird euch die Staffage gleiten,
Ein im Schlendern aufgeraffter
Haufe schlichter Menschlichkeiten.

Doch des Malers Bild — gleich jenen
Schwindet's bald ins Ungewisse.
Sollten sich unsterblich wähnen
Eines Schattens Schattenrisse?

X.

Italienisches Skizzenbuch.

Mit der Palette wandert' ich durchs Land,
Mein altes Handwerk unterwegs zu treiben,
In raschen Zügen farbig aufzuschreiben,
Woran ich Aug= und Seelenweide fand.

Ich hatte just kein beſſres Thun zur Hand.
Ein alter Pinſler kann nicht müßig bleiben,
Und malt er nicht, ſo muß er Farben reiben
Und ſie probiren auf der Leinewand.

So ſind die loſen Blätter angeſchwollen;
Notizen, Studien, Stimmungen, Motive,
Bald ſchlicht und ernſthaft, bald im Stil des Berni.

Man muß nicht jederzeit das Höchſte wollen,
Nicht ſtets die Welt betrachten in der Tiefe,
Nicht jeden Floh sub specie aeterni!

Bilder aus Neapel.

I.

Zwei Bübchen ſah ich heut, in Lumpen beide,
Eins barfuß, eins mit Stiefeln ausgerüſtet,
Danach wohl keine Seele ſonſt gelüſtet —
Faſt wie das Meſſer ohne Griff und Schneide.

Sein Spielgesell indessen sah's voll Neide,
Wie sich der Freund mit seinem Schuhwerk brüstet;
Denn ob es auch der Zahn der Zeit verwüstet,
Strahlt der Besitzer doch in stolzer Freude.

Den Soldo, den er erst erbetteln müssen,
Gab er dem Stiefelputzer, mit Grimassen —!
Grinsend vom einen bis zum andern Ohre.

Und sein Triumphblick that der Welt zu wissen:
Wer Stiefel hat, kann sie auch putzen lassen,
Und wer sie putzen läßt, ist ein Signore.

II.

Wär' Vater Adam hier am Golf geboren,
    Nie hätt' er sich ums Paradies gebracht;
Den Zorn des Herrn hätt' er hinweggelacht
Mit echt napoletanischen Humoren.

Heut, da ich wandelt' ins Gewühl verloren
Am Hafen, fühlt' ich eine Hand, die sacht
An meinem Rockschooß sich zu schaffen macht';
Ein Griff — den Schlingel hatt' ich bei den Ohren.

Doch wie ein Aal entschlüpft' er mir und stand
Erst in der Ferne still, mit Sehnsuchtsblicken,
Recht wie vom tiefsten Mitgefühl durchdrungen.

Und mich vertröstend winkt' er mit der Hand:
„Geduld, Signor! 's wird nächstens besser glücken!" —
Fast that's mir selber leid, daß es mißlungen.

III.

Dies junge braune Schelmenangesicht
Mit Feuerblick und lachend weißen Zähnen!
Wie reizend hexenhaft der wirren Strähnen
Tiefschwarzer Kranz die niedre Stirn umflicht.

Sie kennt nichts Höh'res, als am Sonnenlicht
Im warmen Meersand faul die Glieder dehnen,
Doch muß sie früh schon bei den Fischerkähnen
Mitziehn am Schleppnetz, wie der Weiber Pflicht.

Hernach sitzt sie am Haus und schwingt den Wocken
Und singt dazu und ruft, gehst du vorbei,
Mit Lachen ihr „Signor, muojo di fame!"

Sie hat gut lachen! Diese Zähn' und Locken
Und sonst noch Unverfälschtes allerlei
Dürft' ihr beneiden manche große Dame.

IV.

Das Stirnhaar leicht mit Puder angegraut,
Den Schopf gekrönt mit falscher Flechtenmasse,
Ihr Fähnchen lang nachschleifend auf der Gasse,
Bachstelzenhaft, mit zwitschernd hellem Laut;

Zu jedem Mannsbild, das herüberschaut,
Hinäugelnd, ob ein Netz sich werfen lasse,
Nicht schön, doch zierlich, von gemischter Race,
Kohlschwarz das Aug', ein bleiches Braun die Haut:

So gehn Neapel's Töchter vom geringern
Stand dir vorbei und scheinen keck zu sagen:
Wir sind nicht Römerinnen, mußt du wissen.

Den Austern gleichen wir, den kleinen Dingern,
Die auch, wie wir, das Altern nicht ertragen,
Doch frisch geschlürft sind sie ein Leckerbissen.

V.

Sie hielten, vierzig Ladendiener, heuer
    Ihr Bundesfestmahl in Sorrento's Frische.
Für Suppe, Maccheroni, Braten, Fische
Und Früchte sind zwei Lire nicht zu theuer.

Doch wie sie tafelten! Mit welchem Feuer
Ein Jeder schlang, damit er ja bei Tische
Auch für sein Geld sein volles Theil erwische,
Portionen ließ verschwinden, ungeheuer!

Beim Nachtisch sangen sie zur Mandoline
Traviata, Rigoletto, Troubadour,
Wo mehr die forti glückten als die piani!

Der Kellner schlich herum mit saurer Miene.
„Vierzig Couverts — zwei Lire Trinkgeld nur! —
Ma che volete? Son Napoletani!"

VI.

Das Hirn voll Tand, im Herzen öde Leere,
    Sorgsam frisirt, geschminkt die welke Haut,
Mit jedes Hauses kleinem Klatsch vertraut,
Als ob in aller Welt nichts Höh'res wäre,

So schlendert dort der Veteran vom Heere
Der Stutzer, höchlich von sich selbst erbaut,
Voll Stolz, daß er mit Ehren so ergraut
Im strengen Waffendienste der Cythere.

Beruf und Ziel und Inhalt seines Lebens
War Frauenliebe; da ihn die verlassen,
Ist er zu nichts mehr auf der Welt zu brauchen,

Als nur — ein Vorbild manneswürd'gen Strebens
Der goldnen Jugend — auf Neapel's Gassen
Die langen, schwärzlichen Cavours zu rauchen.

VII.

Im Museum.

Am Sonntag stets und Feiertags mitunter
Ist freier Eintritt hier. Das Volk in Schaaren
Strömt durch die Säle, froh, den Franc zu sparen,
Und gafft und staunt und lacht und plaudert munter.

Ein stattlich Bürgerweib sah ich darunter,
Das einen Säugling trug mit krausen Haaren
Und leider noch viel krauserem Gebahren;
Er strampfte, schrie und trieb es bunt und bunter.

Da, öffnend ihre volle Brust in Eile,
Im Weiterschreiten stillte sie den Schreier,
Indeß sie selber sättigte die Augen.

Gesegnet Volk! Dir wird das Glück zu Theile,
Den Sinn für Kunst in früher Sonntagsfeier
Schon mit der Milch der Mutter einzusaugen.

VIII.

Ich sah im sechsten Stock auf dem Balkone
Ein Crestaïnchen (auf gut Deutsch: Grisette).
Sie näht', und mit der Arbeit um die Wette
Flog ihr Gesang im Ritornellentone.

Dazwischen, stolz herab vom hohen Throne,
Als ob sie all' die Pracht zu eigen hätte,
Beherrscht' ihr Blick des Meeres Spiegelglätte,
Capri, Vesuv und rechts Pizzofalcone.

Ein Mann mit Früchten kam vorbei. Nach denen
Ließ sie ihr Körbchen rasch am Seil hinab
Und zog's gefüllt herauf um wenig Heller.

Dann biß sie tapfer ein mit blanken Zähnen,
Bis ihr zum Stelldichein das Zeichen gab
Ihr Liebster, pfeifend wie ein Vogelsteller.

IX.

Und jenes blassen Mädchens dacht' ich da
    In meiner Eltern Haus. Ihr dumpfes Zimmer
Sah in den Hof, da saß sie nähend immer,
Bis ihre Hand dem Linnen ähnlich sah.

Was rings in Stadt und Land und Welt geschah,
Warf in ihr dämmernd Leben keinen Schimmer.
Daß schön die Erde sei, erfuhr sie nimmer
Und dacht' an Eins nur: daß ihr Ende nah.

Am Sonntag kam ein blonder Kammerdiener,
Der ihr von Liebe sprach; und schweigend ließ
Und lächelnd sie's geschehn, als wär's zum Spaße.

Zuweilen bracht' er Kirschen mit, dann schien er
Ein Gott ihr und ein kleines Paradies
Ihr Hinterstübchen in der Behrenstraße.

X.

Die Chiaja dröhnt von Reitern und Carrossen,
    Concert im Grünen, lust'gen Menschenschaaren.
Siehst du die schöne Frau mit blonden Haaren,
Stumm an des Gatten Seite hingegossen?

Er blickt so kalt, sie traurig und verdrossen.
Die Dulderin! Kann er ihr's nicht ersparen,
Dicht an dem Hause dort vorbeizufahren,
Wo er sein freches Liebchen eingeschlossen?

Die zeigt am Fenster sich zur Corsostunde.
Die arme junge Frau sieht stolz vorüber —
Wohin? Dort nach dem Stutzer hoch zu Pferd?

Aufblitzt ein Lächeln an dem blassen Munde,
Ein Wink — ein Blick herüber und hinüber —
O Dulderin! — Ihr seid einander werth!

XI.

Hier kannst du Gleichheit finden sonder Gleichen.
Sie machen Ernst mit dem erhabnen Spruche,
Wir sollten Brüder sein trotz Kain's Fluche;
Zumal die Schwestern wissen's zu erreichen.

Die Häßlichen und Hübschen, Arm' und Reichen,
Mit Ambradüften oder Fischgeruche,
Sie lesen sämmtlich nie in einem Buche
Und wissen aller Bildung auszuweichen.

Nur was man anziehn, küssen kann und essen,
Scheint werth, daß man danach Verlangen trüge,
Ob höher man geboren sei, ob tiefer.

Das Fischweib neidet nicht die Principessen.
Was Die besitzen, hat sie selbst zur Gnüge:
Liebschaften, Kinder, Eis und Ungeziefer.

✿

XII.

Ihr zählt, mein schönes Kind, kaum vierzehn Jahr'
Und habt ein so erwachsen kluges Lachen,
Und schwatzt so allerliebst von Liebessachen,
Schon aus Erfahrung, dächte man fürwahr.

Auch ist schon Einer — oder Zwei sogar —
Mit Ernst beflissen, Euch den Hof zu machen;
Selbst dem Verehrer Eurer eignen schwachen
Mama bringt Euer Aeugeln schon Gefahr.

Was Ihr nur tragt und thut und sprecht, hat Chic.
Ihr habt den besten Koch, den ersten Schneider,
Der frömmste Beicht'ger sorgt für Eure Tugend.

Begehrlich folgt Euch aller Männer Blick.
Ja, Ihr habt Alles, Signorina! Leider
Fehlt Euch nur eine Kleinigkeit: die Jugend.

✿

XIII.

Auf Capri.

Barfüßig, braun, das Haar zerzaus't vom Wind,
    Trieb sie ihr Eselchen mit sonderbaren
Zurufen an. Da wir gesprächig waren,
So lös't' auch ihr das Zünglein sich geschwind.

„Concetta heiß' ich. Hier auf Capri sind
Die meisten Mädchen hübsch. Vor wenig Jahren
Kam ein Milordo übers Meer gefahren,
Der nahm zur Frau sich ein Capreser Kind.

„Was half das Glück ihr? Weil's im Norden schneite,
Starb sie vor Frost und Heimweh, poveretta!
Der arme Herr! Tanto carina war sie!

„Man sagt, nun komm' er wieder, sich die Zweite
Zu holen." — Hättest du wohl Lust, Concetta? —
Und sie, ganz ernsthaft: Eh! potrebbe darsi.

❦

XIV.

Vom neuen Friedhof.

Ich sah die Sonne still zur Rüste gleiten,
    Capri, die Meeressphinx, in Gold getaucht,
Sorrent von zartem Veilchenduft umhaucht
Und um Sant' Elmo Dämmrung sich verbreiten.

Kaum athmete die Luft von Zeit zu Zeiten.
Das Wölkchen, das dem Feuerberg entraucht,
Hing wie getriebnes Silber, schöngebaucht;
Kein Schatten sonst in allen Himmelsweiten.

Und in mir sprach's: wie hoch auch Pessimisten
Betheuern, Nichtsein gelte mehr als Sein,
Hier fehlte wohl der Muth zu solcher Phrase.

Ihr, die ihr nicht mehr seid, ihr guten Christen.
Um einen Blick in dieses All hinein
Gäbt ihr das Nichts wohl unter eurem Grase.

❦

XV.

„Ein Stück des Himmels, das zur Erde fiel,
 Der Schöpfung Sonntagskind, ein zweites Eden,
Die Zauberin des Meers, bethörend Jeden,
Den je vorbeitrug seines Schiffes Kiel;

„Ein ew'ger Freudenborn, ein Leidasyl —"
O Freund, genug der überspannten Reden!
Die blanke Larve deckt gar arge Schäden,
Gar schnöder Lüst' und Leidenschaften Spiel!

Wohl mag dies Land des ew'gen Sonnenlichts
Ein Paradies dir dünken, zauberhelle,
Wo Schlangen locken: kommt und werdet Götter!

Doch Niemand pflegt im Schweiß des Angesichts
Hier abzubüßen seine Sündenfälle,
Und sehr entbehrlich scheinen Feigenblätter.

XVI.

Hier haben wahrlich alle Menschlichkeiten
 Ihr Stelldichein. An des Genusses Arm
Schlendert das süße Nichtsthun durch den Schwarm,
Und toller Leichtsinn tanzt dem Paar zur Seiten.

Es sprach von nordischen Bedenklichkeiten
Natur sie los und bannte Reu' und Harm.
Schwül sind die Tage und die Nächte warm —
Das Laster mag am liebsten nackend schreiten.

Nicht ist das Alter zahm, die Jugend blöde.
Ein Jeder fühlt im brausenden Gewimmel
Geborgen sich und seine liebsten Sünden.

So treibt er, was er mag, und ist es schnöde,
Er denkt getrost: selbst Gottes Aug' im Himmel
Weiß im Gewühl dich nicht herauszufinden.

XVII.

Auf Schritt und Tritt, wohin die Augen schweifen,
  Hast du hier Reiz und Schönheit zu bestaunen.
Kommst du in grauen Locken oder braunen,
Das alte „Sieh und stirb!" wirst du begreifen.

Es ließ der Himmel diese Perle reifen
In der humansten seiner Schöpferlaunen.
Was Spötter auch von ihren Flecken raunen,
Wird nicht den Glanz von ihrer Schale streifen.

Hier findest du zu Kauf wie im Bazare
Kunst und Natur, jedweden Schmuck des Lebens,
Daß Nichts dem schwelgendsten Bedürfniß fehle.

Von Allem auserlesne Exemplare.
Nur einen Reiz ersehnst du hier vergebens:
Den schlichten Liebreiz einer schönen Seele.

XVIII.

Villa B.

Ich kannte dieses Haus in frühern Tagen,
  Da schimmert' es von weißen Marmorbildern,
Von goldnen Wänden, Lüstern, Wappenschildern,
Von stolzer Pracht und üppigem Behagen.

Heut weht hindurch ein Herbsthauch von Entsagen,
Der alle Farben dämpfen will und mildern,
In Haus und Park ein reizendes Verwildern,
Noch schöner fast, als da sie Schmuck getragen.

Gleich einer stolzen Seele, die sich lange
Bewußt geblieben strenggemeßner Pflichten
Und, um zu glänzen, sich bequemt dem Zwange.

Doch ihrer spotten läßt Natur mit nichten.
Unmerklich folgt das Herz dem tiefen Hange
Nach Freiheit, der es lehrt auf Prunk verzichten.

XIX.

San Martino.

Wie Fürsten dieser Welt habt ihr gewohnt
    Hoch über Stadt und Land und Flutgebrause,
Ihr schweigsam stolzen Büßer der Karthause,
Stumm, weil nur Gottes Wort der Mühe lohnt.

Kein Papst noch Kaiser, der so schimmernd thront.
Kunst und Natur umblühten eure Klause;
Sant' Elmo's Fort war Schirmvogt eurem Hause,
Das Schätze häufte, die der Rost verschont.

Nun hat man euch zur Welt zurückgetrieben.
Nichts mehr von all dem Glanze blieb euch eigen,
Nicht eures Kreuzgangs kühler Marmorfrieden.

Doch wenn ihr wollt, ist Alles euch geblieben;
Denn wer da weiß zu schauen und zu schweigen,
Bleibt, auch entthront, ein Fürst der Welt hienieden.

XX.

Das Grab Virgil's
am Posilip.

Dich nenn' ich wohl des Glückes Lieblingssohn;
    Denn treulich folgend eines Größern Tritten,
Bist du Jahrhunderte hindurchgeschritten
Und glorreich der Vergessenheit entflohn.

Und wieder hob empor zu seinem Thron
Ein Größrer dich, der durch der Hölle Mitten
Zum Führer dich erkor, und wieder glitten
Weltalter hin — du sprachst dem Wechsel Hohn.

Zwar was du sangst von Waffen, Hirt und Heerde,
Hat nie die Welt erschüttert zaubermächtig;
Du aber bliebst der Zaubrer der Poeten.

Es liegt am zauberschönsten Fleck der Erde
Dein Grab, und zu ihm wallt die Welt andächtig,
Wie zu der Gruft der Heil'gen und Propheten.

XXI.

Du weißt es wohl, ich lebe nicht mehr gerne,
  Da Jahr um Jahr so herbe Schläge brachten,
Die wohl auch härtre Schultern mürbe machten,
Und ich das Leben bitter fand im Kerne.

Nichts mehr erquickt mich, was ich schaff' und lerne.
Ich weiß, nur wenig lohnt's, nach Wahrheit trachten,
Und jenes Laub, wonach Poeten schmachten,
Hält nicht den Blitz von Menschenhäuptern ferne.

Und doch, ob ich allein nach Ruhe strebe —
Vom Sonnenzauber dieser Stadt umglänzt,
Gesteh' ich's nur: hier athmen lohnt der Mühe.

Sie grüßt den müden Ringer gleich der Hebe,
Die ew'ger Jugend Nektar ihm kredenzt,
Daß neues Sein im Jenseits ihm erblühe.

XXII.

Der Tag ist wonniglich, die Inseln liegen
  Entschleiert wie Sirenen in der Flut.
Die Märchenstadt in San Martino's Hut
Glänzt wie ein Traum, da wir vorüberfliegen.

Wir können uns bequem im Wäglein wiegen,
Das Laub am Wege wehrt der Mittagsglut.
Fast dünkt das Leben lieblich uns und gut —
Was ist mir nur so feucht ins Aug' gestiegen?

Ach, siehst du vorn an unsres Pferdes Schopfe
Den Federbusch, der rastlos nickt und weht
Beim lust'gen Schellenklang im Weitertraben?

Den Schmuck trug ja das Pferdchen auch am Kopfe,
Das nun im öden Haus verlassen steht,
Seit seinen kleinen Reiter wir begraben!

Römische Sonette.

*

Im Coliseo.

Gelinder fließt in dieser Luft das Blut.
      Die Seele lernt ihr stürmisch Weh bezähmen,
Des Haftens am Vergänglichen sich schämen,
Wo eine stolze Welt in Trümmern ruht.

Höhnt hier nicht jede Quader: Eintagsbrut,
Willst du dein Zwergen-Ich so wichtig nehmen?
Was ist dein Sehnen, Jauchzen oder Grämen?
Ein Tropfen nur im All der Geisterflut.

Doch während mich umrauscht das ew'ge Fließen
Des uferlosen Meers, in dessen Bette
Spurlos versinkt, was hoch und herrlich war,

Kann wie ein schweres Unheil mich verdrießen
Ein ungefügig Reimwort im Sonette —
O Widerspruch, dein Nam' ist Mensch fürwahr!

*

Am Tiberstrande.

Wenn aus dem Stadtlärm in der Corsostunde
  Ich an den öden Tiberstrand mich rette,
Ist mir's, als ob aus seinem alten Bette
Der Fluß mir rauschte schauerliche Kunde,

Von Völkern, die er tief im schlamm'gen Grunde
Begrub, von Gräueln, die an dieser Stätte
Jahrtausende verübten in die Wette,
Da Macht mit Niedertracht so gern im Bunde.

Doch ist denn nicht der Strom ein junger Wandrer,
Der frisch herabsteigt vom Gebirg, dies Rom
Mit Neugierblick in seiner Flut zu spiegeln?

Herüberdräut ein Wissender, ein andrer
Blutzeuge: des Apostels Riesendom,
Der nie ein Beichtgeheimniß darf. entsiegeln.

Cives Romani.

Neu überhäuft mit Macht und Glanz und Ehren,
  Könnt ihr euch nicht erneu'n an Herz und Sinnen?
Nur eure Weiber sind noch Römerinnen,
Obwohl sie keine Römer mehr gebären.

Mit Groll seht ihr die Fremdenflut sich mehren,
Italiens Banner wehn von euren Zinnen.
Nur daß ihr jetzt am Miethzins mögt gewinnen,
Vermag die finstren Stirnen aufzuklären.

Und doch — statt des Geplärrs der Bettelorden
Wie munter klingt der kriegerischen Banden
Musik, ein frischer Zukunftshauch aus Norden!

Und wenn die päbstlichen Carrossen schwanden
Und Roth- und Violettstrumpf rar geworden,
Blaustrümpfe doch sind reichlich noch vorhanden.

Begegnung.

Sie stieg vom Capitol die Stufen nieder,
    Da purpurn schon die Sonne Roms versank.
Nie sah mein Auge, seit es Schönheit trank,
So stolzes Haupt, so königliche Glieder.

Die junge Brust quoll trotzig aus dem Mieder,
Leis bebten ihre Nüstern, bleich und schlank.
Als früg' ihr Reiz nach keines Menschen Dank,
Hielt sie gesenkt die breiten Augenlider.

Wie sie mich sah versunken ganz in Schauen,
Fuhr eine Flamm' aus ihrem Blick, dem stieren,
Als spräche sie: Wie wagst du, mich zu grüßen?

Ich bin von dem Geschlechte jener Frauen,
Die Macht besessen, Kaiser zu regieren,
Und Päbste knieen sahn zu ihren Füßen.

❧

Nach der Beichte.

Ich las heut ein Novellchen in der Frühe
    Am Thor von Sant' Andrea delle Fratte;
Es stand auf einem dunklen Rosenblatte,
Und zu enträthseln lohnte sich's der Mühe,

Warum von Muthwill' dieses Lärvchen sprühe,
Das eben noch zerknirscht gebeichtet hatte:
Ob es schon neue Sünden sich gestatte,
Ob noch vom schwülen Hauch der alten glühe?

Stark realistisch klang mir manche Stelle;
Die Lippen sprachen von verstohlnen Küssen,
Nur auf der Stirn sah ich ein Wölkchen liegen.

Da brach ein Lächelglanz hervor, so helle,
So süß — im Stillen hab' ich seufzen müssen.
Den Schluß vermuth' ich nur: daß sie sich kriegen.

❧

Occhiaten.

Mich dünkt, Italiens Volk ist zahmer worden.
    Nur selten hörst du noch von Gräuelthaten,
Banditenanfall, blut'gen Coltellaten;
Es blüht nur noch der Beutelschneiderorden.

Doch, mindert sich erfreulich auch das Morden
Selbst in des Südens schlimmverrufnen Staaten:
Nicht auszurotten scheinen die Occhiaten,
Brandpfeile, die uns unbekannt im Norden.

Zum Glück sind sie den Jüngern nur gefährlich
Und prallen ab vom Panzer reifer Tugend,
Wie Schwärmer aus des Feuerwerkers Esse.

Und so studir' ich heut ganz unbeschwerlich,
Was Herzblut mich gekostet in der Jugend,
Aus reinstem ethnographischem Interesse.

Antiquitäten.

Etruskervasen, Urnen, Opferschalen,
    Amphoren, schön bemalt, mit mächt'gem Bauch,
Pompeji's Lämpchen, noch geschwärzt vom Rauch,
Und Ring' und Münzen, Spangen und Sandalen —

Was nur verschonten Gothen und Vandalen,
Damit wir lernten alter Zeiten Brauch,
Hier liegt's gehäuft, und mit der Erfurcht Hauch
Beschleichen sacht dich der Begierde Qualen.

Doch tröste dich, wenn dir die Reisekasse
Entsagung auferlegt zu deiner Pein
Bei all den theuren Schätzen dieser Bude.

Man fabricirt hier Alterthum in Masse;
Echt ist und alt der Händler nur allein,
Ein echter alter Fuchs und Ghettojude.

Andre Zeiten.

Sieh nur, wie strömt's hinein in Sant' Agnese!
    Ist denn der guten Heil'gen Festtag heute?
So triumphirend stürmt das Thurmgeläute,
Als ob der Pabst heut selbst die Messe läse.

Zu Fuß, zu Wagen — Bettler und Marchese
Im Kampf, daß man ein Plätzchen noch erbeute —
Sagt, was begiebt sich drin, ihr guten Leute?
„Eh! Fra Giovanni singt, Signor Inglese."

Ja so, der Mönch, der alle Welt entzückt!
Stünd' heut der Heiland wieder auf, er müßte
Den Kürzern ziehn vor diesem Pracht-Tenore.

Die Kirche trägt, seit sie der Purpur schmückt,
Nach ausverkauften Häusern ein Gelüste,
Und gleich der Oper macht sie gern Furore.

❦

Politisches.

Welch toller Lärm? Was hat sich nur begeben?
    Steht wieder vor den Thoren Hannibal?
Nein, nur ein Sammetsessel kam zu Fall:
Im Parlament gab's ein Ministerbeben.

Das dritte schon, das wir in Rom erleben:
Zuerst Nicotera mit sanftem Schall,
Herr Crispi dann mit scandalösem Knall,
Und Patriarch Depretis gleich daneben.

Und Alle von der Linken. Laßt das Flunkern,
Als ob das Vaterland gefährdet wäre!
Hier heißt's ja nur: Steh auf, laß mich hier sitzen!

Nur großer Kampf reift große Charaktere.
Euch fehlt's an Pfaffen, Socialisten, Junkern
Und andrer schwerer Noth, die wir besitzen.

❦

Abendandacht.

Ihr sollt mich nicht in eure Kreise locken,
   Wo, was daheim ich floh, ich wiederfinde,
In Routs, wo von den Farben schwatzt der Blinde,
Wo Armuth prahlt mit aufgelesnen Brocken.

Nie darf das rieselnde Geplauder stocken,
Auf daß nur ja das Schreckgespenst verschwinde
Des eignen Nichts und minder man empfinde,
Wie eng der Geist, das Herz wie dürr und trocken.

Mit meiner Liebsten zieh' ich vor, zu Hause,
Wenn Abends im Kamin die Flämmchen summen,
Den Tag zu feiern, der so schön verflossen.

Ein Freund tritt wohl noch ein in unsre Klause,
Und uns vorüberzieht, wenn wir verstummen,
Was alles heut an Wundern wir genossen.

※

Suum cuique.

Was höhnst du nur die feinen Herrn und Damen,
   Die wohlgeschniegelten Philisterfratzen,
Die in der ew'gen Stadt nur ewig schwatzen,
Als ob sie dazu nur von Hause kamen?

Gönn' ihnen doch die Lust, in Tand zu kramen,
Vor Marmorbildern, Fresken und Arrazzen
Mit ihrem kleinen Ich herauszuplatzen,
Statt andachtsvoll zu flüstern große Namen.

Am Meeresufer in der Abendglut
Siehst du die Weiber ihre Wäsche spülen,
Wobei sich ruhelos die Zungen regen.

Ein Schwimmer stürzt sich schweigend in die Flut,
Im heil'gen Element sein Herz zu kühlen,
Dem stummen goldnen Taggestirn entgegen.

※

Im Vatican.

Mußt du, statt einsam durch dies Haus zu schweifen,
    Mit Deutschen wandern oder Brittenschaaren,
Wirst du in glüh'ndem Unmuth oft gewahren,
Daß sie betasten, was sie nicht begreifen.

Mag auch der Strom der Zeit an ihnen schleifen,
Sie bleiben doch im Herzensgrund Barbaren,
Die frech dem Zeusbild in die Locken fahren
Und vor dem Torso Gassenhauer pfeifen.

Doch mitten im Gewühl der Stumpfgebornen
Trifft dich ein Blitz aus nord'schem Augenlid
Wie Nordlichtschein, wenn rings die Flur vereis'te.

Dann fühlst du tröstlich, daß im Auserkornen
Der schönste Bund noch immer sich vollzieht,
Der Bund hellenischer Kunst mit deutschem Geiste.

Advent.

Am Himmel Wolkenjagd, bleifarb'ge Helle,
    In Frost erschauernd lag die Flur, die nackte;
Fern sah herüber spukhaft der Soracte,
Und lautlos schlich die gelbe Tiberwelle.

Ein junges Hirtenpaar, in Ziegenfelle
Gehüllt, schritt mit dem Dudelsack im Takte
Dem Thore zu, bis sie die Wache packte
Und unsanft sie hinwegwies von der Schwelle.

Erblichen ist in Rom, ihr guten Kinder,
Der Stern, der einst in Bethlehem erglommen.
Der Felsen Petri ward zur schroffen Klippe.

Und pochtet ihr am Vatican, noch minder
Wär' dort die Mahnung an den Stall willkommen,
Wo einst das Heil der Welt lag in der Krippe.

Sylvester.

Sie feierten Sylvester im Gesü
   Mit Kerzenglanz und festlichem Gepränge;
Die Orgel dröhnt', es braus'ten Chorgesänge —
Mir ging's zu bunt und laut und lustig zu.

Dem bösen Jahre wünscht' ich gute Ruh'
Und floh hinaus und wand mich durch die Menge
Zum Capitol hinan die sanften Hänge,
In düstrem Mut. Wohl hatt' ich Grund dazu.

Da sah ich, eng im Käfich eingegittert,
Die hagre Wölfin neidisch mich beäugen,
Als spräch' sie: Du bist frei und kannst noch klagen?

Sieh mich! Ich werd' als Wappenthier gefüttert!
Das ist der Dank, wenn Zwillinge wir säugen
Und gegen Menschen menschlich uns betragen!

Abschied von Rom.

Wer dich erkannt hat, scheidet nie von dir,
   Wie von der Mutter nie, die ihn geboren,
Und trennt sich unser Leib von deinen Thoren,
Zurück ein Stück der Seele lassen wir.

Umschließt nicht dies geheiligte Revier,
Was sich an Göttern je der Mensch erkoren?
Bewahrt der Hügelsand nicht unverloren
Die Fußspur aller Weltgeschlechter hier?

Und wie an längst vergessne Schulgeschichten
Die treue Mutter mahnt und uns dazwischen
Mit Lieblingsspeisen pflegt und süßen Früchten,

So lockt dies Rom, das Herz sich zu erfrischen
An Vorzeithauch — und römischen Leibgerichten,
Wie der Falcone sie weiß aufzutischen.

Nach Hause!

Den letzten Gruß herab von den Terrassen
    Des Pincio dir, du Sonne Roms! In Glut
Tauchst du die Hügel rings in deiner Hut,
Eh sie für immer meinem Aug' erblassen.

Zum letzten Mal umwogt mich in den Gassen
Die heimwärtsströmend rege Menschenflut.
Nachtstimmen Roms — wie kenn' ich euch so gut
Und soll euch morgen fern verbrausen lassen? —

Doch da ich lag in kurzem Schlummer kaum,
Träumt' ich, das Wäldchen hört' ich wieder rauschen
An meinem Haus im Hauch des deutschen Windes.

Und helle Sehnsucht reißt mich aus dem Traum,
Dem Morgenlied des Amselpaars zu lauschen,
Der Spielgefährten meines lieben Kindes.

Städtebilder.

*

Brescia.

Wie locken mich all deine Lieblichkeiten,
    Du schönes Brescia! Nur noch einmal schauen
Möcht' ich Moretto's fürstlich-holde Frauen
Und all die werthe Kunst versunkner Zeiten.

Wie durch ein Märchen glaubt' ich hinzuschreiten
In todtenstillen Gassen, an den grauen
Palästen hin; nur das Geschrei der Pfauen
Drang über Gartenmauern mir zur Seiten.

Doch wo die alten Tempeltrümmer grüßen
Aus dunkler Feigen Laub, trat ich hinein
Und sah die schönste der Victorien thronen.

Lang ruht' ich andachtsvoll zu ihren Füßen.
O Göttin, warum mußt du ehern sein!
Ein Kranz aus solcher Hand — wie würd' er lohnen!

*

Mailand.

Daß du modern und halb französisch sei'st,
    Vom Edelrost Italiens reingescheuert,
Ein blankes Klein-Paris, ward mir betheuert;
Echt sei hier nur, daß man Risotto speis't.

Und doch, entschwand auch der gewalt'ge Geist,
Der deine Adelshäupter einst befeuert,
Im Kampf mit Oestreich hast du ihn erneuert,
Den Ruhm, daß Nichts dich von Italien reißt.

Wo nur dein Name klingt, wird zweier Werke
Gedacht, zu ew'gen Zierden dir errichtet,
Wie schön're nie italischen Geist erprobten.

Eins schuf des Lionardo heil'ge Stärke,
Das andre hat dein edler Sohn gedichtet:
Das wundervolle Buch der zwei Verlobten.

*

Turin.

Groß, still und einsam, wie ein schlichter Held,
    Der, wenn er kühn bestanden schwere Proben,
Mit kümmerlichem Dank beiseit geschoben,
Sich stolz zurückzieht vom Geräusch der Welt,

So ruhst du. Deine Gassenadern schwellt
Kein frisches Lebensblut mit muntrem Toben.
Ernst blickt hernieder die Superga droben,
Wo deine Fürsten sich die Gruft bestellt.

Stumm und verödet ragt dein Königsschloß,
Das Adlernest, aus dem zu Kampf und Siege
Aufflog Savoyens Aar mit trotz'gen Flügeln.

Doch wie er glorreich auch zur Sonne schoß,
Niemals vergißt er seiner Jugend Wiege
Im neuen Horst dort auf den sieben Hügeln.

*

Genua.

> . . . . Handlung
> Ist der Welt allmächtiger Puls.
> Platen.

Dein Puls, du stolzes Genua, ist erschlafft.
Noch sieht man herrlich dich im Halbrund thronen,
Als gält's dem hehren Schauspiel beizuwohnen
Siegreicher Flotten, hoher Heldenkraft.

Doch statt zu handeln, treibst du Handelschaft.
Heut gelten Actien statt der Staatsactionen,
Die Schiffe bringen Waaren fremder Zonen,
Nicht mehr Trophä'n, dem Saracen entrafft.

Vom Geist der Zeit hast du dich bänd'gen lassen.
Ward doch die Bühne, die ihn spiegelt, heute
Ein Markt, wo täglich sich die Curse wandeln.

Das höchste Kunstgesetz sind volle Kassen,
Und sehr verstimmt es die soliden Leute,
Läßt ein Charakterkopf nicht mit sich handeln.

*

Pisa.

Beati i matti!
Gius. Giusti. Le memorie di Pisa.

Weich ist die Luft an deinem stillen Fluß,
   Und Heil und Lindrung suchen hier die Kranken.
Wohl macht der schiefe Thurm mit dem Gedanken
Vertraut, daß Irdisches zur Erde muß.

Hier fand einst Galileo, Schluß an Schluß
Tiefsinnig kettend, in der Ampel Schwanken
Des Pendels Norm, und aus den Blütenranken
Des Camposanto weht's wie Geistergruß.

Doch freudig, auch von Ernst und Tod umfangen,
Blüht junge Kraft. Hier war's, wo muntre Schaaren
Beim „Ussero" mit meinem Giusti schwärmten;

Wo sie das Lied von den drei Farben sangen
Und, wenn sie Nachts voll süßen Weines waren,
„Selig die Thoren!" durch die Gassen lärmten.

Siena.

Ich sah dich hellgeschmückt vom jungen Lenz,
   Du höchstgethürmte von Toscana's Städten,
Und Blütenbanner friedenvoll umwehten
Die einst'ge Nebenbuhlin von Florenz.

Dein Ruhmesanrecht — nur der Forscher kennt's.
Der Wettstreit ruht; du bist zurückgetreten.
Doch Aug' und Herz der Künstler und Poeten
Bestreiten der Jahrhunderte Sentenz.

Hier folg' ich gerne jener Heil'gen Spuren,
Die rührend edel Welt und Himmel maß
Mit reinstem Blick begnadeter Naturen.

Und wer, der jemals sie geschaut, vergaß
Die andern Wunderwerke dieser Fluren,
Die wonnigen Gestalten Soboma's!

* * *

Parma.

(Correggio's Madonna della Scodella.)

Des Himmels höchste Wölbung zu erfliegen
Ist deiner Engel Jubelsturm geglückt,
Und wieder liebtest du, dem Licht entrückt
In spielend süßer Dämmrung dich zu wiegen.

Auch der Gefühle Zwielicht, drin verschwiegen
Die Seele schwelgt, hat deinen Sinn entzückt;
So schufst du die Madonna reizgeschmückt,
Werth, daß die Himmel ihr zu Füßen liegen.

Noch ist sie irdisch ganz. Im Palmenwäldchen
Ruht sie behaglich an der schönsten Stelle,
Bei ihr das Götterkind, das sie geboren.

Die Schale füllt dem blonden Huldgestältchen
Ein Engel aus improvisirter Quelle,
Indeß die Mutter lächelt traumverloren.

* * *

Ancona.

Für schlechtriechende Gassen entschädigt und für des Scirocco's
Drückende Luft der Triumphbogen am Molo Trajan's.
Platen.

Zeigst du dich denn noch immer deutschen Dichtern
Im schlimmsten Licht? Es wälzte Rebelmassen
Auch mir Scirocco durch die schmutz'gen Gassen,
Und selbst der Bau Trajan's stand grau und nüchtern.

Was fabelt hier von schönen Frau'ngesichtern
Das Reisebuch? Zu diesen fieberblassen,
Verkommnen Weibern will das Lob nicht passen;
Als ahnten sie's, so gehn sie stumm und schüchtern.

Doch ferne sei's, von deinem trübsten Tage
Auf all die hellen, die dir blühn, zu schließen
Und Leopardi's Heimathflur zu schelten,

Gleich ihm, dem hohen Genius der Klage,
Dem, was ihm selbst versagt war zu genießen,
Das Glück der Welt, als Irrwahn mußte gelten.

❦

Mantua.

Kommst du nach Mantua, wirst du dir vor allen
Giulio's berühmte Freskenwelt betrachten,
Sternbilder, Bacchanal, Gigantenschlachten,
Und den Palast del Tè erstaunt durchwallen.

Hast du an dreister Sinnenkraft Gefallen,
Magst du bewundern sein gewaltig Trachten
Und doch im Stillen wohl nach Edlerm schmachten,
Das in der Seele weckt ein Widerhallen.

Dann flüchte zum Archivio notarile,
Wo Wand und Deckenraum Mantegna schmückte,
Mit der Gonzaga Bildern sie belebend.

Hier blüht die Kunst noch rein im schlichtsten Stile,
Eh Virtuosenhochmut sie berückte,
Der Erbschaft Rafael's sich überhebend.

❦

Venedig.

Nun ist entthront die stolze Wellenbraut,
Die einst den trotz'gen Nacken bog dem Meere.
Nicht wird sie mehr auf goldner Prachtgaleere
Dem ungestümen Freier angetraut.

Doch in der Lenznacht, wenn mit Donnerlaut
Die Springflut steigt, dann ist's, als ob die Hehre
Wehrlos dem Element zu eigen wäre,
Auf das sie Tags so kühl herniederschaut.

Hoch über die Piazzetta schwillt die Flut
Und braus't herein, ersäufend alle Gassen,
Und um San Marco plätschert Ruderschlag.

Das Meer umwirbt die Braut mit Liebeswuth,
Doch nur die Füße darf es ihr umfassen
Und schleicht beschämt von dannen lang vor Tag.

Verona.

Und so entläßt dich, wie sie dich empfangen,
Italiens schöne Tochter an der Schwelle,
Auf daß nach ihrer Mutter Sonnenhelle
Du sehnlich immer müssest heimverlangen.

All ihre Lieblichkeit und stolzes Prangen
Grüßt dich noch einmal aus des Stromes Welle;
Was dir der Süden bot, an dieser Stelle
Ist's wie im Auszug dir vorbeigegangen.

Amphitheater, Dom, Arcaden, Plätze
Voll Marktgewühls und ausgelassner Schreier,
Ja ein Triumphthor selbst ward nicht vergessen;

Der Mal- und Bildkunst unerschöpfte Schätze,
Glutaugen, leuchtend unter schwarzem Schleier,
Und jenes Giusti-Gartens Prachtcypressen.

Riva.

> Tu adesso riposa, vil maledetto, che
> sei venuto dall' alta montagna per
> venir qua giù abbasso a rompere il
> disopra della porta senza diritto!

Ich stieg von Riva jenen Pfad hinan,
    Den breitgebahnten, nach dem Ledrothale,
Durch den in Katarakten der Ponale
Sich stürzt; und eh' ich noch die Schlucht gewann,

Fand ich ein Haus am Weg. Ein Stück daran
War frisch gemauert über dem Portale,
Daneben trug die alte Wand, die kahle,
Die Kohlen-Inschrift, die der Zorn ersann:

„Du halt' nun Ruh', vermaledeiter Wicht,
Der du vom Hochgebirg zu dieser Mauer
Kamst, wider Recht den Thürsturz einzubrechen!"

O Vater Shakespeare, dein Kothurn ist nicht
Zu hoch für sie! Wo lernte dieser Bauer
Wie deine Könige und Helden sprechen?

XI.

Kunst und Künstler.

(Winter 1877/78).

I.

Favete linguis.

Da ich ein junger Gesell, wie schalt mich oft die Geliebte,
  Wenn ich in Schweigen versank mitten im lachendsten Glück,
Um erst ferne von ihr in beflügeltem Wort zu ergießen
  All der Gefühle Gewalt, die mir die Nahe geweckt.
So auch wandelt' ich stumm vorbei an den holden Gebilden
  Südlicher Kunst; erst spät kam das Erlebniß zu Wort.
Ist doch Denken Erinnern, und Dichten ein inneres Anschaun;
  Worte beschwören den Geist, der sich den Sinnen entzog.
Nachzubeleben entschwundenes Glück vermag die beseelte
  Rede; lebend'gem Genuß gnügt ein verworrenes Ach.

II.

Rath der Götter.

(Relief.)

Aphrodite in eigner Person und Eros und Peitho
  Um die Beiden bemüht, die sich zu gut nur verstehn?
Helena senkt schamglühend das Kinn, der kecke Verführer
  Scheint zu erwägen, ob auch ehrbar und sittlich der Raub.
O die Losen! Sie spielen die Schüchternen, möchten den Schein sich
  Geben, als folgten sie nur zögernd der Himmlischen Rath.
Laßt sie nur zwei Minuten allein, und Helena liegt in
  Paris' Armen; es kann Peitho noch lernen von ihm.

III.

Perseus und Andromeda.

(Relief.)

Sieh, wie ehrerbietig der Held die gerettete Schöne
  Leitet die Felsen hinab, da er den Drachen erlegt.
Doch nicht traut sie dem Frieden, sie folgt mit Zagen dem Retter,
  Dem appetitliches Fleisch ganz wie dem Unthier behagt.

IV.

Apollo unter den Grazien.

(Relief.)

Laß nur nicht von den Mädchen zurück aufs Lager dich locken,
  Dem mit schwerem Entschluß kaum du den Rücken gewandt.
Süß wohl schmeicheln sie dir, die gefälligen Kinder. Sie kennen
  Jegliche Kunst, die weich Götter und Menschen bestrickt.
Doch es entnervt ihr wonniger Kuß. Nicht glückt dir ein mächtig
  Fernhintreffendes Lied, gabst du der Charis dich hin.

V.

Parriß.

Worauf horchst du, Schöner? Auf jenen gewaltig entbrannten
    Archäologischen Zank, wie zu benennen du seist?
Schalkheit schürzt dir die Lippen. Du denkst wohl, keiner der Heiden,
    Noch so sicher getauft, thu' es an Reiz dir zuvor.

❦

VI.

Der Farnesische Hercules.

Welch ein schwellend Gebirge von Fleisch und Muskeln!
                           Am Kopf nur
    Kam er ein wenig zu kurz; enge sind Schädel und Stirn.
Doch so schuf ihn Natur mit Bedacht; ein Klügerer hätte
    So fruchtlosem Geschäft schwerlich das Leben geweiht,
Nicht vom Schmutze gesäubert die Welt, von wüstem Geziefer,
    Noch prometheischen Trotz rettend vom Geier befreit.
Aber erkennst du denn nicht, halbgöttischer Thor: des Augias
    Stall füllt wieder sich an, wieder ergänzt sich die Zahl
Grimmiger Hydrahäupter; es kreischen die Stymphaliden,
    Kraft und Gewalt aufs Neu' schmieden in Bande den Geist.
Darum senkst du nun freilich das Haupt in zweifelnder Schwer-
                           muth;
    Doch nicht gänzlich umsonst hast du die Kräfte bewährt.
Glück bei Weibern trägt es dir ein; es liebten die schönen
    Seelen sogar von je diesen athletischen Wuchs,
Mit so geringem Verstande gepaart, und Omphale setzt auf
    Solch stiernackigen Freund gerne den zärtlichen Fuß.
Ja, im Olymp, wo Hebe, die Zierlichschwebende, furchtlos
    Dir in die schwielige Faust bräutlich ihr Patschchen gelegt,
Stiftest du Zwietracht fast. An ihrem gewaltigen Kriegsgott
    Schielt nun Venus vorbei, neidet der Kleinen ihr Glück.
Fast wird eifersüchtig der Vater der Menschen und Götter,
    Da leutseligen Blicks Juno den Neuling begrüßt.
Nur die Grazien flüchten entsetzt; es rümpfet Minerva
    Höhnisch die Lippe: „Warum ließ man den Hausknecht herein?"

❦

VII.

Silen's Nachtbesuch bei den Liebenden.
(Relief.)

Sagt, wer lädt so spät sich zu Gast? Sie wähnten sich sicher,
    Aber der Alte, der Gott, spürte die Liebenden aus.
Hier, so ruft den Begleitern er zu, hier will ich ein wenig
    Rasten. Der Hausherr war einst mir genauer bekannt.
Untreu ward er dem Alten; es zwang ihn stärkerer Zauber,
    Und mit Eros im Kampf pfleg' ich den Kürzern zu ziehn.
Doch mir kehrt ein Jeder zurück; ich harre geduldig,
    Bis die lodernde Glut selbst nach Erfrischung verlangt.
Lös't mir nun die Sandalen, ihr Knaben. Ich mach' es als
                    Hausfreund
    Gern mir bequem. Doch ihr, trunkene Laffen, entweicht! —
Ach, wie erschrickt das Pärchen! Sie hören die taumelnden Stimmen
    Drauß in der Gasse; die Muthwilligen lärmen am Thor.
Seid nur getrost! Ihr seht, kaum hält der Alte sich aufrecht;
    Bald entschläft er, und treu hütet dann Eros das Haus.

VIII.

Kunst und Publikum.

Hörst du das freche Geschnatter im Saal der Bronzen? — Mir
                    schaudert!
    Hätten sich Gänse verirrt in den geheiligten Raum? —
Nicht doch! Menschenstimmen! Man lacht, man trällert Passagen.
    Shocking! hör' ich und Well! — Dear me! — Nun seh' ich
                    sie auch:
Amerikanerinnen, ein halbes Dutzend, die Hütchen
    Sehr verwogen und schief über den Scheitel gerückt,
Dort auf dem Marmorsopha, vertieft in Berichte vom letzten
    Rout, wo Mistreß und Miß neue Toiletten gesehn;
Und nun folgt Médisance. Es hören die edlen Gebilde
    Rings im Saale mit großäugigem Staunen den Klatsch.
Doch was wollt ihr? Man kauft für das Eintrittsgeld im Theater
    Wohl die Erlaubniß auch, nur in die Logen zu sehn.

IX.

Eintritt in Rom.

Dicht vor Ponte molle begrüßt den nordischen Wandrer
    Rechts der Täufer und links Christus, zur Taufe geneigt.
Ueber die Breite des Wegs sprüht hier die Gnade, zum Zeichen,
    Daß ein Tropfe des Heils auch die Verstocktesten trifft.
Aber der Teufel erfand das Dampfroß. Heiden und Juden
    Schleichen sich heillos jetzt hinten herum in die Stadt.

*

X.

Bernini's Brunnen
auf Piazza Navona.

Ja, er ist nur ein Manierist, doch manchmal im größten
    Stil, deß wilder Humor jeden Stilisten beschämt.
Dies Flußgöttergesindel, das ungeschlachte, die Bestien
    Um den zerklüfteten Fels, vom Obelisken bekrönt —
Hätt' ein Größerer hier sich so groß aus dem Handel gezogen,
    Mit so guter Manier hier ein Stilist uns ergötzt?

*

XI.

Dilettantismus.

Im feuchtdunklen Bezirk zu Füßen der wipfelgewalt'gen
    Ewigen Eiche — wie breit macht sich der Pilze Geschlecht.
So im Schatten der Kunst, der erhabensten, welche die Welt sah,
    Wuchert im ewigen Rom Dilettantismus zuhauf.

*

XII.

Verwundete Amazone.

Schönes Mädchen, du flößest ins Herz mir inniges Mitleid!
    Rührender büßt kein Mensch einen verfehlten Beruf.

*

XIII.

Venus aus den Gärten Mären's.

Venus nannten sie dich. Nun schelten sie, daß du zur Göttin
    Doch nicht göttlich genug, irdisch vielmehr und gemein.
Schöne Natur, wie reich im Unvollkommnen beglückst du!
    Leer ausgehet nur Der, der das Vollkommene sucht.

XIV.

Apoxyomenos.

So hat Mutter Natur in reingeschwungenem Gleichmaß
    Sich ihr Lieblingsgeschöpf, so sich den Menschen geträumt,
Ehe der Vater, der Geist, mit dem Uebermaß des Gedankens
    Herrisch von oben herab ihre Gebilde verpfuscht.

XV.

Der sterbende Fechter.

Wofür hat er gekämpft? Gleichviel! Und war's um gemeinen
    Taglohn — vornehm erscheint immer im Sterben der
                                        Mensch.

XVI.

Juno Ludovisi.

„Wie ein Gesang des Homer"? Und was denn sagte dies
                                        Antlitz
    Mir vom Zorn des Achill, von der Sirenen Gesang?
Nein, kein dichtender Geist, kein irdischer Zauber beseelt dich:
    So unnahbar und kühl leuchtet der Aether allein.

XVII.

„Die sterbende Meduse"
in Villa Ludovisi.

Dies jungfräuliche Haupt, in des bitteren Todes Umnachtung
    Duldend geneigt, die stolz schwellende Braue, der Mund,
Nie von niedrigen Worten entweiht, von stummer Verachtung
    Leise gerümpft, noch jetzt, da er das Leben verhaucht —
Wie? ihr nennt sie Meduse? Des Haarschmucks seidene Fülle
    Ringelt an Wangen und Hals wirr sich zum Nacken hinab,
Wie von Todesschweiße genetzt, vor Schauder erstarrend,
    Doch in Schlangen verkehrt nimmer sich dieses Gelock.
Nie feindselig wird dies Antlitz blicken, das Leben
    Rings versteinernd; es sinkt willig hinab in die Nacht.
Denn hier oben im Lichte, der Brutstatt niedern Gezüchtes,
    Wo in üppigem Flor nur das Gemeine gedeiht,
Ach, was hielte die Seele zurück, die edelgeboren
    Ihres Gleichen umsonst sucht in dem eklen Gewühl?
Fremd durchwallt sie die Pfade des fröhlichen Haufens; sie ist nicht
    Wie die Andern, sie hat nicht sich zu schmiegen gelernt.
Hoffahrt schelten sie ihr den ruhigen Adel, und Kaltsinn
    Ihre Trauer; als Schuld schmähn sie ihr eigenstes Selbst.
Nirgends ein ebenbürtiges Glück im Leben, im Tod nur
    Darf sie sich hoheitsvoll ihrer Bestimmung erfreun.
Und die Gedankenlosen, die Lustigen, gehn an der Todten
    Unversteinert vorbei, höchstens die Achseln gezuckt:
„Warum wollte sie besser als Andere sein? Nun hat sie's
    Schlimmer als Andere; ihr ist nach Verdienste geschehn."
Und ihr nennt sie Meduse? O nennt sie die Muse der Tragik,
    Und wer seelenverwandt, tröste sich dieses Gesichts!

XVIII.

Auf eine griechische Büste des Traumgottes.

Wer dich bildete, Dämon, geflügelten Hauptes, die Lippen
    Höhnisch pressend, den Blick eisig ins Leere gespannt,
Ihm umschwirrten das Lager zu Nacht nur trügliche Larven;
    Glückweissagend und treu bist du ihm nimmer genaht.
Stets nur täuschtest du hämisch ihm vor das Bild der Ersehnten,
    Das mit Händen berührt schaurig in Nebel zerfloß,
Eh' es dem Armen vergönnt, an zärtlichen Lippen der Sehnsucht
    Fieber zu kühlen, das Haupt bettend der Theuren im Schooß.
Oder du hast all das ihm gewährt, daß nur um so bittrer
    Er aus seligem Wahn wieder erwache zur Qual.
Bleibe mir stets vor Augen, den Leichtbetrognen zu warnen,
    Daß auch wachend er nie traue dem Traume des Glücks!

✣

XIX.

Naturtrieb.

Wer als strebender Künstler nach Rom wallfahrtet voll
                           Andacht,
    Mitleidswürdig zuerst scheint er den Andern und sich.
Denn hier ist so Großes geschehn, so gewaltige Fußspur
    Ließen die Alten zurück in dem empfänglichen Staub:
Ach, wie klein, wie verspätet und kümmerlich scheint sich der
                            Enkel!
    Pinsel und Meißel und Stift legt er mit Seufzen beiseit.
Aber getrost! Der Naturtrieb wacht. Wie immer das suum
    Esse beschaffen, es sorgt, sich's zu erhalten, der Mensch.
Bald erwählt sich ein Jeder nach seiner Art und Begabung
    Irgend ein kleines Gebiet, das er mit Eifer bebaut.
Neben Cypressen und Palmen gepflanzt, nimmt freilich ein
                            Kohlfeld
    Nicht zum besten sich aus, aber es nährt doch den Mann.

Und nun malt er vergnügt Ciociaren und bunte Veduten;
    Kuppelnde Lohnlakayn führen die Käufer ihm zu.
Einige hab' ich gesehn vor einem Vierteljahrhundert,
    Damals rüstig bemüht, Ruhm zu verdienen und Geld;
Und nun fand ich sie wieder, vom Ruhmesfieber genesen,
    Nur noch rüstig bemüht, Geld zu verdienen und Geld.
Ja, Gottlob! Roms Luft ist gesund, und just die Philister,
    Hier in der Petersstadt werden sie petrificirt.

❧

XX.

Rafael's Jonas.

Immer, so oft ich träumend und ziellos schlendre dem Thor zu,
    Lockt mich Santa Maria del Popolo — unter den Kirchen
Roms die gepriesenste nicht, doch mein erkorener Liebling —
Mit geheimer Gewalt in ihre bescheidene Pforte.
Still ist's drinnen und traulich, zumal zur Stunde des Mittags,
Wenn die Messe vorüber. Ein honigsüßes Gedüft von
Eben erloschenen Kerzen und Weihrauch wandelt im falben
Zwielicht magisch dahin und spielt in bläulichen Ringeln,
Wo durch bogige Fenster ein Sonnenschimmer hereinbricht.
Solches behagt dort hinten dem Mütterchen. Hüstelnd, den
                                            braunen
Rosenkranz in den Händen, hinüberdämmert sie friedlich,
Und auf Filzschuh'n trippelt, als gönn' er ihr herzlich das bißchen
Kirchenschlummer, vorbei ihr Altersgenosse, der Küster,
Der auch mich wohl kennt und mir zu Liebe die Kirchthür
Ein halb Stündlein später verschließt, obwohl er als Ketzer
Längst mich erkannt. Sein Schad' ist's nicht, noch bin ich im
                                            Weg ihm,
Wenn ich voll Andacht wieder die herrlichen Werke betrachte,
Die verschwenderisch hier des Sansovino beseelter
Meißel, der zärtliche Pinsel des Pinturicchio erschaffen.
Immer zuletzt dann weil' ich in jener berühmten Capella

Chigi, welche dem großen Saneser Banquier zur Familien=
Gruft Er selber erbaut, der göttliche Rafael. Andre
Traten hinzu, wie ein Schatzkästlein mit Edelgesteinen,
Reich zu verzieren den Bau mit unsterblichen Meistergebilden.
Doch er selber entwarf für die Kuppel den Schmuck: die Planeten
Um Gottvater gereiht, des Firmamentes Erhalter,
Und nachschuf mit musivischer Kunst ein venedischer Meister
Sein erhabenes Werk. Doch mehr als Alles ergreift mich
Dort in der Nische zur Linken die Knabengestalt, die der große
Urbinate, so heißt's, im Marmor bildend vollendet,
Er, den sämmtliche Musen begabt mit Zaubergewalten.
Zu den Propheten gesellt, die vorverkündet den Heiland,
Sitzet der Knabe Jonas, gewandlos, in der Geberde
Ahnungsvollen Erstaunens zurückgebogen, das Haupt nur
Vorgeneigt, wie gebannt von dem Schreckbild, das ihm zu Füßen
Auftaucht, eben ans Ufer gespült: der Rachen des grausen
Meerunholdes. Ergreift das Gemüt des Kindes die Ahnung
Seines Prophetengeschicks und schaudert die knospende Seele,
Weil im Bauche des Fisches dereinst drei Tage zu wohnen
Ihm vom Schöpfer bestimmt? Und doch, glückseliger Knabe,
Gehst du ja wieder hervor zu Licht und Leben und preisest
Um so froher den Herrn, der aus dem Grab dich errettet.
Ach, ich denke zurück an ein anderes Kind, dem auch einst
Wie ein Blitz in die Seele die Ahnung zückte, hinunter
Müss' es in schaurige Nacht. Aus fröhlichen Spielen auf einmal
Stürzt' es hinweg und warf mit schreckentgeistertem Antlitz
Sich in die Arme der Mutter. O liebe Mutter, was ist denn
Tod? Muß ich auch sterben? — Und mühsam glückt' es, den
                                          schwarzen
Traum ihm wieder zu scheuchen. Nun ward sein Ahnen ver=
                                          wirklicht;
Doch ihn zog kein gnädiger Gott aus der Tiefe zurück ans
Wärmende Licht, mit den Kindern der Welt sich des Tages zu
                                          freuen.
Und mir umflort sich der Blick. Durch täuschende Schleier der
                                          Wehmuth
Glaub' ich das Bild zu erkennen, das ewig nahe, des Lieblings

Dort in der Nische, den Leib von Todesschauern umfröstelt.
Bist du's wirklich und rufst mir zu: O rette mich, Vater!
Sieh, es verschlingt mich der Tod! — Da rührt ein zitternder
Finger
Sanft an der Schulter mich an: Es ist Zeit, Herr! — Und mit den
Schlüsseln
Klirrend winkt mir der Alte. Ich wende mich ab, und er-
schüttert
Wank' ich hinaus an den Tag, als hätte mich selber der Abgrund
Ausgespie'n und ich trät' ein Gespenst in das sonnige Dasein.

XXI.

Geisterbeschwörung.

Jeder, und sei er auch noch so jung, hier lernt er Erinnern;
    Lernt' er es sonst schon, — hier wird er ein Meister der Kunst.
Doch hier ist's kein traulich Geschäft. Von herzlicher Treue,
    Inniger Sehnsucht weiß hier die Erinnerung nichts.
Was verschwunden, gehörte der Welt. Es rauscht wie ein Sturm-
wind,
    Wenn sich ein Folioblatt dieser Annalen bewegt.
Nur wer lesen gelernt auch zwischen den Zeilen, erfährt aus
    Diesem Gedenkbuch auch heimliches Herzensgeschick.
Dichteraugen erscheint in dem Armband, das in der Villa
    Unter dem Schutte sich fand, Mehr als ein goldener Reif.
Ihnen ersteht aus der Asche der Arm und winkt und bewegt sich,
    Schmiegt sich schüchtern und fest um des Erkorenen Hals.
Wesenloses gewinnt nun Gehalt, Geringes Bedeutung,
    Und aus Moder und Staub lodert noch einmal der Geist.

XII.

Reisebriefe.

(1871.)

I.

Liebste, da ich heut im Regenzwielicht
Von dir ging, noch unsern Buben herzte,
Und die großen Mädchen sehr verschlafen
Mir zum Abschied Mund und Wange boten,
Dann der Morgenwind mit frost'gem Schauer,
Gar nicht lenzhaft, mein Gesicht umsprühte —
Sinnlos schien ich mir und aberwitzig,
Daß ich fortging, weil der Arzt gerathen,
Alten Gram in neuer Luft zu heilen.
Der Gesundheit, ach, des Friedens Quelle,
Fließt sie einzig nicht im Bann des Hauses?
Auch der schönsten Ferne fremdes Treiben,
Farbenbunt geschäftig Weltgewimmel —
Was dem wunden Herzen kann es bieten,
Das ihm besser nicht daheim erblühte?
Und so drückt' ich, trutzend und verdrossen,
Fest mich in den dumpfen Fensterwinkel,
Scheinbar schlafend. Doch den Schein benutzte
Ein vergnüglich Flitterwochenpärchen,
Das der Kellner im Hôtel vermuthlich
Allzufrüh geweckt aus Liebesträumen.

Denn sie hatten viel geheime Dinge
Sich ins Ohr zu flüstern, sich die Hände
Zu zerdrücken, und im Tunnel vollends
Hört' ich's wie verstohlne Küsse zwitschern.
Ich zwar, über solche Menschlichkeiten
Milde denkend, drückte gern ein Auge
Drüber zu, und blinzelnd mit dem andern
Sah ich in die glimmende Morgenröthe.
Doch mein Zartsinn half nicht lang. Ein zweites
Pärchen stieg mit Kind und Kinderwärtrin
Zu uns ein, die Frucht der Honigwochen
Zappelnd auf dem Schooß, und nicht zum Kosen,
Nicht mehr aufgelegt zum Händedrücken,
Da das Aeffchen steter Wartung brauchte.
Es dem guten Großpapa zu zeigen,
Willig litten sie die Reiseplage,
Mit unendlichem Geräth beladen,
Fläschchen, Töpfchen, Klapper, Müschenpfanne,
Uebersorglich stets, doch überselig,
Weil der goldne Liebling sehr manierlich
Sich betrug und Jedermann ihn lobte.
Wieder Halt, und neue Menschen. Trällernd
Steigt ein munterer junger Mann, in flottem
Großcarrirtem Anzug, in den Wagen,
Bald mit seinem ältern Gegenüber
In Gespräch vertieft und rascher Freundschaft.
Beide handelten mit gemischten Waaren,
Und nachdem der Jüngre stolz berichtet,
Heut in Coburg harre sein das Bräutchen,
Da er morgen dort die Hochzeit feire,
(Seligmann und Löwe's einz'ge Tochter)
Fand er Muße, einen Centner echten
Schweizerkäse — unter zweiundzwanzig
Gulden könn' er ihn bei Gott! nicht lassen —
Zu verhandeln. — Doch im Winkel nickte
Eine alte Judenfrau aus Bamberg,
Neben ihr ein Enkelkind. Der Frühling

Hatte sie verlockt zum großen Wagniß,
Ihren Sohn in Culmbach heimzusuchen
Auf der Bahn. Die weißen Haubenbänder
Glänzten spukhaft über der schwarzen Haartour,
Und sie nickt' und murmelte und horchte
Zwischendurch auch nach dem Käsehandel.

Leben! dacht' ich. Alle Diese leben,
Freuen sich des Tags und seiner Lasten,
Seiner Lieb' und Lust. Warum, ihr Götter,
Schuft ihr mir ins Herz dies Ungenügen,
Das im Schooß so reichen Guts nur immer
Des Verlornen denkt!

           Und selben Abend
Stieg ich, angelangt im schönen Coburg,
Das so reinlich wie ein frischlackirtes
Theebrett mit geblümten Meißner Tassen
Zwischen Hügeln liegt, hinauf zur Veste.
Faulbaum, Flieder, Apfelbäume blühten,
Amseln sangen, und geputzte Menschen
Gingen satt und selig durch die stillen
Parkgebüsche. Doch, als aus den leichten
Regenwolken, die der Westwind jagte,
Einzle Strahlen äugelten — gewissen
Liebesblicken gleich, die in Italien
Man Occhiaten nennt — da sprach ich also:
Ja, dies Leben — viel ist nicht dahinter.
Aber daß der Mensch das abgespielte
Bürgerliche Rührstück stets von Neuem
Sich gefallen läßt, hat seine Gründe.
Erstlich: die Coulissen sind bezaubernd.
Berg' und Auen, Sonn' und Maienblüte,
Dann der Vogelbrut und Kinderstimmen
Helle Symphonie — sie täuschen drüber,
Daß die Handlung platt, das Ende kläglich
Und der Autor, ob man nun ihn loben
Oder meistern mag, sich hüllt in Dunkel.

Zweitens: Niemand hat bis jetzt ein andres
Mittel noch entdeckt, der Liebeswunder
Eines Menschenherzens, auch in Trübsal,
Auch an Gräbern sich bewußt zu werden,
Als: es mit dem Leben frisch zu wagen.

Und so laß auch uns, Geliebte, leben,
Eins im Andern, gut' und böse Tage
Und auch diese Trennungsnöthe segnen,
Da sie unsrer Herzen, der untrennbar
Eins gewordnen, fester uns versichern.

⁂

II.

Nach der Post, um deinen Brief zu holen,
Ging ich, flog ich, kaum erst angekommen,
Noch den Reisestaub auf meinen Kleidern.
Schon drei ganze Tage wußt' ich nimmer,
Wie du schläfst und wachst, und ob die Lüfte
Mild genug, das Kind hinauszutragen,
Ob es brav sei und sich redlich nähre.
Dies und Andres, schon drei ganze Tage
Brannte mir's gewaltig auf der Seele.
Lieblich war der Abend. Blonde Kinder
Spielten auf den blanken Häusertreppen,
Hübsche Mädchen, sittsam Arm in Arme,
Schritten eifrig flüsternd mir vorüber,
Erd' und Himmel lachten, und des Münsters
Alter Thurm schien wie in Gold gebadet.
Und ich jauchzte: Bald werd' ich ihn haben,
Meinen Brief! Geduld nur, liebe Seele!
Dort ist schon die Post; noch zwei Minuten! —
Doch der Mann am Schalter, ein behäb'ger
Graubart, zarter Sehnsucht, süßem Hoffen

Längst schon abgestorben — wohlbedächtig
Einen Haufen postrestanter Briefe
Langt er knurrend aus der obern Lade,
Zweimal läßt er sich den Namen sagen,
Dann mit Sorgfalt seine Brille putzend
Und dazwischen erst dem Postgehülfen
Wortreich einen kräftigen Wischer gebend,
Brief um Brief zu mustern jetzt beginnt er.
Und ich stampft' und knirscht', und mit den Augen
Ihm voraus durchwühlt' ich schon den Haufen.
„Der vielleicht? Director Zeise?" — Nicht doch!
H — E — Ypsilon! — „Ja so! — Bedaure!
Nichts für Sie!" — Und wie vom Blitz getroffen
Stand ich, konnte mich vom Fleck nicht rühren,
Bis ein ungeschlachter Metzgermeister
Ziemlich unsanft mich vom Schalter wegschob,
Geld einzahlend für gekaufte Hämmel.

Wie? Ist plötzlich denn die Welt verwandelt?
Nichts mehr will mir hold und lieblich scheinen?
Auf unsäuberlichen Häusertreppen
Seh' ich ungewaschne Kinder spielen,
Statt der hübschen Mädchen eine Heerde
Schnattergänse, und der alte Münster,
Da das Sonnengold herabgeschmolzen,
Gott verzeih' mir's, dünkt mich nur ein plumper,
Gothisch überladner Schnörkelkasten?

Doch auf einmal muß ich herzlich lachen.
Sind wir denn nicht Thoren, denen wahrlich
Recht geschieht? Es treibt uns in die Ferne,
Und der Heimath kaum entrückt, erscheint uns
Nichts so wichtig, lieb und herzerquicklich,
Als zu hören, wie's zu Hause stehn mag, —
Was wir billiger doch und näher hatten!

III.

Daß ich deiner nicht so ganz vergäße,
Auch einmal zurück nach Hause dächte,
Bittest du in deinem Schmeichelbriefchen?
Heuchlerin! und weißt doch, wie beständig
Eine dunkle Mahnerin mir nachschleicht:
Eifersucht auf jenen Wohlbekannten,
Der sich kecklich — sah ich's doch mit Augen! —
Schon seit Wochen dir ins Herz gestohlen.
Zwar kein Wunder, daß er kam und siegte.
Schwach sind Weiber; sie besticht das Zarte,
Sie verführt das trotzend Uebermüth'ge,
Und der Nebenbuhler ist gefährlich:
Zierlicher, das muß der Neid ihm lassen,
Jugendlicher, ros'ger, glattgesicht'ger,
Als dein vielgeprüfter Eheliebster.
Dennoch, Wankelherz, bedenk ein wenig:
Aeltre Rechte hab' ich, wohlerworbne,
Von beschworner Treue ganz zu schweigen.
Und nun fürcht' ich, deine Schmeichelworte
Sind ein hingeworfen magres Pflichttheil,
Nur bestimmt, den Argwohn einzuwiegen.
Wahrlich, Zeit wird's, daß ich selbst zu Hause
Nach dem Rechten seh' und, ist die Liebschaft
Noch so heiß im Gang, ein ernstes Wörtchen
Mit dem listigen Verführer rede:
Werther Junker, daß Ihr auf der Welt seid,
Ist mir herzlich lieb; doch gönnt auch Andern
Drin ihr Plätzchen; junge Leute sollen
Rücksicht lernen auf Respectspersonen,
Denen sie für Manches sehr verpflichtet.
Darum lehrt beizeiten, kleiner Sünder,
Auch die Unart vor, die Euch im Blut steckt,
Daß dies schwache Weib, das leichtbethörte,
Nicht so ganz verblendet Euch vergöttre,
Sondern froh sei, einen Mann zu haben,

Manns genug, ihr vor dem wilden Liebling
Ruh' zu schaffen, wenn er nach verwöhnter
Herrlein Art tyrannisch sich geberdet
Und dann lernen muß, die Ruthe küssen.

IV.

Sehr nachdenklich meinen Tag begann ich.
Nach der Wartburg, unter mißgelauntem,
Weinerlichem Himmel, dem zuweilen
Tropft' ein Thränchen aus der Wolkenwimper,
Schritt ich aufwärts durch die Frühlingswälder,
Dachte, wie vor fünfundzwanzig Jahren
Singend ich denselben Weg gewandelt,
Wie viel Wasser wohl seitdem zum Meere,
Wie viel Blut vom Herzen mir geflossen,
Wie — mit Einem Wort — ich alt geworden.
Könnt' ich heut nicht meine Silberhochzeit
Feiern mit der alten Lutherveste?
Sie zwar hat sich sehr verjüngt. Der Neubau
Mit den Fresken Meister Schwind's — die gute,
Dicke, kluge, feine Märchenseele
Schläft nun auch schon ihren letzten Schlummer —
Dann das reinlich aufgeräumte traute
Lutherstübchen — der berühmte Teufels=
Tintenfleck erst kürzlich frisch gefirnißt —,
In dem Kasten auf dem Tisch, an dem die
Bibel übersetzt ward, eine Sammlung
Photographischer Karten (auch Fritz Reuter's
Eisenacher Villa) — Neuerungen,
Die mich seltsam mahnten, wie die liebe
Zeit vergeht — und wir mit ihr, und wenig
Nur besteht, vom Guten kaum das Beste.
Und nachdenklich nach dem neuerbauten,
Gothisch aufgeputzten kleinen Wirthshaus

Ging ich, meiner Silberhochzeitsstimmung
Einsam auf dem Söller nachzuhängen.
Zart im Duft verschleiert lag die Landschaft,
Und erblauend überm Tannendunkel
Sah das kahle Rhöngebirg herüber.
Aber neben mir im Schenkenstübchen
Lärmt' ein Kleeblatt Eisenacher Schüler,
Rauchend, Karten spielend und die Schenkin
Mit vorzeitigen Studentenwitzen
Um die Hüfte fassend.

          Süße Jugend!
Dacht' ich. Hast auch du vielleicht vor Zeiten
Hier dich aufgeführt in gleichem Stile,
So den Genius des Orts verleugnend?
Nein, wie sehr du warst ein grüner Junge,
Voller Schulwitz noch und Schülerpossen —
Erste Liebe schwellte dir die Seele,
Vor dir lag die Welt in Märchensonne,
Scheu verstummtest du vor großen Namen,
Und das Spiel des Lebens, das du wagtest,
Nicht um Pfennige ging's. —

          Da trat die Sonne
Durchs Gewölk. Noch immer sehr nachdenklich
Brach ich auf und wandte mich zu Thale,
Kühle, liebliche Pfade, nach dem tiefen
Annathal, wo in der feuchten Felswand
Riesengroß ein A den Wandrer anblickt.
Plötzlich fiel mir ein, wie sinnig-seltsam
Mein Geschick gespielt mit theuren Namen:
Damals, meiner ersten Liebe denkend,
Rief ich Anna's Namen in die Thalschlucht,
Wie ich heut, der letzten Liebe denkend,
Mit dem gleichen Ruf das Echo weckte!

Und nun rastet' ich im feuchten Grunde,
Während über mir die Mittagssonne
Brütend schlich und hier mich nicht versengte.

Kühl und stille war's umher. Es brannte
Nur die Flamme mir im Busen, hoch und
Höher lobernd. Himmel, ist es möglich?
Hat sie herrlicher entlobern können
Damals mir, vor fünfundzwanzig Jahren?
Und so wär' ich doch nicht alt geworden,
Wäre doch noch lieb- und jugendfroher,
Als die Herrlein in der Schenke droben,
Die mit Kartenspiel im schönsten Frühling
Ihren Festtag heiligen und beim Dünnbier
Helena in jeder Schürze finden,
Während ich, empfindsam wie ein Schüler,
Hier im Schatten sitz' und ein Gewimmel
Holder Liebesgötter sich herandrängt?

So nachdenklich meinen Tag begann ich,
Und nun, da ich diesen Brief geschrieben,
Lacht so fröhlich mir das Herz im Leibe,
Wie mir's nur gelacht in jüngster Jugend.

V.

An Bernardino Zendrini in Palermo.

„Wie nimmt Palermo trübe sich im Regen aus!"
  So meerhinüber bringt uns beinen Klageruf
Die schmale Cartolina in Sedezformat,
Und in Octav entgegenseufzt der Wiederhall:
„Wie nimmt Neapel trübe sich im Regen aus!"
Denn seit du fortgingst, Theurer, hat der Herbst auch hier,
Der späte Gast, novembergrau sich eingestellt.
In Mantel und Kapuze qualmend eingemummt,
Verbrossen steht der Alte da, der Feuerberg,
Und nebeltriefend Posilip und Vomero,
Wie graue Sünder, denen man die Köpfe wusch.
Die lachende Parthenope, die wandellos

In ew'ger Anmuth gestern noch zu blühen schien,
Heut einer Schönen in gewissen Jahren gleich,
Die spät am Morgen gähnend sich im Spiegel sieht,
Noch ungepudert, ungeschminkt, — sie prüft entsetzt
Der Jahre Raub; um die gefurchte Stirne spinnt
Sich fahler Unmuth, und indessen fröstelnd sie
Ihr Tuch um die noch immer üppigen Schultern zieht.
Auf einmal heiß entstürzt ihr eine Thränenflut,
Daß Liebe, Lust und Leichtsinn sie verlassen will.

Ja, trübe nimmt Neapel sich im Regen aus!
Leer ist die Chiaja. Nicht im offnen Wagen heut
Vorübersaus't die schöne wie die „halbe" Welt,
In tollem Wettlauf um den Preis der Eitelkeit.
Santa Lucia, sonst belebt vom wimmelnden
Volkskehrichthaufen Napoli's, ist rein gefegt;
Aus allen Löchern bis zum fünften Stock hinauf
Lugt hinter blinden Fensterscheiben eingepfercht
So Jung wie Alt, was schwatzend, schmatzend, kreischend sonst
Den Quai bevölkert. Traurig und veröbet stehn
Die Austernbuden (du benanntest frevelnd sie
Neapel's Hochaltäre), und das schleimige
Geschlecht der Tiefe, mannichfach an Mißgestalt,
Reckt aus den Schalen züngelnd nackte Glieder vor,
Die Feuchte witternd, gleichsam stiller Hoffnung voll,
Des Regens Hochflut schwemm' es in das Meer zurück.
Der Droschkenkerl, der singend sonst im Sonnenschein
Sein Pferdchen schor und striegelte, das Metallgeschirr
Blank putzend, hat das Wäglein sich zum Schirm erwählt
Und flucht bei sich, daß Niemand heut nach Bajä will.
Der Fruttajuolo treibt mit mürrischem Ruf und Schlag
Den Esel an, doch schreit er seine Mispeln heut
Und Pomidoro nicht a squarciagola aus.
Und im Museum die berühmten Bronzen selbst,
Fast wünschten sie, sie lägen in Pompeji noch
Verschüttet in der Aschengruft, statt frierend hier
In diese schmutz'ge Regenwelt hinauszuschaun.

Die Fremden aber, selbst die Hochzeitsreisenden,
Die sonst den Himmel überall voll Geigen sehn,
Unwirsch hinab die Via Roma wandeln sie,
Ins Plaid gewickelt, kaum noch das im Reisebuch
Zwiefach Besternte prüfend mit enttäuschtem Blick,
Und senden Abends Tristien vom Golf nach Haus:
Neapel sehn und sterben? Ja, man möcht' es wohl
Vor Langerweile, nimmermehr vor Seligkeit! —

Geduld! Nur noch ein Kleines, und die Himmlischen
Erbarmen wieder des verzognen Kindes sich.
Den Schönheitsgürtel, der unsterblichen Reiz verleiht,
Von Neuem gürtet Venus um die Hüften ihn
Der theuren Stadt, die fromm vor Allen s i e verehrt.
Zeus streift den Nebel von der Stirn dem Feuerberg,
Und aus der Meerflut steigt empor die gaukelnde
Schaar Amphitrite's, Capri's Leib mit schimmerndem
Perlschmuck zu kränzen. Du auch siehst aufs Neue dann
Dein strahlendes Panorm getaucht in Purpurglut,
Und während du den Hauch sicilischer Lüfte trinkst,
Im „Buch der Lieder" blätternd, das so meisterlich
Nachdichtend deinem Volke du zu eigen gabst,
Denkst du der Stunden, traulich hier im deutschen Haus
An Chiatamone hingeschwatzt, wo stets bereit
Dir ein Citat aus Heine von den Lippen sprang
Und Leopardi's bleicher Schatten oft im Bund
Der Vierte war. Es müssen ja Poeten stets
Vom Handwerk plaudern. Uns jedoch erwartet nun
Roms düstre Hoheit, wo die heilige Kunst allein
Aus Winternebeln ew'gen Lenz heraufbeschwört.
O, daß sie uns auch, den von Gram Umwinterten,
Die Seele lös'te, von der Brust den Eisesreif
Mit lindem Trosthauch schmölze, was der Zauberin
Parthenope, der wonnig lächelnden, nicht gelang,
Nicht Freundeszuspruch, nicht der Muse sanftem Gruß.
Doch dies sind fromme Wünsche. Sieh, wie plötzlich dort
Ein frischer Hauch den Schleier hebt am Firmament

Und durch die Trübe, lächelnd und verheißungsfroh,
Ein Streifchen Blau herabglänzt. Ob es wachsen wird,
Ob neu sich einwölkt? Wer erräth's! Doch — hoffen wir!

Neapel, 23. Nov. 1877.

＊

An Joseph Victor v. Scheffel in Karlsruhe.

Lieber alter Freund, gedenkst du
Unsrer Sorrentiner Tage,
Da wir in der Rosa magra,
Jener billigen, bescheidnen
Künstlerherberg' alten Stiles,
Traulich haus'ten Thür an Thür?

Du, von Capri erst gelandet,
Da wir kaum in rothem Landwein
Uns den Willkomm zugetrunken,
Gabst des Säkkinger Trompeters
Erst Kapitel mir zum Besten,
Frischgedichtet in Pagano's
Palmenschatten; ich dagegen
Ließ dich sehn die Arrabbiata,
Kaum noch von der Tinte trocken.
(Les't Ihr eine Predigt? fragt' uns
Die Luisa, die von anderm
Mündlich feierlichem Vortrag,
Von Gedichten und Novellen
Nie ein Sterbenswort gehört.
Und wir lachten.) Sacht inzwischen
Hatte sich Laurella's Urbild,
Jener braune, funfzehnjähr'ge
Wildfang, bei uns eingeschlichen.
Einen Rosenstrauß in Händen
Ras'te sie um Tisch und Stühle,

Keines heft'gen Zurufs achtend,
Bis ich bei den schwarzen Flechten
Sie ergriff; da fletschte wild sie
Ihre blanken Katzenzähne,
Mich mit scharfem Biß bedrohend,
Wenn ich etwa hinterm Gitter
Des Balkons sie zähmen wollte;
Aber plötzlich sich besinnend
Warf sie ins Gesicht den Strauß mir
Und entsprang mit hellem Schrei.

Draußen war indeß der Vollmond
Roth am Horizont erglommen,
Hatte bald um Strand und Gärten
Ausgespannt sein weiches Goldnetz,
Das die Seelen magisch einfängt,
Und hinaus zum offnen Söller
Lockt' uns seine Zauberpracht.

Welche Nächte! Welche Wonnen!
Ueber allen Zauber Jugend!
Weit hinaus im Glanz verduftend
Schwamm das Meer; die eigne Zukunft
Schien uns wie ein Wundereiland
Fern emporgetaucht zu grüßen,
Und wir standen, starrten, staunten,
Bis vom Wind gewiegt das letzte
Ritornell am Strand verstummte
Und der Schlaf, der Freund der Jugend,
Uns auf hartem Bett umfing.

Hart wohl in der Rosa magra
War das Lager, hart zuweilen
Das arrosto oder fritto,
Doch die Herzen weichgeschaffen
(Sempr' allegra, ma onesta!
Klang Luisa's biedrer Wahlspruch),

Und wir lebten so vergnüglich,
Wie ich dies in den Idyllen
Von Sorrent hernach des Breitern,
Nur vielleicht zu offenherzig,
Beichtet' einem günst'gen Leser,
Einer strengen Leserin.

Kürzlich nun, nach fünfundzwanzig
Langen süß' und bittren Jahren,
Da im Zauberland der Jugend
Ich gesucht ein Leibasyl, —
Gleich des herzlichen Genossen
Jener Tage mußt' ich denken,
Wie auch er aus andern Augen
Heut in Meeresweite blicken,
Wie auch er mit anderm Herzen
Grüßen würde diesen Strand.

Zwar den groß' und kleinen Hafen,
Die gewundne Treppensteile,
Grau und schlüpfrig, fändst du wieder,
Fändst die wohlbekannten schmalen,
Mauerschluchtig dunklen Gassen
Noch wie damals von Gerüchen —
Stockfisch, Oel, Johannisbrodfrucht —
Hexenküchenhaft durchduftet;
Noch wie damals auf den Schwellen,
Loggien, Mäuerchen, Balkonen
Braune Weiber, wockenschwingend,
Ihre nackten, funkeläugigen
Kinder säugend oder kämmend,
Mit dem Ruf: Muojo di fame!

Nur die großen Frembenfallen,
Die Hôtels, an allen Ecken
Sind sie mächtig aufgeschossen,
Daß die schmächt'ge Rosa magra

Vollends schamhaft sich verkriecht.
Dann die Piazza — traun, du kenntest
Einzig an der Schlucht sie wieder,
Die von Brücken überwölbet
Schauerkühl zum Meer hinabsinkt.
Rings umher stehn neue Häuser;
Auf dem Ehrenplatz inmitten,
Unter Kutschern, Eseltreibern,
Müßig lungerndem Gesindel,
Tasso's weißes Marmorstandbild,
Halb ein Lanzknecht, halb ein Geck.

Armer Dichter! Noch im Tode
Spürt' er seines Unsterns Walten,
Und von allen Marmorstümpern
Fiel dem Gröbsten er anheim!

Doch genug von todten Steinen!
Unser Herz gehört Beseeltem,
Menschen unser Angedenken.
Zwar, die Menschen, wenn nicht zeitig
Von der Bühne sie verschwinden,
Tauschen seltsam oft die Rollen.
Aus dem Helden wird zuweilen
Ein Philister, feig und schäbig,
Aus Naiven tragische Mütter,
Aus dem Primo amoroso
Ein moroser alter Narr.

Besser fand ich's hier im Ganzen.
Freilich, aus der Rosa magra
War die Mutter weggestorben,
Weggezogen alle Kinder,
Nur Gennaro, der als Jüngster
Damals noch im Hemd herumlief,
Hält mit seinem jungen Weibe
Aufrecht ihres Hauses Ruhm.
Doch Luisa heimzusuchen,

Mußten wir nach Meta wandern,
Wo sie, eines Stubenmalers
Ehweib, mit der einz'gen Tochter
(Ganz ihr Abbild! non è bella,
Ma simpatica, sapete!)
Haus't in mäßigem Behagen
Und ein Farbenläbchen hält.

Sempr' allegra, ma onesta
Gab sie den Besuch uns wieder,
Kam mit Mann und Kind und Schwester,
(Die in feurig süßem Wein sich
Einen Spitz trank, poverella!)
Und viel tausend Grüße soll ich
Dir bestellen, Don Pepino,
Und sie wußten noch den kleinsten
Umstand jener alten Zeit.

Auch die Arrabbiata fand ich,
Da sie just im Hof am Ziehbrunn
Wasser schöpfte. Näher tretend
Bat ich: Reicht mir auch zu trinken!
Und so übern Krug hinüber:
Kennt Ihr mich nicht mehr, Laurella?
(Selbst erkannt' ich kaum die alten
Uebermüth'gen Zülg' im breiten,
Ruhigen Matronenantliß.)
Doch sie wiegt' ihr Haupt verneinend,
Noch im Schmuck der schwarzen Flechten,
Dran ich damals sie gezügelt,
Und erzählte mir, wie Vieles
Unterdeß sich zugetragen,
Wie sie ihren Mann gefunden
Und verloren, sieben Kinder
Ihm geboren, vier begraben,
Nur zwei Mädchen noch im Hause
Und der Sohn ein rüst'ger Schiffer.

Wahrlich, sieben Kinder löschen
Wohl der eignen Kinderpossen
Angedenken in dem Herzen
Eines schlichten Weibes aus.

Und wir reichten uns die Hände;
Auch die beiden Mädchen kamen,
Schön und schlank herangesprossen,
Zahmer als die Mutter damals,
Und mit stillem Segenswunsche
Schritt ich aus dem stillen Haus.

Doch auf deinen Lippen lang schon
Seh' ich eine Frage schweben
Nach der Lieblichen, der Liebsten,
Jener stillen, schöngeäugten
Jungen Nachbarin, die damals
Schwesterlich das Herz mir rührte,
Ihres auch mir freundlich neigte,
Sehr unschuldig. Waren beide
Herzen doch in festen Händen,
Beide, wie in Ferienlaune,
Wärmten sich an fremdem Feuer,
Bis die Scheidestunde schlug.

Wohl! auch Mariuccia fand ich,
Noch im alten finstren Häuschen,
Täglich am Balkone sitzend,
Träum'risch, ihr Gestrick in Händen
Und beträchtlich stark geworden,
Um sie her ein schwirrend, gurrend,
Glucksend Volk von Hühnern, Tauben,
Auch ein Kätzchen im gebräunten
Lehnstuhl kauernd; rings die Wände
Rauch= und staubgeschwärzt; die alten
Möbel dürftig, blind das Spieglein
An der Wand, vergilbt die bunten

Heil'genbilder überm Bette,
Daß beklommen, da ich eintrat,
Sich das Herz zusammenzog.

    Und ich saß ihr gegenüber,
Und wir suchten Eins im Andern
Die entschwundne Jugend wieder.
Sag mir, Mariuccia, fragt' ich,
Warum bist du einsam blieben?
Angiolina's Onkel, weißt du,
Jener schlanke Apotheker,
Warst du nicht mit ihm versprochen?
Und er liebte dich, und du auch
Liebtest ihn — —

        Im nächsten Jahre,
Sprach sie still, ist er gestorben,
Und seitdem Ihr weggegangen,
Ist kein Andrer mehr gekommen,
Mariuccia schön zu finden.
Seht, ich bin's auch nicht geblieben;
Wer betrübt ist, altert frühe.
Und nun führ' ich meinem Bruder
Hier das Haus seit manchem Jahre.
An Gesellschaft ist kein Mangel,
Wie Ihr seht; ich bin genügsam.
Immer seh' ich vom Balkone
Einen Tag dem andern folgen,
Bis zuletzt der letzte kommt.

    Fünfundzwanzig lange Jahre,
Nicht voll süß' und bittrer Stunden,
Liebeleer, in ödem Gleichmaß,
Statt von holden Kinderlauten,
Nur umschwirrt von Vogelstimmen,
Ach, und das ein Menschenleben?
O Mariuccia, armes Herz!

Und wir reichten uns die Hände,
Und ich sah auf mir die schönen
Junggebliebnen Augen ruhen
Ohne Wunsch und ohne Klage,
Und mit tiefbewegter Seele
Schritt ich aus dem stillen Haus.

Abends, da mit meiner Liebsten
Ich im Dante las — dem kleinen
Exemplar, das du mir scheidend
In Sorrent zurückgelassen,
Noch am Rand die Spuren deines
Hermeneutischen Bemühens —
Und der Mond durch der Oliven
Zartes Silberlaub hereinsah,
Und wir an die Stelle kamen,
Wo Francesca seufzt: Es ist kein
Größrer Schmerz, als sich im Leid auf
Altes Glück zurückbesinnen! —
Plötzlich aus den Händen gleiten
Ließ ich stumm das Buch; im Sessel
Lehnte sich mein Weib zurücke,
Und ich sah, wie große Tropfen
Schwer ihr aus den Wimpern quollen.
Woran dachten wir? O Theurer,
Still davon! Es soll der Wehmuth
Dunkler Kelch nicht überfließen.
Birgt doch auch geheime Süße
Alten Glückes treu Erinnern.
Deß zum Zeichen, von der Küste
Napoli's, der lebensfrohen,
Trag' im Winter dieses Blatt dir
Einen Hauch des Südens zu!

Neapel, November 1877.

VII.

An Ludwig Laistner in München,
den Nebelsagenforscher.

Wohl stand Vesuv umschleiert tief,
    Im Himmelbett die Sonne schlief,
Scirocco wiegelt' auf die See,
Daß tobend sie sich bäumt' am Quai, —
Novemberneumond! Ach, wie weit
Die sonnenheitre Reisezeit!
Uns aber ließ die Lust nicht ruhn,
Noch südwärts einen Flug zu thun.
Vorüber an Pompeji ging's,
Grau das Gebirge rechts und links,
La Cava's weiße Dächer sahn
Schwermüthig durch den Duft uns an,
Erst von des alten Vietri Höh'n
Erschien die Welt von Neuem schön,
Da plötzlich draußen tief und weit
Aufglänzt des Meeres Herrlichkeit.

Und nun im Wäglein wohlverwahrt
Hinflogen wir die tolle Fahrt,
Die Pferdchen in gestrecktem Trab,
So steil es ging, bergauf, bergab,
Daß oft am Abhang wildgezackt,
Wo tief hinunter schroff und nackt
Der Felsen stürzt ins dunkle Meer,
Uns bangt', ob's auch geheuer wär',
Ob nicht vom Sitz ein jäher Stoß
Uns schleudern möcht' in Wellenschooß,
Wie, lang im Becher erst gewiegt,
Ein Würfelpaar ins Blaue fliegt.

Gegrüßt, ihr Küsten nah und fern,
Du stolzer Busen von Salern,
Der heut von zartem Flor umhaucht
Gespenstisch aus der Tiefe taucht!

Und drüben fern am Apennin —
Siehst du die weiße Wolke ziehn,
Wo des Poseidon Tempel ragt,
Die Säulenriesen, hochbetagt?
Qualmt wohl empor ein Opferbrand
Den alten Göttern dort am Strand?
Vorbei! Der Regen sinkt herein
Und wölkt Gebirg' und Küsten ein.

Doch nah um uns — wie fremd und wild
Vorüberhastet Bild um Bild
Zwei tausend kurze Stunden lang!
Die kleinen Nester hoch am Hang,
Dazwischen Thürm' und Brücken kühn,
Um die noch edle Sträucher blühn,
Der Mispel scharfgezackter Baum,
Orang' und Reb' am Wegessaum,
Mit Früchten jene noch beschwert
Und diese schon vom Herbst verheert,
Indessen rings in heller Pracht
Die schöne Winterrose lacht.
Auftaucht am fernen Horizont,
Dran nie den Blick ich sätt'gen konnt',
Ein Streif von Capri's schlankem Bau,
Nur traumhaft, in gedämpftem Blau.
Vorbei auch das! Der Tagesschein
Verdämmert, und die Nacht bricht ein.
Und wilder nur bergab, bergauf
Hinjagt der weißen Pferdchen Lauf,
Ganz ohne Zuruf, Knall und Schlag;
Sie hatten ihren muntren Tag,
Ihr Lenker auch, der leichtgeherzt
Uns weg die Wettersorge scherzt.
Die Oertchen nennt er nach der Reih',
Daran die Reise fliegt vorbei:
Majori erst, Minori drauf,
Atrani steil den Hang hinauf;

Wir sehn die Lichter durch die Nacht
Zum hohen Kirchenfest entfacht
(Maria stella maris heut
Feiert der Glocken Bittgeläut);
Auf steht des dunklen Domes Thor,
Draus Orgelbrausen dröhnt hervor,
Und rings wie Schatten reg und stumm
Drängt Volksgewühl um uns herum,
Bis in Amalfi's Hafenbucht
Still hält die athemlose Flucht
Und aus der Cappuccini Thür
Der Wirth begrüßend tritt herfür.

Wohl gut und gastlich ward die Nacht
In saubrer Herberg zugebracht,
Die Küche trefflich, firn der Wein,
Kein Lager konnte weicher sein;
Doch Alles bot nur schlechten Trost,
Da draußen Sturm und Wetter tos't,
Die Brandung an dem Damm empor
Uns zuraunt: „Hoffen mag ein Thor!
War's heut umschleiert, feucht und grau,
Für morgen künd' ich schlimmre Schau."

Und wahrlich, wie der Tag erschien,
Kein Sonnenlächeln tröstet' ihn.
Ein schmutzig Zeltdach, naß und schwer,
Hing tief der Himmel überm Meer.
Von Raa'n und Spieren, Mast und Bord
Der schlanken Schiff' im Hafen dort
Troff fahler Brodem, schwer und dicht,
Und hoch am Berg — verflucht Gezücht! —
Schleicht's, kriecht und klebt an Fels und Wald,
Hier flaumig, flockig, dort geballt,
Hier stäubend nur wie Sprühedunst,
Dort regelrechte Wasserbrunst.
Wir blicken Eins das Andre an
Und seufzen erst und lachen dann.

Und lachend untern Schirm geschmiegt,
Vom grauen Unmuth nicht besiegt,
Durch Marktgewimmel, Gäßlein schmal
Zum hochberühmten Mühlenthal.
Ein Alter trabt als Führer mit,
Zu weisen rings auf Schritt und Tritt,
Was, wenn kein Nebel braut' umher,
An Schönem hier zu schauen wär'.
Wir lugten unterm Schirm hervor
Die fabelhaften Höh'n empor.
Wie Fetzen nasser Linnen hing's
An Klippen, Zacken, Zinken rings,
Dazwischen Häuschen trümmerhaft
Und schlanker Bäume dunkler Schaft,
Behangen noch mit goldner Frucht,
Die lustig winkt' herab die Schlucht.
Ein Heer von Nebelgeistern schien
Die Märchenwinkel zu durchziehn,
Und heiser murmelnd lief der Bach
Im engen Bett den Blättern nach,
Die vom Novemberregen schwer
Hintaumelten ans Mühlenwehr.

Und wie entgegen seinem Lauf
Wir schlendern so die Gass' hinauf,
Durchzuckt mich der Gedanke klar:
Dies, Freund, ist de in Gebiet fürwahr,
Der du von allem Nebelgeist
Das letzte Wort zu sagen weißt!
Und zu dem Führer hub ich an:
Wißt Ihr Bescheid, mein Biedermann,
Ob hier Geschichtlein sind im Schwang,
Klug oder albern, kurz und lang,
Von Nebelmännlein, Regenfrau'n,
Von Wolf und Fuchs, die Nebel brau'n?
Hört man in Eurem Mühlenthal
Von der Gewittermühl' einmal,

Vom Pfarr, der Tabak raucht am Berg,
Vom Nebelkoch, dem bärt'gen Zwerg?
An jenen alten Stätten dort
Hängt sicher doch manch Sagenwort.

Hm! macht mein Alter, und: Ja, ja!
Als dächt' er: Der Signore da
Hat auch wohl einen saubren Sparr'n.
Man weiß: Inglesi — halbe Narr'n.
Doch höflich dann zu mir gewandt:
Von Wolf und Fuchs ist Nichts bekannt.
Nie zeigt sich solch ein wild Gethier,
Nur Wachteln, Drosseln fängt man hier.
Auch hab' ich nie den Pfarr gesehn
Mit der Cigarre bergwärts gehn,
Und was da Zwerg' und Krüppel sind,
Man drunten an der Kirchthür' find't.
Dagegen Fräuleins oder Frau'n
Sind freilich droben oft zu schau'n,
Inglesinnen mit Mapp' und Stift,
Die malen Alles, wie sich's trifft;
Wenn's aber wüstes Wetter macht,
So bleiben sie zu Hause sacht,
Auch, wie zu fragen Euch beliebt,
Es nirgends hier Geschichten giebt.
Statt dessen gleich hier nahebei
Sich finden der Fabriken zwei,
Wo, wenn Ew. Gnaden mit mir gehn,
Sie Maccaroni machen sehn.

Sei's drum! Zumal auch diese Kunst
Nicht brodlos, wie im Wolkendunst
Zu Berge klimmen stundenlang
Im Nebelsagenforscherdrang.
Hier, wo die Luft sich eilig klärt,
Der Winter kurze Wochen währt
Und wieder um die Höhen klar
Der Aether funkelt wunderbar,

Hier ist kein Raum für Spukgebild,
Wie in der Heimath Blachgefild,
Wo auf den Ebnen weitgedehnt
Sich Phantasie zu schweifen sehnt,
Den öden Fels, den sie umschwebt,
Mit ihren Kindern still belebt,
Wo Einsamkeit des Hirten Geist
Auf seiner Träume Spiel verweis't.
Hier that Natur so viel und groß,
Daß staunend nur, die Händ' im Schooß,
Der Mythengeist so früh wie spät
In Feierwonne müßig geht.
Selbst der Geschichte große Spur
Erlischt im Glanz der Vollnatur,
Und diese Küsten, ruhmumglänzt,
Sind nicht mit Sagenschmuck bekränzt,
So viel Jahrhunderte die Bucht
Mit Völkerwandrung heimgesucht.
Hier scholl des Halbmonds Kampfgeschrei,
Des Kreuzes Ruf und keck und frei
Piratenlosung, über Nacht
Abwechselnd mit des Spaniers Macht.
Wo sind sie hin? Es blaut das Meer,
Der Himmel überblaut es hehr.
Der Fischer rudert weit hinaus
Und kehrt mit schwerem Netz nach Haus,
So ging es gestern, geht es heut,
Wird bleiben so in fernste Zeit:
Der Tag ist Alles, ist so schön!
Und brauen Wetter auf den Höh'n —
Eh' dichtend sie der Geist belebt,
Sind sie zerstoben und entschwebt.

   Hier könnte wohl sich ein Gemüth
Besänft'gen, dem sein Glück verblüht,
Und lernen, nur dem Tag vertrau'n,
Nicht rückwärts, nicht ins Weite schau'n.

Doch von Amalfi's Wunderstrand
Zieht es uns heim ins Nebelland,
Das dennoch einzig lebenswerth
Der Dichtung sanfter Glanz verklärt.
Und ob Erinnrung Schmerzen bringt,
Mit bleichen Schatten uns umringt,
Wir geben Lieb' und Treu' nicht hin
Um allen Leichtsinns Goldgewinn,
Der frei hier an der Straße liegt,
Sich gaukelnd auf der Welle wiegt.
Du aber, der in Freud' und Leid
Uns nahe blieb seit mancher Zeit,
Getrost! Wir sehn den Tag vielleicht,
Wo diese Trübe von uns weicht,
Die Seele wieder hofft und harrt
In thatenfroher Gegenwart.
So helle Zeit — noch liegt sie weit!
Und wenn ich dir zur Weihnacht heut
Nur von der Fahrt im Nebel schrieb,
Dies Fest war dunkel — nimm vorlieb!

Rom, December 1877.

❦

VIII.

An Arnold Böcklin in Florenz.

Als ich in Rom nur eine Nacht geschlafen,
An die Ripetta zog es mich hinab,
Zu jenem Hause, wo wir oft uns trafen.

Heut sahn die Fenster fremd auf mich herab.
Stumm schlichen hin des alten Stromes Wellen,
Und Niemand war, der mir Willkommen gab.

Wo sind sie nun, die fröhlichen Gesellen,
Die Bienen gleich hier schwärmten aus und ein,
Der Künste Honig tragend in die Zellen?

Ich überwand mich nicht und trat hinein.
Ich stand in alter Tage Traum verloren
Und glaubte wieder jung und froh zu sein.

Von Neuem klang der Lärm vor meinen Ohren,
Wie jenen Morgen, da an diesem Haus
Der Wagen hielt, den wir zur Fahrt erkoren

Zum Haine der Egeria hinaus,
Wo Jahr um Jahr das lustige Gelichter
Zu halten pflegte den Octoberschmaus.

Nun stiegen ein sechs lachende Gesichter,
Bildhauer drei, zwei Maler außer dir
Und auf den Bock ein grüner junger Dichter.

Den großen Korb zu hüten gab man mir
Mit unserm Vorrath, dem gewalt'gen Braten
Und Allem, was gehört zur Tafelzier;

Dazu die Aschenurne voll Pataten,
Ein Fläschchen goldnen Oels war auch zur Hand
Und was an Früchten ließ der Herbst gerathen.

So saus'ten wir durch Rom. Die Sonne stand
Klar am Octoberhimmel; jede Linie
Des Horizontes scharf und rein gespannt.

Und wo dem Thore nah die alte Pinie
Herüberwinkend ihren Wipfel hob,
Hielt das Gefährt vor einer schlichten Vigne.

Der Vignerol, ein zottiger Cyklop,
Lud uns ein Fäßlein Rothen auf den Wagen,
Der mit der neuen Last von dannen stob.

So auf der Gräberstraße hingetragen
Sah ich die Wüste Rom's zum ersten Mal
Und bald auch der Oase Wäldchen ragen.

Du sagumklungen quellenkühles Thal,
Dem zwei Jahrtausende vorübergingen,
Seit Numa sich zu seiner Nymphe stahl,

Nie sahst du schön're Glut zum Himmel dringen,
Als wir entfacht im Eichenschatten dort,
Wo wir uns lagernd unser Fest begingen.

Du aber zogst, o Freund, den Neuling fort,
Ihm erst der Grotte Heiligthum zu zeigen,
Versteckt im Hochgras, sommerlich verborrt.

Rings die Campagna lag im Mittagsschweigen,
Und wie wir traten aus der feuchten Nacht,
Sahn wir den Rauch in stiller Wolke steigen

Aus immergrünen Wipfeln, wie gemacht
Zum Tempel, drin ein Opfer zu entflammen
Den alten Göttern, deren ew'ge Macht

Die klugen Nachgebornen kühl verdammen.
Wir aber schlangen wucherndes Gerank
Des Epheulaubs zu Kränzen leicht zusammen.

Die fanden bei den Andern lauten Dank,
Und so bekränzt nun überm stillen Thale
Erhoben wir die Hand zu Speis' und Trank.

Gedenkst du noch, wie Franz mit voller Schale
In Priesterandacht unsres Herdes Glut
Umschritt, den Göttern spendend vor dem Mahle?

Und hoch und höher stieg der Uebermuth.
Bacchantisch überschwoll die Festeslaune,
Genährt von des Velletri dunkler Flut;

Bis unser Däne dann, der Bärt'ge, Braune,
Die Kleider abwarf und ums Feuer nackt
Mit Jauchzen sprang gleich einem ries'gen Faune.

Drei thaten's nach von gleichem Rausch gepackt,
Und an den Schultern festlich sich umschlingend,
Den Boden stampften sie im Reigentakt,

Im Vierklang eine nordische Weise singend,
Die hell und wild die Wipfel überflog,
Mit dunklem Heimweh uns das Herz bezwingend.

Da rauscht's im Busch, und auseinanderbog
Die Zweige scheu ein strupp'ger Campagnole,
Den der Gesang aus seiner Hütte zog.

Er fuhr zurück und floh mit hast'ger Sohle,
Als er den nackten Satyrntanz erschaut,
In blinder Angst, daß ihn der Teufel hole.

Wir aber eilten nach und lachten laut,
Ihm Muth einsprechend, und ein voller Becher
Aus unserm Fäßchen macht' ihn bald vertraut.

Dann wieder ehrbar lagerten die Zecher
Und brieten plaudernd der Kastanie Frucht;
Der Abend sank, die Flamme brannte schwächer.

Doch meine Augen hatten Franz gesucht,
Der von den Andern still sich weggeschlichen,
Und bald entdeckt' ich ihn am Rand der Schlucht.

Ich dacht', er sei des Weines Macht gewichen
Und schlummre nun, in sel'gen Traum versenkt.
Doch er, das Blondhaar von der Stirn gestrichen,

Die Hand zum Willkomm überm Haupt geschwenkt,
Rief mich heran, daß ich sein Lager theile,
Den Blick ins stille Land hinausgelenkt.

So ruhten wir und schwiegen eine Weile
Und sahn im Abendduft die Berge glühn
Und roth des Aquäbuctes Bogenzeile

Auftauchen aus der Wiesen tiefem Grün.
Er aber blickt' empor, wo eben leise
Des Mondes Silberlilie wollt' erblühn.

Und plötzlich fing er wunderlicher Weise
Zu reden an, wie mit dem eignen Ich
Ein Träumer spricht, einfältiglich und weise.

Es klang so tief und rein und feierlich,
Daß Worte kaum die Flut der Stimmung faßten
Und athemloses Staunen mich beschlich.

Wie wenn ein Meister auf den elfnen Tasten
Die Finger gleiten läßt, daß unbewußt
Die Seele sich in Tönen kann entlasten:

So drang hervor aus dieser jungen Brust
In regem Spiel geheimste Lebensfülle,
Die Räthsel dieser Welt in Leid und Lust,

Der Schmerz, der in der Tollheit bunter Hülle
Die Stacheln birgt, wenn uns das Wort der Kunst
Zweideutig klingt wie Sprüche der Sibylle.

Denn ach, wie launisch gönnt sie ihre Gunst!
Wie läßt sie oft den Lechzenden versiechen
Und kühlt mit keinem Tropfen seine Brunst!

Bis er, empört, am Boden hinzukriechen,
Zum eignen Flug sich aufschwingt frech und froh
Und dünkt sich gleich den Göttern oder Griechen.

Was soll's? Was mühet sich die Seele so?
Ist denn Natur nicht aus sich selbst vollkommen?
Harrt sie auf uns, daß irgendwie und wo

Der blinden Schöpfung wir zu Hülfe kommen?
Kann dort die Abendglut erst selig sein,
Wenn von der Leinwand sie zurückerglommen? — —

Genug! Laß mich Erinnrung nicht entweihn,
Nachstammelnd jene gottverworrnen Worte,
Die mir das Blut erregt wie heißer Wein.

Ihm lauschend lag ich am geweihten Orte
Wohl eine Stunde lang, indessen er
Stets neues Gold mir bot von seinem Horte.

Wie war er reich! Wie schien er die Gewähr
Des höchsten Kranzes in der Brust zu tragen!
Und dennoch gab er seiner Zeit nicht Mehr.

Natur, die weich auf Händen ihn getragen,
Ihm Aug' und Seele mütterlich gefeit,
Was mußte sie dem Liebling Eins versagen,

Wodurch allein sie Herrschgewalt verleiht:
Die süße Dumpfheit, jedes Höchsten Quelle,
Die seine Wurzeln tränkt mit Lauterkeit!

Sein Auge war zu scharf, sein Geist zu schnelle;
Er ward zu klug aus Allem, was er schuf;
Der Baum erkrankt bei steter Lampenhelle.

Zu willig folgte Weisheit seinem Ruf
Und lehrte sinnend ihn das All umfassen,
Da Schranken heischt des Schaffenden Beruf.

So hat er manch ein Werk zurückgelassen,
Beseelt von seines Wesens eblem Hauch,
Doch nicht erklingt sein Namen auf den Gassen.

Und damals, wie er schwieg und endlich auch
Zurück sich wandte nach der Feuerstätte,
Erblickt' ich dich bei einem Ginsterstrauch.

Du hattest mit den Andern um die Wette
Kastanien in der Asche dir geglüht,
Als ob die Welt nicht höh're Freuden hätte.

Kein schwärmend Wort war deinem Mund entsprüht,
Doch tief im Innern sammelnd alle Gluten
Des schönsten Abends, brannte dein Gemüth.

Indeß auf Farb' und Form die Augen ruhten,
Sog still der Geist das Mark der Schöpfung ein
Und stählte sich im Bad der Schönheitsfluten.

Kunst ist ein Schatz, und Geister hüten sein.
Wer glaubt und schweigt, kann ihn heraufbeschwören;
Wer spricht, dem wird der Zauber nicht gedeihn.

Und ob sie deine Cirkel wollten stören,
Dich meisternd locken aus dir selbst heraus,
Du lerntest früh, dir schweigend angehören.

So wuchsest du in stolzer Kraft dich aus,
Da unser Freund so früh dahingegangen;
Ich aber dachte beim Ripettahaus

Des Herrlichen, was wir von dir empfangen.

Rom, 20. December 1877.

IX.

An Otto Ribbeck in Leipzig.

Neulich, Theuerster, hab' ich lachen müssen,
   Da ein schöner Essay mir in die Hand kam,
Drin ein trefflicher Gönner deines Freundes
Leben, Thaten und Romfahrt abgeschildert,
Mit pragmatischer Kunst die Fäden knüpfend
Eines schlichten Poetenlebensläufleins.
So erzählt er die Mär, wie Martinucci
Aus der Bibliothek der Vaticana

Mich harmlosesten Frembling weggewiesen,
Der ich fröhlichen Muthes hingepilgert,
Als romanischer Philolog iu herba
In handschriftlichen Staub mich einzuwühlen.
Denn so stand es in meinem Paß geschrieben,
Da zu diesem Behuf ein wohlgeneigtes
Ministerium einen Reisepfennig
Mir bewilligt. Ich dacht' ihn heimzuzahlen
Mit sehr löblichen Troubadour-Excerpten.
Doch verdächtig erschien's dem heil'gen Vater,
Und so sandt' er den Engel, in Gestalt des
Monsignore Custode, mich aus seinem
Pergamentenen Paradies zu bannen.
Nur ein winziges Blatt aus Eden's Garten
— Nicht zu stehlen, behüte! — nachzuzeichnen
Hatt' ich Thor mich erkühnt, durch so verwegnen
Sündenfall des Permesses Heil verscherzend.
Wohl ihm! ruft der verehrte Freund; durch diesen
Sehr verstimmenden Zwischenfall entschied sich's,
Daß er ganz sich der Dichtung zugewendet.
Uns entging ein gelehrter Handschriftkenner
Mehr, wie Mätzner und Mahn und Bartsch und Tobler,
Doch statt dessen erhielten wir — das Weitre
Lies du selber am angeführten Orte.

    Lachen mußt' ich fürwahr. Ich sah im Geist mich,
Nicht unwürdig des Vaters, Ahns und Oheims,
Auf erhabnem Katheder, einer Handvoll
Guter Jünglinge den Petrark erklären,
Altfranzösisches Epos oder Lope's
Dramen oder Cervantes in zweistünd'gem
Schwachbesuchtem Colleg zum Besten geben
Und alljährlich die Zahl der Texte mehren,
Dran Velduo Velnemo, jenes treue
Paar romanischer Leser, sich ergötzen.
War's das bessere Theil? Wer weiß! der Tropfen
Philologischen Bluts in meinen Adern

Wär' zum Strome vielleicht noch angeschwollen,
Und „Erkanntes erkennen", wie einst Vater
Boeckh der Philologie das Ziel gewiesen,
Hätte mehr mich getröstet, als im Irrsal
Armer menschlicher Schuld und Schicksalsnöthe
Tastend mich zu ergehn voll Furcht und Mitleid,
Um des Lebens Geheimniß nachzustammeln.
Doch was frommt es, verlornen Möglichkeiten
Nachzugrübeln? Es denkt der Mensch, der heil'ge
Vater lenkt, und ein deutsches Dichterloos wird
An der Schwelle des Vaticans entschieden.

Nein, im Ernste: von dir, vor dessen Augen
Jener geistliche Bann an mir vollstreckt ward,
Wünscht' ich heut mir ein unverdächtig Zeugniß,
Ob mich wirklich so tief des Interdictes
Blitz getroffen, ob wirklich unter Seufzen
In die Pforte des Vaticans ich einschlug
Jenen Nagel, daran den Philologen
Ich auf ewige Zeiten hing, verzichtend
Auf der Mätzner und Mahn und Tobler Lorbeern.
Noch des ferculum primum wohl gedenkst du
„Vom Refrain bei den Provenzalen" (cuius
Tu pars magni fuisti, da mit meinem
Eignen bischen Latein ich schier zu Ende);
Noch, wie seelenvergnügt, indeß du selber
Dich an würdigen Pergamenen mühtest,
Ich in Villen, Museen und Kirchenhallen
Als ein fröhlicher Idiot herumstrich,
Sonn' und Lieder und Orvieto schlürfend,
Die du freilich denn auch zu schätzen mußtest.
Ach, schon lange geheim im Busen warnte
Mich mein Genius: Eitle Müh' und Arbeit,
In den Spuren des großen Diez zu wandeln!
An historischem Sinn gebricht dir's leider,
Der Gewesenes schätzt, dieweil es da war,
Und was lange vermoderter Geschlechter

Herz nur mäßig bewegt, mit öder Andacht
Aus papierenen Grüften neu ans Licht zieht.
Wohl! unsterbliches Werk vom Unrath säubern,
Den ihm Thoren und Klügler angeheftet,
Aus erblichener Spur des Geistes Wandeln,
Aus zerstückeltem Trümmerwerk der Dichtung
Uns des Lebens Gestalt herauszudeuten,
Ist des Schweißes der Edlen werth; doch dazu
Braucht's bewährterer Hand, berufnen Auges,
Und nicht pfusche des Dilettanten Fürwitz
Hoher kritischer Meisterschaft ins Handwerk.
Dir ward Andres verhängt: ein unverfälschter
Sohn des Heute zu sein, des gegenwärt'gen
Weltlaufs buntes Gebilde zu verew'gen
Mit nachdenklichem Wort. Darum ins Leben
Lenke rüstig den Schritt vom Dunst des Bücher-
Saals und blick in die Welt und in dich selber,
Und dann sage der Welt, was du erschautest.

So mein eigener Dämon, der in simplem
Deutsch mich immer beräth und von Romanisch
Wenig weiß. Und ich that nach seinen Winken,
Und so hab' ich in fünfundzwanzig Jahren
Oft ein Heimweh gespürt nach Ponte Molle,
Nach den Villen, Museen und Kirchenhallen,
Nach dem Hause der Dame Rubicondi,
Wo beim strohernen Fiasco wir so manche
Nacht verplauderten in Lucian's Gesellschaft:
Nie nach jenem verbotnen Paradiese,
Wo vom Baum der Erkenntniß des Erkannten
Noch manch seltene Frucht sich pflücken ließe.
Ja, gesteh' ich es frei — und mag voll Mitleid
Auch ein Archäoman die Nase rümpfen —:
Nicht unwillig betracht' ich heut der neuen
Aera Spuren, so flach und breit sie manchmal
Zwischen hehre Vergangenheit sich hinpflanzt.
Traun, noch übergenug des unvergänglich

Hohen Alten verblieb, das Herz zu stillen
Und den Geist des Betrachters einzuwiegen
In elegischen Traum vom Fluß der Dinge!
Doch dem Wachen gehört die Welt. Erwacht ist
Heut Italiens Volk und hat des Reiches
Thron im Herzen des Landes aufgerichtet,
Mag darüber des Vaticanes Zwingherr
In ohnmächtigem Grimm als ein entthronter
Erdengötze sich tief in Wolken hüllen.
Ja, heut ließe sich hier vom Erdenirrsal
Nicht nur friedlich mit andern Todten ausruhn
In der Cestiuspyramide Schatten, —
Nein, auch leben, von hochgeschwellter Woge
Des lebendigen Zeitenstroms getragen.
Wie ergreifend erklang sein tiefes Brausen,
Als er neulich entlang dem alten Corso
Eines trefflichen Herrschers irb'sche Hülle
Trug in düsterem Pomp, und mit im Zuge
Schritt der Erbe der deutschen Kaiserkrone,
Dessen ragendes Haupt noch lang die Sonne
Thatenfreudiger Kraft umleuchten möge.
Und nach wenigen Tagen wieder strömt' es
Ueber Piazza Colonna, und ein ganzes
Volk, um Monte Citorio sich schaarend,
Horcht' in glühender Stille, wie sein junger
Fürst ihm schwor, an Gesetz und Recht zu halten,
Jenes theuerste Gut der Volkesfreiheit
Gleich dem Vater ihm unversehrt zu hüten.
Laut vom Pincio erdröhnten Böllerschüsse,
Laut nachdonnerte Jauchzen tausendstimmig,
Als der trauernde Sohn vom Sarg des Vaters
Aufnahm eines Regenten Dornenkrone
Sammt dem schneidigen Kriegsschwert der Savoyer.
Und ich fühlte den Puls des Heute kraftvoll
Durch die menschengeschwellten Gassenadern
Der ergreiseten Weltenherrin pochen,
Höher wahrlich als einst, da Pio nono,

Auf dem Sessel herumgetragen, schläfrig
Uebers knieende Volk den Segen nickte,
Weihrauchwolkenumqualmt, von Pfauenwedeln,
Einem Dalai-Lama gleich, umfächelt.

    Abends, als sich der Mond im Blau verkündet,
Mit dem Strome des Volkes übers Forum
Am zerklüfteten Palatin vorüber
Langsam wandelten wir zum Coliseo.
Sonst die schweigende Stätte dunkler Schwermuth,
Nur durchschwirrt von der Brut des Nachtgevögels,
Ein entseeltes Geripp, ein wundersamer
Quadern-Plesiosaurus; heut von fern schon
Klang's und wimmelt' es von lebend'gem Regen.
Genuesische Lanzenreiter, ihrem
Todten König ein letzt Geleit zu geben,
Hatten jagend die ungeheure Strecke
In drei Tagen zurückgelegt und Obdach
Hier gefunden im alten Riesenrundbau.
Rings in hochüberwölbten Trümmerhöhlen,
Kaum sich selber die dürftige Streu vergönnend,
Daß nur ja sie den Thieren nicht ermangle,
Lagernd, schlendernd, die blanken Gäule striegelnd
Trieb die reisige Schaar sich hin und wieder.
In Cavernen, wo einst gedungne Fechter —
Morituri! — geharrt des grausen Kampfspiels,
Oder bebenden Märtyrern von ferne
Dumpfes Löwengebrüll herüberdrohte,
Dann durch manches Jahrhundert blöde Mönche
Vor den hölzernen Crucifixen näselnd
Litaneien gesummt, erscholl von Neuem
Die Parole lebend'ger Volksgeschichte,
Zwar gedämpft in der frischen Grabestrauer,
Herzbeweglicher doch, als selbst der dunkle
Weltschmerzselige Laut von Byron's Klage.
Sacht aufglühte der Mond, die schöne Cella
Dort am Tempel der Venus und der Roma

Leicht vergoldend, und still im Mondlicht wallte
Aus Feldkesseln der Rauch, darin die karge
Nachtkost rüsteten die bescheidnen Gäste.
Doch im bleichen Gewölk erblick' ich träumend
Wundersames Gesicht, Italiens Zukunft
Mir vordeutend — genug! Dich seh' ich lächeln,
Daß nun gar der Poet sich des Propheten=
Amts zu walten erkühnt. So laß uns leben,
Wir erleben's vielleicht. — Vale faveque!

Rom, 23. Januar 1878.

X.

An Wilhelm Herz in Berlin.

Dilettant heißt der curiose Mann,
Der findet sein Vergnügen dran,
Etwas zu machen, was er nicht kann.

So hab' ich selbst einmal gesprochen,
Aller Pfuscherei den Stab gebrochen,
Und war doch selber unter der Hand
Ein gottvergnügter Dilettant,
Den's höchlich auferbaut, zu Zeiten
Sein Steckenpferdlein frisch zu reiten.
Noch denkst du wohl der Tage, Freund,
Da wir selbander umhergestreunt
In Thürings Berg- und Waldgeheg,
Allwo dir kund sind Weg und Steg,
Und wie wir oft im Grünen saßen,
Ueberm Kritzeln Speis' und Trank vergaßen,
Ein Bröckchen Fels, ein alt Gemäuer
Hinstrichelten mit heil'gem Feuer
In jenes Büchlein schlank und schmächtig,
Das du erstanden wohlbedächtig
In Jena neben Frommann's Haus,
Sah wie ein Schülerschreibheft aus,

Blau der Umschlag und dünn die Blätter.
Doch wir in gut' und schlechtem Wetter
Erprobten darin mit Leidenschaft
Unsre verstohlne Künstlerkraft,
Fanden auch nichts Curioses dran,
Daß Einer macht, was er nicht kann.

Ach, wenn in Ferien dann und wann,
Wer einer Kunst sich zugeschworen,
Oder sonst ein schwer Geschäft erkoren,
In andern freien Künsten pfuscht,
Flöte bläs't oder Bildlein tuscht,
Niemand zur Last, sich zum Vergnügen,
Zumal auf einsamen Wanderzügen,
Soll man nicht gleich so hitzig lästern.
Sind doch die Musen liebe Schwestern:
Führt man die Eine heim als Frau,
Sie nimmt's wohl einmal nicht genau,
Wird lächelnd durch die Finger sehn,
Thut man mit einer Schwägerin schön,
Da es ja in der Familie bleibt;
Dafern man's nur in Züchten treibt,
Mit seinem stillen Dilettiren
Nicht vor den Leuten will renommiren.

So hab' ich's all mein' Tag' getrieben,
Ist mir darum auch fern geblieben
Das Naserümpfen und höhnisch Lachen,
Wenn's Andre eben nicht anders machen.
Ja, oft empfand ich einen Neid,
Sah ich die Himmels-Seligkeit,
Womit ein unbefugt Talent
Von hoher Schöpferlust entbrennt,
Skizzenbücher zusammenschichtet,
Dicke Hefte voll Lieder dichtet
Und wie ein Geiziger, wenn es nachtet,
Den angehäuften Schatz betrachtet.

Blieb's nur dabei! Doch leider reißt
Die Guten hin ein böser Geist,
Dem Licht auch endlich zu offenbaren,
Wie vergnügt sie im Dunkeln waren,
Da dann am kalten Blick der Welt
Ihr Reichthum nicht die Probe hält.
Dann wird der Segen schönster Stunden
Gezählt, gewogen, zu leicht erfunden.

Denn jene Zeit ist längst entflohn,
Da ein begnadeter Muttersohn
In seines Wesens mächt'gem Ring
Die sieben freien Künst' umfing,
Und es sich schier von selbst verstand,
Daß eines bildenden Meisters Hand,
Gewohnt, den Marmor zu behauen,
Auch müsse wissen ein Haus zu bauen,
Ein Bild zu malen, Laute zu schlagen,
In Versen seine Liebe zu klagen.
Noch war, von Zweifeln ungehemmt,
Nichts Göttliches dem Menschen fremd,
Und wer dran sein diletto fand,
Ward nicht beschrie'n als Dilettant.
Noch lebten die Künste gar verträglich;
Doch heut verfeindeten sie sich kläglich,
Schaut jede eifersüchtig drein,
Will ihren Mann für sich allein,
Ja, selbst in eignen Reiches Grenzen
Soll er durch weise Beschränkung glänzen
Und sich bornirend früh und spät
Ausbilden eine „Specialität".
Wer Bäume malt, soll klugermaßen
Von Menschen seinen Fürwitz lassen;
Wer etwa lernte Novellen schreiben,
Nur ja dem Drama ferne bleiben,
Kein Mannesschuster sich unterstehn,
Auch ein Paar Fräuleinsschuh' zu nähn.

22*

Doch seit mich römische Lüft' umwehn,
Fühl' ich, o Freund, mich neu genesen
Von manchem deutschen Pedantenwesen,
Daher mich wiederum ungescheut
Mein bißchen Pfuscherei erfreut,
Und wo sich hinlenkt unser Schritt,
Wandert das Zeichenbüchlein mit,
Nicht wie in junger Zeit fürwahr,
Wo's manchmal ein Galeotto war
Und etwa mir bei schönen Augen
Mußte die Thür zu öffnen taugen,
Da ein pittore in Dorf und Stadt
Stets unverdächtigen Zutritt hat.
Heut kritzl' ich nur mit stillem Sinn
Einen schlichten Busch oder Felsen hin,
Ein Häuschen, Hüttchen oder Scheuer;
Vorbei die Zeit der Abenteuer,
Die nur zu jungen Jahren passen.
Nichts will ich, als ins Auge fassen,
Was vor mir schwebt wie Eden schön,
Die sanftgewiegten Bergeshöh'n,
Strenge Cypressen, weiche Pinien,
All die Magie von Farb' und Linien,
Und was davon ins Büchlein kommt,
Erinnrung nur zu beleben frommt.
Daneben, Geschichten zu erzählen,
Wird's auch nicht an Staffage fehlen,
Wenn du sie nur zum Reden bringst.

So führt' uns unsre Wandrung jüngst
Bis weit hinunter gegen die Thore
Vorüber an Marie Maggiore.
Da wächs't empor eine neue Stadt,
Sechs Stock hoch, weiß getüncht und glatt,
Gemüthlos widerwärtige Kasten,
Die baß zum Köpnickerfelde paßten.
Dazwischen schaut ein Ruinentrumm
Verlegen und betrübt sich um

Und scheint von naher Zeit zu träumen,
Wo es denn auch den Platz soll räumen.
Wir sahn das braune Gemäuer winken,
Einen hohlen Zahn mit schartigen Zinken;
Unweit dahinter herübersah
Die alte Minerva medica,
Auch ein Stück eines Aquäducts,
Und gleich mir in den Fingern zuckt's,
Als ob hier was zu holen sei.
Nun lag ein Hüttlein nebenbei,
Dem Alterthum just gegenüber;
Giuoco di bocce las man über
Der niedren Thür, und aus der Küche
Kamen Zwiebel- und Weingerüche,
Wie man's wohl kennt in römischen Schenken.
Dahin wir flugs die Schritte lenken
Und bitten, daß man vor die Thür
Uns ein paar Sitze trüg' herfür,
Mein Pfuschwerk eilig zu beginnen.
Ein junges Ehpaar haus'te drinnen,
Das eben sein pranzo mit Salat
Und Brod und Wein vollendet hat.
Die trugen zwei Sessel vor das Haus,
Saßen dann selbst zu uns hinaus,
Und während flink mein Stift sich rührte,
Man eine Zwiesprach zusammen führte.
Ein Jahr erst waren sie vermählt,
Hatten dies arme Nest erwählt,
Weil Niemand sonst sich dazu fand,
Da es längst auf dem Abbruch stand.
Die Frau, ein harmlos muntres Wesen,
Wär' gar so übel nicht gewesen,
Hätt' nur ein wenig Waschen gebraucht,
So war sie staubig und angeraucht.
Ihr Gatte grüßte mich als Collegen:
Er thät' einst selber der Malkunst pflegen.
Nach Solferino hab' er einmal
Wund müssen liegen im Spital

Viel öde Wochen und Monden lang,
Da hab' er so aus Herzensdrang
Mit Zeichnen sich die Zeit vertrieben,
Nun sei ihm nur die Lust geblieben.
Er könn' an Berg' und Mauern dort
Sich nimmer satt sehn fort und fort.
Ich sollt' auch sein die zwei Cypressen
Dort auf dem Hügel nicht vergessen,
Auf daß doch immer ein Abbild bliebe,
Wenn hier der Neubau sie vertriebe.
Er selber hab's versucht; doch sei
Es ihm zu schwer, er sag' es frei.

So plauderten ein Stündlein wir
In guter Freundschaft alle Vier.
So still und lieblich war der Ort,
So lenzhaft schien die Sonne dort
Schon in des Februars Beginne —
Es ward uns wunderwohl zu Sinne.
Und als mein Skizzchen nun vollbracht —
Eilfertig, wie's ein Stümper macht —
Mußt' ich mit meiner lieben Frauen
Das Hüttlein auch von innen schauen.
Da war nun Alles nach Landesbrauch
Gar dürftig, kahl, voll Ruß und Rauch,
Der Tisch am Herde schlecht und recht,
Ein Riesen-Fiasco in Strohgeflecht,
Nur wenig Hausrath rings umher,
Als stammt' er noch von den Tagen her,
Da Hannibal vor den Thoren stand.
Doch hinter der schwarzen Bretterwand
That sich noch auf ein Kämmerlein,
Da führt das Paar uns stolz hinein.
War zwar nichts Köstlichs dran zu sehn,
Kaum Platz, sich eben umzudrehn,
Ein Bett mit Strohsack, vielgeflickt,
Doch wie wir forschend umgeblickt,

Sahn wir die niedren Wände rings,
Die schiefe Decke rechts und links
Tapeziert mit Bildern allerhand,
Sämmtlich von Einer schweren Hand
Mit bunten Stiften übermalt.
Unseres Wirthes Auge strahlt,
Da er uns seine Werke wies.
„Ecco! Das Capitol ist dies,
Und dies der Hafen von Triest;
Auch dies sich wohl erkennen läßt:
Die spanische Treppe stellt es vor,
Und dies den Lateran, Signor,
Und dies — und dies — — Sind arme Sachen,
Und war doch lustig, sie zu machen."

Wir aber standen und staunten mächtig,
Belobten Alles gar andächtig
Und sprachen unter uns: Es heißt
In Wahrheit „Selig, die arm an Geist".
Der biedre Künstler hier, ich wette,
Erwacht er früh in seinem Bette
Und sieht ringsum an Deck' und Wand
Die bunte Schöpfung seiner Hand,
Nicht Rafael war so selig, da
Ihm vorgeschwebt die Disputa.

Und also schieden wir. Der Gute
Wünscht' meinem Weib buona salute.
Seitdem, seh' ich mein Büchlein an,
Hab' ich auch meine Freude dran
Und spreche getrost: Sind arme Sachen,
Und war doch lustig, sie zu machen.

    Rom, 11. Februar 1878.

XI.

An Wilhelm Hemsen in Stuttgart.

Haſt du das Goethe-Bildchen im Sinn? Vor neunzig und
einem
Jahr entſtand es in Rom, da hier mit dem wackeren Tiſchbein
Er ſich beſcheiden vertrug, wie im Storchenneſte der Adler
Sich zu wohnen bequemt, weitab in die Ferne verſchlagen.
Nicht die Tafel, die ihn „als Reiſenden zeigt, in den weißen
Mantel gehüllt, im Freien, auf umgeſtürztem Getrümmer,
In die Campagna die Blicke gekehrt"; nein, jenes geringre
Blatt, mit der Feder umriſſen und leicht ſchattirt mit dem
Pinſel,
Wo er ſo häuslich erſcheint in der Sommerfrühe, nur eben
Aus dem Bette geſprungen und erſt nothbürftig bekleidet,
Wie er, den hölzernen Laden zurückgeſchlagen, des ſchönen
Römiſchen Morgens genießt und bequem hembärmlig am Simſe
Lehnt und der Sonne die Bruſt und das athmende Antlitz
zukehrt.
Nur vom Rücken belauſcheſt du ihn, doch glaubſt du in jeder
Linie den Hauch zu empfinden des Wohlſeins, der aus dem
Lichtquell
Sich durch Adern und Nerven des Neuerweckten ergoſſen.
Selbſt im Nacken das Zöpfchen, der Fuß, der aus dem
Pantoffel
Halb ſich erhob, die Schnalle, die unterm Knice den Strumpf
hält,
Jeglicher Zug ſpricht aus: dem Mann iſt wohl; wie ein Halb-
gott
Schlürft er, vom Zwange befreit, den verjüngenden Athem der
Frühe.

Sieh nun, unter dem nämlichen Dach — nur wuchs es um
einen
Stock ſeitdem noch hinauf — ward deinen Freunden zu wohnen
Vom Geſchicke vergönnt. Wir wanderten neulich im Corſo,
Scharf nach Täfelchen ſpähend, darauf uns winkte die Looſung

Camere mobiliate da affittarsi.   Und „gegen
Rondanini über“ begrüßt’ in Marmor gegraben
Uns die Notiz, „es hab’ hier einst Unsterbliches dichtend
Wolfgang Goethe gewohnt (Volfango nennt ihn der Römer);
Deß zum Gedächtniß sei von der Stadt die Tafel gestiftet“.
Doch wir wandten enttäuscht uns weg, wie übelbehaus’te
Fremdlinge thun, die selbst denkwürdigsten Stätten vorbeisehn,
Nur von der Sorge bewegt, wo Nachts sie ihr Haupt hinbetten.
Just da holt’ uns die Botschaft ein des Wohnungsvermittlers:
Zwei vortreffliche Zimmer am Corso könn’ er empfehlen,
Casa Goethe. — Fürwahr, dir hat dein Glaube geholfen!
Rief ich. Umsonst nicht hast du ihn nun Zeitlebens vergöttert.
Wie dem redlichen Priester im Heiligthume zu wohnen
Nicht als Frevel erscheint, so ziemt’s auch dir, in den Mauern,
Die sein Name geweiht, dein winterlich Wesen zu treiben.

Ach, nur leider die Jahre, sie haben der theuren Erinnrung
Traulichste Spuren verwischt.   Er selbst, wenn heut er der alten
Römischen Zeit Schauplätze mit Geisterschritten durchwallte,
Fände den Saal nicht mehr, darin er über den Sommer
Kühl und still sich gehalten, aus dem hinab in die Gasse
Nachts die Geigen erklangen und schöne Musik, bis drunten
Ein musikalischer Wagen, auf nächtlicher Runde begriffen,
Anhielt, Sang und Klang mit vollem Orchester erwidernd,
Während das lauschende Volk mit Händeklatschen dem schönen
Doppelconcert Dank sagte, vorab dem reichen Milordo,
Der so treffliche Künstler in seinem Hause versammelt.
Kaum das Fenster erkennt’ er vielleicht, aus welchem herüber
Ihm Angelica winkte, die Künstlerin, etwa dem Freunde
Mitzutheilen: Ich hole dich ab zu Wagen; der Tag ist
Schön. Acqu’ acetosa verspricht uns herrliche Fernsicht. —
Alles ist längst verwandelt vom neuernden Geiste der Enkel;
Nur nach Süden der Blick schweift über den Garten am Hause,
Ueber die Nachbargärtchen, getrennt durch schwärzliche Mauern,
Zwar auch sie nicht mehr „mit einfach edeler Baukunst,
Gartensälen, Balconen, Terrassen und offenen Logen“
Frei und lustig geschmückt; ein unansehnlich Gewinkel

Strebt vielfältig empor und dient allein dem Bedürfniß.
Doch wie damals noch erfreu'n Citronen und reife
Goldorangen den Blick, „ein grünendes, blühendes Eden",
Und zwei Brünnlein sprühn in reinliche Becken die Welle,
Die es erfrischt. Und wenn hoch über den Dächern die Sonne
Mitten im starrenden Winter den Hauch ausbreitet des Frühlings,
Ist's gar lieblich dahinten. und allerlei Götter und Geister
Meinst du schweben zu sehen entlang den sonnigen Pfaden,
Ganz wie am lachenden Morgen, da droben im oberen Stock-
                                                            werk
Sich ein Laden geöffnet und aus zwei strahlenden braunen
Augen ein hoher Mensch in das niedere Gärtchen hinabsah.

        Wohl! Er hatte die Augen, die sonnenhaften, gewohnt ins
Helle zu schau'n, und gleich den Königskindern im Märchen,
„Vor ihm Tag und hinter ihm Nacht", durchschritt er das
                                                            Leben
Leuchtenden Haupts. Wie vor des Gestirns Glutpfeilen der
                                                            Nebel
Weicht, schien jegliche Trübe vor seinen siegenden Blicken
Sich zu zerstreu'n und sanft zum Farbenspiele der Dichtung
Selbst die Schatten des Todes versöhnt auseinanderzuklingen.
Ach, mit solcher Gabe, der köstlichsten, wähnt' ich mich selber
Einst vor Vielen begnadet. Talent zur Freude zu haben,
Rühmt' ich mich oft; stets war ich bedacht, den Neid der
                                                            Dämonen
Nicht durch Prahlen zu reizen, und nicht durch frostigen Un-
                                                            dank
Mir zu verscherzen das himmlische Gut. Und sonnige Jahre
Lebt' ich fruchtbar hin. Nun aber umspann mich das Schicksal,
Mit so dichtem Gewölk, daß mir die Wimper, die schwere,
Lang schon haftet am Boden, und wie ein Vogel im Regen
Unter dem Dachfirst stumm den triefenden Flügel gesenkt hält,
Sitz' ich beklommen und starr und keinem Gestirn mehr trauend,
Das noch blinzelnd zuweilen aus tiefer Umschleierung vorbricht.
Denn zu schwer im Tiefsten verwundete diesmal der Parze
Schnitt, die den goldensten Faden aus unsres Glückes Gewebe

Hart lostrennend zerriß. Nun ward das zarte Gebilde
Unbarmherzig zerrüttet. Das Händlein, das so geschäftig
Mit an dem Einschlag helfend die buntesten Blumen hineinwob,
Ruht in ewiger Nacht. Wir aber leben von Dämmrung
Schaudernd umgraut. Nichts Holdes und Sonniges kommt uns
zu lichten,
Selbst hier unter dem römischen Dach, wo jener gewalt'ge
Sohn des Lichtes den Hauch der Erinnerung wärmend zurück-
ließ.
Und ich frage mich: Hätt' auch ihn so Herbes getroffen,
Wie wohl hätt' er's getragen? mit welchem Balsam der Wunde
Fieber gekühlt? Wär' auch so seelumnachtende Trübsal
Vor dem strahlenden Auge des Welterleuchters zerronnen?
Hätt' ein Gott ihm gegeben, auch das vom Herzen zu singen,
Sein verlornes Geliebtes mit dichtender Kraft zu verew'gen?
Doch was frommt es, zu grübeln, wie wohl ein Stärkrer geduldet,
Wie er bewältiget hätte sein Weh! Ich dulde das meine,
Wehrlos gegen die Uebergewalt, obwohl ich in andrer
Noth nicht schimpflich bestand und ein Kämpfer zu sein mir bewußt
bin.
Mehr als geliebt ja hab' ich dies Kind: es war meine letzte
Leidenschaft. Nie wird so Liebliches je mir begegnen,
Nie so Liebenswürd'ges die brennende Sehnsucht kühlen.
Liebt' ich in ihm doch mit die verlorenen Beiden. In ihm war
All das Holde versammelt in sprossenden Trieben und Keimen,
Was, zu frühe gewelkt am sengenden Strahle des Lebens,
Wieder dem Staub sich vermählt. Es schienen die ewigen Mächte
Vollen Ersatz zu vergönnen in diesem beglückenden Kinde,
Das, als ahnt' es, wie früh auch ihm vom Stamme gerissen
Hinzuwelken bestimmt, so süß in klammernder Inbrunst
Mit liebkosendem Wort, das sonst aus reifem Gemüth nur
Quillt, in lachender Lust all seine Geliebten umarmte.
Ach, was gilt der erhabenen Macht ein jauchzendes Lallen
Armer sterblicher Menschen! Sie selbst ist kummer- und freudlos,
Und wie ein Fremdling nur, ein geduldeter, mischt sich die Freude
In der Genien Rath, die am Werk Theil haben des Schicksals.
Uns nur ist sie die höchste von allen beseelenden Kräften,

Die aus glimmender Wärme der Menschenbrust wie ein Flämmchen
Aufschlägt, rings in frostiger Nacht des irdischen Daseins
Unsern Weg zu erleuchten und Herz am Herzen zu wärmen.
Wird auch uns noch wieder, den Schwerverzagten, der Funken
Aufglühn, der so traurig in Staub und Asche verglommen?
Uns das brennende Aug' ins sonnige Leben noch einmal
Wieder zurück sich gewöhnen? — Für jetzt noch mögen die
                                             Freunde
Still im Schatten uns dulden. Es thränt zu heftig die Wimper,
Die ins Helle sich wagt. Und hier in der heiligen Roma
Sind umschatteter Stätten genug, von Menschen gemieden,
Die nichts Theures besessen und nichts verloren. Zu denen
Laß uns flüchten, sobald an jenen Fenstern vorüber,
Draus Angelica grüßt' und winkend der Freund ihr entgegnet,
Wieder der Carneval braus't, den Er so farbig geschildert.

Rom, 31. Januar 1878.

❦

XII.

An U. U.,

Gymnasialprofessor in L.

Meine Hexameter tadelst du mir und schüttelst bedenklich
Dein scandirendes Haupt, so oft ein schnöder Trochäus
Oder ein Daktylus dir, ein schwerhinwandelnder, aufstößt.
Ehmals hätt' ich es besser gekonnt, zu der seligen Thekla
Zeit; wie sei ich seitdem vom rechten Pfade gewichen!
Und nun hättst du das Beste gehofft und gefleht zu den Göttern,
Mir in südlichen Lüften das Band vom Ohre zu lösen.
Hätt' ich doch Capri gesehn und des felsenumgürteten Eilands
Schroffes Gestad von Neuem besucht und wüßte, wie selten
Dorten ein Rettungsport für scheiternde Verse zu spähn sei,
Wo einst Platen geweilt, der Moses unsrer Prosodik,
Der in steinerne Tafeln die zehn Gebote des Wohlklangs
Grub und nicht sie grollend zerschmetterte, weil noch der Pöbel

Thöricht das goldene Kalb umtanzt der gelinderen Praxis.
Sei das Alles verloren an mir, dem einige Verskunst
Selbst die gestrenge Kritik, die verdammensselige, nachrühmt?
Weh des verlorenen Sohns! Es weinten um ihn auf des Pindus
Höh'n die Schwestern, die neun, und auf der Asphodeloswiese
Werd' ein Seufzen vernommen, ein einziger banger Hiatus;
Platen verhülle das Haupt und stöhn' in geflügelten Rhythmen
Ueber das undankbare Geschlecht nachstümpernder Enkel,
Dem umsonst er gelebt, umsonst sein ehern Gesetz gab.

    Ja, nicht darf ich es leugnen, o Freund: ich fühle mich
                                   schuldig,
Doch weit anderer Sünden. Mit meinen Hexametern wär' ich
Selbst wohl besser zufrieden, — dafern sie schlechter ge-
                                   riethen.
Hab' ich doch einst mit saurem Bemühn die geduldige Thekla
Sanft zu befreien gesucht vom lähmenden Zwang der Correct-
                                   heit,
Froh um jeden bequemeren Fuß, auf welchem die Rede
Mit treuherzig behaglichem Gang hinschlenderte, nicht mehr
Künstlich die Zehen gespreizt und die römischen Pas nachzirkelnd.
Manches gerieth mir zu Dank, doch Anderes fügte sich nimmer.
Denn was Hänschen nicht lernt, — vielmehr, was Hänschen
                                 gelernt hat,
Kann mit steiferen Gliedern ein Hans nicht wieder verlernen.
Warum ward uns Knaben die Platen'sche Zucht auf der Schul-
                                 bank
Fest in die Ohren geschmiedet und ein harmloser Trochäus,
Ein zweisilbiges Wort, als doppelte Kürze gemessen,
Ein daktylisches „Vaterland" gar mit rötherer Tinte,
Als ein Ut mit dem Indicativ, am Rande gebrandmarkt!
Damals konntst du an mir viel Ehr' und Freuden erleben.
Doch mir ward auf immer im Schnürleib klassischer Hoffahrt
Meines Hexameters fröhlicher Wuchs unheilbar zerrüttet.
Sah ich doch achselzuckend herab selbst auf den Gewalt'gen,
Den schon früh mit der Glut des freiauflodernden Herzens
Ich vor Allen verehrt. Nur zum Hexameter, wähnt' ich,

Hab' ihm ein feindlich Geschick den gültigen Stempel ver-
weigert,
Daß er falsch ihn geprägt und sein gediegenes Gold nun
Leider in solcher Gestalt nicht Vollwerth habe dem Kenner.
O ich pfuschender Knabe! Zu spät erst fielen die Schuppen
Mir vom Aug'; ich erkannte, wie blind an ihm ich gefrevelt,
Wie sein Genius ihn auch hier weit sichrer geleitet
Mit nur tastendem Schritt, als unsern prosodischen Grafen
Seine Gelehrsamkeit und alexandrinischer Kunsttrieb.

Doch fern sei's, den Todten zu schmähn, der wahrlich voll-
auf schon
Leid im Leben erfuhr, Mißurtheil, Hohn und des Unglücks
Lähmenden Druck. Denn arm und ein Graf, Poet und ein
Deutscher,
Heimischem Ruhm nachtrachtend in selbsterwählter Verbannung,
Statt des lebendigen Lebens ein Wolkengebild umarmend,
Wandelt' er unter den Fremden dahin und lauschte begierig,
Ob ihm über die Alpen ein Laut nachfolge des Beifalls,
Dem er stolz zu entsagen sich rühmt', um nur von der Nach-
welt
Späte Genugthuung zu empfahn und sühnenden Lorbeer.
Doch nie soll ein Dichter sich selbst entfremden der Heimath,
Die, wie immer gescholten und scheltenswerth, mit den frühsten
Säften die Seele genährt, und der zu entwachsen so wenig
Glückt und geziemt, wie je ein Sohn von der Mutter sich los-
macht.
Wer gewaltsam lös't das Band der Natur, dem rächt sich's
Nicht am Leben allein, dem freud'- und friedeberaubten,
Auch an der Kunst. Und flöh' er zu jenem seligen Eiland,
Wo ihm Schönheit winkt vom lachenden Strand, aus den
Hütten,
Wie aus hohen Palästen und herrlichen Meistergebilden,
Nie doch fänd' er Ersatz des Wünschenswerthesten: Einklang
Mit sich selbst und dem eigenen Volk. Ja, selber die Sprache
Wird ihm ein lebloß Wesen, geschickt zu manchem Gebrauch
wohl,

Doch ein künstlich Phantom, nicht mehr aus Kinder= und Ammen=
Mund mit rührender Macht uns Ohr und Seele bewegend,
Wie es der Dichter bedarf, auf daß im Busen die Kraft ihm
Nicht verdorre, das Herz verbrüderter Menschen zu rühren.
Sieh im Bauer den Vogel; man lehrt ihn künstliche Weisen,
Und er flötet gelehrig sie nach; doch bleibt es ein seltsam,
Schier unheimlich Getön, und nicht wie schlichter Naturlaut
Harmlos munterer Sänger erquickt sein Trillern das Herz dir.
So entfremdet' auch er sich der echt anheimelnden Tonart,
Nicht vom warnenden Beispiel belehrt des schweifenden Helden,
Der mit Wachs sich die Ohren verwahrt, um an der Sirenen
Klippen vorüberzuschiffen. Zu Haus wohl däuchte das Grunzen
In des göttlichen Sauhirts Pferch ihm trauterer Wohlklang,
Als im purpurnen Meer der gefährlichen Jungfraun Lockruf.
Platen jedoch umstrickte die feinaufhorchende Seele
Griechischer Rhythmen Gewalt; er vergaß, daß anderen Völkern
Andere Kraft und Sitte verliehn und andres Bedürfniß.
Nicht goldwägerisch mißt nach Gran und Scrupel den Laut=
werth
Unser germanisches Ohr; den Sinnwerth wägt es vor Allem.
Wo sich der Verstact feindlich entgegenstemmet dem Wortton,
Gönnen wir diesem den Sieg; es soll statt ruhigen Auf=
bau's
Kein Aufbau uns begegnen und nicht Freiheit statt der
Freiheit,
Ob auch, streng auf der Wage des sinnlichen Lautes gewogen,
Ein Diphthong gleich wuchtet dem anderen. Sind doch die
Quellen
Noch nicht völlig versiegt, daraus vor manchem Jahrhundert
Unsere Dichtung sog ihr frisch aufsprossendes Leben.
Walther's und Wolfram's Deutsch — wohl ist's verklungen;
wir lernen
Fast wie Fremde den Ton des Kürenbergers. Und gleichwohl
Schlägt noch immer der Puls, der blutsverwandte, mit freier
Hebung und Senkung, mächtig im Verse des Faust und des
Volkslieds.

Traun, wohl glückt' es ihm noch im leichteren epischen Vers-
maß,
Als er die Fischer von Capri sang. Doch in Zuckungen förmlich
Fällt ihm in Oden und Hymnen die gliederverrenkende Muse,
Daß dem geneigtesten Leser, entwöhnt seit Jahren der Schul-
bank,
Will er im Verstact bleiben, der Angstschweiß strömend hervor-
bricht.
Und wohl haben die Götter den Schweiß ersehn zu der Tugend
Nährendem Thau, und die Kunst ist schwer; doch soll sich der
Künstler
Mühn, auf daß nur leichter sein Werk dem Genießenden dünke.
Hat ein hellenisches Ohr in Pindar's Klanglabyrinthen
Leicht, wie in blühenden Gärten ein Kind, zurecht sich ge-
funden,
Uns hilft nimmer der Faden des Schema's aus dem ver-
schlungnen
Irrgang künstlicher Rhythmen, wo hinter verschnörkelten fremden
Redeblumen der Sinn sich verbirgt. Wir lieben den freien
Rüstigen Schritt auf ebenem Pfad und die offene Fernsicht;
Ob durch Markt und Gassen und monblichtschimmernden Wein-
berg
Herrmann schreitet, am Arm die hohe Gestalt der Geliebten,
Ob uns Reineke führt die geschlängelten Pfade des Märchens,
Oder Mörike's sicherer Mann und am Ufer des Boden-
Sees der listige Fischer mit weitausgreifenden Schritten.

Doch er schläft am sicilischen Strand, und es rauscht ihm
bie Meerflut
Sanft in den ewigen Traum ein Grablied griechischen Wohl-
lauts.
Mög' er sich freuen der Zweige des Lorbeers, die ihm in
frommer
Erfurcht manch ein Jünger geweiht, der ähnlich dem Meister
Auch in der Kunst nur suchte die Kunst und Jenen bestaunte,
Weil ihm ein Aeußerstes glückte, wie oft auch drüber die Sprache
Außer sich kam. Und wahrlich: er that das Seine, mit tapfer

Gläubigem Muth, auf Gold nicht bedacht und das Lob des
gemeinen
Haufens. Er diente dem Gott, der ihm der wahre geschienen.
Sag, was kann ein Sterblicher mehr? Drum mag es auch
mir nun,
Den zu anderem Glauben das Herz hindrängte, vergönnt sein,
Meinen Göttern getreu hinfort mein Wesen zu treiben,
Wie ich muß und vermag. Du aber vergieb mir den lehr=
haft
Trockenen Brief und die schlechten Hexameter, die dir ein
Gräul sind!

XIII.

Bilder und Geschichten.

Frühlingsbegräbniß.

Horch! vom Hügel welch ein sanfter Klang
Säuselt fernher durch die nächt'gen Schatten?
Elfenschaaren ziehn den Wald entlang,
Die mit Klaggesang
Ihren Freund, den todten Lenz, bestatten.

Schöner Jüngling! wie er lieblich ruht
Schlummerstill auf seiner Veilchenbahre.
Allzuschwer mit sommerlicher Wuth
Traf ihn Sonnenglut,
Und ihm sank das Haupt, das morgenklare.

Blumen in der Hand, die er geliebt,
Kleine rothe Fackeln leise schwingend
Ziehn die Geister, die sein Tod betrübt,
Sonst im Flug geübt,
Heute schrittweis, Todtenlieder singend.

Stumm in Wehmuth schaut der Mond herab,
Und es schluchzen alle Nachtigallen.
Wo er oftmals seine Feste gab,
Senkt man ihn hinab,
Und die bleichen Silberflöre wallen.

Und ein Specht klopft an den Föhrenstamm
Und beginnt den Grabspruch ihm zu halten.
„Stillt die Thränen, tröstet euren Gram!
Der stirbt wonnesam,
Der in blüh'nder Jugend darf erkalten.

„Glaubet mir, der lang die Welt gesehn:
Den ihr heut hier unter Blumen bettet,
Neu und ewig wird er auferstehn.
Nimmer kann vergehn,
Wer die Welt aus Winterbanden rettet.“

Als so weihevoll der Alte sprach,
Lauter schluchzte da das Grabgesinde,
Und die Elfenfürstin seufzt' ein Ach! —
Ihrem Liebling nach
Warf sie in die Gruft die goldne Binde.

Horch! vom Hügel welch ein wilder Klang?
Finster hat Gewölk den Mond verschattet.
Ein Gewitter zieht den Wald entlang,
Und zerstoben bang
Ist das Häuflein, das den Lenz bestattet.

Waldchronik.

Meine Kinder, sprach der Waldesgreis
    Zu den jugendgrünen Stämmen,
Das Verhängniß bricht in unsern Kreis,
Keine fromme Bitte mag es hemmen.

Ein Jahrtausend wurzl' ich hier im Grund,
Vielumstürmt und blitzzerrissen.
Manch verschollne Mär' ist mir noch kund
Aus der trauten Jugend Dämmernissen.

Damals war ich frohgemuth wie ihr,
Und die Väter hört' ich klagen,
Wie viel freud'ger doch das Leben hier
Rauscht' in ihren eignen Jugendtagen,

Als in jedem Stamm ein schlanker Gast,
Eine Dryas heimlich lebte,
Liebevoll beseelend jeden Ast,
Daß in stolzer Lust der Wipfel bebte.

Damals über Waldeskronen hin
Wandelt' auf verstohlnem Pfade
Zu dem Freund die Mondeskönigin
Und mit ihrer Nymphenschaar zum Bade.

Wilde blonde Männer kamen drauf,
Scheuchten all die Huldgestalten.
Da ich selber schlug die Augen auf,
Sah ich nur noch Elfen Tänze halten;

Hört' in Lüften hoch die wilde Jagd
Und der Höllenhunde Bellen,
Sah am Kreuzweg oft um Mitternacht
Wundersame Geister sich gesellen.

Erlenkönig jagte grimm vorbei,
Nixen plätscherten im Bache,
Bärt'ge Zwerge flohn mit Wehgeschrei,
Wenn des Weges schnob der Feuerdrache.

Da verlohnt' es, jung und wach zu sein.
Ha, wie sauf't es in den Zweigen,
Wenn die Hexen wild im Mondesschein
Schwangen durch die Luft den Zauberreigen!

So erwuchs ich, bis an einem Tag
Menschen kamen, Lieder singend,
In den lichtgewordnen Eichenhag
Ein Gebild von Künstlerhänden bringend:

Eines Mannes bleiche Gramgestalt,
An ein Marterholz geschlagen,
Und an meinem Stamme rauh und alt
Mußt' ich nun das zarte Bildniß tragen.

Stille ward's auf einmal um mich her
Von dem Nachtspuk wilder Gäste,
Denn gebannt war das verwünschte Heer
Durch das Bild im Schatten meiner Aeste.

Aber einsam blieb die Stätte nicht.
Viele nahten schmerzbeladen,
Und mit frohverklärtem Angesicht
Gingen sie, wie überströmt mit Gnaden.

Und ein Bienenvölkchen kam von fern,
Nistet' in des Stammes Tiefen.
Lieblich war es, fühlt' im alten Kern
Ich die reine Blumensüße triefen.

Und so sah ich wechselnd fort und fort
Zeiten aufblühn und veralten.
Mark und Säfte sind mir abgedorrt,
Doch in Ehren ward mein Stamm gehalten.

Aber heut ist eine Schaar genaht,
Frech, mit ehrfurchtslosen Augen,
Und sie sprechen hört' ich: Dieser Pfad
Wird zur neuen Bahn am besten taugen.

Morgen fällen wir den alten Stamm.
Schad' ist's um die fleiß'gen Bienen!
Nicht einmal zu Schwellen für den Damm
Kann der wettermorsche Knorren dienen.

Und sie gingen. Nur noch eine Nacht
Soll ich Greiser überleben,
Nur noch einmal in die Sternenpracht
Den entlaubten müden Wipfel heben.

Gute Nacht denn! Sei es euch nicht leid,
Daß auch ihr dem Tod verfallen.
Allen Wundern abhold ist die Zeit,
Oeder Tod beschleicht die Waldeshallen.

Rauscht noch einmal ein Fahrwohl euch zu,
Jung Geschlecht! dann laßt uns schweigen,
Bis in Flammen wir zur ew'gen Ruh'
Blüh'nde und verdorrte Wipfel neigen.

Novelle.

Sie kannten sich Beide von Angesicht,
    Sie sprachen sich nie und liebten sich nicht.
Er nahm ein Weib, das die Mutter ihm wählte,
Als sie sich mit einem Vetter vermählte.

Er war zufrieden mit seinem Loos;
Sie wähnte sich recht in des Glückes Schooß.
Nur manchmal, zur Zeit der Flieberblüte,
Was wollte da knospen in ihrem Gemüthe?

Und einst nach Jahren am britten Ort
Da sagten sie sich das erste Wort,
Am selben Tische zum ersten Male —
Der Flieber buftet' herein zum Saale.

Was er sie gefragt, was sie ihm gesagt,
Es war nicht neu und war nicht gewagt;
Doch plötzlich, mitten im Plaudern und Scherzen,
Erschraken sie Beide im tiefsten Herzen.

Sie hatten mit tödtlichem Staunen erkannt,
Wie seltsam Eins das Andre verstand,
Auch das, was Beiden im stillen Gemüthe
Erwachte zur Zeit der Flieberblüte.

Sie sahen sich an einen Augenblick
Und sahn einen Abgrund von Mißgeschick,
Dann blickten sie weg, und Beide verstummten,
So munter rings die Gespräche summten.

Drauf ging sie nach Haus mit dem eigenen Mann,
Er führte sein Weib, so schieden sie dann
Und sagten, sie würden sich glücklich schätzen,
Die werthe Bekanntschaft fortzusetzen.

Doch wie er am andern Morgen erwacht,
Was hat ihn so bitter lachen gemacht?
Und wie sie auffuhr von ihrem Kissen,
Was hat sie so heimlich weinen müssen?

Sie haben sich niemals wiedergesehn,
Sie mußten sich klug aus dem Weg zu gehn.
Nur immer zur Zeit der Fliederblüte
Wie Spätfrost schauert's durch ihr Gemüthe.

Das Spinett.

An dem Tandelmarkt vorbei
Ging ich heute, da es nachtet',
Hab' ein buntes Allerlei
In den Buben dort betrachtet.

Ausgediente Flitterpracht,
Strandgut aus zerschelltem Glücke,
Waffen, die einst Tod gebracht,
Neben Karst und Bettlerkrücke.

Dieser Spiegel, heut so blind,
Weiß von festlich hellen Nächten;
Jener half dem Bauernkind
Seine blonden Zöpfe flechten.

Dort der Sessel, reich geschnitzt,
Weich mit Sammet ausgeschlagen,
Denkt er noch, wie er geblitzt,
Als er Fürstinnen getragen?

Muß er jetzt die Nachbarschaft
Jenes nackten Schemels leiden,
Drauf mit saurem Fleiß geschafft
Ehrsam Handwerk, treubescheiden?

Wie sich in des Friedhofs Reich
Nah gesellen Hoch und Nieder,
Macht die Zeit hier Alles gleich,
Giebt den Staub dem Staube wieder.

Aber dort das Mütterlein,
Dem erblichen längst die Locke,
Warum weint's in sich hinein,
Still gebückt an seinem Stocke?

Was betrachtet's unverwandt
Jenen alten Klimperkasten,
Dem wohl lang schon keine Hand
Rührte die vergilbten Tasten?

Und sie feilscht und schließt den Kauf,
Und den staub'gen Ladenhüter
Lädt ein Wagen sorglich auf,
Wie das köstlichste der Güter.

Mit der Alten hinterdrein
Schlendr' ich jetzt und frag' im Gehen:
„Warum habt Ihr, Mütterlein,
Euch dies Alterthum ersehen?

„Habt Ihr wohl ein Enkelkind,
Das da spielen lernt und singen?
Diese Saiten, fürcht' ich, sind
Schon zu morsch, um rein zu klingen."

Und die Alte blickt mich an
Prüfend unter welken Lidern,
(Noch ein Tropfen hing daran)
Und dann hört' ich sie erwidern:

„Lieber Herr, ich merk' es klar,
Daß Ihr mich für närrisch haltet.
Aber denkt, wie wunderbar
Hier des Himmels Fügung waltet,

„Daß er mich noch finden ließ
Diesen Freund vor meinem Tode!
Ach, da ich ein Kind noch hieß,
War er blank und in der Mode;

„Stand in meiner Eltern Haus
Wohlgepflegt im besten Zimmer,
Und zu Tanz und frohem Schmaus
Klangen seine Saiten immer.

„Doch am schönsten, wenn mein Franz
Sanft begleitete mein Singen,
Ach, bis eines Tages ganz
Lust und Lieder uns vergingen!

„Denn die Eltern zürnten sehr,
Daß den Armen ich erwählte;
Doch sie trennten uns nicht mehr,
Die ein treuer Muth beseelte.

„Und ich gab ihm meinen Schwur,
Folgt' ihm in das dürft'ge Leben,
Bat, statt aller Mitgift, nur
Das Spinett mir mitzugeben.

„Welche Freuden sah ich blühn
Unterm Dach an Seiner Seite,
Wenn nach Tages Last und Mühn
Uns ein Lied den Abend weihte.

„Oder wenn am Feiertag,
Seiner Lehrerpflicht entbunden,
Er, wie er am liebsten pflag,
Spielte, was er selbst erfunden.

„Dann mein Jüngstes an der Brust
Saß ich hinter meinem Trauten,
Da die Größern schon mit Lust
Horchend auf den Vater schauten.

„Doch die Sorgen wuchsen auf
Mit den Kindern um die Wette;
Schon nach kurzer Jahre Lauf
Lag er auf dem Sterbebette.

„Nie vergeß' ich jene Nacht,
Wo er bat — ich hatte wieder
Angstvoll neben ihm gewacht —:
„Singe mir die alten Lieder!"

„Und ich spielt' ihm jenes Lied —
Singen konnt' ich's nicht vor Thränen —,
Jenes, das zuerst verrieth
Unser langverschwiegnes Sehnen.

„Bebend hört' ich, wie auch er
Vor sich hin die Worte summte,
Und dann ward das Haupt ihm schwer,
Und sein blasser Mund verstummte.

„Stumm an seinem alten Platz
Stand der treue Leibgefährte,
Bis auch diesem letzten Schatz
Mich die Noth entsagen lehrte.

„Seitdem über meinem Haupt
Sah ich manches Jahr sich wenden,
Und ich hätte nie geglaubt,
Daß wir Zwei uns wiederfänden.

„Aber da von aller Noth
Meine Kinder fern mich halten,
Soll auch er das Gnadenbrod
Finden bei der treuen Alten.

„Rückt mein Stündlein sacht heran —
Ach, es braucht nur noch ein Kleines! —
In den Schlummer spielt mich dann
Meiner Enkelkinder eines.

„Wenn ich dann des Liebsten Lied
Von den alten Saiten höre,
Mein' ich, daß mich's zu ihm zieht
In die hohen Engelschöre." —

Sprach's, und ihre Stimme brach,
Und ich sah sie weiterwanken,
Stand und blickt' ihr lange nach,
Still verloren in Gedanken.

Und mir war's, als ob ein Klang
Durch die rost'gen Saiten ginge,
Leise mahnend, froh und bang,
An den ew'gen Fluß der Dinge.

*

Das Meerweib.

Das Meer hat sich in Schlaf gewiegt
Die Wolken hangen so nieder.
Das Meerweib auf der Klippe liegt
Und dehnt die weißen Glieder.

Delphine schwimmen sacht heran
Und tanzen ihr zu Gefallen;
Die Tintenfische glotzen sie an,
Es fingern nach ihr die Korallen.

Die Möven streicheln ihr blitzesschnell
Die perlenfarbenen Wangen;
Ihre wogende Brust umringeln hell
Die schönsten smaragdenen Schlangen.

Es ist nicht dies, es ist nicht das,
Was stillt ihr wildes Sehnen,
Wonach sie knirscht ohn' Unterlaß
Mit ihren spitzen Zähnen.

Sie schielt weit über die dunkle Flut
Mit den dunkelgrünen Augen:
Es dürstet sie, wieder warmes Blut
Aus rothen Lippen zu saugen.

Da kommt geschwommen ein junger Hai,
Umkreis't sie in rauschendem Bogen.
Die Meerfrau thut einen Mövenschrei
Und schnellt vom Fels in die Wogen.

Sie packt den Fisch bei den Flossen gut
Und schwingt sich auf seinen Rücken,
Sie schießen dahin durch die öde Flut,
Bis sie das Schiff erblicken.

Es lugt ins Meer der Steuermann,
Er sieht die Windsbraut nahen,
Er schickt seine flinken Jungen hinan,
Zu reffen das Tuch an den Raaen.

Umsonst! Die See hat ausgeträumt,
Fährt auf mit jähem Satze;
Wie eine Pantherin wuthbeschäumt
Schlägt sie ins Schiff die Tatze.

Die Masten splittern, das Steuer bricht,
Fahrt wohl, ihr braven Gesellen!
Ein Hai umkreis't die Planken dicht,
Die dort am Felsen zerschellen. —

Die Meerfrau hat ihren Durst gestillt,
Nun träumt sie auf ihrer Klippe:
O weich und warm ist ein Menschenbild!
O süß eine Menschenlippe!

✻

Mirjam.

Das schöne Judenkind
Am Fenster sitzt, die Händ’ im Schooß,
Kein Lüftlein weht, sie träumt und sinnt,
Ihre Langweil die ist groß.

Da horch, ein Fittich rauscht,
Ein Tauber kommt herabgeschwirrt;
Den Athem sie verhält und lauscht,
Er trippelt, nickt und girrt.

Den Sims hinab hinauf
Mit schillernd grün’ und goldner Brust
Verlorne Körnlein pickt er auf;
Schön Mirjam sieht’s mit Lust.

Doch halt! was fällt ihr ein?
Im Münster — am Marienaltar —
Erst neulich war’s, sie schlich hinein,
Neugierig wie sie war.

Da prangt ein Bildniß alt:
Am Fenster sitzt ein Jungfräulein,
Neigt demuthsvoll die Wohlgestalt,
Umstrahlt von goldnem Schein.

Ein Täublein zu ihr schwebt,
Sie senkt die Wimpern züchtiglich
Und betend still die Händlein hebt —
Schön Mirjam wundert sich.

Sie fragt ein Christenkind,
Das bei ihr steht im hohen Chor.
Die Kleine sich nicht lang besinnt
Und plaudert ihr was vor.

Nun denkt sie an das Wort,
Das Blut schießt ihr zur Stirn im Nu;
Den schönen Vogel scheucht sie fort —
Husch! fliegt das Fenster zu.

*

Das Thal des Espingo.

Sie zogen zu Berg, an den Bächen dahin,
Maurisches Volk, reisig und stolz.
Auf Kampf mit den Franken stand ihr Sinn,
In Fähnlein ging's an den Bächen dahin,
Drin Schnee der Pyrenäen schmolz.

In der feuchten Schlucht ihre Mäntel wehn,
Scharf von den Höh'n tönet der Wind.
Ihre Lanzen drohn, ihre Augen spähn —
Kein baskischer Hut in den Klippen zu sehn,
Und die Baskenpfeile die fliegen geschwind.

Sie reiten über den ganzen Tag,
Traurigen Pfad, hastigen Ritt.
Endlos dünkt sie der Tannenhag,
Und das Maulthier braucht schon der Geißel Schlag,
Und das schnaufende Roß geht müden Schritt.

Da neigt sich der Weg. Aus den Klüften wild,
Plötzlich gesenkt, führt er zu Thal.
Da liegt zu Füßen, ein schimmernd Bild,
An die Berge geschmiegt das weite Gefild,
Falter fliegen im Sonnenstrahl.

Der Abend wie lau, und die Wiesen wie grün!
Ulmengezweig wieget die Luft.
Jasmin und gelbe Narcissen blühn,
Und die Halden entlang die Rosen glühn —
Die Näh' und Weite schwimmen in Duft.

Da wird den Mauren das Herz bewegt.
Seliger Zeit gedenken sie,
Wo sie Hauran's schlanke Gazellen erlegt,
Wo sie Märchen gelauscht und der Liebe gepflegt
Und die Rosen gepflückt von Engadi.

Und sie steigen hinab, und es lös't sich das Heer.
Liebliche Luft säuselt sie an;
Wie in Rosenhainen um Bagdad her,
Wo die Schwüle lindert der Hauch vom Meer,
So haucht aus dem Grunde der See heran.

Ihre klugen Sorgen — wie bald sie vergehn!
Waffen und Wehr werfen sie ab.
Ihre Sinne berauscht wie von Wiedersehn;
Sie schweifen umher, wo die Rosen stehn,
Sie tauchen zum Bad in den See hinab.

O Heimathwonne! Die Wachen im Zelt
Lauschen mit Neid dem Jubel umher.
So friedlich dünkt sie die schöne Welt;
Es lockt sie hinaus in das duftige Feld,
Und die wachen sollen — sie wachen nicht mehr.

Sie wachen nicht mehr! Es wacht in der Nacht
Tücke, der Nacht lauerndes Kind.
Sie schleicht sich hervor aus der Waldung sacht,
Sie kriecht zu den Zelten — habt Acht, habt Acht!
Die Baskenpfeile — sie fliegen geschwind.

Zu spät! Zu nah die grause Gefahr!
Waffenentblößt, unter Rosen roth
Zu Boden sinken sie Schaar um Schaar.
O seliger Traum, der so tückisch war!
O Heimathwonne, du brachtest den Tod!

Bayard.

Angelehnt an einen Baumstamm
    Liegt seitab vom Schlachtgetümmel
Held Bayard zum Tod verwundet;
Thalwärts rauscht die Sesia.

Held Bayard, der Gott die Seele
Und sein Blut dem König weihte,
Doch sein Herz gehört den Damen
Und ihm selbst die Ehre nur.

Und er hält den Griff des Schwertes
Betend statt des Crucifixes
In der Faust; gesenkten Hauptes
Trauernd steht sein edles Roß.

Siegesfroh beim Schall der Pauken
Ziehn die Welschen ihm vorüber,
Bärtig Volk; sie sehn erschüttert
Sterbend ihren großen Feind.

Und mit schmerzverstörten Mienen
Sprengt Bourbon aus ihren Reihen,
Karl Bourbon, der gegen Frankreich,
Gegen seinen König kämpft.

Klirrend in dem Eisenharnisch
Schwingt er sich von seinem Rappen,
Tritt zu jenem Vielverehrten,
Spricht zu ihm, indem er weint:

O Bayard, dein herbes Scheiden,
Wie zerreißt es mir die Seele! —
Doch Bayard — mit dem Verräther
Tauscht er weder Wort noch Blick.

Schaut noch einmal auf zum Himmel,
Wendet sich und ist verschieden. —
Nie seit dieser Stund' hat Jener
Mehr gelächelt, wie man sagt.

Wanda.

Sie ritt ans eiserne Gitterthor,
Sie ritt auf weißem Roß,
Die Polenfürstin Wanda
Mit ihrer Grafen Troß.

Und drauß im Feld wie schimmert's blank
Von Waffen und Zelt an Zelt!
Das ist der Alemanne,
Der keck vor Krakau hält.

Beredte Werber sandt' er jüngst,
Die Heidin ihm zu frei'n.
Die Maid beschied sie schnöde,
Wollt' nimmer des Christen sein.

„Und willst nicht sein des Christen Weib,
So werde des Christen Raub!" —
Da wirbeln seine Rosse
Des Heidenlandes Staub.

Sie hielt am eisernen Gitterthor
Und späht' ins weite Gefild.
„Wer reitet dort so stattlich,
So hoch und stolz und wild?

„Die braunen Locken lustig wehn,
Das Antlitz seh' ich kaum,
Nur dieser Augen Leuchten
Bezwingt mich wie ein Traum." —

„„O Fürstin, das ist Rithiger,
Der deine Stadt bedroht.
Sieg unsrer schönen Herrin,
Dem Christenhunde Tod!"" —

Die schöne, stolze Königin
Erseufzte tief und stumm,
Sah einmal noch durchs Gitter
Und warf ihr Roß herum.

Sie ritt die Straßen auf und ab,
Ritt ohne Rast und Ruh';
Es bluten des Zelters Weichen,
Es blutet ihr Herz dazu.

Und wie die Nacht die Flügel schwingt,
Sie trägt es fürder nicht,
Sprengt auf die Weichselbrücke
Einsam im Mondenlicht.

Und ruft zum Mond und ruft zur Nacht
Und ruft zum Fluß hinab:
„Ihr alten großen Götter,
Gönnt mir ein freies Grab!

„Mein Herz war ohne Wall und Wacht,
Da schlich der Feind hinein.
Mein Muth ist mir geschmolzen
Als wie ein Schnee im Mai'n.

„Ich ließe den Feind wohl in die Stadt,
Den neuen Gott zugleich.
Ihr alten großen Götter,
Ein Opfer bring' ich euch!"

Sie spornt mit Macht ihr weißes Roß,
Der Strom schlingt sie hinab.
Da ist sie tief versunken
Im freien Heidengrab.

❋

Graf Lützelnburg.

Vor Antiochiens Mauern,
    Die noch kein Sturm gewann,
Wie hub da Noth und Trauern
Dem Kreuzesheer sich an!
Der Vorrath aufgezehret,
Verödet rings das Land!
Kein Manna wird bescheret,
Kein Wachtelschwarm gesandt.

„Ha, zählt man unsrem Schmause
Die Bissen in den Mund?
Beim Blut! in meinem Hause
Hielt' ich so keinen Hund.
Und soll das Ding hier haben
So hungerleid'gen Schluß,
Noch einmal will ich laben
Mein Herz am Ueberfluß!" —

Graf Lützelnburg, der stolze,
Der murrt's in seinen Bart.
Dort im Olivenholze
Sitzt er gar schön gepaart,
Ein Liebchen ihm zur Seiten,
Das er dem Sultan stahl;
Die Knappen ihm bereiten
Ein letztes Freudenmahl.

„„Wie nah dort das Gemäuer
Des Thurms herüberdroht!
Hier ist es nicht geheuer,
O Graf, hier winkt der Tod!
Was habt Ihr tafeln müssen
So einsam hier im Hain?
Mir quillt im Mund der Bissen,
Zu Galle wird der Wein!""

„Sei stille, Lieb, sei stille!
Was wirret dir den Muth?
Hier ist des Mahls die Fülle,
Der Wein ist süß und gut.
Und sind wir weit vom Lager,
Weitab den Kreuzesherrn,
So bleiben uns die Plager,
Die Hungerleider fern." —

„„Und doch, ich muß mich härmen,
Und doch, mein Herz ist schwer!
Man sagt von Türkenschwärmen,
Die streifen weit umher"" —

„Nur Schelme sind's und Feige,
Die sprengen Märchen aus.
Trink aus bis auf die Neige,
Hoch geh' es her beim Schmaus!

„Hoch geh' es her im Leben,
Dann lohnt's der Müh' allein!" —
„„O Liebster, ich muß beben!
Von Waffen klirrt's im Hain."" —

„Laß klirren sonder Bangen!
Längst ward ich todeswund:
Deiner Augen Pfeile drangen
Mir tief zum Herzensgrund.

„Es wird mir weh und weher —
Dein Kuß nur heilt die Pein" —
„„O horch, schon klirrt es näher!
O sieh, schon bricht's herein!"" —

„Nun denn, du meine Wonne,
Der freche Halbmond naht;
Die letzte Lebenssonne
Bepurpurt unsern Pfad.

„Nicht zahm und knechtisch wollen
Wir darben, hungersmatt,
Nein, sterben aus dem Vollen,
Noch einmal freudensatt.
Doch eh' auf dich hernieder
Ein Türkensäbel kracht,
Lös' ich dir selbst die Glieder —
Mein Sonnenschein, gut' Nacht!" —

    *   *
     *

Die dort im Oelwald schlafen,
Sie wachen nimmer auf,
Wie hell um Strand und Hafen
Der Morgen glänzt herauf.
Nicht wecken sie die Rufer
Im Heer mit Jubelschrei'n:
Lobt Gott! Ein Schiff am Ufer!
Wir haben Korn und Wein!

Schamyl und seine Mutter.

Zu Dargo im Gebirge wild
Die greise Chanum sitzt im Haus,
Aus ihrer Wasserpfeife quillt
In langen Zügen Rauch heraus.
Auf buntem Teppich stehn vor ihr
Der Männer vier;
Den Gruß des Friedens tauscht man aus.

„Wir kommen von Tschetschenzenland,
O Mutter des Schamyl, zu dir,
Vom Dorf Gunoi am fernsten Rand,
Die Nächsten an den Russen wir.
Sie brannten uns die Waldung ab,
Die Schirm uns gab,
Und wehrlos wurden Mensch und Thier.

„Da sprach das Dorf: Die Zeit wird schwül,
Ein tödtlich Wetter zieht heran.
Geht hin und flehet zu Schamyl,
Daß er es scheuch' im Sturm vondann.
Wo nicht, gestatt' er unserm Land,
Die Zaarenhand
Zu küssen, eh sie blitzen kann.

„Wir gingen und gedachten bang,
Nie mehr zu schau'n der Heimath Licht.
Wohl ist der Speer des Helden lang —
Bis in die Ebne reicht er nicht.
Und schwor Schamyl nicht Jedem Tod,
Der in der Noth
Von Frieden mit den Giauren spricht?

„Wir gingen, weil das Loos uns fiel,
Und achteten's ein Todesloos.
Ich aber sprach: Streng ist Schamyl,
Doch seiner Mutter Macht ist groß.

Ein Wunsch, den sie im Herzen nährt,
Ist schon gewährt;
So sprich denn du und sprich uns los!" —

Die greise Chanum wiegt ihr Haupt,
Bläs't dichte Wolken vor sich hin.
„Und wär' ich mächtig, wie ihr glaubt,
Ich kenne meines Sohnes Sinn.
Wer fleht, was der Koran verwehrt,
Verfällt dem Schwert,
Und wär' ich selbst die Mittlerin."

Der Mann der Tschetschna hört's und schweigt,
Den langen Kaftan knöpft er auf;
Indem er sich zum Teppich neigt,
Drei Beutel Goldes leert er drauf.
Er spricht: „Sieh unsre Armuth an
Und rette dann,
Die hoffend schau'n zu dir hinauf!"

Der Chanum welke Wange glüht,
Vom Glanz des Goldes angefacht;
Ihr dunkles Auge Funken sprüht,
Da ihm der Schatz entgegenlacht.
Sie murmelt: „Traurig steht's um euch;
Mein Herz ist weich —
Versuchen will ich meine Macht."

Und wie der Thau des Abends fällt,
Zu ihrem Sohne tritt sie ein.
Im Kreis der Führer sitzt der Held
Und rathschlagt bei der Lampe Schein.
Die Andern küssen ihr Gewand,
Der Sohn die Hand:
„Was führt dich uns so spät herein?" —

„„Ein Wort auf meinen Lippen ist,
Das eine Stätte sucht bei dir."" —
„Und hat es nicht bis morgen Frist?" —
„„Sohn, meinen Schlummer raubt es mir."" —

Er winkt, die Andern gehn hinaus
Und harren drauß;
Im Haus der Chanum harren Vier.

Was sprach die Mutter, was der Sohn?
Niemals erfuhr's ein Menschenohr.
Erst als die Mitternacht geflohn,
Tritt Chanum aus dem Haus hervor.
Ihr Aug' ist roth und ohne Glanz;
Gebrochen ganz
Heim wankt sie zitternd wie ein Rohr.

Früh ein Müride rief und sprach:
„Du Volk von Dargo, zur Moschee!
Du bist bedroht von Schuld und Schmach,
Drum heilige dich mehr denn je.
Schamyl in Fasten und Gebet
Vor Allah steht,
Auf daß der Fluch vorübergeh'!" —

Und wie das Volk zum Markt sich schaart,
Die Pforten all sind zugethan,
Die Männer seufzen in den Bart,
Die Weiber klagen himmelan;
Die Sonne steigt, die Sonne sinkt,
Der Mond erblinkt,
Und immer will Schamyl nicht nahn.

Und aber kommt und geht der Tag,
Und fastend, wachend, betend liegt
Das Volk noch, wie es gestern lag,
Von Ohnmacht Mancher eingewiegt.
Nur dann und wann die Stille brach
Ein heisres Ach,
Das klagend um den Tempel fliegt.

Und sieh, beim dritten Morgenlicht
Auf thut sich das Moscheeenthor.
Schamyl mit bleichem Angesicht
Tritt langsam an den Tag hervor.

Er steigt zum ebnen Dache stumm;
Das Volk ringsum —
Zu seinem Auge lauscht's empor.

„Der Herr ist Gott! Was sein Prophet
Gebeut, das ist ein Gottgebot.
So aber redet Mohammed:
Wer mit dem Giauren bricht das Brod,
Wer sich vom Kampf des Glaubens kehrt
Und Frieden schwört,
Der fällt anheim dem bittern Tod.

Und doch von den Tschetschenzen kam
Mir Botschaft, die nach Frieden schrie.
Die Boten aber zwang die Scham,
Und List ersinnend wählten sie,
Zu retten ihren feigen Leib,
Ein schwaches Weib,
Das seinen Mund der Schande lieh.

Dies Weib — den Staub, der sie beschwert,
Hätt' ich mit meinem Blut gesprengt,
Den Blitz, der ihr ein Haar versehrt,
Auf meinen Scheitel abgelenkt,
Und nun sie richten —! Das sei fern!
Ich rief zum Herrn:
Sprich du, was ihr dein Zorn verhängt!

Und da ich Tag' und Nächte rang,
Die heil'ge Taube flog herab,
Und des Propheten Stimme klang:
Mit hundert Streichen büß' es ab,
Wer Friede heischend zu dir trat! —
Das aber that
Weh! sie, die mir das Leben gab." —

Er schwieg, und Alles schwieg darnach;
Ein Mund nur seufzt mit schwachem Ton.
Und sieh, es führen auf das Dach
Die Mutter zwei Müriden schon.

Schamyl, da sie sich naht, erbebt —
Die Geißel hebt
Mit eigner Hand der eigne Sohn,

Und schlägt die Mutter —! Einmal fällt
Die Geißel; vor dem zweiten Mal
Zusammen, ächzend, bricht der Held,
Als träf' ihn jäh ein Wetterstrahl.
Am Boden liegt er unbewegt;
Ein Schauder schlägt
In Mark und Bein dem Volk zumal.

Da plötzlich wie ein Bogenstrang
Springt er empor, sein Auge flammt:
„Ihr Himmelsmächte, habet Dank!
Ihr nehmt mir ab mein grauses Amt.
Ich hör' euch, ja, ihr ruft mir zu:
Verbüße du
Die Schuld, die dieses Weib verdammt!"

Und strahlend wie am höchsten Fest
Wirft er zurück sein Oberkleid.
„Nun spendet mir der Buße Rest,
Doch weh euch, wenn ihr milde seid!
Denn — bei dem Herrn, der straft und lohnt! —
Wer meiner schont,
Dem Tode sei er selbst geweiht!"

Sie schonen nicht; herab aufs Dach
Das Blut von seinem Rücken träuft.
Die Marter neunundneunzigfach
Wird über Dargo's Herrn gehäuft.
Er aber trägt sie freudenreich;
Bei jedem Streich
Ein Zucken durch die Reihen läuft.

Doch als der letzte fiel, durchweht
Ein lauter Sturm das Volksgewühl.
„Der Herr ist Gott, und sein Prophet
War Mohammed und ist Schamyl!"

Und jetzt, da er hinunterschritt,
Beut seinem Tritt
Von tausend Häuptern sich ein Pfühl.

Er aber spricht: „Wo sind die Vier?" —
Sie stürzen in die Knie' und flehn:
Zu deinen Füßen laß uns hier,
Du Heil'ger Gottes, untergehn! —
Er hebt sie auf: „Kehrt heim sofort,
Und kündet dort
Dem ganzen Volk, was ihr gesehn!"

„Jan! ach armer Jan!"

War im Fegefeu'r ein armes Seelchen,
    Dort gebannt auf tausend lange Jahre.
Tausend Jahr' in Haft sind schlechte Kurzweil,
Doch die Hoffnung ew'ger Himmelsfreuden
Wehet Trost und Kühlung in die Gluten.
Nur das eine Seelchen Tag' und Nächte
Schürt mit Seufzern noch die Läutrungsflamme.
„Jan! ach armer Jan!" so rief's beweglich
Tag' und Nächte. Wenn vom Thron des Lichtes
Niederwärts barmherz'ge Engel stiegen,
Liebevoll den Büßern zuzusprechen,
Nur bei Einer wollt' es nicht verfangen,
Nur das eine Seelchen rief beständig:
„Jan! ach armer Jan!" in hellem Jammer.

Ward einmal ein Engel neubegierig.
Seele, sprach er, wen beklagt dein Seufzer?
Und das arme Seelchen sprach entgegen:
Einen theuren Mann hab' ich verlassen,
Als ich wegging von der schönen Erde.
Ach, ich sah sein lieb Gesicht in Thränen,

Seinen Mund in bittrem Weh verblichen,
Denn er liebte mehr mich als sein Leben.
Trostlos wird er nun am Herde sitzen
Und die Glut mit seinen Thränen löschen.
Engel, wenn du so Viel mir erwirktest,
Daß ich dürfte zu ihm niedersteigen,
Ihn zu trösten nur ein kurzes Stünblein,
Tausend Jahre länger dann mit Freuden
Wollt' ich büßen hier im Fegefeuer!

Flog der Engel fort zum Thron des Lichtes,
Kehrte wieder mit der Gnadenbotschaft.
O wie dankbar war das arme Seelchen,
O wie küßt' es fromm den Engelsfittich,
Da es darf hinauf zur Erde steigen!

Aber kaum ein Stünblein war vergangen,
Wieder klopft's am Thor des Fegefeuers,
Und um Einlaß fleht das arme Seelchen.
Ach, wie war es da entstellt von Kummer,
Ach, wie war's zerrüttet von Verzweiflung!
Engel, lieber Engel, sprach's mit Schluchzen,
Warum ward gewährt mir meine Bitte!
Warum durft' ich auf die Erde steigen!
Meinen Jan, den ich in Gram verlassen,
Singen hört' ich ihn schon aus der Ferne,
Sah durchs Fenster ihn am Tische sitzen,
Wein vor ihm im Becher, und ein Mädchen
Auf dem Schooß ihm mit entblößtem Halse.
Und er küßt' sie auf den weißen Nacken —
Mehr nicht konnt' ich sehen, da mein Auge
Jäh verdunkelt ward von heißen Thränen.
Gern für ihn und mich im Fegefeuer
Will ich nun zweitausend Jahre büßen. —
Doch der Engel: Nein, du armes Seelchen
Folgst nun allsogleich mir in den Himmel.
Mehr in jenem Augenblick erlittst du,

Als zweitausend Jahr' im Fegefeuer;
Sollst nun kosten Paradiesesfreuden,
Drin erlischt des Weltenleids Gedächtniß,
Wie ein Fackelbrand im tiefen Bronnen.

Isländische Sage.

Die schöne Solveig,
    Am Samstag sitzt sie
Vor ihrem Hause halb ernst, halb froh.
    „Das Herz im Busen
    Bebt mir so bange;
O liebe Mutter, nie war mir so!"
        Schau, o schau nicht zurück!

    „„Träumst du, o Tochter,
    Am lichten Tage?
Wirst morgen gehen zum Tisch des Herrn.
    Sag, ob dir Sünden
    Die Seele drücken;
Kind, einer Mutter beichtet man gern.""
        Schau, o schau nicht zurück!

    „Süß sind, o Mutter,
    Die Frühlingssünden,
Nimmer gebeichtet, nimmer bereut.
    O laß mich schweigen!
    Schlaf überschleicht mich;
Das deutet: Gäste kommen noch heut."
        Schau, o schau nicht zurück!

    Da sahn sie wandern
    Weit durch die Wiese
Einen hohen Fremden, ein Kind an der Hand.
    Die ging zu grüßen
    Schön Solveig's Gatte,
In Billingavatn ein Bauersmann.
        Schau, o schau nicht zurück!

„Gegrüßt, ihr Gäste!
Geht in mein Haus ein;
Der Tisch des Niedern ist bald gedeckt.
Wo weilt Schön Solveig,
Wo weilt die Hausfrau?" —
Sie hat im Haus sich vor Scheu versteckt.
Schau, o schau nicht zurück!

„„Willst du nicht kommen,
Kind, zu dem Knaben?
Lieblich leuchtet sein Angesicht.
Fremd blickt der Vater,
Feierlich milde"" —
„Mutter, ich kann, ich kann ja nicht!"
Schau, o schau nicht zurück!

„Vor sieben Jahren
Als Sennin saß ich
In Kaldarhöfdi den Sommer lang,
Hütet' die Heerde,
Doch nicht mein Herze,
Das jener schöne Fremde bezwang."
Schau, o schau nicht zurück!

„Er ist ein Elbe,
Ein ewig junger,
Ein holdes Kind war der Liebe Lohn.
Das nahm er Nächtens
Mir weg, der Neider —
Der schöne Knabe ach, ist mein Sohn!"
Schau, o schau nicht zurück!

„Wie mag ich morgen
Zum Mahl der Gnaden,
Und gnadenlos doch fühl' ich mich heut?
Süß sind, o Mutter,
Die Frühlingssünden,
Nimmer gebeichtet, nimmer bereut!" —
Schau, o schau nicht zurück! — —

„„Die Glocken klingen;
  Frau, komm zur Kirche,
Doch erst vollbringe den alten Brauch:
  Sühn' dich mit Allen,
  So du versehrt hast,
Mit unsern beiden Fremblingen auch."„
    Schau, o schau nicht zurück!

„„Gastlich gebahrtest
  Gestern du nimmer;
Daß du sie miedest, hat sie gekränkt."„ —
  „O Mann, wie sagst du,
  Ich soll mich sühnen?
Wer weiß, wie Schweres uns nun verhängt!"
    Schau, o schau nicht zurück!

Er harrt des Kirchgangs,
  Doch nimmer kehrt sie;
Da eilt er ahnend hinein in Hast.
  Still ist die Stube.
  Er sieht erstarrend
Sein Weib im Arme dem ältern Gast.
    Schau, o schau nicht zurück!

Der Knabe lächelt
  Lieblich daneben,
Sie küßt ihm Augen und Wangen roth.
  Im Nu wie Nebel
  Zerrinnt das Spukbild —
Die schöne Solveig liegt still und tobt.
    Schau, o schau nicht zurück!

* * *

Der Schenk von Erbach.

Das war der Schenk Herr Eberhard
  Von Erbach im Odenwalde,
Der sprach zu seiner lieben Frau:
  „Den Vogel fangen wir balde.

„Mein hoher Gönner, der Erzbischof,
Ließ mir die Botschaft sagen,
Man höre die sächsische Nachtigall
Im Frankengaue schlagen.

„Da will ich hin und will ihn fahn,
Den Ketzer, den Doctor Luther,
Dazu verhelfe mein Heiland mir
Und seine seligste Mutter!

„Und hab’ ich die Hand erst über ihm,
Dem reißenden Hund der Höllen,
So leg’ ich ihm einen Maulkorb an,
Der wehrt ihm Beißen und Bellen.“

Herr Eberhard sich schwang aufs Roß
Mit seinem Troß zur Stunde,
Und als sie kamen nach Franken hinein,
Da forschten sie in der Runde.

Ein Wirthshaus an der Straße lag,
Da haben sie Kunde vernommen,
Der Doctor werd’ am Morgen früh
Des Wegs von Wertheim kommen.

Herr Eberhard der lobte Gott,
Gab Weisung seinen Knechten
Und schuf, daß sie eine Kanne Weins
Ihm auf die Kammer brächten.

Er wollt’ ein Stück der langen Nacht
In Wachen und Beten verbringen,
Auf daß ihm ließe der gnädige Gott
Den großen Fang gelingen.

Und wie er wandelt auf und ab
Bei seines Lämpleins Glimmen,
Hört er im Nachbarkämmerlein
Ein geistlich Lied anstimmen.

Das klang so freudig, stark und mild
Und war so lieblich gesetzet,
Nie hatte den Schenk Herrn Eberhard
Ein Singen mehr ergetzet.

Das klang so tröstlich, fest und fromm,
Voll seliglichem Vertrauen,
Nie thät den Schenk Herrn Eberhard
Ein Singen mehr erbauen.

Und als verklungen der letzte Ton,
Der Schenk sprach „Amen!" leise.
Da hub Der drin zu beten an,
Erbaulich gleicherweise.

Das klang, wie wenn ein trotzig Herz
Der List des Erbfeinds spotte;
Das klang, wie wenn ein zagend Herz
Sich flüchte zu seinem Gotte.

Das klang so treu und glaubensstark,
Um Todte zu beschwören;
Nie hatte der Schenk Herr Eberhard
So kräftig beten hören.

Und als der Beter Amen! sprach,
Da widerhallt's mit Machten.
Herr Eberhard stieß auf die Thür,
Seinen Nachbarn zu betrachten.

Der trug ein schlichtes Reiterwamms
Ohn' sonderliches Zeichen;
Er mochte mit seinem tapfern Blick
Einem fahrenden Junker gleichen.

Doch wie ihn lud Herr Eberhard,
Zwiesprach mit ihm zu halten,
Wohl spürt' er in dem schlichten Mann
Eines höheren Geistes Walten.

Sie sprachen von Gott und Gotteswort,
Von Menschenwerk und Sünden.
Wie mußte das fahrende Junkerlein
Den Geist der Schrift zu künden!

Sie sprachen so freudig die ganze Nacht,
Die Knechte schliefen indessen.
Herr Eberhard hat sein großes Werk
Und selbst das Trinken vergessen.

Doch als am Morgen kräht der Hahn,
Er mußte sich wohl besinnen.
Er sprach: „Wie habt Ihr mich erlabt!
Nun treibt es mich von hinnen.

„Dem Doctor Luther, dem Antichrist,
Will ich den Weg verlegen.
Doch da Ihr seid ein heiliger Mann,
Gebt mir zum Werk den Segen.“ —

„„So Ihr nicht Mehr zu schaffen habt,
Das könnt Ihr näher finden.
Auf den Ihr fahndet, er steht vor Euch,
Ihr mögt ihn greifen und binden.““

Da stürzten dem Schenk Herrn Eberhard
Die Thränen über die Wangen.
„Euch wollt’ ich fahen — barmherz’ger Gott!
Nun habt Ihr mich gefangen.

„Nun nehmt mich vollends in Eure Haft
Auf immer mit Seel’ und Leibe
Und folgt mir auf mein festes Schloß
Zu meinem treuen Weibe!

„Hilf Himmel, was wird der Erzbischof,
Mein hoher Gönner, sagen,
Hört er die sächsische Nachtigall
Im Odenwalde schlagen!“

Der Pirat.

Der Himmel hängt so tief ins Meer, kein Lufthauch spielt
um Strand und Riff.
In wohlgeschirmter Inselbucht vor Anker liegt das Räuber-
schiff.
Die Halbmondflagge weht vom Mast, die Waare, die der
Schiffer lud,
Liegt aufgestaut am hohen Bord: statt Wein und Oelfrucht
— Fleisch und Blut.

Sie ankerten im Morgengraun, da arglos noch das Eiland
schlief,
Sie schlichen auf den Felsenstrand und bargen sich im Schilfe
tief.
Des Wegs kam eine Kinderschaar, noch halb wie junge Vögel
nackt;
Wie kläglich ihr Gezwitscher klang, da sie des Räubers Faust
gepackt!

„Hoiho! Wir bieten Waare feil, zwölf junge Köpfe schwarz
und braun.
Wer kaufen mag, der komm' an Bord, so lang am Tag die
Wasser blau'n.
Doch sinkt die Nacht, zur hohen See — bei Allah! — steuern
wir in Eil';
Drum nicht gezaudert! Kopf um Kopf ist uns um tausend
Piaster feil!" —

Der Aga rief sein Blutgebot, und aus den niedern Hütten
all
In lautem Jammer tausendfach antwortet ihm der Wieder-
hall.
Die Sonne steigt, die Sonne sinkt, schon färbt sie roth der
Felsen Rand,
Da stößt ein schmales Fischerboot eilfertig ab vom Insel-
strand.

Darinnen sitzt ein hoher Greis, im Antlitz Mild' und Muth
gepaart;
Bis an den Gürtel silberweiß herniederweht sein dichter Bart.
Er trägt ein schlichtes Priesterkleid, ein wehrlos hundert=
jähr'ger Mann,
Gebrochnen Leibes, festen Blicks klimmt er des Schiffes Trepp'
hinan.

„Wer ist der Herr?" — „„Du stehst vor ihm. Er marktet
nicht mit seinem Wort.
Zahl uns den Kaufpreis baar und blank und nimm hinweg die
Waare dort."" —
„Herr, deine Fordrung war zu hoch; wir flehen dich, laß ab
von ihr!
All unser klingend Hab' und Gut faßt dieser schmale Beutel
hier.

„Wir sind ein dürftig Fischervolk, ein nackter Fels die
Inselflur;
Gebrandschatzt mehr als siebenmal, die kahlen Hütten trägt sie
nur.
Nichts als die Hoffnung blieb uns noch, daß es der Herr zum
Bessern lenkt,
Den Kindern, unserm einz'gen Schatz, dereinstmal beßre Tage
schenkt."

Den Beutel hält er bittend hin; der Aga höhnt: „„Er wiegt
nicht schwer.
Laß sehen, ob er schwimmen kann!"" — und schleudert ihn
hinaus ins Meer.
„„Du aber, lecker Lügenpfaff, bis dort versank die Sonnen=
glut,
Besinne dich und beichte kurz, wo euer Gold vergraben ruht.

„„Und bleibst du störrisch und verstockt, bei Mahom's Bart,
ich scherze nie:
Dein Haupt und jene Nestlingsbrut, noch heut dem Schwert
verfallen sie.

25*

Ihr rechnet schlau: am Markte trüg' uns diese Waare wenig ein,
Zu jung zur Arbeit, alt genug, um nimmersatt nach Brod zu
schrei'n.""

Und furchtlos blickt der Greis ihn an: „O Herr, die Wahr-
heit hörtest du,
So wahr mein Heiland bald genug mir gönnen mag die ew'ge
Ruh'.
Thu, was du darfst; doch sei gewiß, der Gott, den dein
Prophet geglaubt,
Wird von dir fordern jedes Haar auf dieser Unschuld Locken-
haupt."

„„Will mahnen mich ein dreister Giaur, was der Prophet des
Herrn gelehrt?
Hinab zur Hölle, Christenhund!"" — und pfeifend blitzt des
Aga Schwert.
Ein dumpfer Fall, ein Greisenhaupt fliegt weh'nden Bartes
über Bord,
Und purpurn überströmt das Deck der gnadenlose Kindermord.

*   *   *

Und zur Kajüte niedersteigt der Aga finster, bleich und wild;
Am Gaumen ihm die Zunge klebt, Blut hat ihm nicht den
Durst gestillt.
Er streckt sich auf den Divan hin, er saugt den Rauch des
Nargileh
Und schlürft aus großem Kühlgefäß den Rebenschaum von
Epernay.

Da horch! ein Brausen zieht heran; die Nacht wird wach
und fieberkrank,
Die Hafenwelle murrt und schwillt und donnert um die Planken
schwank.
Auf aus dem Rausch fährt der Pirat, zu spähen nach der Brandung
Schaum —
Was wogt heran? Was nickt herauf? Fort, Wahngebilde!
Spuk und Traum!

Zwölf Kindeshäupter schaukeln dort, die armen Augen zu-
gedrückt,
Wie junge Aepfel, bleich und grün, nur halb gereift vom
Stamm gepflückt;
Doch tanzend auf der dunklen Flut, die gährend auf zur Luke
wallt,
Hebt sich das Patriarchenhaupt mit offnen Augen, ernst und kalt.

Es klimmt empor den Wogenberg, bis es dem Feind ins
Auge blickt,
Dann taucht's hinab, und wieder kommt's, von neuer Flut
emporgeschickt,
So grauenvoll, so glasig still, in überirb'scher Majestät —
Der Bluthund, wie er lachen will, fühlt, daß sein Haar zu
Berge steht.

Er reibt die Augen, flucht und stampft, zu Hülfe ruft er
Wuth und Wein —
Umsonst; das bleiche Greisenhaupt stiert in sein Bacchanal hinein.
Und lauter dröhnt das Meergeheul, wie Racheruf für Menschenweh,
Da stürzt er aufs Verdeck hinan: „Den Anker auf und fort
in See!" —

„„Herr, blick umher! Es tobt die Flut; heut fährt zur Hölle
manches Schiff.
Wir liegen sicher, Allah Dank! und draußen droht das
Teufelsriff."" —
„Was Teufelsriff! Was Höllenmacht! Uns auf den Fersen ist
sie jetzt.
Seht ihr nicht dort den Höllenhund, der schon am Bug die
Zähne wetzt?" —

„„Herr, das ist weißer Wellenschaum, der flatternd durch
das Dunkel spritzt.
Geh zur Kajüte, schlaf, o Herr! Der Wein hat dir das Hirn
erhitzt."" —
Er lallt ein Wort, er stiert umher, allüberall die gleiche Schau,
Da mit dem Säbel haut er durch das straffgespannte Ankertau.

Und heia! wie mit Flügelkraft hinstürmt die Brigg ins
offne Meer.
„Seht ihr des Alten weißen Bart, die junge Meute hinterher?
Ein jedes Haar auf ihrem Haupt — haha! der Narr! wie sagt'
er doch?
Allah il Allah! Segel auf! Den Christenteufel zwing' ich noch!"

Der Himmel mischt dem Meere sich, der Sturmwind über-
tobt das Schrei'n;
In weiter Wasserwüste schwankt ein Fahrzeug hülflos und allein.
Der Morgen kommt, die See ist still; doch hoch herab vom
Teufelsriff
Mit sturmzerschellten Rippen hängt, ein kahles Wrack, das
Räuberschiff.

❊

Die Schlange.

Unter rothen Oleanderbüschen
An dem Stromgestade saß der Jüngling,
Saß Georgios, der Sohn des Fischers.
Hatte Mittags schon das Netz geworfen,
Und nun nahet sacht der Schattenriese
Hoch vom Berg her, sich im Fluß zu baden,
Da noch leer das Netz und leer der Fischtrog.
Finstern Auges brütend stiert der Jüngling
Und verwünscht den Tag, der ihn geboren,
Einsam hier die Jugend zu verschmachten.

Jäh da zuckt's an der gekrümmten Gerte,
Die er lässig spielend hält in Händen,
Und durchzuckt von Beutelust, begierig
Schnellt empor das Netz er sammt dem Fange.
War kein silberschuppig glatter Brachsen,
War kein Hecht mit schlauem Räuberspitzkopf,
War kein Aal in schleimig schwarzer Rüstung:
Eine Schlange war's, zum Knäul geringelt,

Grün am Rücken, silberweiß am Bauche,
Bösen Blitz aus schiefen Augen sprühend,
Giftig züngelnd durch das Kerkergitter
Hänfner Maschen mit gespaltnem Zünglein.

Hab' ich dich, du ruchlos Nimmersatte,
Deren Fraßgier mir die Flut entvölkert?
Langsam dich in kaltem Wasser sieden,
Stück um Stück dich mit der Axt zertheilen
Wär' verdienter Lohn für deine Bosheit.
Doch mir eilt's, dich aus der Welt zu schaffen,
Eh mit neuer Tücke du mich schädigst.
Dort auf jenem Stein mit meiner Ferse,
Feindin, will ich dir das Haupt zertreten.

Und schon will er thun, wie er gedroht hat,
Da ans Ohr ihm schlägt ein zartes Stimmchen,
Sanft und schmeichelnd, eine Kinderstimme:
Willst du wirklich dein Gemüth entehren
Mit gemeinem Wüthen, edler Jüngling?
Willst dein schönes Angesicht entstellen
Mit der widrig bleichen Mörderfarbe?
Deine Feindin bin ich nie gewesen,
Nicht entvölkert hab' ich deine Wellen.
Mäßig leb' ich, nur von kleinen Unken,
Von langbeinig fetten Wasserspinnen,
Von den Schnecken, die am Ufer schleichen.
Harmlos bin ich, freue mich der Sonne,
Die auf meinen Ringeln tanzt und schimmert,
Und verleumdet haben mich die Neider,
Dumme Fische, die nur glotzen können,
Krebsgewürm, das feige rückwärts füßelt,
Menschen, denen graut vor leiser Klugheit.
Kommst du leer nach Hause, guter Jüngling,
Bist du selber Schuld: dein Strahlenauge,
Deine sonnig goldnen Lockenringe,
Die von ferne schon die Fische warnen.
Wärst du unscheinbar und grau und häßlich,

Dir wie deinem Vater würd' es glücken.
Gleicht er doch dem alten Weidenknorren
Dort am Ufer, während deine Lippen
Röther sind als Oleanderblüte.
Darum gieb mich frei, du schöner Knabe,
Die verführt sich in dein Netz verstrickte!

Sprach der junge Fischer: Heuchelzunge!
Daß ich traute deiner glatten Arglist
Und zum Lohn dein zischend Hohngelächter
Mir vergiftend Ohr und Seele träfe!
Sterben sollst du! Diese Welt befreien
Will ich heut von dir, verrucht Geziefer!

Und er warf das Netz schon auf den Felsen,
Hob den Fuß schon, ihr den Tod zu geben.
Wieder klang die süße Kinderstimme,
Fleh'nder nur und zärtlicher zum Herzen:

O wie thöricht thust du, schöner Jüngling,
O wie blind dein Glück willst du verscherzen!
Schenktest du mir heut mein nacktes Leben,
Hohe Güter dir dagegen schenkt' ich,
Weisheit, die geehrt und groß dich machte,
Aller Weltenräthsel letzte Lösung;
Lehrte dich das Zauberkräutlein pflücken,
Dessen Saft, in Menschenohr geträufelt,
Es verstehen lehrt der Vögel Zwiesprach,
Alles Selbstgespräch von Stein und Blume.
Ferner endlos dir erzählen könnt' ich
Die geheimsten, reizendsten Geschichten,
Die seit Weltbeginn sich zugetragen.
Denn wir Kleinen, die wir glatt und schmiegsam
Uns geräuschlos durch die Ritzen winden,
Sehn und hören jegliches Verborgne,
Und es erbt bei uns geheimes Wissen
Fern herab von alten Schlangenmüttern.
Soll ich dir von eurer Menschenmutter,

Von der schönsten Tochter Gottes sagen,
Die umwallt von ihrer goldnen Haarflut,
Eine zweite Sonn' am Erdenhimmel,
Vor den ersten Mann in Unschuld hintrat?
Möchtst du wissen, wie am Nilgestade
Jene männerfrohe braune Fürstin
Sich vom Busen riß die Demantspange,
Eh sie ihren Säugling an die Brust nahm,
Der geschlummert unter frischen Feigen?
Sprich, und tausend holde Märchen weiß ich,
Dienstbar dir die Weile zu verkürzen,
Wenn dein ödes Tagwerk dich ermattet.
Froh sein wirst du, mich geschont zu haben.

Nun genug des Schwatzens! rief der Jüngling.
Weisheit nicht begehr' ich, noch Geschichten.
Weisheit hat genug mein alter Vater;
Ihn beglückt sie nicht, uns macht sie elend,
Mich zumal und meine junge Schwester,
Die er ängstlich in der Wildniß hütet.
Denn die Welt, so sagt er, sei voll Unheil,
Jungen Seelen mehr als Gift verderblich.
Niemals läßt er uns zur Stadt hinunter,
Die wir schimmern sehn vom Bergesgipfel;
Selber dorthin trägt er meine Fische
Zum Verkauf, und wenn ein Fremder vorspricht,
Schließt er meine Schwester in die Kammer.
Solches lehrt ihn seine graue Weisheit,
Und wir schmachten drum in Jugendsehnsucht.
Nicht Geschichten, keine Märchen will ich;
Beide wohl erzählt uns unser Vater,
Doch sie klingen traurig oder albern,
Und das letzte Wort ist stets: entsagen.
Und entsagen will ich nicht! Es lodert
Durst nach tausend Freuden mir im Blute,
Neubegier nach unbekannten Schätzen,
Und in Träumen seh' ich Götterbilder,

Die das Herz mir aus dem Busen locken.
Kannst du dies Gelüst, das wunde, stillen,
Armer Wasserwurm, so sollst du leben;
Doch nicht du vermagst es, noch die Götter,
Denn zum Elend weihten mich die Sterne.

Blödes Kind, erwiderte die Schlange,
Sei getrost! du sollst beseligt werden,
Deinen Durst aus einem Brunnen löschen,
Dran noch Keiner je die Lippen kühlte;
Sollst in dieser weltverlornen Wildniß
Schwelgen, daß ein König dich beneidet
Und du nie begehrst zu andern Menschen.
Heb auf deine Schulter mein Gefängniß,
Trage sorgsam mich entlang dem Flusse,
Daß ich lenkend dir den Ort bezeichne,
Wo dich insgeheim dein Glück erwartet.
Aber eile, Freund; die Stund' ist günstig.

Und er that, bethört von ihrer Rede,
Halb noch zweifelnd, was sie von ihm heischte,
Trug hinweg das Netz auf seiner Schulter,
Und er fühlt' an ihrem leisen Zucken,
Wie des Weges Richte sie ihm anwies.
Rechts und linkshin um Gebüsch und Felsen
Schlangenpfade trug ihn die Gefangne
Aufwärts in den Wald, an dessen Rande
Seine Hütte lag. Hinabgesunken
War der Tag schon. Ueberm Bergeshaupte
Golden stand der Mond, und seine Strahlen
Ließen neuen Tag im Dickicht tagen.
Plötzlich, wo ein Bergsee unter Fichten
Wie ein Aug' im Zwielicht aufgeschlagen
Rings von schilfener Wimper liegt umschattet,
„Steh und schaue!" — klang die Kinderstimme.
Und er stand. Ein junges Weib erblickt' er,
Eben erst der bleichen Flut entstiegen,

Ueberrieselt ganz von Mondessilber.
Nie ein solches Wunder sah sein Auge,
Nie so stürmend schlug sein Herz in Sehnsucht.
Schlange, rief er, du hast wahr geredet!
Die besitzen, diese Brust umfangen,
Diesen Schatz hier in der Wildniß hüten —
Traun, ein König müßte mich beneiden!
Rathe, wie erbeut' ich so viel Wonne?
Sprich ein Wort für mich zu jener Fremden,
Sag ihr, wie ich glühe, — sag ihr Alles!

Doch die Schlange schwieg, in sich geringelt.
Da erhob das Weib, der feuchten Locken
Schwarze Fülle von der Stirne schüttelnd,
Nur von ungefähr das Haupt ein wenig,
Und er sieht — in seiner Schwester Antlitz,
Und mit tiefem Stöhnen, wie der Berghirsch,
Den des Jägers Pfeil ins Blatt getroffen,
Wirft er hin das Netz und stürmt von dannen.

Nach drei Tagen, da dem alten Fischer
Noch der Sohn nicht heimgekehrt zur Hütte,
Sucht' er bang den Wald hinauf, hinunter,
Seine Tochter weinend ihm zur Seite.
An dem Ufer dort des stillen Bergsees
Lag ein Weißes. Da sie näher stürzten,
Sahn sie aus der Flut mit halbem Leibe
Den Geliebten, Schwervermißten ragen,
Den die Welle sanft im Schilf gelandet.
Um den nackten Hals, ein letzt Geschmeide,
Lag geringelt eine schöne Schlange,
Grün am Rücken, silberweiß am Bauche,
Still und reglos, wie erstarrt im Schlummer.
Da mit Jammerruf die Beiden nahten,
Schlüpfte sie hinweg mit leisem Zischen.

Der Cicisbeo.

Ihr „Cicisbeo!" Wie ihr bei dem Wort
Die Lippe rümpft in sittlichem Erschrecken,
Ihr kühlen Deutschen aus dem kalten Nord!

Denkt ihr sofort an den lombard'schen Gecken,
Gebrandmarkt durch Parini's Rügelied,
Um sein Geschlecht aus üppigem Schlaf zu wecken?

Wohl! doch vergeßt mir nicht den Unterschied:
Spukt heute noch sein Schatten hier zu Lande,
Ist die verstohl'ne Nacht nur sein Gebiet.

Nicht mehr am hellen Tage prahlt die Schande;
Nicht mehr im Ehvertrag hat sein Asyl
Der Ehebruch, voraus verbrieft am Rande.

Was einst der Sitte sittenloses Spiel,
Ward bittrer Ernst. Denn sagt: wer möchte missen
Für übermächt'gen Druck ein Nothventil?

Doch schiebt nicht uns den Nothstand ins Gewissen!
So lang die Eh' ein ewig Sacrament,
So lang ein armes Weib, mit Noth entrissen

Unwürd'ger Pflicht, im Höllenpfuhle brennt,
Wenn sie ihr Herz an würd'ge Pflichten bindet,
So lang ist Nothwehr, was Ihr Sünde nennt.

Mag sein, daß Ihr dies Wort jesuitisch findet.
Lebt etwas länger unter uns und seht,
Ob nicht zuletzt die herbe Meinung schwindet.

Das Paar auf dem Altane dort — gesteht,
Ihr saht auf einer Frauenstirn noch selten
So sanften Ernst, so stille Majestät.

Und er — nicht für den Schönsten kann er gelten,
Doch trug die Erde keinen edlern Mann,
Und die ihn liebt, ist wahrlich nicht zu schelten.

Ich weiß, wie all das Herzeleid begann;
Ich war der Arzt im Haus, schon in den Tagen,
Da sie ein Kind, und ward ihr Freund sodann.

's ist kein Geheimniß. Jeder kann's Euch sagen
Im Ort hier. Doch am Ende weiß nur ich,
Was sich in ihren Herzen zugetragen.

Ein gutes Stückchen Zeit seitdem verstrich,
Wohl zwanzig Jahr. Grau schimmert's in den Haaren,
Doch ihre Seelen glühn noch jugendlich.

Damals kam er im Schritt nach Haus gefahren;
Man hob ihn bei Magenta auf für todt.
Er bat, man mög' ihm lange Qual ersparen.

Doch ich: Bald seid Ihr wieder frisch und roth,
Mein Capitän. Ei was! So flink ins Grab?
Italien thun lebend'ge Helden Noth.

Nach sieben Wochen hinkt' er schon am Stab
Im Haus umher; bald wagt' er's auszugehen
Und stattet' links und rechts Visiten ab.

Viel Lieb's und Gutes war ihm lang geschehen,
Auch von der Gräfin, seiner Nachbarin;
Die hatt' ihn fleißig mit Charpie versehen,

Mit Büchern, Früchten, Wein, was passend schien,
Den Stolz des Orts, den wunden Mann zu laben;
Doch noch mit keinem Auge sah sie ihn.

Sehr einsam lebte sie mit ihrem Knaben
Und schien den Jugendfreuden lange schon
Fast ohne Schmerz und Kampf entsagt zu haben.

Ihr junger Gatte, da sie kaum den Sohn
Ihm erst geschenkt, nahm's mit den Vaterpflichten
So leicht, wie's hie und da noch guter Ton.

Jung, eitel, leer, — wie konnt' er auch verzichten
Auf Spiel und Kurzweil der jeunesse dorée,
Auf Tänzerinnen und Duellgeschichten!

Vielleicht that's ihrem Stolz im Stillen weh,
Dem Herzen kaum. Wie hätt' sie lieben sollen,
Was kalt und fern blieb wie der Berge Schnee?

Früh hatt' ihr Vater sie vermählen wollen;
Sie mußt' es anders nicht; ihr fiel nicht ein,
Dem Schicksal oder dem Gemahl zu grollen.

Dann in ihr Leben trat das Kind hinein.
Da fragte sie mich strahlend: Doctor, bin ich
Nicht ein beglücktes Weib? — Nicht sagt' ich Nein.

Wer damals sie gesehen! Sanft und innig,
Ein goldnes Herz! Nie kannt' ich eine Frau,
So wenig eitel, neidisch, wankelsinnig.

Zu der nun ging mein Capitän — genau
Ein Mann, wie sie ein Weib war, ausgenommen
Die Schönheit. Nun, sein Bart war noch nicht grau,

Ein junger Held ist Weibern stets willkommen.
Lang blieb er dort. Als ich ihn Abends sah,
War hastiger sein Puls, die Brust beklommen.

Ich merkte, was ihm über Tag geschah.
Doch — acqua in bocca! Bei gewissen Schäden
Steht unsereins nur wie ein Tölpel da.

Dann fing er selber plötzlich an zu reden.
Ich war sein Freund, da sprudelt' er's heraus,
Daß sie sein Herz umstrickt mit Zauberfäden.

Ein Engel! eine Göttin! und ihr Haus
Ein Eden! — die weltalte Cantilene
Der Liebenden. Ich zog die Stirne kraus.

Dann hielt ich meinem wackern Capitäne
Die schönste Predigt, die ein weiser Mann
Je einem Rasenden warf in die Zähne.

Er sollt' halsüberkopf, rieth ich ihm an,
Die Luft verändern, eh's unheilbar würde.
Pah! einem Fiebertollen rathe man!

Item, ein Jeder trägt die eigne Bürde.
Wir kamen davon ab. Noch einmal ihn
Zu warnen, hielt ich unter meiner Würde.

Bald war das Unheil hoch ins Kraut gediehn,
Tagtäglich er im Haus auf viele Stunden,
Wo sie nur ungern ihn zu dulden schien.

Er aber hatt' ein Mittel ausgefunden,
Daß sie ihn dulden mußte; denn das Kind
War bald auf Tod und Leben ihm verbunden.

Was sonst ein treuer Vater nur ersinnt,
Er schleppt's herbei, den Kleinen zu ergetzen.
Dank hofft' er wohl; doch sä't' er in den Wind.

Zwar schien sie heimlich sich beglückt zu schätzen,
Daß solch ein Freund ihr nahe war, bemüht,
Was sie verlor, ihr zehnfach zu ersetzen.

War sie nicht jung, nicht feurig ihr Geblüt?
Wer hätte sie gescholten, armes Wesen,
Hätt' sie erwiedernd für den Freund geglüht?

Doch konnt' ich klar an seiner Stirne lesen:
Sein Werben, ernst und stumm, blieb hoffnungslos.
Und dennoch wünscht' er selbst nicht zu genesen.

Oft fand ich ihn, den Knaben auf dem Schooß,
Dort im Salone, spielend mit Soldaten,
Festungen bauend, die ein Fingerstoß

Umstürzte, oder ihm von Heldenthaten
Erzählend, — und die Gräfin saß dabei,
Nie Farbe wechselnd, wenn Besucher nahten.

Ihr Leben — welch ein traurig Einerlei!
Und niemals eine Klage! und sie wußte
Nur allzu gut: ihr Gatte gab sie frei.

Der kam nur nach der Villa, wenn er mußte,
Um den Verwalter anzugehn um Geld
Für Pferde, Weiber, Farao-Verluste.

Dann räumte still der Capitän das Feld.
Ich weiß nicht, sagt' er mir, wie ich's ertrüge,
Säh' ich den Engel diesem Wicht gesellt! —

Ein schöner Ehstand! Die sociale Lüge
Ganz ohne Feigenblatt! Zum Glücke trug
Der Knabe nur der Mutter reine Züge.

Und seltsam: wie auch sonst hier dumm und klug
Die Leute schwatzen — auf der Gräfin Ehre
Fiel nie ein Schatten. — Da auf einmal schlug

Des Schicksals Hand mit ungefüger Schwere
An dieses Hauses Thor. Zwei Jahre schon
Gleich unerquicklich spielte die Affäre,

Da, eines Abends, als mit ihrem Sohn
Und seinem Freund die Gräfin ging im Garten,
Vernahm man einen wohlbekannten Ton,

Der nie erwünscht war. Rasche Räder knarrten
Im Kies, die Peitsche klang, so kam der Graf
Manchmal heraus auf seinen tollen Fahrten.

Spät war's, die halbe Orschaft schon im Schlaf,
Doch die Laterne blitzt mit hellem Strahle
Vom Bock. Der Gräfin spähend Auge traf

Dort auf dem Sitz, zur Seite dem Gemahle,
Ein fremd Gesicht, — nein, fremd nicht ganz und gar:
Sie sah schon Bild und Namen im Journale.

Ja wohl, das war das freche Augenpaar,
Der üpp'ge Mund, das Hütchen auf dem Ohr —
Die Ballerina, die in Mode war!

Sie halten am verschlossnen Gitterthor,
Die Peitsche knallt: „Wo steckt das faule Heer?"
Da tritt die Gräfin aus den Schatten vor.

„So spät noch, mein Gemahl? Es freut mich sehr.
Gleich kommt der Gärtner, um Euch einzulassen;
Doch sonst empfang' ich heute Niemand mehr;

„Niemand!" — Sie sah vor Jähzorn ihn erblassen.
„„Pardon!"" sprach er zu seiner Dirn' und lacht',
„„Es scheint, wir müssen in Geduld uns fassen.

„„Battista! Carlo! Schurken, aufgemacht!
Die Peitsche lehrt ein andermal euch springen!""
Sie aber sprach zu ihrem Freunde sacht:

„Ich bitte Sie, den Knaben fortzubringen."
Dann: „Eures Hauses Ehre, mein Gemahl,
Hab' ich zu wahren hier vor allen Dingen.

„Ihr selbst, so hoff' ich, dankt es mir einmal,
Daß ich Entehrung wies von dieser Schwelle."
Da traf sie eines höhnischen Blickes Strahl.

„„Wir stören, Graf. Ihr seht ja: Eure Stelle
Ist schon besetzt. Wir kehren wieder um.
Sans gêne, Madame! So delicate Fälle —

„„Wir sind discret, haha!"" — Und sie blieb stumm.
Kein Wort, kein Blick an das Geschöpf verschwendet;
Sie litt wie Heil'ge im Martyrium.

Doch er, von Wuth und Leidenschaft verblendet,
Geberdet sich wie rasend, flucht und schilt —
Wer weiß, wie noch der wüste Lärm geendet!

Da trat, so ruhig wie ein Marmorbild,
Mein Capitän heran. Ein Wort nur rief er
Dem Tollen zu, da war der Sturm gestillt.

Sogar das Weib, das giftige Geziefer,
Hört' auf zu zischen. Was er sagte, ich
Erfuhr es nie. Doch schärfer traf's und tiefer,

Als jener Peitschenhieb, den, außer sich,
Der Graf durchs Gitter schnellte nach dem Gegner;
Noch heut an dessen Schläfe flammt der Strich.

„Dies nur auf Abschlag! Hütet Euch, Verwegner!
Wir treffen uns." — Kein Peitschenknall fürwahr
Kam je im schlimmsten Augenblick gelegner.

Die Pferde zogen an, das saubre Paar
Saus't wider Willen fort im raschen Wagen —
Für heut war abgewendet die Gefahr.

Dann — selbstverständlich — hat man sich geschlagen;
Pistolen, drei, vier Kugeln; nur der Graf
Hat einen lahmen Arm davongetragen.

Warum mein junger Held nicht besser traf? —
So stünde zwischen uns, versetzt' er bitter,
Als ew'ge Schranke jetzt — sein Epitaph.

Doch war die Luft mit diesem Ungewitter
Noch nicht geklärt. Nur engelhafter schien
Die Dame, melancholischer ihr Ritter.

Ich alter Galeotto — warb für ihn.
Und sie: Weil Andre ihrer Pflicht vergessen,
Darf ich darum der meinen mich entziehn?

Mir schien's ein wenig überspannt. Indessen,
Längst gab mir diese seltne Frau das Maß,
Der Menschen Werth und Unwerth dran zu messen.

Da, eines Tags, als ich zu Hause saß,
Just heimgekehrt von meiner Krankenrunde,
Ruft Carlo mich hinüber, leichenblaß.

Das Kind — man suche mich seit einer Stunde —
Es lieg' in Zuckungen — starr jedes Glied —
Es röchle stark — Schaum steh' an seinem Munde.

Ich hingestürzt — zu spät! Mein Auge sieht
Das ganze Haus geschaart schon um den Knaben,
Der eben auf der Mutter Schooß verschied.

Ein Blick der Gräfin nur, so schmerzerhaben
Wie einer Niobe! Der Capitän —
Als wollt' er selbst sich in die Erde graben!

Wie's kam? Per Dio! Leicht war's zu verstehn.
Das Kind war seiner Wärterin entsprungen,
Nach einer fremden alten Frau zu sehn.

Die hatte zugenickt dem schönen Jungen,
Sein Haar gestreichelt, aus der Tasche dann
Confect geholt — die Unthat war gelungen.

O Höllenniedertracht! — Ihr starrt mich an?
Der eigne Vater? seinen einz'gen Sprossen?
Ein holdes Kind, das ihm kein Leids gethan?

Nein, Herr! So ganz der Menschlichkeit verschlossen
Ist doch kein Vaterherz. Giftmischerei
Ist Weiberhandwerk. Seine Thränen flossen;

Auch schrieb er, wie er ganz vernichtet sei —
Er liege krank! — Da wenig Wochen schwanden,
War's mit der schönen Reue schon vorbei,

Und er — kaum glaublich! — in den alten Banden
Der Natter, der sein Kind zum Opfer fiel,
Ob sie den Mord auch freilich nie gestanden.

Das edle Paar sucht' in Paris Asyl,
Da man sie hier wie Pestbefallne scheute;
Da trieben sie so fort das alte Spiel.

Die Gräfin aber — fast des Todes Beute!
So lag sie mondenlang. Als sie genas,
Gleich einer Heil'gen ehrten sie die Leute.

Und er — mein Capitän — ohn' Unterlaß
Um sie bemüht, im Traume wie im Wachen,
Mit Allem, was zu eigen er besaß,

Ganz insgeheim ließ er ein Bildniß machen
Des lieben Knaben, völlig wie er war,
Man meinte fast, der Marmor würde lachen,

So leibhaft Alles, Augen, Mund und Haar;
Der Meister hatt' ihn einst gesehn im Leben
Und traf Gestalt und Ausdruck wunderbar.

Am Todestag, da nun die Mutter eben
Aus ihrem Hause ging, das Grab zu kränzen,
Schritt er aus seinem und ging stumm daneben.

Da sah sie fern schon etwas Weißes glänzen
Von jenem Hügel, der ihr Liebstes deckt —
Wie es sie traf, Ihr selber mögt's ergänzen.

All ihr verlornes Glück war neu erweckt!
Doch ließ sie nicht das Bild auf seiner Stelle,
So schön es stand, mit Rosen rings umsteckt.

Sie schuf im Haus ihm eine Gruftkapelle,
Um stundenlang allein und unbelauscht
In Thränen dort zu knien am Fußgestelle.

Den Hügel ziert ein schlichtes Kreuz, umrauscht
Von Immergrün. Doch vor dem Bild des Kindes
Ward insgeheim ein Treueschwur getauscht.

Kein Schwur in Worten. Nur ein seelenblindes,
Stumpfsinnig Volk mag bauen auf ein Wort
Und wähnen, ewiglich die Herzen bind' es.

Die Beiden aber waren Eins hinfort
In heil'ger Treue, fest und ohne Wanken,
Sie seine Welt, er ihres Lebens Hort.

Kein Vorwurf traf sie je, nicht in Gedanken!
Ihr aber sollt sie sehn. Ihr Haus ist offen
Für jeden Gast; Ihr werdet es mir danken —

Und rümpft nicht mehr die Lippe, will ich hoffen.

Die Judith des Cristofano Allori.
(Palazzo Pitti in Florenz.)

Siehst du das schöne Weib im falt'gen gelben
  Gewand, die schwarzen Locken wirr gekrauf't,
Mit dunklen Lippen, die sich üppig wölben?

  Sie trägt ein Mannshaupt in der linken Faust,
Die rechte hält des Schwertes Heft umschlossen,
Doch keine Miene sagt, ob ihr gegrauf't,

  Da übers Bett des Stolzen Blut geflossen,
Das eben noch in wilder Luft geflammt,
Als ihre Blüte der Barbar genossen.

  Hat sie gefeit ihr furchtbar Rächeramt,
Daß ohne Schauder sie den Feind bezwungen,
Der Israel und sie zur Schmach verdammt?

  Hat der Triumph, daß ihr das Werk gelungen,
Wie sie's von ihrer Väter Gott erfleht,
Mit so erhabner Stille sie durchdrungen?

  Nein, auf der schmalen Weiberstirne steht
Ein kühles Räthsel, diese Blicke leuchten
Nicht von des Sieges heitrer Majestät.

  Wer hebt den Schleier? Glimmt in diesem feuchten,
Luftmilden Aug' ein stiller Vorwurf auf,
Den alle Psalmen ihres Volks nicht scheuchten:

  Daß sie hat sünd'gen müssen, um darauf
Den Blutpreis ihrer Schande selbst zu nehmen?
Dünkt ihr, betrogen sei sie doch beim Kauf?

  Wie? oder fühlt sie mit geheimem Grämen
In ihrem Blute sünd'gen Wunsch entfacht,
Den nur der Schnee des Alters wird bezähmen,

  Daß sie hinfort auf jene Gräuelnacht
Noch manche Nacht sich muß zurückbesinnen
Und deß begehren, was sie schaudern macht?

  Daß Sünde Pflicht ward —hat sie das tiefinnen
Mit ihrem Selbst entzweit, getrübt den Quell,
Aus dem die lautren Hochgefühle rinnen?

Gehn Gut und Böse, die sie vormals hell
Zu scheiden pflegt' in ihres Busens Grunde,
Nun in einander auf gedankenschnell?

Nichts mehr verlöscht den Kuß von ihrem Munde,
Der ihn entehrt' — und doch ihn erst erschloß
Zu vollem Blühn in jener dunklen Stunde?

Wie wenn ein Jäger einen Pfeil verschoß
Und sieht ihn auf die eigne Brust sich wenden,
So staunt ihr Blick. War das ihr Bettgenoß,

Deß Haupt sie trägt? Hat sie — mit eignen Händen —?
Sie faßt es nicht. Und käm' es noch einmal,
Vermöchte sie's noch einmal zu vollenden?

Nun ist's geschehn, wie es ihr Gott befahl.
Doch kann sie je der Stimme wieder trauen,
Die das Gewissen aus der Brust ihr stahl?

Stumm blickt die Räthselhafteste der Frauen
Dich traurig an, und wie sie selbst empfand,
Mischt sich in ihrem Bilde Lust und Grauen.

Doch höre nun, was ich berichtet fand
In einem alten Kunstgeschichtenbuche,
Wie dies geheimnißdunkle Bild entstand.

Das ewig junge Lied vom Schlangenfluche
Der Weibesschöne, die den Mann bethört,
Ob er sich beug', ob sich zu retten suche.

Du hast von den Allori wohl gehört,
Dem Vater Stefano und den drei Söhnen,
Vier wackren Künstlern, aller Ehren werth.

Der Jüngste lag in Banden einer Schönen;
Die Mazzafirra kannte ganz Florenz,
Wo sie die Jugend schmachten ließ und stöhnen.

Denn nicht an edle Lieb' und Jugendlenz
Verlor sie je ihr Herz; kein hoher Name,
Und glänzt' er wie ein Stern des Firmaments,

Verlockte sie: das Gold nur, das infame,
Das immer sich dem Dienst der Sünde lieh,
Ruchloser Thaten Frucht zugleich und Same.

So warb denn auch **Cristofano** um sie
Mit fürstlichen Geschenken, goldnen Gaben
Und bog den Nacken unter ihrem Knie.

Mit Fingern wiesen schon auf ihn die Knaben,
So trieb er's toll. Doch die Sirene schien
An seinem Wahnsinn ihre Lust zu haben.

Zu tief verstrickt' er sich, um zu entfliehn.
Doch ward er auch zum Bettler, — nicht getreuer
Als gegen Reichre, hing sie sich an ihn.

Und während der Besitz das kranke Feuer
Der Leidenschaft nur schürt' in seiner Brust,
Sann sie bereits auf neue Abenteuer.

Sie sagten's ihm — er hatt' es längst gewußt —:
„Die Mazzafirra führt dich an der Nase;
Ein Loos, das mit Humor du tragen mußt.

„So mach ein Ende! Seufze nicht und rase!
Was dir geschah, ist Tausenden geschehn!" —
Er schwieg und nickte zu der kühlen Phrase.

Drei lange Monden ward er nicht gesehn.
In seinem Studio saß er über Tage,
Um nur bei Nacht verstohlen auszugehn.

Dann schlich er tiefvermummt — so ging die Sage —
Zum Haus der Falschen, die mit Andern nun
Die Nacht verschwelgt' in üppigem Gelage.

Und durfte nur von fern sein Auge ruhn
Auf diesem Reiz, der ehmals ihn entzückte,
War es ihm Wollust noch, sich wehzuthun.

Doch während sie für Andre jetzt sich schmückte,
Ließ er wie Büßer wachsen Haar und Bart,
Auf daß ihm besser seine Rache glückte.

Dies Weib, das seiner irb'schen Höllenfahrt
Urheb'rin ward, wollt' er den Menschen zeigen,
Wie sie als Teuf'lin ihm sich offenbart;

Den unentrinnbar'n Zauber, der ihr eigen,
In Blick und Lippenspiel den eis'gen Hohn,
Vor dem die süßesten Gefühle schweigen.

Doch so verstört war seine Seele schon,
Daß dem Assyrer er die blassen Züge
Verlieh von seiner eignen Mutter Sohn,

Damit sie Dessen Haupt in Händen trüge,
Der erst zum Narrn und dann zum Bettler ward
Um eines Weiberkusses flücht'ge Lüge.

Und mit dem Blick der Habgier, kalt und hart,
Ließ er die Mutter ihr zur Seite schreiten,
Die stets den Preis der Buhlschaft eingescharrt.

Zurufen sollte dieses Bild von Weiten
Den jungen Thoren: Seht, dies that ein Weib!
Wer noch Verstand hat, rette sich bei Zeiten! —

Und selbst noch war er so mit Seel' und Leib
Im Bann, daß er den Schlaf sich abgebrochen,
Entsagend jedem andern Zeitvertreib.

Doch als das Werk vollbracht nach kurzen Wochen,
Da strömte ganz Florenz in seinen Saal;
Nur von Allori's Judith ward gesprochen.

Nun heißt's, gekommen sei von Rom einmal
Ein Fremder, auch das Bildniß zu beschauen,
Ein würd'ger Greis, die Stirn gefurcht und kahl,

Weltkundig, hochgebildet, einst den Frauen
Nicht feind; der hab', in Sinnen tief, den Kopf
Geschüttelt und gerümpft die weißen Brauen

Und dann gesprochen: „Traun, ein blöder Tropf,
Der Sor Cristofano, der seiner Dirne
So in die Faust gemalt den eignen Schopf!

„Ein Fältchen furcht die kaum erblichne Stirne,
Als zucke noch ein Blitz der Zärtlichkeit,
Ein Traum der Lust im blutenden Gehirne.

„Wohl bringt den Klügsten selbst ein Weib so weit,
Daß er den Kopf verliert. Doch sich zu rächen,
Wer schafft der Henkerin Unsterblichkeit?

„Wer stellt noch ihrer Macht und seinen Schwächen
Ein Zeugniß aus, ein Maler seiner Schmach,
Als Freibrief aller Tücken und Verbrechen?" —

Doch da voll Eifer so der Alte sprach,
Ging auf die Thür; im falt'gen gelben Kleide
Erschien das Urbild, ihren Fersen nach

Ein schlanker Jüngling, ihr Galan, sie Beide
In ein Gespräch vertieft, gleichgültig kühl,
Wie vor der ersten besten Augenweide.

Zur Seite wich der Schauenden Gewühl,
Der Heldin hier den ersten Platz zu lassen,
Und Manchem wohl ward's unterm Hute schwül.

Sie aber maß ihr Conterfey gelassen
Vom Scheitel bis zum Knie. Nichts regte sich
Auf ihrer Stirn, der alabasterblassen;

Kein Zug, daß Reu' und Antheil sie beschlich.
Nur zu dem Jüngling hörte man sie flüstern:
„Mich dünkt, das Weib ist garst'ger doch als ich."

Er raunt' ein Wort ihr zu und lachte lüstern,
Sie aber ließ die weißen Zähne seh'n,
Und leise zitterten die schlanken Nüstern.

Dann sprach sie: „Armer Narre! Laß uns gehn!"
Und rauscht' hinaus. Doch jener Fremde wiegte
Das Haupt und sprach: „Nun kann ich ihn verstehn.

„Wer je den Arm um diesen Nacken schmiegte,
Dem drang so tödtlich wohl das Gift ins Blut,
Daß rettungslos die Mannheit ihm versiegte.

„Ja, hätt' ich selbst in erster Jugendglut
Dies Weib geschaut, wer weiß, gering geachtet,
Gleich dem Allori, hätt' ich Hab' und Gut,

„Und auch, gleich ihm, verdammt zu sein getrachtet
Um diesen Dämon und dazu gelacht,
Wenn mich die Welt und ich mich selbst verachtet.

„Denn wahrlich, könnt' ich jetzt für Eine Nacht
Jung sein und sie besitzen, — meines Lebens,
Wenn es der Preis wär', hätt' ich wenig Acht.

„Doch solche Träume träumt ein Greis vergebens!"

Die Mänade.

Die junge Mänade, sie schwingt sich im Reigen
    Mit finsteren Augen, in glühendem Schweigen,
Umkichert von trunkner Gefährtinnen Spott.
Ein Reh des Gebirges, ein Kind noch gestern,
Sie folgte den Schwestern
Mit zitterndem Grau'n vor dem mächtigen Gott.

Schwül drückt ihr der Rebkranz die flatternden Locken,
Sie wendet die Augen, die Wangen erschrocken,
So oft sich ihr nähert ein jauchzender Mund.
Den Thyrsus schwingt sie, den pinienschweren,
Wie sich zu erwehren
Der Gluten, die lecken nach ihr in der Rund'.

Es rasen die Pauken, die Cymbeln erschallen,
Die Lieder verathmen in stöhnendes Lallen,
Die Glieder ermatten und sinken dahin.
Die Junge, die Scheue, sie tanzt noch alleine
Beim flackernden Scheine
Des Mondes, den Busen verhüllt bis zum Kinn.

Ein bräunlicher Faun will trunken sie haschen.
Sie stößt ihm den Thyrsus mit bebenden, raschen,
Feindseligen Worten empört vor die Brust.
„Und magst du's mit jungen Gesellen nicht halten,
So folge dem Alten!"
Ein Graubart ruft es in grinsender Lust.

„Den Priester des Gottes in mir verehre!
Ich nehme die Neulinge gern in die Lehre
Und fordre bescheiden nur mäßigen Lohn!"
Er faßt ihren Nacken, sie dreht sich behende —
Die Satyrnhände
Ergreifen den Kranz nur; das Kind ist entflohn.

*　*　*

Am Fluß in den Büschen wie still sind die Pfade!
Es singt auf den Wiesen die wache Cicade,
Und ferne verbraus't Korybantengetön.
Die Nacht will treu sich des Flüchtlings erbarmen;
Wie dünken der Armen
Die Menschen so häßlich, die Erde so schön!

Schon lenkt sie beruhigt gemäßigte Schritte
Zur Mutter nach Hause, zur ärmlichen Hütte,
Da hemmt ihr ein neues Entsetzen den Fuß.
Ein Jüngling tritt aus dem nickenden Schilfe;
Um blickt sie nach Hülfe,
Doch tröstlich klingt ihr sein klagender Gruß:

„Du kommst mich zu locken zu jauchzenden Festen?
Was liegt den Verzückten an traurigen Gästen?
Bleib ferne dem Mann, der die Freude verschwor!
Vorm Jahr, da schwang ich die Fackel, die rothe,
Da lebte die Todte,
Die Eine, um die ich mein Lachen verlor.

„Dir, Mädchen, glich sie an Wuchs und Schnelle,
An thauiger Frische den Nymphen der Quelle,
Und wehe, da hat sie der Gott mir geraubt.
Es schlug ihr ein Panther den Zahn in die Weiche,
Da neigte die Bleiche
Mit schwindendem Athem zur Erde das Haupt.

„Nun jährt sich das Unglück, nun brechen die Thränen
Hervor unaufhaltsam in wüthendem Sehnen,
Drum laß du den Göttergeschlagnen allein!“ —
Er wendet sich von ihr, er wirft sich zur Erde
Mit Jammergeberde,
Da schwillt ihr der Busen von zärtlicher Pein.

Sie kniet ihm zur Seite, er darf es nicht wehren,
Sie trocknet ihm küssend die quellenden Zähren,
Sie tröstet und will vor Erbarmen vergehn.
„O Aermster! auch ich bin traurig und einsam;
So laß uns gemeinsam
Beweinen, daß Gräuel auf Erden geschehn.“

Es säuseln die Winde am dunklen Gestade,
Zum liebenden Weib wird die scheue Mänade,
Aus Jammer und Thränen erblühet die Lust.
Wovor unter Jauchzen erschraken die Herzen,
In bitteren Schmerzen
Beschleichet der Gott die entfesselte Brust.

Odysseus.

Sie hatten auf luftigem Söller geruht,
    Der Dulder, entronnen der stürmenden Flut,
Und Penelopeia, die Hehre.
Der Morgen dämmerte rosig herauf,
Da stützt sich der Held auf dem Lager auf —
    Kühl weht der Wind vom Meere.

Wie wandert' er lang durch die Wellenflur!
O säh' er den Rauch seiner Insel nur!
So bangte sein Herz voll Schwere.
Nun blickt er ins Weite vom Heimathstrand
Und seufzt und birgt das Haupt in die Hand —
    Kühl weht der Wind vom Meere.

„Was seufzest und sinnst du im Morgenstrahl?
Was bleibt dir zu sehnen, mein trauter Gemahl,
Das irgend ein Gott dir gewähre?
Du bist geborgen bei Weib und Sohn,
Und Ruh' und Ruhm sind der Mühen Lohn" —
    Kühl weht der Wind vom Meere.

„Und hast du daheim nicht Lieb' und Lust?
Noch ist nicht verwelkt die getreueste Brust,
Noch werth, daß sie Kindlein nähre.
Sie blühen dir auf mit den Enkeln zumal —
Was bleibt dir zu seufzen, mein theurer Gemahl?" —
    Kühl weht der Wind vom Meere.

Er küßt ihr die Augen, er schüttelt das Haupt:
„„Was hat dir so frühe den Schlummer geraubt?
Nun forschest du, was mich verzehre.
Mir gaben die Götter ein göttliches Loos,
Und doch — mein Sinnen ist ruhelos"" —
   Schwül weht der Hauch vom Meere.

„„Mir träumte zu Nacht, auf gescheitertem Kiel
Hintrieb' ich, den wüthenden Wogen ein Spiel,
Ringsum unermeßliche Leere.
Da taucht aus den Tiefen ein süßes Gesicht,
Ein Weib mit Augen wie Sternenlicht"" —
   Schwül weht der Hauch vom Meere.

„„Sie wirft mir den Schleier, den rettenden, zu,
Ich sehe sie winken und schwinden im Nu,
Die ich nun ewig entbehre.
O seliges Wagen, o Heldengeschick!
Wie soll ich nun tragen ein ruhiges Glück?"" —
   Schwül weht der Hauch vom Meere.

❧

Das Festmahl des Alten.

„Nun lösche die Lampen im einsamen Haus,
   Denn sie bleiben mir aus,
Die ich lud, die vergeßlichen Gäste.
Sonst kamen sie gern bei dem Alten zu Gast,
Dem die grämliche Miene der Greisen verhaßt,
Heut feiern sie jüngere Feste.

„Es strömte das Volk vom Theater zurück,
   Laut preisend das Stück,
Das dem Jon den Lorbeer errungen.
Der wird mit den Knaben durchschwärmen die Nacht
Und hat sie mir leicht abtrünnig gemacht,
Denn der Jugend folgen die Jungen.

„Ja einst, da waren wir selber jung
Und wagten, im Schwung
Den Sieg beim Fittich zu halten.
Doch in wechselnden Formen verjüngt sich die Kunst,
Und dem Neuen gehört und gebühret die Gunst,
Und der Alternde lerne veralten.

„Denn wisse, mein Sohn, nun fünfzig Mal
Fiel Winter ins Thal,
Seit zuerst im Theater ich siegte.
Heut dünkt' es mir fromm, eine Schale voll Wein
Dem Genius meiner Jugend zu weihn,
Der das Herz in Entzückungen wiegte.

„Doch weh! wen hab' ich, der mit mir zecht?
Das junge Geschlecht
Geht fremd an Gräbern vorüber.
Die mir einst jauchzten, sie wurden stumm.
Was leb' ich auch noch? Ich blicke mich um —
Die Welt wird trüber und trüber.

„Nun lösche die Lampen im leeren Gemach
Und das Lämpchen entfach
Und bring vom Gesimse die Rollen,
Daß mich labe der großen Unsterblichen Sang,
Die leuchtend wandeln die Welt entlang
Und mein Grab überschreiten sollen!" —

Und er senkte das Kinn auf den Busen tief,
Und der Diener entschlief;
Die Nacht wob dichter den Schleier.
Zum festlichen Mahl hebt Keiner die Hand,
Und die Kränze duften umsonst an der Wand,
Stumm hängt an der Säule die Leier.

Da horch, vor der Thür ein schwirrender Klang!
Mit schwebendem Gang
Ein Jüngling öffnet die Pforte.
Ihm folgt ein Reigen von Jungfrau'n hold,
In Reisegewändern, die Locken wie Gold —
Dem Alten versagen die Worte.

Und der Jüngling spricht: „Dem fremben Gestad
Sind heut wir genaht,
Von der Salzflut Stürmen verschlagen.
Wir kannten des Dichters Namen allein,
Sie wiesen uns her, nun traten wir ein
Und bitten zu Gast uns mit Zagen."

Da erglühet der Greis in bescheidener Scham:
„O wundersam!
So ist mir noch Freube beschieden!
Von Gästen schwillt mein verlassenes Haus,
Und Fremde füllen die Sitze mir aus,
Die meine Freunde gemieden!"

Und er führt sie zu Tisch, und den Mischkrug dann
Trägt selbst er heran,
Es verjüngt ihn die glückliche Stunde.
Sie nippen vom Wein, und sie kosten die Frucht,
Doch vom Fleische des Wilds hat Keine versucht,
Und sie schweigen mit lächelndem Munde.

„Und verschmähet ihr ganz mein dürftiges Mahl,
So laßt mich einmal
Die lieblichen Stimmen vernehmen,
Und beflügelt mit klugem Gespräch mir den Sinn,
Denn ich, der ich alt schon und kindisch bin,
Muß meines Geplauders mich schämen."

Da wiegt der Fremde sein Haupt und spricht:
„Verstummen ist Pflicht,
Wo Dichterlippen uns grüßten.
Es harren die Schwestern auf Ton und Gesang
Von den Saiten, die früh mit unsterblichem Klang
Dies sterbliche Leben versüßten."

Von der Säule nimmt er die Leier herab
Und den elfenen Stab
Und reicht sie dem zögernden Greise,
Und der Jungfrau'n eine erhebt sich und führt
Ihn sanft zu dem Sitz, der dem Sänger gebührt,
Und berührt die Saiten ihm leise.

Und horch, wie es tönt, da erbebt ihm die Brust;
Mit schüchterner Lust
Anhebt er den Hymnus zu singen
An das Licht, das die Welt mit Strahlen erquickt,
An den Gott, der es allen Geborenen schickt,
Die Dämonen der Nacht zu bezwingen.

O die traurige Nacht, die uns lauernd umschweift
Und die Seelen ergreift,
Noch eh wir die Hülle bestatten!
Nur ein Geist, den der Gott mit Flammen genährt,
Glänzt nach, wenn der Leib sich zu Aschen verzehrt,
Und weithin wirft er den Schatten;

Weit über das Grab — —! Was stockt der Gesang
An der Leier zersprang
Doch keine der ehernen Saiten.
Was stockt ihm die Stimme? Wie tönte sie klar,
Eh fünfzig Winter sein Lockenhaar
Und die glühende Seele beschneiten.

Das Lied, das damals den Kranz ihm gewann,
Heut stimmt er es an
Vor Fremden, ein Fremder den Seinen.
Da erschüttert der Sterblichen schwankes Geschick
Ihm mächtig das Herz und umflort ihm den Blick,
Kaum bändigt die Wimper das Weinen.

Doch wie vor den Gästen, so schön und erlaucht,
In Wehmuth getaucht
Er träumt, entrückt in die Weiten,
Auf einmal weckt ihn ein Klang so bekannt;
Der Jüngling hat ihm die Leier entwandt
Und schlägt in die rauschenden Saiten.

Er singt zu Ende sein Chorgedicht
Und preiset das Licht,
Das die Welt mit Wonnen umgürtet,
Dann führt er dichtend die Strophen hinaus
Und preiset den Sänger, der gastlich im Haus
Die Götter empfängt und bewirthet.

Scheu lauscht der Greis zu dem Jüngling empor;
Zerrinnt ihm der Flor
Vor den staunenden Augen zur Stunde?
Er sieht sie wachsen, die Göttergestalt,
Er erkennt, von ambrosischem Leuchten umwallt,
Die Schwestern, die neun, in der Runde.

„Ist's wahr? Ist's wirklich? So lebt mein Gedicht?
O seliges Licht!
Euch Himmlische hab' ich zu preisen!" —
Fromm hebt er die Arme — sie sinken herab;
In die Halle tritt mit der Fackel ein Knab'
Und berührt die Schläfe des Greisen. — —

*   *   *

Der Morgen stand auf den Bergen klar,
Eine Jünglingsschaar
Zog heim mit Gesängen vom Schmause.
Die Thür des Dichters vergoldet der Schein,
Alsbald verstummend gedenken sie sein
Und nähern beschämt sich dem Hause.

Und wie sie leise betreten den Saal,
Sie finden im Strahl
Des Frühroths ruhen den Alten.
Sein Geist entschwebte zu himmlischen Höh'n,
Er hört nicht mehr der Schritte Getön,
Er sieht nicht Menschengestalten.

Still nehmen sie alle die Kränze vom Haupt
Und streuen entlaubt
Sie umher, das Versäumte zu büßen,
Und Jon, von heiliger Ehrfurcht bewegt,
Wie dem Jünger geziemt, kniet nieder und legt
Den eigenen Kranz ihm zu Füßen.

XIV.

Frauenemancipation.

Eine Fastenpredigt.

(1865.)

Il est bien plus aysé d'accuser
un sexe que d'excuser l'autre.

Montaigne.

Im Winter war's. Wir saßen eingeschneit,
Doch warm und wohlgemuth am runden Tische,
Ein Häuflein guter Leute, buntgereiht,
Auch Frauenschönheit glänzt' in Jugendfrische,
Und doch, obwohl es nicht an Witz gebrach,
Flog auch einmal ein Engel durchs Gemach.

Ich, als der Wirth, der ungebetnen Gästen
Höflich die Thüre weis't, that meine Pflicht
Und brach sogleich vom Zaun, dem ersten besten,
Ein Thema, das man nie zu Ende spricht,
Den Engeln dieser Erde stets ein Grauen:
Das Thema der emancipirten Frauen.

Noch, dacht' ich, darfst du diese Possen treiben,
Bis deine Töchter erst erwachsen sind
Und jedes Wörtchen hinters Ohr sich schreiben,
Das der Papa hinplaudert in den Wind.
Heut, da sie noch in Kinderschuhen stecken,
Ist's wohl erlaubt, die edlen Frau'n zu necken.

Doch ich bereut' es bald. Thessaliens Damen,
Die Orpheus, wie die Sage geht, zerfleischt,
Löwinnen, die um ihre Jungen kamen,
Bruthennen, wenn im Blau der Habicht kreischt —
Umsonst versuchen wir in schwachen Bildern
Den Sturm empörter Weiblichkeit zu schildern!

Denn, wie ein Wort das andre giebt, geschah's
Auch dieses Mal, daß Ernst und Scherz sich mischten,
Daß jenem Sprühgewölk von Spott und Spaß
Auch Hagelkörner wohlgezielt entwischten.
Ein ernst Kapitel ist die Pädagogik,
Und unversehns bedient man sich der Logik.

Nun ist die Logik wie ein Schwert; sie spaltet
Harnisch und Helm im ernsten Männerstreit;
Doch wo der Schönheit mächt'ger Zauber waltet,
Stumpft ihre Schärfe schon ein florner Kleid,
Geschweig' ein weißer Hals. Ich focht mit Ehren,
Doch hatt' ich Noth, mich meiner Haut zu wehren.

Umsonst parirt' ich. Meinen Gegnerinnen
Galt für bewiesen: unsrer Mütter Ruhm,
Am stillen Herd sich thätig einzuspinnen,
Bedeute mir ein weißes Sclaventhum;
Sie sollten keck ihr Menschenrecht gebrauchen,
Lateinisch lernen und Cigarren rauchen.

Rauchen? Und warum nicht? In der Türkei
Raucht man im Harem statt der Handarbeiten.
— „Hört! Er empfiehlt noch gar Vielweiberei!"
— Je nun, auch sie hat ihre guten Seiten.
(So im Gedränge zwischen Ernst und Lachen
Entschlüpfen einem sehr gewagte Sachen.)

Dies nur beiseit. Doch da, wo unbestritten
Von je geblüht die schönste Frauenflora,
Berühmt durch monogamisch reine Sitten,

Am grünen Tajostrand raucht die Señora
Sammt ihrer Magd puros und cigarritos,
Und, wie man sagt, nicht bloß für die Mosquitos.

Ein Beispiel ist's, ich werf' es nur so hin
Und will euch diese Uebung gern erlassen.
Zum Frauenmund — soweit ich Kenner bin —
Scheint mir der Duft Havanna's nicht zu passen.
Doch wie verrathen Lippen, die wir küssen,
Ob sie Horaz zu buchstabiren wissen?

Latein — nun freilich wohl, es ist entbehrlich,
Doch lerntet ihr's, es würd' euch nicht entweiben.
Noch keiner Tugend ward es je gefährlich,
Und statt die Zeit leichtsinnig zu vertreiben
Mit Dumas fils und ähnlichem Gelichter,
Les't lieber noch Roms übermüth'ge Dichter.

Ja, nur zum Hausgebrauch. Denn wär' es Usus,
Käm' euch so manches Wort nicht spanisch vor,
Als: tempora mutantur, und: abusus
Non tollit usum, und: excelsior! —
Da sprach die Jüngste rasch: Doch heißt es ja:
Mulier taceat in ecclesia! —

Kein Hieb und Stich trifft uns mit solcher Schwere,
Als wenn der Feind von uns sich Waffen stahl.
Ja, warf ich hitzig ein, das ist die Lehre
Der „guten alten Zeit!" Doch wagt's einmal,
Statt Aeltermutter-Weisheit nachzubeten,
Den steilen Pfad zur Freiheit zu betreten.

Wagt, frei zu sein! — Und Eine sprach: „Du weißt,
Nach Freiheit strebt der Mann, das Weib nach Sitte". —
Und ich: Die Sitte folgt, wohin der Geist
Sie herrschend lenkt, gern seinem Führertritte.
Unsittlich ist nur Eins: sein tiefstes Leben
Hinopfern, um am dumpfen Brauch zu kleben.

Zwar Jene, die sich strebend losgerungen
Vom Schlendrian, dem längst der Geist entwich,
Nur selten haben sie den Sieg errungen
Und fielen, tragisch oder lächerlich.
Der Enkel erst zeigt staunend ihre Spuren
Und ehrt das Schicksal höherer Naturen.

Denn kommen wird ein lichteres Jahrhundert,
Das über Sitten, die ihr heute preis't,
Mit Achselzucken lächelnd sich verwundert,
Wie man die Zeiten heut barbarisch heißt,
Wo noch die Kunst, zu schreiben und zu lesen,
Geheimniß wen'ger Sterblichen gewesen.

Wie? spotten dann die Enkel, jenen Frau'n
War's eine Wohlthat, sich beschränkt zu wissen?
Die je entsprang dem engen Bretterzaun
Der Vorurtheile, ward vom Wolf gebissen?
Sie weideten gleich einer frommen Heerde
Unschuld'ger Lämmer auf umpferchter Erde?

War anders Fleisch und Blut? Wog ihr Gehirn
Nicht dem der Männer gleich? Warum die Schranken
Um ihre reingewölbte Menschenstirn?
Warum entfernt vom Kampfe der Gedanken
Im öden Dienst alltäglicher Geschäfte
Vergeudeten sie edle Geisteskräfte?

Rechtlos, gedankenlos — — und weiß der Himmel,
Was ich noch sonst gehöhnt, verleumderisch;
Da in des Kampfes heftigstem Getümmel
Erscholl der Segensruf: Zu Tisch, zu Tisch! —
Beim Essen hab' ich stets den Streit gemieden;
So ward denn Frieden — doch ein fauler Frieden!

Erfahren sollt' ich's, daß ich einen Gegner
Gereizt, der unversöhnt auf Rache sann
Und nur zu bald mit dreifach überlegner

Mannschaft und List die Fehde neu begann.
Die klugen Frau'n, sie warben rasch entschlossen
Die schwachen Männer selbst zu Bundsgenossen.

In eines Freundes Haus ward ich geladen,
Wo sich die muntre Jugend oft ergötzt
Im Carneval an Schwänken und Charaden.
Ich, da ich kaum mich arglos hingesetzt,
Seh', wie der Hausherr lächelt, winkt und blinzt,
Wie wenn man sagt: Heut ist's auf dich gemünzt!

Die Klingel tönt, auf thun sich die Gardinen,
Und ein Gemach erscheint, ganz übersä't
Mit Büchern, Globen, chemischen Maschinen,
Auch ein Skelet als schmuckes Hausgeräth;
Ein Mann tritt auf, zerrissen und zerzaus't —
Ha! denk' ich, heut vergreift man sich am Faust.

Doch weit gefehlt. Gleich in den ersten Sätzen
Macht er dem werthen Publikum bekannt,
Er wisse diesen Trödel nicht zu schätzen,
Doch seine Frauen hätten mehr Verstand.
Im zwanzigsten Jahrhundert, wie man sehe,
Sei ihre Bildung auf der wahren Höhe.

Er habe zwar, Gott sei's gedankt, nur drei,
Und doch im Hause drei der Facultäten,
Da seine Fanny Doctor juris sei,
Nanny entdecke Sonnen und Planeten,
Die liebe Betty sei Prosectorin
Und just Magnificenz und Rectorin.

Die Theologin fehle noch. Inzwischen
Ueb' er sich selbst in christlicher Geduld
Und pfleg' auch in die Wirthschaft sich zu mischen,
Denn, sehr natürlich, hinterm Schreibepult
Sei keine Zeit für niedre Interessen,
Für einen Mann und für das Mittagessen.

Nun wiss' er wohl, das sei des Fortschritts Segen,
Doch Maß zu halten ziem' in allen Stücken.
Sein Doctor juris müßte — von Rechtswegen —
Ihm endlich doch den alten Schlafrock flicken,
Die Anatomin an den Braten denken,
Nanny den Himmel ihm auf Erden schenken.

Fürwahr, nicht länger lass' er mit sich spaßen,
Nachgrade geh' es gar zu kunterbunt.
Ein Mann sei auch ein Mensch gewissermaßen,
Und müss' er länger leben wie ein Hund,
So hol' der Henker — aber horch, sie kommen!
Muth jetzt! Kein Blatt mehr vor den Mund genommen!

Und sieh, es treten ein drei junge Frauen,
Die Feder hinterm Ohr, sonst ganz charmant,
Die den Gemahl so obenhin beschauen,
Als wär' er ihnen nur von fern bekannt.
Sie nehmen Platz am Tisch, und eine Jede
Hält eine zierliche Katheberrede.

Der gute Mann scheint selbst davon erbaut,
Doch endlich mahnt Natur an ihre Rechte.
Ihr Theuren, fleht er mit gedämpftem Laut,
Wie wär' es, wenn man jetzt die Suppe brächte?
Ich hungre wie ein Wolf und möcht', indessen
Ihr weise Reden führt, zu Mittag essen.

Dich hungert? spricht die Eine vorwurfsvoll;
Wann lernst du nur, dich von Idee'n zu nähren?
Nimm dir ein Vorbild, wie man leben soll,
Ein leuchtendes, an jenen Himmelssphären,
Die ruhelos um ihre Asche kreisen
Und Aether nur und Sonnenstrahlen speisen.

Ich selbst, obwohl ich Nachts im Sterngefild
Die ganze Bahn des Uranus durchschritten,
Ich habe meinen Hunger nur gestillt

Mit ein'gen aufgewärmten Kegelschnitten
Und zog mir heute früh zum Morgenschmaus
Zwei kleine Wurzeln dritten Grades aus.

Vergieb ihm, Schwester, redet sanft die Zweite;
Der Hunger auch gehorcht Naturgesetzen.
Der Chylus sehnt sich, daß er Blut bereite,
Dynamisch will er Nahrungsstoff zersetzen,
Erneu'n den Trieb der feinen Lebenssäfte
Mit Hülfe der molecularen Kräfte.

Doch die vulgäre Sitte, sich zu mästen
Mit Fisch und Fleisch — wie roh und abgeschmackt!
Ich geb' euch heute einen Stoff zum Besten,
Den ich benannt „Vegetations-Extract".
Seht hier, nur erbsengroß, leicht zu verdauen,
Woran wir sonst zwei volle Stunden kauen.

Ein Drittel Stickstoff, Kohlenstoff ein Drittel,
Das dritte Drittel Hydropyrozon.
Komm, lieber Gatte, koste dieses Mittel! —
Und er: Nein, großen Dank! Vom Namen schon,
Vom bloßen Anblick fühl' ich neue Kraft.
Da seht, welch ein Triumph der Wissenschaft!

Rasch meinen Hut! Ich will ins Kaffeehaus.
Hier aber fehlt an meinem Rock ein Knopf.
Christel!! — Und Fanny spricht: Die Magd ging aus.
Wir kennen leider ihren harten Kopf;
Sie bleibt dabei, ich dürfe sich nicht strafen
Nach des gemeinen Hausrechts Paragraphen.

Sie will sich nun ein Corpus juris leih'n;
Dort, faselt sie, sei allen Domestiken
Das Recht verbürgt, impertinent zu sein.
Drum kann sie den verlornen Knopf nicht flicken,
Und magst du nicht die kleine Lücke leiden,
Rath' ich, die andern auch vom Rock zu schneiden. —

Ein weiser Rath! Doch wenn du selber, Fanny — —
— Ich muß sogleich im Schwurgericht plaidiren! —
Du aber bleibst zu Hause, theure Nanny? —
— Ich muß der Venus Durchgang observiren. —
Und du, Bettina, vielgeliebtes Wesen? —
— Verzeih, ich habe jetzt Colleg zu lesen.

Und feierlich mit strengen Amtsgesichtern
Rauscht das gelahrte Kleeblatt aus der Thür.
Der Gatte sieht sie scheiden, stumm und schüchtern,
Dann ruft er: Rache dieser Ungebühr!
Nicht länger will ich hungern, dürsten, frieren,
Auch ich — auch ich will mich emancipiren!

Noch heute rück' ich ein ins Tageblatt:
Ein Mann von Bildung und von angenehmen
Manieren, der bereits drei Frauen hat,
Wünscht eiligst eine vierte Frau zu nehmen.
Die strengste Discretion ist Ehrenpflicht,
Auf Schönheit und Vermögen sieht er nicht.

Ja, würd' ein Kobold selbst ihm angetraut,
Doch wie die Engel lebten sie zusammen.
Auf Einem nur besteh' er fest: die Braut
Müss' aus dem vorigen Jahrhundert stammen
Und durch Atteste, die es klar bescheinigen,
Sich vom Verdacht moderner Bildung reinigen.

Doch nähen soll sie, kochen, waschen, flicken,
Und in ein Buch — das Kochbuch nehm' er aus
Und das Gesangbuch — nie und nimmer blicken,
Und Notabene: käm' es je heraus,
Daß sie die Schriften von P. H. gelesen,
Sei sie die längste Zeit sein Weib gewesen.

Mit dieser Nutzanwendung schloß das Spiel.
Applaus erscholl, Hervorruf, wie gebührlich:
Ich, aller schadenfrohen Blicke Ziel,

Rief, klatschte, lacht' am hitzigsten natürlich.
Was sollt' ich thun, gefangen in der Falle,
Meuchlings gefoppt, ich Einer gegen Alle?

Kein Spielverderber sein und Spaß verstehn!
Und so bedankt' ich mich für „gnäd'ge Straf'".
Doch Eine sprach: Es wird uns schlimm ergehn.
Er schnellt den Pfeil zurück, der heut ihn traf,
Bringt unsre Schwächen in den Mund der Leute
Und schreibt ein Stück: „Die guten Frau'n von heute".

Nein, meine Theuren, nichts von Aug' um Auge
Und Zahn um Zahn! Ich bin mir wohl bewußt,
Daß ich zum Molière dieser Zeit nicht tauge,
Und euch zu lästern spür' ich keine Lust.
Auch lernt' ich: blancas manos non offenden,
Die Wunden schmerzen nicht von schönen Händen.

„So giebst du dich besiegt?" — Für heute gern!
Den Kürzern zög' ich doch in diesem Streite.
Im Carneval hält man den Ernst sich fern,
Die Lacher sind einmal auf eurer Seite.
Ich tisch' ein andermal, als Fastengabe,
In Versen auf, was ich zu sagen habe.

„Die Hand darauf?" — O, warum schlug ich ein!
Nun wär' ich des Gelübdes gern entledigt,
Denn wenig Gunst erwirbt sich insgemein,
Wär' sie gereimt auch, eine Fastenpredigt,
Dazu ein Text, von allen controversen
Der controverseste, und das in Versen!

Indeß, die Verse, wenn man's recht bedenkt,
Sind noch ein Trost. Entschlüpft mir wider Willen
Ein Wort, das zarte Leserinnen kränkt,
Versüßen Vers und Reim die bittern Pillen.
Narkotisch wirkt die Poesie und lullt sie
In sanften Schlummer. Utile cum dulci!

„Nur kein Latein mehr, Herr Poet. Du weißt,
Wir sind nur schlecht und recht fürs Haus erzogen." —
Halt, meine Damen! Zwar, euch fehlt zumeist
Die Textkritik der echten Philologen,
Doch daß es an Gelehrsamkeit euch fehle,
Verleumdung ist's, bei meiner armen Seele!

Euch drückt das Gegentheil: ihr lernt zu viel!
Bedenkt, vier Sprachen plaudern oder lesen,
Geographie vom Nordpol bis zum Nil,
Geschichte von Aegyptern und Chinesen
Bis auf den letzten Mohikaner, jenen,
Um den ihr weintet süße Backfischthränen.

Ein Abriß dann der Literargeschichte
Von Ulfilas bis Heine (exclusive),
Poetik auch (das Fräulein macht Gedichte),
Dogmatik (freilich nicht die apokryphe) —
Mich dünkt, ihr könnt bei so immensem Wissen
Das bischen Griechisch und Latein wohl missen.

Und strömt ihr nicht, wenn ihr mit sechzehn Jahren
Der Schule, der Pension entwachsen seid,
Um euren Schatz vorm Rosten zu bewahren,
Dem Hörsaal zu und lauschet dichtgereiht,
Wenn große Männer edlen Trieb verspüren,
„Die Wissenschaft ins Leben einzuführen"?

Von Allem nur die Blume, nur den Saft!
Heut Humboldt's Kosmos, morgen Kant und Fichte.
Ein heitrer Vortrag über Stoff und Kraft,
Ein Blick in römische Culturgeschichte,
Zoologie, Geologie, Botanik,
Akustik, Ethik, himmlische Mechanik.

Dann tritt ein hochberühmter Forscher auf
Und spricht zwei Stündlein über Karl den Kahlen;
Auch der Statistik läßt man freien Lauf,

Nur schenkt man euch die leidig trocknen Zahlen;
Der Chemiker spielt vollends den Galanten
Und macht ein Feuerwerk von Diamanten.

Nicht wahr, das blitzt, das funkelt? Und zu Haus
Arbeitet dann das Fräulein Nachts verstohlen
Wie ein Student ein saubres Heftchen aus
Und schreibt: „Demanten brennen wie die Kohlen."
Dann legt sie sehr gebildet sich zu Bette
Und träumt — vom letzten Ball, was gilt die Wette?

Und wär' es Sünde? Jugend will ihr Recht.
Ich bin der Letzte, der es ihr mißgönnte.
Vielmehr bedünkt es mich, daß eu'r Geschlecht
Viel Bücherkram sich billig sparen könnte,
Der, wär' er sonst auch noch so wissenswerth,
Das Eine doch, was Noth, euch nimmer lehrt.

„Und dieses Eine?" — Ja, gesteh' ich's ehrlich,
Mir fehlt der Muth, es unverblümt zu sagen.
— „Der Muth? warum?" — Im Zorn seid ihr gefährlich;
Ich habe nur zwei Augen dran zu wagen! —
— „Wir woll'n dir im Voraus die Strafe schenken.
Nur dreist heraus! dies Eine ist —?" — Das Denken.

— „Das Denken? Ei, wir dächten doch, wir denken
Zum Nothbedarf." — Gewiß; wie Frauenzimmer! —
— „Mag sein; doch unsre kleine Welt zu lenken
Und euch am Narrenseil, genügt es immer.
Wie, oder willst du gar — es ist zum Lachen! —
Uns, ohne Bart, zu Philosophen machen?" —

Euch? Wie ihr fragt! Ist denn von euch die Rede?
Anwesende sind immer ausgenommen.
Von euch, ihr Liebenswürdigsten, ist Jede,
So wie sie geht und steht, durchaus vollkommen.
Ich spreche nur — wie könnt' ich's anders meinen? —
Vom weiblichen Geschlecht im Allgemeinen.

Denn jene Einzlen, die wie höh're Wesen
Sich nur verirrt in diese niedre Welt,
An Adel, Reiz und Huld so auserlesen,
Daß Ehrfurcht, wenn sie nah'n, die Seele schwellt,
Sie, denen willig wir zu Füßen sänken, —
Wem fällt es ein zu fragen, ob sie denken?

Schooßkinder der Natur, aus ihrer Fülle
Begabt mit Allem, was uns Armen fehlt;
Siegreiche Kraft in zartgewöhnter Hülle,
Die holde Form vom reinsten Hauch beseelt;
Und wandeln sie im Schooß der Mitternächte,
Mit blindem Griff erwählen sie das Rechte!

Sie mögen nur dem Gott im Busen lauschen,
Und immer ohne Fehl beräth er sie.
Mit keinem Weisen brauchen sie zu tauschen,
Denn ihr Geschlecht allein ist ihr Genie.
Sie — — doch ich merke, daß ich Hymnen schreibe,
Ein Liebeslied, ein hohes Lied vom Weibe.

Und doch, aus andrem Tone wollt' ich singen.
Kommt, laßt uns offen reden, meine Guten.
Die Sach' ist wichtig; drum vor allen Dingen
Die Höflichkeit beiseit auf fünf Minuten!
Gesteht, im Allgemeinen habt ihr Mängel;
Viel Evastöchter sind — und wenig Engel.

Nun denn, und diese Mehrzahl, schwach genug,
Wie stößt man sie hinaus ins rauhe Leben?
Wer sorgt, euch gegen Trug und Selbstbetrug
Den Schild, den Schirm, die Leuchte mitzugeben,
Will sagen: die Vernunft, die klare, wache?
Vernunft? Behüte! Die ist Männersache.

So hätten sich der Schöpfung stolze Herrn
Den Löwenantheil listig vorbehalten?
O diese Selbstischen! sie möchten gern

Im Puppenstand euch lebenslang erhalten,
Vielleicht aus Furcht, die Zügel zu verlieren,
An denen sie euch doch nur schlecht regieren.

Sagt selbst, wenn ihr die Augen aufgeschlagen
Und euch erblickt in dieser fremden Welt,
Bestürmen nicht auch euch die Räthselfragen,
Die uns die alte Sphinx, das Leben, stellt?
Woher? wohin? was ist die letzte Meinung
Mit diesem All buntwechselnder Erscheinung?

Der Ursprung dunkel, tiefverhüllt das Ziel,
Die Nähe sorgenvoll und bang die Ferne,
Und rings um euch ein hastig Schattenspiel,
Erzeugt vom Strahl der magischen Laterne —
Wie soll die scheue junge Menschenseele
Erkennen, wen sie sich zum Führer wähle?

Wie lockend spiegelt ihr ein Jeder vor:
Komm, folge mir! Ich helle dir die Pfade!
Da winkt ein Irrlicht, hier ein Meteor,
Dort ein Komet und drüben die Plejade.
Das arme Kind mit zweifelndem Gewissen
Geht zum Papa; der wird doch Hülfe wissen.

Ja Der! Der küßt sein Mädchen auf die Stirn
Und spricht: Mein Püppchen, das sind heikle Dinge,
Noch viel zu schwierig für ein junges Hirn.
Strick lieber deinen Strumpf und tanz und singe,
Doch dir den Kopf zerbrechen? — Ei, das wäre!
Zu Ostern kommst du in die Christenlehre.

Nun soll der Gottesmann die Zweifel schlichten,
Und welch ein hoffend Herz bringt sie ihm zu!
Den aber plagt Metaphysik mit nichten;
Nur Eins ist Noth: daß Jeder Buße thu',
Den Teufel als den Erzsophisten hasse,
Den Herrgott einen guten Mann sein lasse.

Du grübelst, Kind? Das ist der Seele schädlich.
Hinweg damit! Glauben ist mehr denn Wissen. —
Die junge Sünderin zerknirscht sich redlich,
Küßt ihm die Hand, stickt ihm ein Schlummerkissen,
Die alten Scrupel melden sich nur selten;
Froh ist sie, endlich auch für voll zu gelten.

Concert, Theater, Bälle, Badereisen,
Man hat Talente, dichtet, malt und singt
Und spielt Komödie in Familienkreisen,
Und wenn die erste Liebe Leiden bringt,
Die werden bald verschmerzt im Arm des Gatten.
Bei so viel hellem Licht — wo bleibt der Schatten?

Er bleibt nicht aus. Dich überrascht die Stunde,
Wo es wie Schuppen dir vom Auge fällt:
Wie reich du dich bedünkst, du bist im Grunde
In schwerer Prüfung auf dich selbst gestellt.
Das Leben schien dir ohne Pfand zu leih'n
Und kommt zuletzt und steht auf seinem Schein.

Wohl dir, wenn dann ein frommer Kinderglaube
Dir nie versagt, wenn, wie der Sturm auch weht,
Stets dir ein Oelblatt bringt die heil'ge Taube.
Doch Vieles ist, was nicht geschrieben steht,
Was räthselhaft den tief verstörten Geist
Mit strenger Mahnung in sein Innres weis't.

Und hast du dann im Innern ein Asyl,
Ein heimliches, wohin die Seele flüchte,
Daß sie mit still gesammeltem Gefühl
Den Widerstreit von Pflicht und Neigung schlichte?
Verlorst du nicht im Taumel eitler Lust
Das Heimathsrecht in deiner eignen Brust?

Und wenn du glücklich bist, wenn Schuld und Schmerz
Nie feindlich drohten deinem Seelenheile,
Hast du auch Waffen, unerfahrnes Herz,

Für deinen treusten Feind, die Langeweile?
Ich höre schon, die Antwort ist bereit:
Die Mutterpflichten kürzen uns die Zeit.

Gut denn! Ein Dutzend Kinder, nehm' ich an,
Sind Tag für Tag zu waschen und zu wiegen.
Doch auch die Feierstunde rückt heran,
Wo alle friedlich in den Betten liegen.
Dann — — „Glaub es nur, dann ist man viel zu müde,
Als daß man noch mit Denken sich belübe." —

Wohl! Doch die Jahre fliehn; die Kinderschaar
Entwächs't einmal der Mutterzucht und Pflege.
Das Haus wird leer, das voll Gewimmel war,
Im Schooße ruht die Hand, die einst so rege.
Dann dünkt mich, wär' es zu bedenken Zeit,
Daß ihr vernunftbegabte Wesen seid.

Was dann? — „Nun dann — da sind die Zeitungsblätter,
Der neueste Roman und der ‚Bazar‘,
Kaffeebesuche, ein Gespräch vom Wetter,
Von langer Weile wird man nichts gewahr." —
Nichts? wirklich Nichts? Habt ihr die langen Stunden
Des kurzen Lebens niemals leer gefunden?

Doch ihr verleumdet euch. Ihr fragt, ich weiß,
Den lieben Mann nach mancherlei Problemen.
Der aber meint, sehr überflüssig sei's,
Den Kopf zerbrechen. Solcher unbequemen
Ideeen hab' er selbst sich längst entschlagen.
Er hat ja Geld. Soll er mit Geist sich plagen?

Zu denken geb' ihm sein Geschäft genug,
Er hasse gründlich die gelehrten Weiber.
Philosophie sei eitel Lug und Trug;
Aufklärung? ein Gespenst der Zeitungsschreiber!
Er lobe sich, was jetzt an ihre Stelle
Getreten, das Solide und Reelle.

Komm, küsse mich, kauf dir ein neues Kleid!
Heut Abend sollst du den ‚Propheten‘ hören. —
Spricht er nicht so? Und lernt ihr mit der Zeit
Nicht auch, den Trieb zum Ew'gen abzuschwören,
Als unfruchtbar? — Nur einer tiefern Seele
Geht's heimlich nach, daß es am Besten fehle.

Vielleicht ist sie nicht schön mehr, nicht mehr jung,
Nicht eitel mehr, dafern sie's je gewesen
(Auch weiße Raben giebt's). Erinnerung
Ist kein Roman, um sich in Schlaf zu lesen.
Vielleicht wollt' ihr der Himmel nie bescheren
Das Glück, ein Kind an ihrer Brust zu nähren.

Vielleicht, so freundlich sie sie aufgeschmückt,
Stehn manche Kammern ihres Herzens leer.
Mit Blumen, wie man sie auf Gräbern pflückt,
Bekränzt man keine Freudenfeste mehr.
Der Tag, der Flügel hat, so lang wir lieben,
Trägt Bleigewichte, wenn wir einsam blieben.

Die Hoffnung schwand, das Leben zu genießen,
Der Drang erwacht, das Leben zu verstehn.
Nun, Freudenlose, willst du dich entschließen
Und bei den Weisen in die Lehre gehn?
Wie hart die Schulbank sei, du wirst's erfahren,
Nach Sexta wandernd in ‚gewissen Jahren‘.

Zwar bleibt ein andrer Weg. Versuch es dreist,
Was Schritt für Schritt zu steil ist, zu e r f l i e g e n.
Die Feder, wie bekannt, beschwingt den Geist
Und lehrt ihn, sich in luft'gem Nebel wiegen.
Daß Frauen schreiben, ist ein guter Brauch:
's ist eine Handarbeit wie andre auch.

Verzeiht den Scherz; schon widerruf' ich ihn.
Verpönt sei das beliebte Naserümpfen,
Wenn ihr das Pfund benutzt, das euch verliehn,

Sei's nun mit weißen oder blauen Strümpfen.
Laßt lieber jenes Wahlspruchs euch gemahnen:
Geöffnet dem Talent sind alle Bahnen.

Doch nur der Schweiß kann euch zu Meistern weihn:
Kein Denker fällt vom Himmel, kein Poet.
Wollt ihr euch ernstlich in die Kette reihn,
Sorgt, daß ihr zeitig in die Schule geht,
In eine Schule, wo von allem Wissen
Nicht nur genascht wird, sondern angebissen.

Und nun, andächt'ge Hörerinnen, merkt,
Mein Credo ist: so wie man's heute treibt,
Wird nur die Schwäche des Geschlechts bestärkt;
Wir schmeicheln euch, daß ihr die Schwächern bleibt,
Und während wir so weibisch euch verwöhnen,
Sollt ihr uns Männer ziehn aus unsern Söhnen!

Wie? Lehrte man euch jemals, Ernst zu machen,
Zu waffnen euren Geist zu Schutz und Trutz?
War's nicht ein Spiel mit bunten Siebensachen,
Ein Trödelkram, ein loser Flitterputz,
Ein Firniß, im Salon damit zu glänzen?
Hinweg mit diesen leichtverwelkten Kränzen!

Was ihr auch lernt, schärf' eures Geists Organe,
Und Plato's hohem Fluge folgt ihr noch.
Erwacht aus jenem tausendjähr'gen Wahne,
Was ihr nicht spielend faßt, sei euch zu hoch.
Der Schaum des Lebens nur ist Lust und Lachen,
Die Neige bittrer Ernst; lernt Ernst zu machen!

Und wär' Gefahr, daß ihr im Wissensdrange
Vergäßt, wozu Natur das Weib erschuf?
Davor, ihr Zärtlichen, sei euch nicht bange;
Denkt jener Philosophin von Beruf,
Die nie verlernt hat, Abälard zu lieben,
Obwohl sie sich lateinische Briefe schrieben!

Nein, jene Ströme, die so labend fließen,
Drin sich Jahrtausende gespiegelt sehn,
Man soll sie nicht dem ‚schwächern Theil‘ verschließen,
Weil ihre Wogen tief und reißend gehn.
Ich sage: Kommt! Ihr Alle seid geladen,
Vom Quell zu trinken und im Strom zu baden.

Zwar dieser Labung, Dank dem hochwohlweisen
Urväterzopf, folgt ihr fürs Erste schwerlich,
Und ein Professor wird vielleicht beweisen,
Das Denken sei der Muttermilch gefährlich,
Es mache taub und blind und unfruchtbar
Und bringe gar die Kochkunst in Gefahr.

Dies Alles laß’ ich gern dahingestellt
Und bin so frei, mein Theil davon zu denken.
Ich weiß, ’s ist etwas faul in dieser Welt;
Wohl mir, daß ich nicht kam, sie einzurenken.
Dies ist vielmehr die Pflicht des Herrn Professors;
Ich preb’ge hier und sage nur: Gott besser’s!

Und nun zum Schluß, andächtige Gemeinde:
Friede sei zwischen uns! Was ihr auch denkt
Vom Denkenlernen, meine schönen Feinde,
Denkt nur nicht schlimm von mir; vielmehr bedenkt,
Ich bin vielleicht kein Seelenhirt für Damen,
Doch euer Freund, und — Gott versteht mich.   Amen!

XV.

Sprüche.

❦

Lebensweisheit.

Ein scheues Wild die Gedanken sind.
Jag ihnen nach, sie fliehn geschwind.
Siehst du sie hellen Auges an,
Zutraulich wagen sie sich heran.
Ein stiller Wanderer kann sie zähmen,
Das Futter ihm aus der Hand zu nehmen.

❦

Schule des Lebens.

„Was lehrt das Leben? Gieb
 Mir bündigen Bescheid!" —
Hingeben, was dir lieb,
Hinnehmen, was dir leid.

❦

Wahlspruch.

Echtes ehren,
 Schlechtem wehren,
Schweres üben,
Schönes lieben!

❦

Was noth thut.

Frag muntern Herzens deine Last
    Und übe fleißig dich im Lachen.
Wenn du an dir nicht Freude hast,
Die Welt wird dir nicht Freude machen.

*

Beschränkung.

Steck dir das Ziel nur nicht zu weit
    Und mach den Schritt nach deinen Schuh'n.
Mit seiner verfluchten Schuldigkeit
Hat Jeder schon genug zu thun.

*

Eigenes Haus.

Die Welt zerstreut oder engt dich ein;
    Mußt in dir selbst zu Hause sein.
Der wird von Unrast nicht verschont,
Der bei sich selbst zur Miethe wohnt.

*

Bestes Glück.

Kein Glück ist auf dem Erdenrund
    Heilkräftiger, süßer, reiner,
Als Kindermund an deinem Mund
Und Kinderhand in deiner.

*

Vorbildlich.

Mußt stets an deiner Mutter Art,
    Du Kind der Erde, dich erinnern:
Wie sehr die Schale dir erstarrt,
Bewahr den flüssigen Kern im Innern.

*

Unvermeidlich.

Lebe nur! Dem Widerspruch
    Wird Lebend'ges nicht entgehen.
Todtgebornes trifft der Fluch,
Niemand je im Weg zu stehen.

*

Heimkehr.

Durchschweife frei das Weltgebiet,
    Willst du die Heimath recht verstehn.
Wer niemals außer sich gerieth,
Wird niemals gründlich in sich gehn.

*

Il mondo è paese.

Das ist's, warum sich's leben läßt
    Trotz alledem auf dieser Erden:
Die ganze Welt ist nur ein Nest,
Doch jedes Nest kann eine Welt dir werden.

*

Da capo?

Wer zu erleben neu begehrt
  Sein Leben, ganz wie es verflossen,
Dem blieb das Höchste, was ein Herz erfährt
An Glück und Schmerzen, stets verschlossen.

*

Ruhbedürfniß.

Recht con amore will ich mich erquicken
  Am Ruhn vom hast'gen Lebenslauf,
Und wenn sie mir nicht Equipage schicken,
Steh' ich am jüngsten Tag nicht auf.

(Julie Heyse.)

*

Ewige Jugend.

Wer nicht alt wird bei jungen Jahren,
  Wird ewige Jugend nicht bewahren.

(Nach Rahel.)

*

Gründliche Thorheit.

Die menschlichste der Schwächen
  Ist, über das, was uns das Herz gebrochen,
Noch obendrein den Kopf uns zu zerbrechen.

*

Naturtrieb.

Das Blut beherrscht uns insgesammt,
  Was man auch mag von Bildung munkeln,
Und wer von einer Katze stammt,
Der fängt die Mäuse im Dunkeln.

*

Recherche de l'inconnu.

In deinem Innern mancher Schacht
    Ist voll von unbekannten Erzen,
Doch schürfst du tiefer in deinem Herzen,
Nimm dich vor schlagenden Wettern in Acht!

*

Vergebne Mühe.

Auf Schritt und Tritt sich aufzupassen,
    Was soll es frommen?
Wer nicht wagen darf, sich gehn zu lassen,
Wird nicht weit kommen.

*

Das Aergste.

Gegen Herzlose kannst du dich schützen,
    Gieb ihnen nur dein Herz nicht preis.
Geistlose mögen dir auch wohl nützen,
Da Mancher Manches kann und weiß.
Wenn aber Taktlose dich umringen,
Das wird dich zur Verzweiflung bringen.

*

Stille Hoffnung.

Im Allgemeinen denk' ich schlecht
    Von dem gesammten Menschengeschlecht,
Doch jeden Einzlen ich mir betracht',
Ob er nicht doch eine Ausnahme macht.

*

Naturgabe.

Der eignen Nase nachzugehn,
    Möcht' Jedermann erlaben;
Nur darin wird die Kunst bestehn,
Eine eigne Nase zu haben.

*

Pädagogik.

Zur Kinderlehre wird's genügen,
    Lehrt ihr das A und O verstehn,
Die Mädchen: einen Mann zu kriegen,
Die Buben: ihren Mann zu stehn.

*

Wichtigste Kunst.

Du wirst der Leute Lieb' und Gunst,
    Zumal der Biedern, bald verlieren,
Verstehst du nicht die edle Kunst,
Mit Anstand dich zu ennuyiren.

*

Die zehn Gebote des guten Bürgers.

Was dich nicht brennt, das blase nicht —
    Auf fremden Wiesen grase nicht —
Sei artig mit dem kleinen Mann,
Mit großen Herren spaße nicht —
Was du von deinem Nächsten denkst,
Das bind' ihm auf die Nase nicht —
Wenn einer dir nicht reinlich dünkt,
So trink aus seinem Glase nicht —
Spiel niemals dich als Löwen auf;

Giebt's Prügel, sei ein Hase nicht —
Bleib dir getreu, solang es frommt;
Dann scheu die neue Phase nicht —
Tobt durch die Gassen Aberwitz,
Bleib fein zu Haus und rase nicht —
Sei frei gesinnt, doch table laut
Der Staatsgewalt Ukase nicht —
Dann spricht man immer gut von dir,
Doch freilich — mit Ekstase nicht.

Guter Rath ist billig.

Sie pflegen höchlich zu empfehlen,
    Daß man Zufriedenheit gewinnt.
Leicht haben's die bescheidnen Seelen,
Die mit sich selbst so höchst zufrieden sind.

Cave canem!

Verstand wie ein Pudel die Ohren spitzt,
    Wenn's Herz an festlicher Tafel sitzt.
Gieb ihm nur ein Knöchlein zu benagen,
So wird er höflich sich betragen.
Doch willst du auch das Knöchlein sparen,
Wird er dir in die Waden fahren.

Freuden.

Gott wird Die mehr mit Freuden segnen,
    Die ihren Freuden freundlich begegnen.

Fester Grund.

Wer sich an Andre hält,
   Dem wankt die Welt.
Wer auf sich selber ruht,
   Steht gut.

Reiner Wein.

Bedenklich ist zu große Klarheit,
   Die Welt will ja betrogen sein.
Das Beste, was du hast, ist Wahrheit:
Den Besten nur schenk reinen Wein!

Uebermaß.

Sich selbst beherrschen ist gar fein,
   Doch schlimm, sein eigner Tyrann zu sein.

Memento mori?

Wer stets den Tod vor Augen hat,
   Dem wird die bunte Welt erblassen.
Ein trister Ehbund in der That,
Wo man beständig denkt ans Scheidenlassen.

Zufluß.

Der Tage wechselnd Glück und Ach
   Erneuert unser Blut.
Dem Flusse mischt sich mancher Bach
Und trübt nicht seine Flut.

Beherztheit.

Läßt Geistesgegenwart dich im Stich,
Vor Herzensabwesenheit hüte dich!

✻

Der Egoist.

„Seltsam, daß er's nicht weiter bringt
Und weder stark wird, weder groß,
Da Alles doch sein Ich verschlingt!" —
Sein Ich ist eben bodenlos.

✻

Lebenskunst.

Das Leben ist eine freie Kunst.
Wer sie nach Regeln will betreiben,
Wird meist ein trauriger Stümper bleiben
Und nie gewinnen Meistergunst.

✻

Nil admirari.

Nil admirari? Gälte das,
So wär' das Leben ein schlechter Spaß.
Wenn wir Nichts mehr zu bewundern haben
Wär's Zeit, wir ließen uns begraben.

✻

Jahreszeiten.

Grüne Jugend, was prahlst du so?
Ein jeder Halm wird endlich Stroh.

✻

Undank.

Ihr pflegt den Bäumen nicht Dank zu sagen,
  Wenn Frucht und Schatten euch behagen,
Doch seid ihr sehr auf sie erboßt,
Wenn ihr daran die Köpfe stoßt.
Wer heißt auch nur die groben Gesellen,
Den Narren sich in den Weg zu stellen?

*

Unverzeihlich.

So lang' du schimpfst und tobst und bellst,
  Bleibst du dem Volk erfreulich.
Doch wenn du einfach Recht behältst,
Finden sie's unverzeihlich.

*

Nichts umsonst.

Das Leben ist ein genauer Wirth,
  Läßt pünktlich zahlen Lust mit Leide.
Kommt Einer mit Vieren ankutschiert,
Den bedient es mit doppelter Kreide.
Wer glaubt, daß er frei ausgehn wird,
Der macht die Rechnung ohne den Wirth.

*

Naturgesetz.

Ihr höhnt die Pedanten; doch bedenkt:
  Nichts ist pedantischer als die Natur.
Lebt ihr nicht streng nach ihrer Schnur,
Wird's alsobald euch eingetränkt.

*

Erkenne dich selbst!

Wer's wagen darf, sich selbst zu kennen,
  Den muß man hochbegnadet nennen.
Die Meisten wären bestraft genug,
Würden sie je aus sich selber klug.

Selbsttäuschung.

Ihr seht euch für gutmüthig an?
  Ja, fällt ein Kind, helft ihr behende;
Doch kommt zu Fall ein großer Mann,
Reibt ihr euch schadenfroh die Hände.

Warnung.

So viel Verdienste du erwirbst,
  So viel dir Gut und Muth beschieden —
Wenn du es mit den Philistern verdirbst,
Dann wehe deinem Frieden!

Würdigkeit.

Du fürchtest, dich unwürd'ger Armen
  Mit deinem Scherflein zu erbarmen?
Fragt denn das Glück nach deinem Werth,
Wenn's einen Treffer dir beschert?

Die Edelsten.

Das sind die Edelsten auf Erden,
  Die nie durch Schaden klüger werden.

Richtet nicht!

Wer leben will und sich wohl befinden,
Kümmre sich nicht um des Nachbars Sünden.

❦

Probatum est.

Lerne den frohen Augenblick
Schon jetzt erinnernd nachgenießen,
Laß gegenwärtiges Mißgeschick
Schon als vergangen dich verdrießen:
Die Freude wird dich tiefer rühren,
Das Leid den schärfsten Dorn verlieren.

❦

Le superflu — chose très-nécessaire.

Du mußt dich resigniren,
Wenn du dich neu gebierst,
Gar Manches zu verlieren,
Dran du nicht Viel verlierst.

Dies scheint nicht sehr beschwerlich,
Und dennoch schmerzt es sehr,
Denn eben, was entbehrlich,
Entbehrt das Herz so schwer.

❦

Character indelebilis.

Manch armer Wicht wär' froh genug,
Einen neuen Menschen anzuziehn,
Doch jeden Morgen erwarten ihn
Die Lumpen, die er gestern trug.

❦

Allenfalls.

Du magst, wenn du die Welt nicht kannst entbehren,
Nach Ehre geizen, nicht nach Ehren.

*

Keine Illusionen!

Suche nicht, wie die Zahmen und Schwachen,
Eine Tugend aus jeder Noth zu machen.
Iß nicht für Kuchen verschimmelt Brod
Und beuge dich knirschend der schweren Noth.

*

Thränen.

Wer ist von Beiden der ärmere Mann:
Der nicht im Schmerze weinen kann,
Oder der nie ein Glück genossen,
Davon die Augen ihm überflossen?

*

Bittere Erkenntniß.

Und streust du noch so hochgesinnt
Wohlthaten achtlos in den Wind,
Danklosigkeit kannst du ertragen,
Undank wird dir am Herzen nagen.

*

Entschluß.

Hast du's nicht im Blut,
So hab's im Muth!

*

Suaviter in modo.

Aufrichtigkeit wird löblich sein,
  Grobheit soll von uns weichen.
Wer läßt sich gern den reinen Wein
In schmutzigem Glase reichen!

❦

Freunde.

„Freund in der Noth" will nicht viel heißen;
  Hülfreich möchte sich Mancher erweisen.
Aber die neidlos ein Glück dir gönnen,
Die darfst du wahrlich „Freunde" nennen.

❦

Glückszuwachs.

Mußt dich nur vom Neide reinigen,
  Dann verzehnfachst du dein Glück,
Machst in jedem Augenblick
Fremde Freuden zu den deinigen.

❦

Vergeben — vergessen?

Dem Freund vergeben, der mich verletzt,
  Ist leicht; vergessen, schwer genug.
In seinem Bilde seh' ich jetzt
Die Wunde stets, die er mir schlug.
Mag sie vernarben mit der Zeit —
Um ihn noch immer ist mir's leid.

❦

In ein Album.

Freundschaft ist wie ein gutes Buch;
Man lies't daran sich nie genug.
Zwischen Freuden, Leiden, Geschäften
Zwanglos erscheint's in losen Heften.
Wir lasen noch kaum das erste Drittel,
Fortsetzung folgt im nächsten Kapitel;
Doch, daß die Seite sich nicht verschlägt,
Sei hier ein Zeichen eingelegt.

*

Nicht zu bescheiden!

Sei mit dem Glück nur nicht bescheiden
Und mach die Fordrung nicht zu knapp.
Es ist das Zähere von euch Beiden
Und handelt noch genug dir ab.

*

Die Hauptsache.

Fordre kein lautes Anerkennen!
Könne was, und man wird dich kennen.

*

Moralische Hautpflege.

So Vieles fliegt uns von außen an,
Was wie ein Staub an der Haut nur klebt,
Dem innern Menschen nicht nutzen kann,
Der's nur erduldet, nicht erlebt.
Wollte doch der sich auch bequemen,
Von Zeit zu Zeit ein Bad zu nehmen.

*

Macht des Einfachen.

Klagst du nicht zu mancher Zeit,
    Wenn das Leben Tag' und Nächte
Farblos an einander reiht,
Daß es keine Frucht dir brächte?

Reinem Wasser gleicht es dann,
Das der Farbe muß entbehren;
Doch die schlichte Welle kann
Dich erquicken, stärken, klären.

*

Falscher Ehrgeiz.

An thörichten und tollen
    Tragödien kann's nicht fehlen,
Wenn sich in Heldenrollen
Arme Statisten quälen.

*

Muth der Feigheit.

Da werfen sie ohne sich zu schämen
    Die Flinte gleich ins Korn hinein.
Wo die Leute nur den Muth hernehmen,
So ungeheuer feige zu sein!

*

Kopf und Herz.

Wenn Kopf und Herz sich widersprach,
    Thät doch das Herz zuletzt entscheiden.
Der arme Kopf giebt immer nach,
Weil er der Klügere ist von Beiden.

*

Erfolglosigkeit.

Lieber noch an die Steine klopfen
Mit deines Herzbluts heißen Tropfen,
Als daß die Glut im Sumpf verzischt,
Wo sie gemeinem Koth sich mischt.

*

Trost in Thränen.

Der Strom der Thränen ist nicht helle,
Doch wäscht man Gold aus seiner Welle.

*

Die Ungeselligen.

Geselligkeit will uns nicht glücken,
Uns fehlen dazu der Anmuth Gaben.
Nie harmlos sich in Andre schicken,
Das heißt in Deutschland: Charakter haben.

*

Im Durchschnitt.

Wer die Menschen im Durchschnitt nimmt,
Sieht, wie man bilden mag an ihnen,
Sie bleiben, wozu Natur sie bestimmt:
Bestien oder Maschinen.

*

Späte Erkenntniß.

„Für diese Weisheit bin ich blind,
So hell meine jungen Augen sind." —
Werde nur alt! Wirst's auch erfahren.
Weitsichtig wird man mit den Jahren.

*

Hohe Cirkel.

Ein seltsam Ding um solchen Rout,
    Wo Jeder des Nachbarn Nase beschaut
Und selten Mehr von ihm erfährt,
Als daß er „mit dazu gehört".

*

Langes Leben.

Lange leben ist keine Kunst,
    Wird uns nur Zeit dazu gegeben.
Doch wer im Schaffen, Wirken, Streben
Es nie erlebt, sich selbst zu überleben,
Der preise seiner Sterne Gunst!

*

Heilmittel.

Wie oft an Lebensüberdruß
    Krankst du in Herzensgrund.
Ein Spruch, ein Lied, ein Liebeskuß —
Und gleich bist du gesund.

Der Seelen ew'ge Seligkeit
Besiegelt Mund auf Mund;
So thun vier Zeilen, schlicht gereiht,
Dir Geistesheilkraft kund.

*

Unentrinnbar.

Und bist du noch so reich beglückt,
    Auch du erlebst die dunklen Unmuthsstunden,
Wo dich der Rose Duft nicht mehr erquickt,
Nur noch die Dornen dich verwunden.

*

Schicksal des Alters.

Das ist des Alters Loos auf Erden,
    Daß alle Rechte zu Pflichten werden.

Stete Bereitschaft.

Willst ein ruhiges Herz erwerben,
    Mußt nach dieser Weisheit streben:
Leb, als solltest du morgen sterben,
Stirb, als solltest du ewig leben.

Der beste Spieler.

Was hilft's, nach dem Applaus der Welt
    Mit vorgebundner Maske schielen,
Da Der allein nie aus der Rolle fällt,
Der immer wagt, sich selbst zu spielen.

Reicher und bleicher.

Der Teppich, den die Parze webt,
    Wird mit den Jahren bunt und bunter,
Verschlungne Muster, reich belebt,
Sinnsprüche laufen deutungsvoll mit unter:
Aber die Fäden von goldnem Schein
Webt sie immer seltner hinein.

Ein Friedhof ist dies kleine Buch,
    Den stille Geister nur bewohnen.
Du findest hier nur Spruch um Spruch
Grabschriften todter Illusionen.

Frauen.

Die feinen Sprüche — sie lassen dich
In mancher plumpen Roth im Stich,
Und über die ungereimtesten Sachen
Hast du dir selbst einen Vers zu machen.

*

Hüte dich, wahllos einzustimmen,
    Wenn Lästerzungen die Frauen kränken!
Man kann nicht schlimm genug von den schlimmen,
Nicht gut genug von den guten denken.

*

Durch Trinken loben wir den Wein
    Und schönen Mund durch Küssen.
Was könnt' auch wohl beredter sein,
Als so verstummen müssen?

*

Gieb, was du liebst, in weite Fernen,
    Mußt du vorlieb zu nehmen lernen;
Doch thu nur keinem Surrogat die Ehre,
Zu glauben, daß es das Echte wäre.

*

Leidenschaft ist ein süßer Wein
    Geschlürft aus glühendem Becher.
Er labt bis ins innerste Mark hinein
Und versengt die Lippe dem Zecher.

*

Nie wird ein Weib sich ganz dir weih'n,
Hat es dir nie was zu verzeih'n.

*

Wie trefflich Weib und Mann
Sich mit einander ständen,
Fingen wir schwerer an,
Und könnten sie leichter enden!

*

Klug ist, wer seinen Witz verhehlt
Und bei den Frauen spielt den Thoren.
Sie denken, wenn's an Verstand uns fehlt,
Wir hätten ihn um sie verloren.

*

Wie du gesinnt zu schönen Frauen,
Mußt ja nicht dem Papier vertrauen.
Viel Federlesens magst du sparen:
Halt' dich ans mündliche Verfahren.

*

Fragt schöne Seelen aufs Gewissen,
Zu welcher Wahl sie sich entschließen:
Gebrochen Bein? Gebrochen Herz? —
Sie wählen sicher den Seelenschmerz.

*

Daß es dir nur nicht gleich Bedenken mache,
Horcht eine Frau zerstreut auf deiner Stimme Ton.
Vielleicht ist sie nicht völlig bei der Sache,
Doch desto mehr bei der Person.

*

Das sind die Traurigen, Flachen,
  Die tief und stark sich scheinen:
Die Frauen, die nicht lachen,
Die Männer, die nicht weinen.

*

Nie wird das zartere Geschlecht
  Zum Amt des Richters passen.
Sie glauben schon, sie seien höchst gerecht,
Wenn sie verdammen, ohne zu hassen.

*

> La femme ne généralise point;
> l'individu est tout pour elle.
>   Daniel Stern.

Wie weit ein Weib auch dann und wann
  Den Cultus der Person mag treiben,
Das Männliche im Mann
Wird stets des Tempels Gottheit bleiben.

*

Kommt in ein Frauenloos ein Bruch,
  Fühlt sich das Herz getrieben
Und schüttet in ein kleines Buch
Sein Leiden und sein Lieben.

Doch was zuerst ein Herzenstrieb,
Wird bald bequeme Sitte,
Und bloß, weil sie das erste schrieb,
Schreibt sie das zweit' und dritte.

*

Frau'n sind oft Räthsel von jener Art,
   Die, wenn wir die Lösung wissen,
Bereuen lassen, daß wir so hart
Die Zähne daran zerbissen.

❦

Aus Lieb' oder aus Vernunft zu frei'n?
   Wie sollt' das nicht dasselbe sein,
Da es doch nichts Vernünft'gers giebt,
Als Eine nehmen, die man liebt.

❦

Wenn die Weiber nicht eitel wären,
   Die Männer könnten sie's lehren.

❦

Wie Mann und Weib verschieden von Natur,
   Wird dir ihr Opfermuth enthüllen:
Es opfert sich der Mann erkannten Zwecken nur,
Das Weib des bloßen Opfers willen.

❦

Das ist unselige Minne,
   Wenn Weiber das Herz dir rühren,
Bei denen Gemüth und Sinne
Getrennte Wirthschaft führen.

❦

Nicht, welches Weib dem Mann gefällt,
   Ist seines Werthes Messer.
Von Weibern denkt auch mancher Held:
Je schlimmer, desto besser.

❦

Wer sich mit Seelenkunde befaßt,
  Wird manch verborgnen Schatz entsiegeln;
Doch welcher Mann zu welchem Weibe paßt,
Kein Psychologe wird's erklügeln.

*

Liebe bringt uns um Allerhand:
  Um Zeit, Geld, Reputation und Verstand.
Wenn's nur mit dem Bankrott nicht endet,
Ward nie einträglicher verschwendet.

*

In Liebesflammenqual vorm Jahr,
  Und doch frisch angesengt schon heuer?
Das alte Sprüchwort lügt fürwahr:
Gebrannte Kinder lockt das Feuer.

Persönliches.

Ein satter, tafelmüder Gast
Dreht Kügelchen aus Brod zusammen.
Wenn du dich satt gelebt, gedichtet hast,
Der Abhub taugt zu Epigrammen.

*

Träf' ich mich wo am dritten Ort,
  Gern setzt' ich die Bekanntschaft fort.
Nun ich mich von klein auf gesehn,
Möcht' ich mir oft aus dem Wege gehn.

*

Ich hab' erst spät mich emancipirt
    Und von mir selbst Besitz genommen.
Nur wer die Pietät verliert,
Kann zu sich selber kommen.

*

Mir ward ein Glück, das ich höher schätzte,
    Als alles Gold in Californiens Ebne:
Ich hatte niemals Vorgesetzte
Und niemals Untergebne.

*

„Warum hältst du dich uns so fern?
    Eine Lieb' ist der andern werth.“ —
Ich würd' euch lieben herzlich gern,
Wenn ihr nur liebenswürdig wär't.

*

Daß man an mir sein Müthchen kühle,
    Das sei euch herzlich gern gegönnt;
Doch daß ich mich durch euch beleidigt fühle,
Ist mehr als ihr verlangen könnt.

*

Ich werde wohl dann und wann verstimmt,
    Wenn Nörgeln und Mäkeln kein Ende nimmt.
Dann muß ich von den Größten lesen,
Wie's ihrer Zeit nicht besser gewesen.
Auf einmal werd' ich still und heiter
Und treibe getrost mein Wesen weiter.

*

„Wie magst du, statt nur Großes zu machen,
    Mit kleinen, zierlichen Siebensachen,
Einaktern, deine Zeit verlieren?“ —

Dünkte Cellini sich zu groß,
Nachdem er seinen Perseus goß,
Ein Salzgefäß zu ciselieren?

❋

Als ein Poet vom alten Stil
Schreib’ ich noch mit dem Gänsekiel,
Bekenne mich mit der weichen Spule
Zur alten Idealisten=Schule.
Kiel oder Stahl — so tobt der Streit;
Was eher rostet, lehrt die Zeit.

❋

„Auf diesen Mann hohnlästerst du,
Der doch von dir mit Achtung spricht?“
Er hat vielleicht auch Grund dazu,
Ich leider nicht.

❋

Gewahr in deinem Busen still,
Was dir dein eigner Dämon gönnte,
Da Jeder doch nur hören will,
Was er auch selbst sich sagen könnte.

❋

Mir eine Elle zuzusetzen,
Geläng’s auch, käme mir nicht in Sinn.
Das Einzige, was an mir zu schätzen,
Ist, daß ich so und nicht anders bin.

❋

Soll Ruhm mir blühn, komm' er beizeit.
  Was hat die Nachwelt mir zu geben?
Ich möchte von meiner Unsterblichkeit
Doch ein paar Jährchen miterleben.

*

Gewisser Leute Bann und Acht
  Hat nie mich Wunder genommen.
Ich hab' ihnen den Verdruß gemacht,
Ohne sie durch die Welt zu kommen.

*

„Wir hätten Andres von dir erwartet;
  Bunt tischest du auf den Gottessegen." —
Mein Essen ist nicht so abgekartet,
Um das menu auf den Tisch zu legen.

*

Ich machte mir keine Modellfigur,
  Mein Bildniß danach auszuführen,
Um Kenner=Beifall zu erhaschen.
Stets gab ich Vollmacht der Natur
Und ließ, froh, ihre Macht zu spüren,
Mich mit mir selber überraschen.

*

Hab' doch in gut' und bösen Tagen
  Mich redlich und honett betragen
Und soll nun Pfaffen und Philister fragen,
Ob auch mein sittlicher Instinct
Ihnen genugsam reinlich dünkt?
Halt' mich nicht just für das Maß der Welt;
Doch eure heil'ge Glut, ihr Musen,
Hat durchgeläutert diesen Busen
Und ihn mit reinem Hauch geschwellt.

*

Sonst hab' ich mir selbst Impulse gegeben;
 Jetzt leb' ich nicht mehr, ich lasse mich leben.

*

Ich hinge wahrlich nicht so sehr
 An diesem leidigen Leben,
Wenn irgend sonst noch ein Mittel wär',
Um Allerlei zu erleben.

*

Denn wenn auch männiglich bekannt,
 Wie bitter oft das Leben schmeckt,
Und daß die Welt sehr ennuyant,
Ward keine zweite doch entdeckt,
 Die auch nur halb so interessant.

*

Meine Liebe mag die Freunde erfreu'n,
 Meinen Haß genieß' ich für mich allein.

*

Ich denke mit Gewissensbissen
 Zurück, wie ich mein Lebenlang
Vorbeiging fastend an gewissen Bissen,
Die dann ein Schlechterer verschlang.

*

Wir haben uns gar Nichts zu sagen;
 Wie sollten wir uns nicht vertragen?

*

„Es fehlt dir an historischem Sinn,
    Magst nur vom Heutigsten hören." —
Ich horcht' auch wohl nach Vergangnem hin,
Könntet ihr's nur heraufbeschwören.

*

„Mit Menschen bin ich tolerant,
    Ob sie mich auch langweilen.
Ein schlechtes Buch fliegt an die Wand
Nach den ersten hundert Zeilen,
Dieweil es Bücher nicht verdrießt,
Wenn man sie nicht zu Ende lies't." —

Wie überhuman doch sprichst du heut!
Bücher warten, bis wir sie kaufen,
Dagegen die Menschen ungescheut
Uns täglich überlaufen,
Eine wandelnde Bibliothek von Thoren
Voll alberner Glossen und Eselsohren.

*

„Was ist's für ein Mann? Wie ist er begabt?
    Was leistet er, das ihm Ehre macht?" —
Hab' wirklich nie drüber nachgedacht,
Hab' ihn nur schlechtweg lieb gehabt.

*

„In der Zeitung las ich soeben
    Ein sehr perfides Pasquill auf dich." —
So haben sie mir's schriftlich gegeben,
Daß sie kleiner und schlechter sind, als ich.

*

Ich gebe, was ich zu geben habe.
   Gefällt euch nicht die redliche Gabe,
Müßt ihr nicht gleich einen Lärm erheben;
Denn sagt, was habt ihr mir gegeben?

*

Was dem strebenden Fleiß geglückt,
   Wollte mir bald mißfallen.
Was mir dauernd das Herz entzückt,
Mußt' in den Schooß mir fallen.

*

Daß „gute Werke" zur Seligkeit
   Nicht frommen, und wenn es „sämmtliche" wären,
Fühl' ich in unfruchtbarer Zeit,
Wo mir der „Glaube" fehlt, sie zu vermehren.

*

Kein Trost in thatenlosem Leiden
   Ist, daß ich rüstig einst geschafft.
Seh' ich die Zeugen meiner alten Kraft,
Fang' ich nur an, mich selber zu beneiden.

*

„Warum dich nur das Glück nicht freut,
   Das Trost für so viel Kummer beut?" —
Der Strahl, der Sturmgewölk durchbricht,
Thut mir nicht wohl: die Sonne sticht.

*

Sonst hab' ich, wie die Gedanken kamen,
   Sie rasch verbraucht im Augenblick.
Jetzt leg' ich schon in Epigrammen
Ein paar Nothpfennige zurück.

*

Edlen „Ausbruch" hat der Dichter
    Euch kredenzt, ihr lieben Leute,
Und nun schneidet nicht Gesichter,
Reift ihm nur noch „Schattenseite".

*

„Beklagst dich, daß Gespräch dir fehlt,
    Und horchst du nicht und hörst du nicht,
Wie Berg und Wald so feinbeseelt
Säuselnd zu Ohr und Herzen spricht?" —

Es klingt wohl schön, was hier und dort
Natur zu ihrem Kinde sagt,
Doch führt sie stets das große Wort
Und giebt nicht Antwort, wenn man fragt.

*

Ach, wer versteht sein eigen Herz!
    Ein Räthsel ist dir's in die Brust geschaffen.
Heute schwer wie ein Berg von Erz
Will es dich in die Tiefe raffen;
Morgen aller Schwere entbunden
Jauchzend lobert es wolkenwärts,
Und dann in gleichgemess'nen Stunden
Gelassen trägt es Lust und Schmerz.
Ach, wer beherrscht sein eigen Herz!

*

O meiner Jugend Sonnenschein,
    Du Himmel reinsten Blau's!
Jung — lebt' ich in den Tag hinein,
Alt — aus dem Tag hinaus.

*

Ich wandelte durch des Lebens Au'
Und pflückte Blumen roth und blau,
Sucht' immer nur die schönsten aus
Und band sie liebevoll zum Strauß.
Doch als ich spät die Herberg fand,
Da ließen sie die Köpfe hangen:
Es war in meiner heißen Hand
Den schönsten Farb' und Zier vergangen.
Da warf ich sie in einen Bach
Und sah den fortgetragnen nach.
Wird sie ein zweiter Wandrer finden
Und wieder sie zum Strauße binden?

Literatur und Kunst.

Geht dir ein Spruch zu scharf ins Blut,
Ein granum salis macht's wohl gut.

Weihe der Kunst.

Willst du ein neues Werk beginnen
Und glüht dir's nicht in allen Sinnen,
In Geist und Seele wundersam
Von Muth und Zagen, Glück und Scham,
Als hättst du, eh' dir dies gelungen,
Noch niemals einen Preis errungen,
Müssest zum ersten Male zeigen,
Was dir an Art und Kunst zu eigen,
Und bangst, du möchtest über Nacht
Hinfahren, eh' dies Werk vollbracht:
So ist an deinem Thun und Regen
Der Welt nicht sonderlich gelegen;
Magst als geschickter Fabrikant
Kundschaft gewinnen rings im Land,

Die aber die Sache recht verstehn,
Werden an dir vorübergehn.

Denn mit des echten Künstlers Triebe
Ist's ganz wie mit der Frauenliebe.
Dich lockt wohl ein' und andre Lust,
Doch fühlst du nicht in tiefster Brust
Der Himmelsflamme holden Strahl,
Als träf' er dich zum ersten Mal,
Magst du in manchem Abenteuer
Dich wärmen wohl an Flackerfeuer,
Bleibst doch ein lauer Lüstling nur,
Der echte Minne nie erfuhr,
Vor der, wenn sie von fern nur winkt,
All' irdisch eitle Pracht versinkt,
Wie vor der Muse Gruß und Kuß
Die Welt umher versinken muß.

❦

Poeten tragen sorgenlos
    Die heimlichsten Gefühle bloß;
Doch können sie's ohne Scham nicht sehn,
Wenn die Gedanken nackend gehn.

❦

Was man nicht liebt, kann man nicht machen,
    Und Jeder mache, was er kann.
Bedächten das die Starken und Schwachen,
Die Künste wären besser dran.

❦

Stets bereit zu tausend Sachen
    Sind die flotten Halbtalente.
Muß man doch nicht Alles machen,
Was man auch wohl machen könnte.

❦

Vermische Kunst und Leben nicht,
    Mach nicht dein Leben zum Gedicht,
Du möchtest sonst die Kraft verbrauchen,
Der Dichtung Leben einzuhauchen.

*

Gedankenarm — ein traurig Loos!
    Viel lieber doch gedankenlos.

*

Brauche nur immer deine Kraft,
    Ob sie auch Nichts vom Höchsten schafft.
Zum mindsten ist Wärme frei geworden,
Und das thut Noth in unserm Norden.

*

Weiter bringt dich's, auf falschen Wegen
    Rüstigen Schritts voranzugehn,
Als auf dem rechten dich schlafen zu legen,
Oder im Kreise dich umzudrehn.

*

Alles verstehn und verzeihn wir Deutschen: das schwülstigste
                                        Pathos,
    Sentimentales Geseufz, üppige Frivolität;
Nur unschuldige Grazie nicht. Wer deren sich schuldig
    Macht auf dem deutschen Parnaß, wird akademisch genannt.

*

Was macht ihr nur so großes Wesen
    Von euren hochbelobten Alten?
Sie konnten wohl herrlich sich entfalten,
Sind auch eben noch j u n g gewesen.

*

Die Klassiker.

„Sie haben uns Alles vorweggenommen,
  Die besten Gedanken, das kühnste Wort." —
Rächt euch an Denen, die nach euch kommen,
Und spielt den Enkeln denselben Tort!

✻

Dilettant heißt der curiose Mann,
  Der findet sein Vergnügen dran,
Etwas zu machen, was er nicht kann.

✻

Ehstand ist Wehstand, auch in der Kunst,
  Drum sind Dilettanten glückliche Leute.
Sie genießen der Musen Gunst
Wie ein Stelldichein ewiger Bräute.

✻

„Ich bin ein Anfänger, Sie verzeihn!
  Ich hoffe, Sie werden mich belehren." —
Anfänger möchtet Ihr immer sein,
Wenn Ihr nur lerntet aufzuhören.

*   *
 *

„Aufmunterung braucht jedes Kind,
Sein kleines Lichtchen zu entflammen." —
Auf dem Parnaß weht scharfer Wind,
Der löscht die Lichtchen und schürt die Flammen.

*   *
 *

„Wie aber zügl' ich mein Talent?
Es treibt mich ruhlos wie im Fieber." —
So thut, was Ihr nicht lassen könnt.
Doch läßt sich's lassen, laßt es lieber!

✻

Dilettanten beneid' ich von Herzen,
    Ihnen ist großes Heil verliehn:
Kinder gebären sie ohne Schmerzen
Und brauchen hernach sie nicht zu erziehn.

*

„Berath uns, was wir schreiben sollen,
    Daß unser Thun ersprießlich sei." —
Kocht, was die Leute essen wollen,
So werdet ihr beide fett dabei.

*

„Fruchtbarer wär' ich ganz gewiß,
    Wenn mir's nur nicht an Stoffen fehlte!" —
Die Schatten nahn dir, wie Ulyß,
Nur fehlt's am Blut, das sie beseelte.

*

Zu malen, bildnern oder bauen,
    Wer wird sich's ohne Lehre getrauen?
Zum Dichten braucht's nicht so viel Fagen:
Ist Jedem nicht ein Schnabel gewachsen?

*

„Am Himmel der Dichtkunst allüberall
    Erglänzt es von neuen Poeten." —
Ist leider nur ein Sternschnuppenfall,
Doch keine neuen Planeten.

*

Ihr mögt die Hüll' und Fülle haben
    An Kunstgeschick und technischen Gaben,
Doch seid ihr als Person nichts werth,
Ward euch das Alles umsonst beschert.

*

Was schiltst du „müßiges Gelichter"
    Die lieben, guten schlechten Dichter?
Die Eichen ragten nicht so stolz,
Gäb' es im Wald kein Unterholz.

✻

Schön ist romantische Poesie,
    Doch was man nennt beauté de nuit.

✻

Wir hören so lang von deinen Gaben,
    Zeige sie uns doch endlich nun!
Willst du Credit als Heiliger haben,
Mußt dich entschließen, Wunder zu thun.

✻

Wie doch diesen gespreizten Affen
    Unter den Händen ihr Werk zerrinnt!
Sie meinen, sie könnten ein Kunstwerk schaffen,
Wenn sie recht unnatürlich sind.

✻

Mit problematischen Talenten
    Hab' ich viel Zeit und Müh' verthan.
Sie fangen stets gar munter an,
Als ob sie Wunder verrichten könnten,
Wollen den Faust auf den Don Juan thürmen,
Icarus gleich zur Sonne stürmen
Und können dann, bei Licht besehn,
Nicht gehn noch stehn.

✻

Auf so manche Lust der Welt
    Lernt man früh verzichten.
Was uns bis zuletzt gefällt,
Sind Bilder und Geschichten.

☙

Schaffst du ein Werk der Kunst, gieb Acht,
    Daß nicht die letzte Hand der ersten schade.
Den letzten Schritt mach mit so straffer Wade,
Wie du den ersten einst gemacht.

☙

Das Publikum ist ein gnädiger
    Monarch; es sollen Poeten
Als Hofnarr'n oder Hofprediger
Bei ihm in Dienste treten.

Erbaut will's sein oder amüsirt
So zwischen Schlafen und Wachen,
Und wer ihm nicht das Zwerchfell rührt,
Der soll es weinen machen.

Der Anmuth lächelnde Gestalt,
Tiefsinn von echten Humoren
Und des Erhabnen stille Gewalt
Sind völlig an ihm verloren.

☙

Wenn Einer sich lang verständig beträgt
    Und plötzlich einen Purzelbaum schlägt,
Ein Anderer stets verrückt gebahrt
Und gilt für weis' und hochgelahrt,
Ein Backfisch noch mit Puppen spielt
Und mannstoll schon nach Freiern schielt,
Ein Fräulein, well von Angesicht,
Verschämt vom Klapperstorche spricht,

Ein Jeder lebt und liebt und haßt,
Wie's nicht zu seinem Charakter paßt,
Unglaubliches sofort geglaubt wird,
Das Unerlaubteste erlaubt wird,
Für witzig gilt ein schaler Tropf,
Kurzum, die Welt steht auf dem Kopf,
Daß man ein Tollhaus zu sehen meint,
Was sieht man? — Ein deutsches Lustspiel, Freund!

Ja könnte man nur endlich sehn
   Hanswurst von den Todten auferstehn,
Im bunten ehrlichen Narrenkleid,
Grob und vergnügt wie in alter Zeit!
Denn da der deutsche Biedermann
Seiner doch nicht entrathen kann,
Und, wenn er aus vollem Hals nicht lacht,
Das Stück nicht volle Häuser macht,
Sehn wir in hundert Masken dreist
Spuken den abgeschiednen Geist;
Ja selbst im „höheren" Lustspiel auch
Verspürst du seiner einen Hauch.
Dann schämt sich Mancher im Publikum
Und raunt: 's ist doch auch gar zu dumm!
Doch morgen kann er im Blättchen lesen:
Es sei „ein Heiterkeitserfolg" gewesen.

„Poetische milde Gaben,
   Gedruckt zum Besten der Armen" —
Habt mit dem armen Leser Erbarmen,
Anstatt ihn so zum Besten zu haben.

„Wortwitzelei! Wie schweifst du nur
    Bald rechts, bald links in krausen Zügen,
Statt schlicht zu wandeln nach der Schnur?" —
Ist Schlittschuhlaufen kein Vergnügen?

*

Novitätenhunger.

„Wenn ihr das Brod vom Ofen weg verzehrt,
    Noch rauchend warm, es macht euch krank." —
Doch von dem alten, das ihr verehrt,
Schmeckt schon so manches nach dem Schrank!

*

Halt' dich so wacker, wie du nur magst,
    In hundert kleinen Gefechten:
Erst wenn du eine Hauptschlacht wagst,
Wird man den Kranz dir flechten.

*

Naivetät als schönstes Siegel drückt
    Natur auf einen Meisterbrief;
Doch wenn mit ihm ein leeres Blatt sich schmückt,
Das ist — naiv.

*

Wer nur durch Tugenden Gunst gewinnt,
    Wird bald vergessen auf Erden:
Doch wessen Fehler liebenswürdig sind,
Der kann unsterblich werden.

*

Bist du von höherer Natur,
    Verschmäh's, hinab dich zu begeben.
Versuch es mit den Niedern nur:
Sie lassen willig sich erheben.

*

Jede Zeit und jeder Ort
    Wird dir zum Gedichte taugen,
Sagst du stets mit eignem Wort,
Was du sahst mit eignen Augen.

*

Zwing uns an deine Fabel zu glauben,
    Magst du dir viel Absurdes erlauben.
Mache dich selbst uns interessant,
Frißt man dir Gut und Schlecht aus der Hand.
Stoff und Person nur gewinnen Gunst;
Was fragt der Deutsche nach der Kunst!

*

Goldschmiede kennen den guten Brauch,
    Wie man Demanten soll leuchten lassen.
Die rechten Männer verstehen's auch,
Ihre Gedanken à jour zu fassen.

*

Immer noch die Welt durchschreiten
    Menschen, deren mannigfache
Groß' und kleine Menschlichkeiten
Sich erhöhn zur Menschheitssache.

*

Wer handeln soll, erwäge klug,
   Daß Dummheit, Bosheit, Lug und Trug
Ringsum in tausend Masken schleichen.
Doch wem Gesang den Busen schwellt,
Der denke sich die weite Welt
Bevölkert nur mit Seinesgleichen.

*

Du magst mir deine Schmerzen singen,
   Denn auch das Leid erweckt mir Lust,
Hör' ich die tiefen Töne dringen
Aus hartgewöhnter Mannesbrust.

Doch wahrlich, kein Gesang ist schlimmer,
Kein Ton, der so an Windeln mahnt,
Als jenes zärtliche Gewimmer
Des Lyrikers, der ewig zahnt.

*

Verfälschte Nahrungsmittel
   Verfallen jetzt dem Büttel.
Den Kunstwein, den sie Lyrik taufen,
Läßt Niemand in die Gosse laufen.

*

Rath an Lyriker.

Der Mensch lebt nicht vom Süßen allein;
   Müßt wie die Bienen leben:
Sie sammeln nicht bloß Honig ein,
Sie machen auch Wachs daneben.

*

Thu Waſſer hinein
	In der Dichtung Wein;
So wollen's die zahmen Gäſte.
	Auch Pindaros ſang,
	So hoch er ſich ſchwang:
Das Waſſer iſt das Beſte.

	Die Menge genießt
	Nicht unverſüßt
Das Herbe, das Ideale.
	Was Alle beglückt,
	Für Alle ſich ſchickt,
Iſt ewig das Triviale.

*

„Warum kannſt du nicht deine Werke ſtill
	Nonum in annum aufbewahren?“ —
Weil Geſchaffnes wieder zeugen will,
Und das in ſeinen jungen Jahren.

*

Laß dich's nur nicht verdrießen,
	Verſchmäht man Anfangs deine Gaben.
Der Fluß muß lange fließen,
Bevor er ſich ein Bett gegraben.

*

Talent iſt eben ein jüngrer Sohn;
	Durch Fleiß der Nahrungsſorgen ſpott' es.
Genie iſt Erb' und ältſter Sohn,
Stammhalter des lieben Gottes.

*

Wer groß ist, soll sich des Kleinen enthalten?
    Als ob man Herr der Stunde wär'!
Bedenkt, daß auch im Musenverkehr
Kleine Geschenke die Freundschaft erhalten.

*

Will diese Welt, du arme Poesie,
    Nichts von dir wissen,
Wie kann dich's wundern? Du beleidigst sie.
Bist du denn nicht das Weltgewissen?

*

Der Künstler schaff' um seinetwillen,
    Gleichviel, ob man ihn lobt und liebt?
Wohl! doch er fordert Eins im Stillen:
Daß Welt und Leben ihn umgiebt.

Auf Prospero's einsamer Insel,
Und fehlte selbst Miranda nicht,
Berührte Tizian keinen Pinsel,
Petrarca schriebe kein Gedicht.

*

Du bildest dir ein, du habest Genie
    Und sei'st berufen zur Künstlerschaft?
Freund, du verwechselst Phantasie
Und Einbildungskraft.

*

Freies deutsches Hochstift.

Sie streuen Ehrenzeichen umher,
    Als ob sie Geistesfürsten wären.
Wo nehmen sie nur die Ehre her,
Die sie doch selbst entbehren?

*

A. A.

Hab' ich doch nie einen Mann gesehn,
  Dem so, wie ihm, an allen Tagen
Die Worte zu Gebote stehn,
So oft er will was Dummes sagen.

✣

Wie kannst du deine Zeit verachten
  Und doch nach ihrem Lobe schmachten?
Soll man dir deinen Stolz verzeihn,
Mußt drauf verzichten, eitel zu sein.

✣

Senile Lyrik.

Das ist fürwahr ein trister Spaß,
  Wenn Greise zum Tanz uns laden.
Der alte Tanzmeister kennt die Pas,
Doch fehlen ihm leider die Waden.

✣

Der welke Künstlertrieb
  Schafft nicht mehr aus dem Vollen,
Und statt der Wolluft blieb
Nur noch die Luft zu wollen.

✣

Ein anerkanntes Talent zu haben,
  Ist eine der besten Glückesgaben,
Doch besser noch ist's mit Dem bestellt,
Der für ein verkanntes Genie sich hält.

✣

Die Mache.

Nicht leibhaft'ge Creaturen,
Statt Gestalten nur Figuren,
Nur ein künstlich Spiel und Schachwerk,
Statt lebend'gen Bau's ein Fachwerk,
Nirgends höhern Geistes Spuren —
Bloße Mache schafft nur Machwerk.

*

Beschenken soll uns ein Gedicht
Mit irgend welchen Gaben,
Und wenn's ihm an Gestalt gebricht
Soll uns Gehalt erlaben.

*

Laß Niemand durch dein Lied erfahren,
Wer dich gekränkt auf deinem Pfade.
Es wär' um deinen Bernstein Schade,
Müßt' er die Mücken aufbewahren.

*

Wie rein die Zellen sich zusammenschließen,
Darin das Bienchen birgt den Honigseim!
So laß, Poet, die Müh' dich nicht verdrießen
Und birg dein Süßestes im reinsten Reim.

*

Was du mit hundert Schleiern gern umwändest,
Dem Blick der Muse hast du's bloßgestellt.
Was du dem liebsten Freunde nicht geständest,
In ihrer Sprache beichtest du's der Welt.

*

Wer sein Gedicht erklärt,
    Verräth geheime Schwächen.
Ist es der Rede werth,
    Wird's für sich selber sprechen.

*

Geht durch die Welt politischer Zank,
    Soll man der Poesie entsagen?
Verbietet, wenn die Kartoffeln krank,
    Den Pfirsichbäumen, Frucht zu tragen!

*

Warum nur Schiller, der Idealist,
    Des festen Grundes so sicher ist?
Ins Blaue schwebt seine Muse nie
Ohne den Fallschirm der Philosophie.

*

An einen Erzähler.

Was mußt du stets dein Ich dazwischenschieben
    Und beines Helden Mentor sein?
Die Leserin will sich in ihn verlieben;
So laß sie doch mit ihm allein!

*

X.

„Wie denkst du von diesem Autor nur?
    Wohl gar verächtlich?" —
Nein; sein Verdienst durch die Literatur
Ist sehr beträchtlich.

*

L. L.

Wie mütterlich hat doch Natur
    Ihm die Talente zugemessen!
Sie gab ihm alle. Schade nur,
Daß sie ein Naturell vergessen.

*

An —

Die Wüste deines Hirns
    Entbehrt nicht der Oase.
Im Strahl des Hundsgestirns
Blüht tropisch dort — die Phrase.

*

Und wenn du es so weiter treibst
    Und ein Buch übers andre schreibst,
Wirst du gesucht als „Mitarbeiter“,
„Berühmt“, „gefeiert“ und so weiter.
Die Zeitung bringt dein Conterfei,
Einen schönen Lobspruch nebenbei,
Die Fräuleins dir Verehrung stammeln,
Dein Autograph ins Büchlein sammeln,
Bis du im Brockhaus dann zuletzt
Wirst biographisch beigesetzt —
Ein Lebenslauf schier auserlesen.
Und doch wär's nützlicher gewesen,
Da dieses Lebens Frucht zerstiebt,
Wenn Zeit die Spreu vom Weizen siebt,
Hättst auf den Knieriem hingebückt
Du all dein Lebtag Schuh' geflickt.

*

Aktualität.

Wir sehn erlöschen unbewußt
    So manche brennende Frage.
Das Fragezeichen in unsrer Brust
Brennt bis zum jüngsten Tage.

***

Voltaire.

Habt ihr ihn noch so schwer verdammt,
    Mit eurem Bannfluch ihn beladen:
Er war, wenn auch der Höll' entstammt,
Ein Teufel doch von Gottes Gnaden.

***

Goethe's zahme Xenien.

Manch Sprüchlein hat er neu geprägt,
    Das abgegriffen am Wege lag,
Nun, da es seinen Stempel trägt,
Im Curs bleibt bis zum jüngsten Tag.

***

Daß Faust dem Teufel sich verbunden
    Und keine Dampfmaschin' erfunden,
Mögt ihr ihm ins Gewissen schieben;
Doch hätte Goethe dann den Faust geschrieben?

***

Hebbel.

„Warum erwärmt dich's nie,
    Wie er auch flammt und wüthet?" —
Er hat eine Phantasie,
Die unterm Eise brütet.

***

Versuch's und übertreib's einmal,
   Gleich ist die Welt von dir entzückt.
Das Grenzenlose heißt genial,
Wär's auch nur grenzenlos verrückt.

*

Melchior Meyr.

Zwei Seelen haben in dir regiert
   Und jede der andern Werk verrichtet:
Der Novellist hat philosophirt,
Der Philosoph gedichtet.

*

An —

Ποιητής, Macher, — so ungefähr
Dacht' ich, daß das ein Dichter wär'.
Du hast's französisch dir übersetzt:
Soviel wie faiseur bedeutet's jetzt.

*

Einem Sonettisten.

'S ist keine Kunst, langathmig abgeschmackt
In dicken Bänden zu langweilen.
Du aber giebst Ennui-Extract,
Du Wundermann, in vierzehn Zeilen.

*

Du bietest dutzendweis zu Kauf
   Sonette reinsten Wassers?
Im Blättern gab ich den Geist schon auf —
Ich meine, den des Verfassers.

*

„Von Giusti, so viel ich im Volke frug,
    War wenig zu erfahren." —
Der ist nur noch nicht todt genug;
Frag wieder in hundert Jahren.

*

Das Herz von Sünden loszusprechen,
    Die es vom Joch der Convenienz befreit,
Das ist — und nennt ihr's auch Verbrechen —
Poetische Gerechtigkeit.

*

Naturalismus.

1.

Im Leben pflegt es uns zu frommen,
    Wenn wir in gute Gesellschaft kommen,
Und sollen uns in der Kunst bequemen,
Mit der Crapüle vorlieb zu nehmen?

*

2.

In jedem Hause, noch so rein,
    Giebt's ein geheimes Kämmerlein.
Doch gilt es, Fremde durchs Haus zu führen,
Hält man verschlossen gewisse Thüren.

*

3.

Wollt mit der „wahren Kunst" ihr prahlen
    Und thut, was die Maschine thut?
Sie kann gesundes Incarnat nicht malen,
Der Aussatz, der gelingt ihr gut.

*

4.

Auch Koth gehört ja zur Natur,
  Wer kann davor sich schützen?
Und meinethalb auch zur Literatur;
Doch soll er uns an die Stiefel nur,
Nicht in die Augen spritzen.

5.

Sie konnten im Unsittlichen
  Nicht kecker sich erdreisten;
Nur im Unappetitlichen
Blieb Großes noch zu leisten.
Die Muse wandelt in stolzer Ruh'
Vorbei und hält sich die Nase zu.

6.

Wollt ihr in Gold den Kiesel fassen,
  Muß ich euch eure Freude lassen.
Ich armer idealistischer Thor
Ziehe die Edelgesteine vor.

7.

Ein groß Geschrei geht durch die Welt:
  Mit unsrer Kost sei's schlecht bestellt.
Wir sollten, was Gott uns will bescheren,
In Zukunft lieber roh verzehren.
Die Kochkunst sei ein Mißbrauch nur,
Verhunze die Einfalt der Natur;
Drum, was den Schmaus versüßt, verschönt,
Als fader Mischmasch sei verpönt. —

Ha, dacht' ich, wenn mir ein Apfel lacht,
Eß' ich ihn frisch, uneingemacht,
Und Austern schlürf' ich aus der Schale.
So laßt mich kosten von eurem Mahle! —
Da präsentirten sie einen Fladen,
Wie man sie findet auf Wiesenpfaden.
Mir ward steinübel vom Gestank.
Ist's so gemeint, dann großen Dank!
Ich denke, trotz dieser modernsten Schlaraffen,
Meine Köchin doch nicht abzuschaffen.

8.

Roman expérimental.

Alles Lebendige
Beruht auf Zeugung.
Das Unanständige
Ist unsre Neigung.

Das Unbeschreibliche
Hier wird's gethan;
Das Ewigweibliche
Ist nur ein Wahn.

Die Moralisten.

1.

Nicht an die Elite denken sie,
Nur an die Kleinen, Vielen.
Verstaatlichung der Poesie,
Das ist's, worauf sie zielen.

2.

Im Paradies gab Weib und Mann
   Stoff zu idyllischem Gedichte.
Erst mit dem Sündenfall begann
Der Sensationsroman der Weltgeschichte.

*

3.

„Die Unschuld, noch vom Morgentraum umschwebt,
   Wird durch dein kühnes Werk vernichtet." —
Für Solche, die noch Nichts erlebt,
Hab' ich auch nicht gedichtet.

*

4.

Castrirt nur ängstlich Lieb' und Haß
   In usum der Unmünd'gen, Schwachen!
Ihr sollt uns doch nicht den Parnaß
Zur Kinderstube machen.

*

5.

Ich schätze den Codex der Moral
   Als eine Grammatik zum Schulgebrauch.
Wer schreibt und lebt mit schöpferischem Hauch,
Heißt incorrect erst allemal
Und zwingt den usus endlich auch.

*

Nach eignem Schnitt tragt ihr euch nicht,
    Ihr Modegecken der Poesie.
Ihr habt so ungefähr ein Gesicht,
Aber keine Physiognomie.

An —

Wohl ward des Dichters Flügelpferd,
    Der heil'ge Wahnsinn, dir beschert.
Doch der es lenkt mit fester Hand,
Fehlt: der gesunde Menschenverstand.

Einem Kraftgenie.

Du pflegst, wo eine Hand genügt,
    Sofort die Faust zu ballen.
So wirst du Denen nur gefallen,
Die stets am Faustrecht sich vergnügt.

In viridi prato consedit Phoebus Apollo

(zu einem Bilde mit dieser Devise).

Auf grüner Aue sitzt Apoll
    Und musicirt ganz wundervoll;
Doch wird ihm all' seine Kunst nicht frommen,
Auf einen grünen Zweig zu kommen.

ettler am Küchenfenster stehn,
    Bei trocknem Brod den Braten zu riechen.
Nicht besser pflegt es Denen zu gehn,
Die heut bewundern die Kunst der Griechen.

In Rom.

Viel hier lehren die Trümmer, doch Eins, was nirgend ge=
                                        lehrt wird,
Selten im Leben und nie spricht man in Schulen davon:
Ganz sein. Wenn du es einmal warst, so mögen Barbaren
Trümmern und bröckeln an dir: deine Gestalt — sie be=
                                        steht.

An die Nazarener.

Die Künste preis't ihr salbungsvoll
    Und warnt vor Sinnenreizen?
Wenn euch der Ofen wärmen soll,
So, denk' ich, müßt ihr ihn heizen.

An einen Künstler.

Viel zu geschickt, zu flott, zu schnell!
    Vor lauter Künsten geht die Kunst verloren.
Du wärst vielleicht ein Rafael,
Wärst du nur ohne Hände geboren.

Kunstausstellung.

Viel Leinwand, Hausgespinnst und fremd,
    Nur arg entstellt durch bunte Flecken,
Und reicht doch nicht zu einem Hemd,
Der Kunst die Blöße zu bedecken.

Theater.

Tragik.

Als die Tragödie zuerst entstund,
    War noch der Wunsch nicht allgemein,
Lieber ein lebendiger Hund,
Als ein todter Löwe zu sein.

Hoher Stil.

So Mancher sich auf die Form verläßt,
    Doch macht sie weder groß noch klein.
Und baute der Spatz ein Adlernest,
Er legt nur Spatzeneier hinein.

Wie sollen heute noch gedeihn
    Politische Komödien,
Da, was zu belachen an Groß und Klein,
Witzblätter flugs erled'gen?

Der echte Mime haßt, das merke,
   Des echten Dichters Genius.
Er macht sich Nichts aus einem Werke,
Draus er nicht erst was machen muß.

*

Der Dichter soll, vom Gott besessen,
   Ueber dem Werk sich selbst vergessen;
Dann wird es dargestellt von Leuten,
Die alle nur selbst was möchten bedeuten.

*

Gezündet habe das neue Stück,
   So kalt der Stoff, so lahm der Vers?
Einschlug der Heldin Feuerblick
In die Strohköpfe des Parterres.

*

Ein Drama ist einer Geige gleich:
   Fast nie gelingt's auf den ersten Streich.
Daß tiefer Vollklang dich erfreue,
Zerbrich's und leim es dann aufs Neue.

*

Auf unsern Bühnen hat Ungeschmack
   Die heitre Muse vertrieben.
Sie spielen dir auf dem Dudelsack,
Was du für Flöte geschrieben.

*

Parquet und Logen voll zum Brechen,
   Der Dichter lorbeergekrönt zuletzt:
Was man auch sagt von der Dichtung Schwächen,
Der Erfolg war gut in Scene gesetzt.

*

Ihr habt bei unseren Dramen
Die Ouvertüre verbannt.
Hängt ihr auch ohne Rahmen
Ein Bildniß an die Wand?

*

Einem Dramatiker.

Dein Stück ist trefflich aufgebaut,
Man kommt und geht bequem im Haus;
Nur leider — aus den Fenstern schaut
Nicht Ein lebendiger Mensch heraus.

*

Wer uns im heitren Bühnenspiel
Den echten Beifall will entlocken,
Halt' warm das Herz, die Stirne kühl
Und seinen Witz fein trocken.

*

Historische Dramen.

Frei magst du mit der Geschichte walten,
Beherz'ge nur die eine Lehre:
Bekannte Facten darfst du umgestalten,
Nur nicht bekannte Charaktere.

*

Auch Vater Shakespeare nicht zuweilen,
Das pflegt die Gläubigen nicht zu kümmern.
Sie sehn dann zwischen seinen Zeilen
Ihre eigenen Träume schimmern.

*

Charaktere müssen im Lustspiel sein,
Nicht bloßer Witz, wie leck er sprühe.
Thu' ein Stück Fleisch in den Topf hinein;
Das Salz allein giebt schlechte Brühe.

*

Das Trauerspiel hat einen bösen Stand.
Es lebt sich heute ja ganz charmant,
Sein Huhn im Topf hat Jedermann,
Aufklärung schreitet strack voran,
Mit Dampf bequem für wenig Geld
Durchfährt man alt' und neue Welt,
Iss't aller Zonen Leckerbissen,
Kann aller Nationen Töchter küssen,
Und wenn dann satt des Abends spät
Der Biedermann ins Theater geht,
Wie sollt' ihm nicht absurd erscheinen
Ein Held, der, ohn' eine Thräne zu weinen,
Dem lustigen Leben den Rücken kehrt,
Als wär's keinen rothen Heller werth?

*

„Mußt's auf der Bühne mit Silb' und Sinn,
Wenn es nur glänzt in die Ferne hin,
Allzu genau nicht nehmen:
Keine Theaterkönigin
Darf falscher Steine sich schämen.“

Antwort.

Nur klingt ein Spruch mir in den Ohren:
Was glänzt, ist für den Augenblick geboren.
Griechen, Shakespeare und unsre Alten
Haben's doch auch mit dem Echten gehalten.

*

Leicht ist Zweierlei angefangen:
    Liebschaft und Bühnenspiel.
Schwerer, zum Ende zu gelangen;
Heikler Scenen giebt's so viel.
Und meint man, Alles sei vorbei,
Folgt Kinder= und Recensentengeschrei.

*

Gewissen Schwärmern.

Wie dünken sich so herrlich doch
    Die Leute mit ihren Gaben,
Die zu fünf Sinnen den sechsten noch,
Den Sinn für Unsinn haben!

*

Ich mag nichts haben zu schaffen
    Mit diesen „Zukunfts"=Pfaffen.
Auch sie, gleich andrer Pfaffenzunft,
Heischen das Opfer der Vernunft.

*

Trunken will die Menge sein,
    Weltentrückt in sel'gem Dusel.
Rascher als ein edler Wein
    Hilft dazu der süße Fusel.

*

Die Nebel, die über Walhall liegen,
    Scheucht kein bengalisches Bühnenlicht.
Mit Tönen, die Menschen in Schlummer wiegen,
Erweckt man schlafende Götter nicht.

*

„Was heißt unendliche Melodie?" —
    Das ist doch leicht verständlich:
Von Tact zu Tact erwarten wir sie
Und täuschen uns doch unendlich.

*

Ars longa.

Fünf Stunden lang mich ergeben
    In euren Meistergesang?
Verzeiht! Kurz ist das Leben,
Und diese Kunst — zu lang.

*

„Du solltest was dagegen schreiben." —
    Nein, Freund; das lass' ich bleiben.
Die „Rose" mag man „besprechen";
Austoben muß ein Zeitgebrechen.

*

„Was schiert dich also das tolle Treiben,
    Bleibt nur dein Haus davor behütet?" —
's ist auch unheimlich, gesund zu bleiben,
Wenn Cholera die Stadt durchwüthet.

*

Thorheit behält das Reich,
    Und Wahrheit wird Verbrechen.
Da ist's ein dummer Streich,
Ein kluges Wort zu sprechen.

*

Wenn aller Raketenspuk verweht,
    Der hoch ergötzt die lieben Kleinen,
Dann werden in stiller Majestät
Die alten ewigen Sterne scheinen.

Kritik.

Ich fürchte, daß ich nur Wenigen
Mit diesen Sprüchlein gefalle.
Gastgeschenke sind Xenien,
Und geladen sind nicht Alle.

Fruchtlose Polemik.

Streite doch nicht mit jedem Tropf!
    Du triffst, so klar und scharf du bist,
Doch nur den Nagel auf den Kopf,
Mit dem er selbst vernagelt ist.

Du kommst zu mir und harrst beklommen
    Des Urtheils, das mein Mund dir spricht?
Wärst du nur zu dir selbst gekommen,
Du brauchtest fremden Wahrspruch nicht.

Schaffst du ein Werk, mit dem die Welt
    Nicht viel weiß anzufangen,
Wirst du nicht bloß beiseit gestellt,
Sondern so heftig angebellt,
Als hättst du ein Verbrechen begangen.

„All seine Werke mußt du kennen,
    Gerecht zu schätzen des Mannes Werth." —
Darf ich den Wein nicht sauer nennen,
Eh ich das ganze Faß geleert?

*

Wie süß ist's, Freund, an Nichts ein gutes Haar zu lassen!
    Ein todtgeborner Geist, der Ohnmacht sich bewußt,
Wie rächt er sich dafür, daß er Nichts kann, mit Lust!
Warb ein verdienter Kranz an irgend Wen verliehen,
Wie süß, nach Haus zu gehn, die Stiefel auszuziehen,
Den Mann für einen Tropf und Stümper zu erklären
Und über seinen Ruhm ein Tintfaß auszuleeren,
Und steht uns zu Gebot ein dunkles Winkelblatt,
Drin abzuläugnen, was man selbst gesehen hat.
Die höchste Wolluft bleibt die anonyme Lüge!

A. de Musset.
(Dupont et Durand.)

*

Süß ist ein neidlos Anerkennen,
    Doch eine Wolluft, dann und wann
Einen aufgeblasenen Charlatan
Recht gradheraus einen Wicht zu nennen.

*

Für Häupter, die der Welt entschwanden,
    Ist stets ein voller Kranz vorhanden,
Wenn er sie selbst nicht mehr erfreut.
Noch immer blüht in deutschen Landen
Das deutsche Erbtalent, der Neid.

*

Die falschen Goethe-Enthusiasten.

Warum sie Goethe so hoch erhoben?
   Um sich an ihm hinaufzuloben.
Sie hoffen, wenn sie auf ihn sich steifen,
Dem Geist zu gleichen, den sie begreifen.

❧

Was hilft's, daß man die Ohren verstopf'
   Beim Lärmen der grünen Jungen?
Sie haben zwar nicht den hellsten Kopf,
Aber die hellsten Lungen.

❧

Ich weiß nicht, warum der Haß besteht
   Gegen die Anonymität
In unsern kritischen Blättern.
Verdankt man, was uns im Leben trifft,
Wohlthat und Pein, Labsal und Gift,
Doch auch nur namenlosen Göttern.

* * *

Und wenn du dich getadelt findst,
Magst du's zurecht dir legen:
Aus namenlosem Unsinn grinst
Ein Neidhart dir entgegen.
Doch rühmt man deine Art und Kunst,
Wie gut, nicht zu gewahren,
Daß dieses weisen Mannes Gunst
Auch Hinz und Kunz erfahren!

❧

Irritabile genus.

Einen Hund doch zu betäuben
Pflegt man vorm Viviseciren.
Soll sich der Poet nicht sträuben,
Dem sie prüfen Herz und Nieren?

Knurrt er oder zeigt die Zähne,
Heißt es gleich, er sei empfindlich.
Tief ins Fleisch ihm schneiden Jene —
Lächeln soll er noch verbindlich.

Mögt ihr doch der Welt zum besten
Eure Diagnosen geben:
Der Patient, trotz der Gebresten,
Wird den Arzt noch überleben.

*

Lebende schonen ist gut und sittlich;
Gegen Todte sei unerbittlich.

*

De mortuis —?

Zeit seines Lebens mußt' ich ihn verachten.
Nun, da er that, was jeder Köter thut
Und aufgab seinen Geist voll Neid und Wuth,
Soll ich mit Rührung ihn betrachten?

*

So manche Zeitschrift bringt es heut
Mit allem Bemühn nicht weiter,
Als daß sie hohen Ruhms sich erfreut
Im Kreise der Mitarbeiter.

*

Warum negirt ihr frisch,
    Was euch nicht recht ist?
Ist Karpfen denn kein Fisch,
Weil er kein Hecht ist?

*

Gelassen lernt' ich Tadel ertragen,
    Wie er beschert ward, fein oder grob.
Aber am Herzen fühlt' ich nagen
Der guten Freunde gnädiges Lob.

*

Ein Bildner ein Stück Marmor fand,
    Draus fing er an mit rüst'ger Hand
Ein trefflich Götterbild zu hauen,
Bis er mit Schrecken mußt' erschauen,
Daß durch den Block, so weiß und klar,
Eine schwarze Ader gewachsen war.
Nun sann er fleißig Tag und Nacht,
Wie er den Fehl vergessen macht',
Sucht' im Gewand ihn zu verstecken,
Mit Schattenwurf ihn zuzudecken,
Und mühte sich wohl Jahr und Tag
An seinem Werk mit Strich und Schlag,
Dann stellt' er es bescheiden aus.

Viel Gaffer liefen ihm ins Haus,
Doch als sie's kaum ringsum beguckt,
Ein Jeder schon die Achseln zuckt'
Und rief: Wo hatt' er sein Gesicht?
Sieht er die schwarze Ader nicht?
Was kann ein solcher Stümper taugen?
Da haben wir doch beßre Augen!

*

„Mag sie nun faseln oder lügen,
   Es macht doch immer ein Vergnügen,
Wenn laut von uns die Presse spricht.
Und du nur gehst mit kalten Zügen
Vorbei und achtest ihrer nicht?“ —

   Mag scheintodt nicht im Sarge liegen
Und stumm vernehmen mein Todtengericht.

*

„Aber da ist ein gescheidter Mann,
   Der spricht gar klug, nur ein bischen scharf.“ —
Um so schwerer verdrießt mich’s dann,
Daß ich ihm nicht erwidern darf.

*

„Hab’ nur die Leute belehren wollen,
   Es hätt’ ihnen nicht gefallen sollen,
Was dieser und jener Wicht gestümpert,
Auf schnödem Leierkasten geklimpert.
Da fielen sie Alle über mich her,
Als ob ich ein Spielverderber wär’“. —

   Weißt nicht, daß jeder Hund ergrimmt,
Sobald man ihm seinen Knochen nimmt?

*

Ein Fruchtbaum blühte jedes Jahr
   Und reifte sich aus in Früchten.
Die waren an Zahl und Güte zwar
Sich immer gleich mit nichten,
Wie Regen wechselt mit Sonnenschein;
Doch stellt’ er nicht sein Blühen ein,
Auch nicht da warnend ein Klügling rief:
Er ist auch gar zu productiv.

*

Du nimmst dir heraus, die Welt zu erfreuen?
  Wie frech! Dafür wird man dich haffen.
Du weißt doch, wie es die Leute scheuen,
Sich je zum Schuldner machen zu laffen.

*

Der Zuschauer und der Lefer,
  Ueber nichts sind sie böfer,
Als wenn es der Poet nicht macht
Genau so, wie sie sich's gedacht.

*

Nur nicht gleich das Schwert gewetzt
  Und das Beil geschliffen!
Was ihr niemals überschätzt,
Habt ihr nie begriffen.

*

Nehmt nicht den Zollstock gleich zur Hand
  Und sprecht von größer oder kleiner.
Nullen giebt es so viel im Land;
Vor Allem fragt: ist das auch Einer?

*

Wie sollen die Hageftolzen der Kunst
  Uns Kindergefegnete lieben!
Sie hofften felbst auf der Mufe Gunst,
Sind aber lebig geblieben.

*

Mit deinem mündlichen Schwadroniren,
  Mein Freund, pfleg' ich mich kurz zu fassen
Soll ich dich plötzlich respectiren,
Seit du den Vasel drucken lassen?

*

„Verdrießt das Zerrbild dich nicht sehr?" —
  Erst Caricatur macht populär.

*

Was schichtet hämisch ihr zu Hauf
  Pfeilbündel kritischer Späne?
Stehn wir vom Tisch gesättigt auf,
Wir stochern damit die Zähne.

*

Was hilft's die Esel aufzuklären,
  Daß Rosen ein beßres Futter wären?
Seid froh, daß es auch Disteln giebt,
Da Eseln sie zu fressen beliebt.

*

„Alles verstehn, heißt Alles verzeihn."
  Im Sittlichen gilt es freilich.
Tragt ihr es in die Kunst hinein,
So wird es unverzeihlich.

*

Halte nur Maß im Geltenlassen,
Stumpfe nicht ab dein Lieben und Hassen.
Willst du zum Künstler dich erziehn,
Habe den Muth deiner Antipathien.

Wissenschaft.

Könnt' in einem Sprüchlein Raum sein,
Weltprobleme zu erledigen?
Ein Spazierstock will kein Baum sein,
Ein Stoßseufzer will nicht predigen.

Sobald die Künste verblühn,
Kommt Wissenschaft in Gunst.
Sie lohnt auch Handwerksmühn,
Denn Wissen ist keine Kunst.

Es fiel ein Mann aus dem Mond herunter
Auf eine Wiese voll schöner, bunter
Blumen und Kräutlein mannichfalt,
Daneben rauschte der grüne Wald,
Dahinter in ungemessnen Weiten
Sich Berg' und Stromgebiete breiten.
Der Fremdling blieb ein Weilchen stumm,
Sah sich mit blöden Augen um,
Begann dann, eifrig sich zu bücken,
Einen schönen Blumenstrauß zu pflücken,
Betrachtet' sorgsam Kraut und Gras
Durch ein feines Vergrößrungsglas,
Auch war an Sandkörnlein und Moos
Und Würmlein sein Erstaunen groß.
Narr! rief ein Wandersmann ihm zu,
Hier an der Scholle klebest du?

Trägst du denn nirgend kein Verlangen,
In Wald und Hochland zu gelangen,
Auf breiten Flüssen hinzufahren,
Weltweite Wunder zu gewahren?
Der Mondmann lächelt überlegen:
Das thu du selber meinetwegen.
Ich muß mich ganz mit Schau'n und Denken
Auf diesen engen Raum beschränken,
Dies Fleckchen durch und durch begreifen,
Statt dilettantisch umzuschweifen.
Weltwunder? Apage, Satanas! —
Und stierte weiter durch sein Glas.

*

„Wer nicht in der Wissenschaft Kleines ehrt,
   Ist auch des großen Gewinns nicht werth." —
Das werd' ich niemals euch bestreiten,
Nur euer Großthun mit Kleinigkeiten.

*

Ein Haus zu bauen ist stets beschwerlich,
   Viel Gewerke reichen sich da die Hand.
Auch Handlanger sind unentbehrlich,
Und ihren Lohn verdienen sie ehrlich,
Nur werden sie nicht Architekten genannt.

*

Culturgeschichte.

Dem Nachbarn in den Topf zu schauen,
   Geziemt allein neugier'gen Frauen,
Doch ist's hochwichtig zu erfahren,
Was er gekocht vor hundert Jahren.

*

Philologische Commentare.

Wer nie ein Stück Poet gewesen,
  Wie dräng' er in den Geist des Dichters ein?
Mit Shakespeare Aeschylus zu lesen
Müßt' eine herrliche Sache sein.

*

Philologie.

Buchstabensel'ge Philologie
  Vermeint, den Logos liebe sie?
Wortklauberei weiß nichts fürwahr
Vom „Worte", das „zu Anfang war".

*   *   *

Doch ihr, die Geistesmacht entflammt,
  O haltet den Tempel rein!
Ist heiliger doch kein Priesteramt,
Als Hüter des Worts zu sein.

*

In mancher Literaturgeschichte
  Macht Poesie ein wunderlich Gesichte:
Eine Schöne, die vorm Spiegel steht
Und brin nach ihren Runzeln späht.

*

Männer, die über den Zeiten stehn,
  Willst du als ihr Product erklären?
Hast du schon je einen Sohn gesehn
Seine eigene Mutter umgebären?

*

Mit der pragmatischen Methode
Vivisecirt ihr das Genie zu Tode.

*

Eine Wiese liefert Zweierlei:
Ein Herbarium und ein Fuder Heu.

*

Trocken findest du dieses Buch?
Es gleicht einem tiefen Bronnen.
Wär' nur dein Schöpfseil lang genug,
Hättst wohl einen Trunk gewonnen.

*

Pädagogik.

Die Bildung, die wir den Kindern ertheilen,
Bezweckt bei Licht besehn nur eben,
Die übliche Masse von Vorurtheilen
Ihnen ins Leben mitzugeben.

*

Goethe als Naturforscher.

Ihr mögt Natur aufs Folterbette strecken,
Sie wird euch ihr Geheimniß nicht entdecken.
Dem Dichter, der zur Liebsten sie erkor,
Naht sie sich still und sagt es ihm ins Ohr.

Politik.

Sei vor den Xenien auf der Hut;
Sie prickeln und reizen das träge Blut,
Wie eine Schüssel voll Mixedpickel,
Sind aber keine Glaubensartikel.

∗

Wie soll man in der Welt sich regen?
    Wer Unrecht hat, der büßt's mit Schlägen,
Wer Recht behält, den liebt man nicht,
Und wer neutral bleibt, heißt ein Wicht.

∗

Jeder Deutsche durchlebt eine Phase,
    Wo er mit Macht Politik betreibt
Und ein historisches Drama schreibt.
Zu Beidem braucht's nur den Muth der Phrase.

∗

Égalité.

Zum Nadelholz gehören Ficht' und Ceder,
    Doch macht der Wuchs einen Unterschied.
Homo sapiens heißt ein Jeder,
Ist er auch noch so insipid.

∗

Meint ihr, ein Jeder sei dazu geschickt,
    Daß er das Staatswohl überwache?
Ein Jeder weiß zwar, wo der Schuh ihn drückt,
Doch Rath zu schaffen, ist des Schusters Sache.

∗

Distinguendum est.

Wie hochempört wir den Jesuiten grollen,
    Weil mit den Mitteln sie der Zweck versöhnt!
Doch „wer den Zweck will, muß die Mittel wollen" —
Wie tüchtig das und biedermännisch tönt!

*

Man liebt zu bemänteln aller Orten
    Schwache Gedanken mit starken Worten.

*

Ob sie dem Licht den Sieg mißgönnen,
    Die Nacht wird's nicht bezwingen können,
So lang' der Feldruf der Jugend heißt:
Hie deutsches Gewissen und deutscher Geist!

*

Das Stichwort gab ihm die Partei,
    Manch Schlagwort bracht' er selbst herbei,
Und doch, so lang' er auch gesprochen,
War's nicht gehauen und gestochen.

*

Wohl ist's des Mannes Ehr' und Pflicht,
    Daß er seine Meinung treu verficht.
Doch ziemt es nur vorwitz'gen Knaben,
Ueber Alles eine Meinung zu haben.

*

„Das klingt ein bischen sehr —
    Verzeih! — reactionär." —
Wenn sich Agitatoren rühren,
Wie sollte man nicht re-agiren?

*

Verschiedne Ziele? Böses Spiel,
    Doch können wir uns noch gelten lassen.
Verschiedne Wege zu gleichem Ziel?
Da hilft kein Gott, wir müssen uns hassen.

❧

Wir dürfen unsern gnädigen
    Schutzgeistern danken auf Erden,
Wenn wir den Steinen predigen
Und nicht gesteinigt werden.

❧

Im neuen Reich.

Das neue Haus ist fest gefügt; inmitten
    Der Stürme steht es hoch und hehr,
Nur die Akustik hat arg gelitten:
Der Muse Ruf vernimmt man drin nicht mehr.

❧

Vor ew'gem Reorganisiren
    Mag uns der Himmel bewahren.
Die Straße, drin die Pflastrer stets hantieren,
Ist übel zu befahren.

❧

Mit der Staatskunst ist es genau
    Wie mit dem Hausregiment der Frau:
Am besten verstehen ihre Sachen,
Die am wenigsten von sich reden machen.
Das aber wollen die Herren nicht wissen,
Die stets des Redens sind beflissen,
Meinen, die Krone der Staatskunst sei:
Wenig Wolle und viel Geschrei,
Und besser mundet ihnen der Schmaus,
Riecht man den Braten im ganzen Haus.

❧

Seinen Widersachern.

Könntet wohl was an ihm haben,
  Aber, kleinlichen Geschlechts,
Sucht ihr ihm was anzuhaben:
Daran habt ihr denn was Rechts!

*   *   *

Wer heute klüger ist als gestern
  Und es mit offner Stirn bekennt,
Den werden die Biedermänner lästern
Und sagen, er sei inconsequent.

*   *   *

Hoffärtig scheltet ihr den Dreisten,
  Der sagt, er sei der rechte Mann?
Gewisse Dinge kann nur leisten,
Wer weiß, daß er sie leisten kann.

*   *   *

Ihr habt, so lang' ihr ihn hattet,
  Nur seine Fehler gezählt.
Erst wenn ihr ihn bestattet,
Merkt ihr, daß Er euch fehlt.

*   *   *

Wer Menschen wohlthut alle Tage,
  Gilt endlich für eine Landesplage.

*

Gewisse Patrioten.

Ihr meint, das Gute hättet ihr allein,
  Und seht am Nachbarn nur Gebrechen?
Die Tugenden sind aller Welt gemein,
Nationen scheiden sich durch ihre Schwächen.

*

„Dir selber treu sein!" predigt man dir vor,
  Doch frommt das weise Wort nicht Allen.
Bist du ein Lump, ein Schuft, ein Thor,
Such eilig von dir abzufallen.

***

Wer nun einmal zum Knecht geboren,
  An dem ist sanfter Zwang verloren.
Vernunft und Recht wird ihn nicht rühren,
Er will den Fuß im Nacken spüren.

***

Und als ich auf dem Brenner stand,
  Sprang keck ein Floh mir auf die Hand
Und that da völlig wie zu Haus.
Nun seht die welschen Insolenzen!
Sie dehnen ihre natürlichen Grenzen
Sogar bis auf den Brenner aus.

***

Aktualität.

Siehst du den stürmischen Wechsel der Zeiten,
  Magst du im Stillen dich daran halten:
Die bringendsten Angelegenheiten
Sind die jahrtausendalten.

Philosophie.

Wenn sich die Sprüche widersprechen,
Ist's eine Tugend und kein Verbrechen.
Du lernst nur wieder von Blatt zu Blatt,
Daß jedes Ding zwei Seiten hat.

❦

Nachdenken doch immer Mühe macht,
Wie gut man euch auch vorgedacht.

❦

Vor deine Dialektik stellt
   Sich wie im Stereoskop die Welt,
Zwiefach getheilten Scheines.
Doch hast du wahren Tiefsinns Kraft,
So schaue, was auseinanderklafft,
Lebendig wieder in Eines.

❦

Die — aner.

Viel Geistesgegenwart beweis't,
   Wer immer schlag- und redefertig.
Doch Mancher perorirt so dreist,
Dem nur der Geist von Andern gegenwärtig.

❦

Erdachtes mag zu denken geben,
   Doch nur Erlebtes wird beleben.

❦

Gedanken giebt's verschiedner Art,
   Junge und alte,
Mit Flaum am Kinn oder greisem Bart,
Mit oder ohne Falte.
Hüt dich vor solchen, Menschenkind,
Die nur verkappte Stimmungen sind.

Ein Narr macht mehre,
   Doch gebt nur Acht,
Wie viele Thoren
Ein Weiser macht.

Geschichtsphilosophie.

Das Glück der Welt nimmt zu an Breite,
   Allein an Höh' und Tiefe kaum.
Mehr gute Leute träumen heute
Vergnüglich dieses Lebens Traum.
Doch wer damit den Tag anfing,
Daß er an Plato's Lippen hing,
Dann konnt' in Phidias' Werkstatt gehn
Und sah ein Götterbild entstehn,
Am Abend durft' im Theater hören
Antigone mit griechischen Chören,
Um mit Aspasia und den Ihren
Hernach vertraulich zu soupiren,
Hat mehr des besten Glücks erfahren,
Als wir nach zweimal tausend Jahren.

Das Weltgeheimniß — nehmt's nicht übel —
   Vergleich' ich einer großen Zwiebel.
Wer Schal' um Schale sich nah besehn,
Dem werden die Augen übergehn.

*

Nur schwachen Trost, wenn dich ein Unheil trifft,
   Giebt philosophische Betrachtung.
Für Weltunbill das einz'ge Gegengift
Ist Weltverachtung.

*

Weiter, als Adam es gebracht,
   Bringt's auch der Weiseste nicht im Leben:
Er hat sich alle Dinge betracht't
Und ihnen Namen gegeben.

*

Wunderlich, daß dich's verwundert,
   Kannst du mich nicht gleich verstehn,
Da ich selbst ein halb Jahrhundert
Braucht', um Manches einzusehn.

*

Die Weisheit wärmt zu jeder Frist,
   Deren Unterfutter die Thorheit ist.

*

Auf Freiheit legt's so Mancher an,
   Thut doch, was er nicht lassen kann.
Kann er's nicht lassen sich frei zu fühlen,
Mag er mit seinen Ketten spielen.

*

Findst du eine Wahrheit an deinem Wege,
Hülflos und nackt und sonder Pflege,
Viel Schriftgelehrte gehn vorbei,
Du aber ihr Samariter sei.

*

Die Worte werden dir Manches sagen,
Verstehst du nur sie auszufragen.

*

Nach unverbrüchlich fester Norm
Entfaltet sich lebend'ge Form.
Wer Augen hat, der sieht alsbald
Im kleinen Finger die Gestalt.

*

Im Haushalt der Natur
Wird Nichts verschwendet,
Der Stoffe kleinste Spur
Aufs Neu' verwendet.
Was aber fängt sie dann
Mit den beaux-restes der Geister an?

*

„Nichts ist im Verstand,
Was nicht erst war in den Sinnen.“
Doch Manches ist nur so hindurchgerannt,
Ohne sich recht zu besinnen,
Wodurch wir leider allerhand
Verständigen Unsinn gewinnen.

*

Was ist nur all der Plunder werth,
  Den ihr von außen zusammenkehrt?
Dem weiten Kreise, mit dem ihr prunkt,
Fehlt's ewig doch am Mittelpunkt.

*

Sie glauben, alles Heil sei nur
  Zu finden in ihrem Orden.
Wer im Käsich gebrütet worden,
Dem scheint sein Drahtgeflecht Natur.

*

Wie Regen rieselt grau und kalt,
  So waltet Unmuth trüb verdrossen
Mit formlos widriger Gewalt,
Bis Herz und Lippe sich verschlossen.

Philosophie giebt Dach und Fach,
Da bringt der Regen nicht herein;
Ist aber dumpfig im Gemach,
Ist auch noch lang' kein Sonnenschein.

*

Je ernster sie sind, je redlicher,
  Je schlimmer der Kampf mit harten Schädeln.
Nichts ist der Wahrheit schädlicher,
Als der Irrthum der Edeln.

*

Zu viel verlangt, daß die Natur
  Ihr Sein dir zum Bewußtsein bringe!
Sei froh, spürst du dein eignes Auge nur
Am bunten Widerschein der Dinge.

*

Das Weltkind.

Am Rocken mancher Philosophie
  Hab' seine Fäden gesponnen,
Doch vom Gespinnst ein Hemblein nie
Für meine Blöße gewonnen.

Ich spann zu lang, ich spann zu kurz,
Ich sann und spann vergebens.
Nun flecht' ich mir einen Blätterschurz
Im Paradies des Lebens.

Der Weise.

Sie spotten dein, Philosophie,
  Wie des Propheten die Knaben.
Du Kahlkopf, Kahlkopf! rufen sie,
So lang' sie noch Locken haben.

Doch Schuld und Schmerz, das wilde Paar
Mit rauhen Bärentatzen,
Die werden ihnen das Lockenhaar
Und gar den Schädel zerkratzen.

Gott und Welt.

Kein Wagenlämpchen ist der Witz,
Bei dem du magst gemächlich reisen,
Doch gnügt in dunkler Nacht ein Blitz,
Dir plötzlich Bahn und Ziel zu weisen.

*

Ein Bilderbuch ist diese Welt,
   Das Manchem herzlich wohlgefällt,
Der blätternd Bild um Bild genießt,
Vom Text nicht eine Zeile lies't.

*

Die goldne Mittelmäßigkeit
   Muß wohl Unmittelbares hassen.
Drum hat sie sich zu aller Zeit
Natur, Geist, Gottes Herrlichkeit
Anthropomorphisch lang und breit
Zum Schulgebrauch übersetzen lassen.

*

War's auch human, im Wurmgeschlecht
   Den Gottesfunken anzufachen?
Mußt' er den gottbewußten Knecht
Nicht vollends erst zum armen Teufel machen?

*

Räthsel, die zu lösen endlich,
   Werden sie „natürlich" schelten.
Nur was ewig unverständlich,
Wird als Offenbarung gelten.

*

Im Buch der Bücher offenbar
Steht Gottes Wort. Doch sagt, ihr Frommen,
Ist Gott durch so viel tausend Jahr
Sonst nie zu Wort gekommen?

*

Wie gegen die Kirche wir auch uns wehren,
Der Andacht können wir nicht entbehren.

*

Gern auf den Knieen verehrt' ich Ihn,
Ließ' er im feurigen Busch sich spüren.
Doch mag ich nicht so obenhin
Seinen Namen unnützlich führen.

*

Es ist ein Trost in mancher Noth,
Zu denken, das lumpige Leben
Sei ein Contract mit dem lieben Gott,
Einseitig aufzuheben.

*

Gönnt doch den Wahn dem armen Schlucker,
Der nur des Lebens Bitterkeit genießt!
Unsterblichkeit ist ja der Zucker,
Der ihm den herben Trank der Zeit versüßt.

*

Sehnsucht soll uns Bürge sein,
Daß die Wünsche sich erwahren?
Wünscht nicht Jeder insgemein
Manchmal, aus der Haut zu fahren?
Und doch muß er, sich zur Pein,
Sein verwünschtes Ich bewahren!

*

Vergüten reichen Alters Garben
    Mißwachs der Jugendzeit und langes Darben?
Und sollt's Ersatz im Himmel geben
Für ein verpfuschtes Erdenleben?

*

Unsterblichkeit.

Manch geliebtes Auge bricht,
    Doch ertragt ihr's, fortzuleben.
Und der Weltgeist sollte nicht,
Wenn auch euch erlischt das Licht,
Kummerlos sich drein ergeben?

*

Bist du schon gut, weil du gläubig bist?
    Der Teufel ist sicher kein Atheist.

*

Anthropomorphismus.

Du glaubst, mit Gott vertraulich
    Unter vier Augen zu sein,
Und blickst doch nur erbaulich
Ins Spiegelglas hinein.

*

„Verdammlich ist's, nach Glück zu streben;
    Das Ziel des Menschen ist die Pflicht." —
Allein beglückt es euch denn nicht,
Euch euren Pflichten hinzugeben?

*

Strebe nur nach Glück und Freude,
  Wär's auch nur um Gottes willen.
Ist er gut, wie muß mit Leide
Ihn die Noth der Welt erfüllen!

✽

Giebt's einen Gott, dem Alles ist bewußt,
  Wie kann's mit Freuden ihn erfüllen,
Wenn du an ihn nicht glauben mußt,
Daß du es thust „um Gotteswillen"?

✽

Schächerphantasie.

Die schöne Erde geben sie aus
  Für ein großes Zucht- und Arbeitshaus
Und glauben, der Herr und Schöpfer sei
Der oberste Chef der Weltpolizei.

✽

Die Gemüthlichen.

Ihr stellt in euren Systemen nur
  Ein artig Familienbild zur Schau,
Als wäre Mütterchen Natur
Des lieben Herrgotts liebe Frau.
Die Kinder, die nicht wohlgeboren,
Zupft der Papa derb an den Ohren,
Und bessern sich die armen Lümmel,
Belohnt er sie in seinem Himmel.

✽

Sehr weißlich pflegt die Menge beim Gebet
  Gott in Hausvatertracht zu stecken.
Erschien' er ihr in voller Majestät,
Wie Semele erläge sie dem Schrecken.

*

Sie treiben es nach Höflingsart:
  Ein Zweifel schon ist Majestätsverbrechen,
Und Der ist reif zur Höllenfahrt,
Der offen wagt zu widersprechen.

*

Harun Al Raschid horchte gern
  Vermummt auf das Gespräch der Schenken.
Sollt's nicht ergötzen Gott den Herrn,
Zu lauschen, was wir von ihm denken?

*

Die Erbschaft heil'ger Tradition
  Vererbt vom Vater auf den Sohn;
Antreten aber darf er sie
Cum beneficio inventarii.

*

Ein Gott, mit dem nicht ist zu spaßen,
  Den jedes muntre Wort verstimmt?
Wie? einem Gott soll man es hingehn lassen,
Wenn er sich inhuman benimmt?

*

Unsinnige Pedanterei,
  Will stets der Geist die Sinne meistern!
Am echten Geiste werden frei
Gesunde Sinne sich begeistern.

*

Die ihr an keiner Sabbathruh'
   Euch feiernd wollt betheiligen,
Euch fällt der Pflichten schönste zu:
Den Werktag auch zu heiligen.

*

Optimisten und Pessimisten.

Müßt ihr in Superlativen sprechen,
   Das Weltgeheimniß zu ergründen,
Anstatt mit ihren Tugenden und Schwächen
Die Welt nur eben „schlecht und recht" zu finden?

*

Pessimismus.

„Warum es diesen Kerl nur juckt,
   Die Welt zu lästern wie besessen?
Sie trägt doch manch genießbar Product;
Wie kann er das vergessen?" —
Du weißt: wer in die Schüssel spuckt,
Möcht' Alles allein aufessen.

*

Was in der Welt
   Dir nicht gefällt,
Mußt dir gelassen
Gefallen lassen.

*

Geheimniß bleibt dem tiefsten Geist,
    Was Dasein heißt.
Gott hat das Räthsel ausgesprochen,
Sich selbst darüber den Kopf zerbrochen
Biß er in Scherben ist zerschellt:
Die nennt man nun: die Welt.

Wohl, sein eigner Herr zu sein,
    Ist des Menschen höchste Würde
Doch die Furcht treibt insgemein
Heerdenmenschen in die Hürde.

Lieber brennt ihr feig und schwach
Selber euch ins Fell ein Zeichen,
Dürft ihr nur dem Leitbock nach
Grasen unter Euresgleichen.

Am ewig Gestrigen klebt der Philister,
    Wenn der Phantast des ewig Künst'gen harrt.
Der wahre Mensch — ein Kind des Geistes ist er,
Der war und wird in ew'ger Gegenwart.

Es sehnt sich jedes Kind der Erden,
    Von Geistern übermannt zu werden,
Und will kein Engel zum Ringkampf kommen
Wird auch mit Teufeln vorlieb genommen.

Myſtik.

Je mehr du in die Tiefe bringſt,
  Je mehr wirſt du der Welt entſchwinden,
Und wenn du in den Mittelpunkt verſinkſt,
Kann Gott allein dich wiederfinden.

*

Stets hab' ich mit der Schrift gedacht,
  Daß nur der Glaube ſelig macht,
Wenn ich zu ſtreng das Wort auch finde:
„Was nicht aus Glauben geſchieht iſt Sünde."
Mit dieſem Bekenntniß laßt mich wohnen
Abſeits von allen Confeſſionen.

*

Wen die Götter lieben,
  Segnen ſie mit Leiden,
Mit der ſtillen Seele,
Die den Schmerz verſteht.

Viel iſt dann geblieben,
Was im Lärm der Freuden
Wie der Philomele
Dunkles Lied am Tag verloren geht.

*

Wird den Winden auch zum Raube,
  Was ein Staubesſohn geſchrieben,
Sei es gleich dem Blütenſtaube,
Der befruchtet im Zerſtieben.

XVI.

Zwiegespräche.

Falter und Kerze.

Falter.

Du bist so tief herabgebrannt;
's ist Mitternacht. Noch immer keine Ruh'?
Ich sah dir eine Stunde zu;
Wem leuchtest du?

Kerze.

Bleib fern! Sieh, wie am Silberrand
Des Leuchters deine thörichten Gespielen
Der taumelnden Begier zum Opfer fielen.
Du hast auf deinen dunklen Schwingen
Gar einen schönen goldnen Stern.
Mich dünkt, du lebst noch gern,
Und mich wird bald die Nacht verschlingen.

Falter.

Wohl hab' ich Vieles schon erlebt,
Seit ich der Puppe gestern früh entschwebt.

Fast alle Blumen kenn' ich schon im Garten,
Trank Thau und naschte Süßes aller Arten
Und war verliebt
In ein Geschöpf, wie es nichts Süßres giebt.
Wir hatten uns nur kaum vermählt
Und draußen jene grüne Flur
Zu unserm Hochzeitsflug erwählt,
Da fand ein böser Vogel unsre Spur
Und raubte mir mein junges Glück.
O Kerze, die du glühst so einsam immer,
Du ahnst die Schmerzen nimmer,
Die ich erlitt in jenem Augenblick!

Kerze.

Einsame pflegen viel zu sehn
Und viel zu sinnen.
Vielleicht kann ich dich doch verstehn.

Falter.

Was sollt' ich nun beginnen?
Ich saß verwittwet unter einem Blatt,
Zum Sterben noch zu jung, zum Leben schon zu matt.
Dann kam die Nacht, da winkte mir ein Stern
So tröstlich zu, hoch aus dem Blauen.
Ihm flog ich nach, die Flügel schwer vom Thauen,
Doch täuschend immer blieb er fern.
Und wie ich dann herab mich senkte,
Gewahrt' ich dich, und eine Leidenschaft
Erwacht' in mir, die mich ans Fenster drängte,
Das dich verschloß in sichrer Haft.
Sieh, wie ich mich im rasenden Bemühn,
Das Glas zu sprengen, abgeflattert,
Indeß du ruhig durftest glühn.
Dann hob der Wind die luft'gen Jalousie'n,
Mit denen der Balkon vergattert,
Da schlüpft' ich durch die Seitenthür.
Und nun, o schönste Flamme —

Kerze.

Fort von mir!

Mir bleiben nur noch wenig Athemzüge.
Wenn unsanft mich dein Fittich schlüge,
In der Umarmung beide stürben wir.
Ich aber — wissen möcht' ich erst,
Was ihr die Nacht noch bringt.

Falter.

Wen meinst du? Sprich!

Kerze.

Was hilft dir's, wenn du es erfährst?
Du kennst sie nicht.

Falter.
O sprich, ich bitte dich!

Kerze.

Sie ist die allerschönste Frau
Und meine Herrin. Willst du leise sein,
Gönn' ich auch dir die holde Schau.
Flieg dort in das Gemach hinein,
Da ruht sie schon in ihrem Bette;
Sie sucht' es weinend auf. Allein ich wette,
Sie schläft noch nicht.
(Der Falter fliegt hinein, kehrt wieder zurück.)

Kerze.
Nun? ist sie reizend nicht?

Falter.

Ich sah noch nie solch Menschenangesicht!
So sanft und weich sind ihre Augenlider,
Wie meines Liebchens sammtenes Gefieder,
Und ihre Wangen wie ein Lilienblatt.

Kerze.

Sie schläft?

Falter.

Sie liegt halb aufgestützt,
Als ob sie horche. Durch die Wimper blitzt
Ein blauer Stern, viel schöner noch, als der,
Der heute mich betrogen hat.
Ein Buch liegt auf der Decke. Doch ein Meer
Von dunklen Haaren löscht die Zeilen aus;
Und vor dem Fenster steht ein Blumenstrauß,
Von dem hat eine Rose sie gepflückt
Und ihre wunderschönen Lippen
Ins tiefe, weiche Roth gedrückt.
O einmal nur den Thau zu nippen,
Der hell an ihrer Wange hing!

Kerze.

Nun siehst du, neubegierig Ding,
Das ist sie, der ich hier Gesellin war,
Wir Zwei ein seltsam glühend Paar,
Gleich einsam Beid' und unstät, ungestillt.
Siehst du das kleine Bild
Dort auf dem Tisch? Das nahm sie in die Hand,
Seufzt' einen Namen, den ich nicht verstand,
Und küßt's und stellt' es fort.
Dann ging sie zu dem Saitenspiele dort
Und ließ die Finger drüber gleiten;
Da rauschten süß und unruhvoll die Saiten,
Und wie berauscht vom Hören lodert' ich;
Bis dann die Uhr zwölf harte Schläge that.
Da stand sie auf: „Er kommt nicht!“ — und betrat
Ihr Schlafgemach. Nach einem letzten Hauch
Der schönen Lippen sehnt' ich mich;
Gestorben wär' ich gern so wonniglich.

Falter.

Unglücklich, scheint es, sind die Menschen auch
Und müssen Nächte durch sich sehnen.
Sie aber haben Thränen,
Wenn gar zu durstig ihre Seele brennt.
Und wir?

Kerze.

Ich fühl's, mein Leben geht zu End'.
Umarme mich!

Falter.

O schöne Flamme —

Kerze.

Sacht!
Hörst du die Thür nicht gehn? Ein Fußtritt naht —
Und meine Herrin — horch! sie hat's vernommen —
Da tritt sie auf die Schwelle — wie sie lacht! —
Sie strahlt von Glück und Schönheit — weh, der Zug —
Es ist um mich geschehn —!

Falter.

Den letzten Flug
In deine schwindend bange Glut hinein!
O Welt, ein einzig Glück ist dein,
Das lebend, sterbend selig macht:
Verlodern! — All ihr Glücklichen, gut' Nacht!

Glühwurm und Ameise.

Glühwurm.

Halt, guter Freund!

Ameise.

Was soll's? Hab' keine Zeit.

Glühwurm.

Du thust mir in der Seele leid.
Ich sah schon zehnmal dich vorüberrennen,
Dich mühn und plagen,
Um Balken, größer als du selbst, zu tragen.
Willst du denn nie dir Ruhe gönnen?
Ein Weilchen plaudern wär' mir lieb.

Ameise.

Du eitler Tagedieb!

Glühwurm.

Oho! nur nicht geschimpft!
Nur nicht so stolz das Rüsselchen gerümpft!
Wenn ich nun sagte: eitler Tagelöhner!

Ameise.

Ehrwürd'ger traun ist der geringste Fröhner,
Als so ein Wicht von deinem Schlag,
Der grau und faul im Winkel sitzt bei Tag,
Um Nachts gleich lebesücht'gen Junkern
Mit seiner stutzerhaften Flamme,
Schwindsüchtig wie das Holz am faulen Stamme,
Selbstgefällig herumzuflunkern,
Und dünkt sich herrlich wie ein Stern.

Glühwurm.

Nun, Jeder hat an sich Gefallen,
Doch solcher Dünkel ist mir fern.
Ich thu', gleich den Geschöpfen allen,
Nur was ich kann.

Ameise.
Das ist was Rechts!

Glühwurm.

Man nennt mich eine Zier des Wurmgeschlechts,
Und funkl' ich durch die nächt'gen Waldeshallen,
Erfreuen mein sich Mensch und Thier.
Was so Gewalt'ges thut denn ihr?

Ameise.

Wir! Wir sind die Mustergeschöpfe,
Der Staat, wie er im Buche steht,
Wo Alles fein nach Maß und Regel geht,
Nicht: so viel Sinne, so viel Köpfe.

Ein Jeder, sei er noch so munter,
Er ordnet sich in Flug und Lauf
Doch des Gesetzes höherm Willen unter,
Und jeder Einzle geht im Ganzen auf.
Noch heut erst hört' ich einen Menschenriesen,
Der uns ein Weilchen zugesehn:
Beschämt, so rief er, werden wir von Diesen!
Wie scheint hier Alles nach der Schnur zu gehn!
Wie sie hinab, hinauf die tausend Treppen
Des Baues unermüdlich ziehn,
Nur sorgend, ihre Jungen zu erziehn
Und, naht Gefahr, die Eier wegzuschleppen,
So mäßig, fleißig, flink und tüchtig
Und aus der Maßen züchtig.
Wann sieht man sie mit ihren Weiben
Am hellen Tage Buhlschaft treiben?
Wann hörte man sie Ständchen bringen
Und gleich den Mücken Schelmenlieder singen?
Ameisen, ewig groß seid ihr!

Glühwurm.

Ein feiner Ruhm.   Doch ich gestehe dir,
Daß ich ihn euch durchaus nicht neide.
Was habt ihr denn für Lebensfreude?
Wenn nun das lange Lebenswerk gethan
Und ihr ein jung Geschlecht erzogen,
Fängt dem die Müh' von Neuem an,
Und um den Lohn wird's wiederum betrogen.
Fleiß! immer Fleiß! doch ihr befleißt euch nie,
Dem Zweck des Lebens nachzusinnen,
Bloß um des Lebens Mittel zu gewinnen,
Ihr Mühlinge!

Ameise.
Ja, du bist ein Genie!

Wir kennen das. Bei deinem faulen Licht
Soll'n wir wohl gar die Wahrheit sehen?
Was weißt denn du von Pflicht?

Flackern und flunkern und spazierengehen
Ist euch der Zweck des Daseins. Egoist!
Heb dich hinweg!

Glühwurm.
Wenn du so hitzig bist,
Wird man sich freilich nie verstehen.
Doch kann ich Eins nicht auf mir sitzen lassen,
Daß du mich dünkelhaft genannt.

Ameise.
Nun, du geputzter Fant,
Prunkst du nicht dreist auf allen Gassen
Und dünkst dich hoher Ehren werth?

Glühwurm.
Mein kleines Licht hat mir Natur beschert;
Wie dürft' ich's untern Scheffel stellen?
Ich weiß, nicht weit kann ich die Nacht erhellen;
Doch sitz' ich ruhig funkelnd im Gesträuch,
Bin ich, wenn Finsterniß die Welt umgraut,
Ein Trost so Manchem, der ins Dunkel schaut,
Wohl auch den Jüngern unter euch.
Die Kinder haschen gern nach mir
Und staunen, wenn von unserm Volke
Gleich einer sterndurchwirkten Wolke
Die Hecke glüht am Waldsaum hier.
Ja, eine schöne Frau mit schwarzem Haar
Und lilienblassen Wangen
Hat gestern Nacht mich eingefangen
Und ihren Flechtenkranz mit mir geschmückt.
Ihr Liebster, da er sie umfangen,
Fast hätt' er mich zerdrückt
In meinem lieblichen Versteck.
Ich aber floh.

Ameise.
Unleidlich eitler Geck,
Gefalle nur Unmündigen und Thoren!
An mir ist dein Geschwätz verloren.

Ich muß hinweg; sonst kommt die Nacht,
Eh' meine Last ich heimgebracht.

Glühwurm.

Fahr wohl! Auch ich gedenke meiner Pflicht.
Nun glüh in Freuden auf, du kleines Licht!

Mond und Erosstatue.

Mond.

Seit Weltenanfang, schöner Knabe,
  Bin einsam ich gewandelt meine Bahn
Und leuchtete so mancher Zeit zu Grabe.
Erinnern mühet mich. Sag an,
Wo ich zuvor schon dich gesehen habe.
Mir ist, als hätt' ich deine Marmorwangen
Vor langen Jahren schon geküßt,
Und darf nun hier von Neuem dich umfangen.

Eros.

Mein alter Gönner, sei gegrüßt!
Du findest mich in eines Dichters Haus,
Wie damals vor zweitausend Jahren.
Du stehst noch ungealtert aus,
An mir magst du der Zeiten Spur gewahren.
Im Süden war's, bei meinem ersten Herrn,
Als in des Feuerberges Flammen —
Erdonnern hört' ich ihn von fern —
Die schöne Halle brach zusammen.
Dann ward es Nacht um mich. Ich lag
Vergraben unter Schutt und Aschen,
Bis man mich vorzog an den Tag.
Seitdem, nothdürftig reingewaschen,
Steh' ich nun hier im trauten Zimmer,
Von Neuem fromm verehrt
In einer Sprache, die ich nimmer
Dort in der schönen Stadt am Meer gehört,

Und freue mich wie einst an deinem Schimmer,
Wenn durch den Garten, der vorm Fenster rauscht,
Dein bleiches Silberlicht
Mir einen Kranz von weißen Rosen flicht.
Gern hätt' ich Zwiesprach schon mit dir getauscht,
Du aber schwiegst.

Mond.

Ich hielt dich selbst für stumm.
Doch da du sprechen kannst, du Holder, sage:
Sehnst du dich nicht zurück in jene Tage,
Zu deinem ersten Herrn?

Eros.

Warum?
Was fehlt mir hier?

Mond.

Dir fehlte nichts? Vernahmst du nie die Klage,
Die oft im Süden wie im Norden
Ein Dichter seufzt empor zu mir,
Die Zeiten seien schlimmer worden,
Die goldne sei, die eherne vorbei,
Die heut sie drücke, sei gemeines Blei,
Und geh's so stetig fort auf Erden,
So werde gar die Zeit noch hölzern werden?
Du lächelst, holdes Angesicht?

Eros.

Freund, ich versteh' dich nicht.
Du bist ein Weiser, siehst die ganze Welt;
Ich bleib' auf meinen Sockel hier gestellt
Und weiß nur das, was dies Gemach umschließt.

Mond.

Sag, wenn dich's nicht verdrießt,
Was du hier schaust

Eros.

Ich weiß nicht, ob ich darf.
Mein Herr vertraut mir Alles an,
Nur weil er denkt, daß ich nicht plaudern kann.
Wenn er den Zwang des Tages von sich warf
Und freudig Arm in Arm —

Mond.

Ist er zu Zwei'n?

Eros.

Du fragst, und schielst neugierig doch herein,
Wenn jene schöne Frau mit ihrer blassen
Beringten Hand den Vorhang schiebt zurück,
Dich und die Nachtluft einzulassen?
Doch freilich seufzt sie nicht. Sie lacht — vor Glück,
Und Glückliche scheinst du zu hassen.

Mond.

Nicht doch! Und nun gedenkt mir's auch,
Ich hörte dieses helle Lachen
Und sah das Lämpchen hier entfachen
Und flackern in des Nachtwinds Hauch.
Doch sprich: ging nicht in jenem Haus
Am Feuerberg, in jenen goldnen Tagen
Ein üppigeres Leben ein und aus?
Hat damals heißer nicht das Herz geschlagen?
Da Alles wechselt unter mir,
Dünkt mich, man müss' auch anders lieben.

Eros.

O weiser Mond, ich schwöre dir,
Ich bin durch alle Zeit mir gleich geblieben.
Mein erster Herr — noch weiß ich jene Nacht,
Da er ein griechisch Mädchen, schön und schlank,
Am Sklavenmarkt erkauft, ins Haus gebracht,
Und wie sie bebend ihm zu Füßen sank.

Er hob sie auf und trug sie auf sein Bette,
Und ihr zu Füßen kniet' er dann,
Als ob er sie erhöht zur Herrin hätte.
Dann, schüchtern fast, zu reden hub er an:
Das Mark durchglüh' ihm ihrer Schönheit Flamme,
Doch weil die Schönheit von den Göttern stamme,
Würd' er den Zorn der Himmlischen empören,
Wollt' er mit herrischer Gewalt
Ihr nahen, da ihr Herz noch kalt,
Noch nicht geneigt, ihm zu gehören.
Dann, mich beschwörend mit erhobnem Arme:
Du schaffe, rief er, daß der Stein erwarme,
Du Götterliebling, Menschenfreund! —
Und wandelt' still aus dem Gemach,
Und jene süße Jugend blickt' ihm nach,
Fast schon bereuend, daß sie bang geweint.
Doch ich —

Mond.

Thatst du ein Wunder, kleiner Gott?

Eros.

Die größten, die alltäglichsten von allen
Hab' ich gethan, trotz deinem Spott.
Schon in der nächsten Nacht — doch mag der Vorhang fallen
Vor jenem Heiligthume dort.

Mond.

Bezeugst du nicht mein eigen Wort,
Daß sich gewandelt Zeit und Sitten?
Braucht man dich heut noch anzuflehn mit Bitten,
Da Schönheit nicht mehr feil um Sklavensold?

Eros.

Nicht mehr?

Mond.

Du lächelst?

Eros.

Wenn ich reden wollt'
Und reden dürfte! — Nur ihr äußres Kleid
Hat wechselvoll getauscht die Zeit,
Die Seelen sind sich gleich geblieben,
Und ohne Wunder wird noch heut
Kein edles Wild mir in das Netz getrieben.
Heut so wie damals trennt sich Mensch und Thier,
Adel und Knechtsinn, Lieb' und Sinnengier.
Heut so wie damals weihen das Gemach,
Wo edle Jugend meine Macht beglückt,
Die Grazien, während sich das Dach
Mit deinen Silberkränzen schmückt.
Ja, dürft' ich reden —

Mond.

Sprich! — O weh,
Die Wolke schwebt heran. Doch morgen wieder
Zu deinem schönen Haupt laß' ich mich nieder.

Eros.

Ich harre dein. Hab gute Nacht!

Mond.

Ade!

Der Dichter und der große Pan.

Dichter.

Der Mittag glüht,
Die Glieder ermatten.
Hier am See im Olivenschatten,
Wo der Thymian blüht,
Werf' ich mich hin.

Die Lacerten huschen davon,
Grille, die lustige Springerin,
Schnellt hinweg mit surrendem Ton,
Dann Alles wieder stumm.
Des Oelbaums silberne Blätter
Und dort der Tamariskenstrauch
Wie erzgegossen; — nirgend ein Hauch!
Ewige Götter,
Wie schön ist eure Welt ringsum!
Fernab von diesem Heiligthum
Der Menschen bunte Lüge,
Ihre arme Liebe, ihr ärmerer Haß.
Hier wehn der alten Mutter Athemzüge,
Beseligend ihr Kind,
Das aus dem Quell des Schlummers Kraft gewinnt
Und aller Wünsche Genüge.
Drüben über der blauen Flut
Wie hebst du feierlich dein Haupt,
Alter Monte Baldo, tief entlaubt
Von Winters stürmender Wuth!
Er schläft, der Alte.
Auf seiner Stirn die graue Falte
Scheint sich im Traume zu bewegen.
Die Füße kühlt er in der klaren Flut
Und blickt so sanft, als sei ihm wohl zu Muth.
Wie aber? seh' ich recht?
Beginnt er sich zu regen?
Er blinzt der Sonne still entgegen —
Ein Wesen von der Himmlischen Geschlecht,
Erhaben, mild und groß!
O du dort drüben, sag an,
Wer bist du, herrlicher Koloß?

Pan.

Ich bin der große Pan.
Was störst du meinen Mittagsfrieden?

Dichter.

O heilig Glück, daß mir beschieden,
Zu schau'n, was nur die frommen Alten sahn
So lebst du noch, Erhabner du,
Waltest in stiller Segensruh'
Der Welt und ihrer Zwergengeschöpfe,
Die dein vergessend sich weise dünken?

Pan.

Kindisch betrogene Tröpfe!
Keiner der Ewigen kann versinken,
Keiner vergehn.
Haben sie Augen nicht, um zu sehn,
Ohren, zu hören?
Und lassen lieber sich bethören
Von jener Glocken dürftigem Gebimmel,
Die dort herab vom Kloster schallen,
Träumen sich einen neuen Himmel,
Den Weihrauchdüfte widerlich durchwallen,
Statt hier in Lorbeerhallen
Den Hauch zu trinken der reinen Flut?
Armselige Brut!
Rede mir nicht von ihnen.

Dichter.

Doch mir — wie bist du mir erschienen,
Verborgner, wundersamer Gott?

Pan.

Deine Seele ist rein von Spott.
Ich sah dich oft an dieser Küste schweifen,
Jetzt in Verzückung stille stehn,
Ein duft'ges Blatt vom Baume streifen
Und staunend, jauchzend weitergehn.
Nur Deinesgleichen haben mich gesehn
Zu allen Tagen;
Darfst aber nichts davon den Spöttern sagen.
Doch thätst du's auch, sie bleiben dennoch blind.

Dichter.

Fürwahr, ich dünke mir ein Sonntagskind!

Pan.

Sonntag? Was meinst du nur?
Geht nicht die Sonne jeden Tag uns auf
Und zeigt in ihrem Lauf
Geheim' und offenbare Wunder?
Meinst du den Tag, wo jene Glocken klingen,
Wo sie vor ihrem Götzenplunder
Die unverstandnen Opfer bringen?
Doch Nichts davon! Es stört den Schlaf mir nun,
Den Jeder braucht, der wirken soll.
Nur diese Stund' ist mir erquickungsvoll.
Nachts, wenn die andern Götter ruhn,
Hab' ich erst eben recht zu sorgen,
Alle Wesen zu ihren Werken
Mit neuem Lebenshauch zu stärken;
Kommt dann der Morgen,
Sah Keiner mein geheimes Thun.

Dichter.

Und willst du Güt'ger nun
Dich ewig meinem Aug' entziehn?

Pan.

Du arglos Kind! Blick auch in Zukunft nur
Mit stiller Brust ringsum in die Natur
Und such den Alten: sicher findst du ihn.
Aber nur in der stillsten Stunde
Wird das Auge dir aufgeschlossen,
Sonst tausendfach zerstückelt in der Runde
Ist die Gestalt des großen Pan zerflossen.
Nur selten sinkt dem Menschenkinde,
Das fromm den Ew'gen sich vertraut,
Vom Aug' die dichte Nebelbinde,
Daß er das Unerschaffne schaut.

Lebwohl für heut! Die Welle schäumt
Und wiegt mich neu in Schlummer.
Hab' noch nicht ausgeträumt!
Süß ist die Ruh'! — —

Dichter.

Und wieder nun in stummer
Versteinter Majestät blickt er mich an.
Pan! großer Pan! —
Kein Nicken mehr, kein Ton!
Wie? schläft er schon?
War's wirklich Götterwort, das ich vernahm,
Oder ein Traum, verwundersam?
Mein alter Monte Baldo dort,
Schlaf ruhig fort!
Horch, es schauert leis in den Bäumen —
Ein Kräuseln furcht den See —
Spürten auch sie des Gottes Näh'?
Still! Laß uns ruhen und träumen!

Pierer'sche Hofbuchdruckerei. Stephan Geibel & Co. in Altenburg.